国学新读本

韩愈集

刘真伦　岳　珍 注说

河南大学出版社

目　录

序

最近一些年来，一股“国学热”的思潮强劲涌动，在文化学界以至于整个社会，引起了强烈反响。为什么在这样一个社会的大变革时代，在从传统社会向现代社会的转型期，最为传统的国学，却能引起国人的极大兴趣，这的确是一个值得思考和研究的问题。

“国学”作为一个学术文化概念，产生于近代。从渊源上讲，“国学”概念的产生，与“国粹”有些关联，并且是从对抗西学侵入的角度提出来的。今天，中华民族早已是一个独立于世界民族之林的自立自强的民族，全球经济一体化所带来的世界文化的汇合与交融，也早已是历史发展的必然趋势，而在这样的历史大势中，却会有“国学热”的产生，乍一看来，确有不可思议之处。但实际上，国学的当代走红，则与我们今天所处的历史时代有着一定的关系。

随着改革开放的迅速推进，随着市场经济的强劲发展，传统道德受到了强烈冲击，传统文化与现代文化观念的碰撞也日益强烈。于是，如何看待传统文化的问题，就严峻地提到了国人的面前。传统文化的出路何在，它从何而来，要走向何方，如何对之进行价值重估，一切关心文化问题、有着强烈历史责任感的人们，无不把关注的目光投向中国的传统学术。当然，也不排除一些对改革开放和市场经济所带来的冲击无法理解和接受，对现代经济发展对传统道德的亵渎强烈抗议的人们，自然而然地发出向传统文化复归而倡导国学的呼声。总之，不论是出于积极的思考，还是抱着一种向后看的心态，对国学的重视则成了最近十多年来一种普遍的文化选择。

于是，对待“国学热”就需要有一个分析的态度。对于任何一个民族的发展来说，传统文化都是其牢固的根基，是其一切历史的出发点，摒弃传统，甚至全盘否定传统文化，都是幼稚可笑的，不可取的。但一遇到问题就求助于传统，甚至一味狂热地提倡向传统复归，也是走不通的，过去那句常说的“倒退是没有出路的”话，虽说不是什么至理名言，却也还是有些道理的。这些年来，一些地方出现的中小学生，甚至幼儿园小朋友的读经热，就是一种值得注意的倾向。国学，毕竟是一种学术，需要有一定的文化基础，有一定的分析批判能力，才能对之进行识读、鉴别而决定其取舍。所以，严格地说，对于国学，尤其是经学，在当代中国，需要的是研究以及在此基础上的批判继承，而不是再像传统社会中那样采取唱诗班的方式，对青少年一代进行无分析的灌输。因此，如何弘扬传统文化，就是一个需要思考的问题。

正是基于以上考虑，为着弘扬优秀传统文化的需要，也为着对社会上盲目崇尚读经的风气有所引导，我们组织了这套“国学新读本”丛书，选择一些在中国传统文化中影响较大的国学典籍，对之进行简明扼要的注释，然后在读本前边，用较大篇幅解读该典籍的基本思想文化内涵，评述其在中国文化史上的地位和影响，并对如何阅读该典籍做出读书方法上的引导。通过这样一个较为翔实的导读内容，以批判分析的态度，给青年人的国学典籍阅读提供一个健康的思想导向。根据这样的宗旨，这套丛书，在大的结构上，每本都分为“通说”和“简注”两个部分，“通说”是导读的性质，“简注”在于疏通文字，希望这样的安排，能够为青年朋友和一般社会读者提供一个国学入门的向导。果能如此,也就实现了撰著者和出版者的愿望。

国学所以是国学,就在于它是我们祖国优秀民族文化和民族精神的载体。在这些国学典籍中,包含着民族文化的基因,蕴藏着民族精神的范型。衷心期待这套丛书能够成为广大读者学习国学精华、体认民族精神、继承祖国优秀文化遗产的良师益友。

李振宏

2008 年 2 月 28 日

《韩愈集》通说

韩愈是唐代杰出的思想家、文学家、政治家。他出身寒门，一生坎坷，而屡蹶屡起，不屈不挠，最终官至吏部侍郎，且朝廷一度有意大用。如果不是因病退休，他很有可能成为韩氏在唐代的第五位宰相。在学术方面，他对《论语》《孟子》仁义之道以及《中庸》《大学》内圣外王之学的发掘倡扬，开启了宋学之先河；他倡导先秦两汉古文，反对六朝浮华文风，催生了唐宋古文，并成为唐宋八大家之首；他继杜甫之后探索诗歌的议论化、散文化道路，开启了宋代新诗风。更重要的是：在中华民族由中世纪走向近现代的历史进程中，他成为结束南北朝相承之旧局面，开启赵宋以降之新局面，承先启后转旧为新关捩点之人物。（陈寅恪《论韩愈》）他所高扬的学统亦即道统，成为中华民族走向近现代的一面旗帜。

以下分十四个章节，介绍韩门世系、韩愈生平经历及其成长道路、韩愈的宇宙本体观念、人性理论、心性本体理论、人论、国家治理学说、社会发生分化与合作理论、政治思想、经济思想、教育思想、文学思想，最后谈谈怎样阅读《韩愈集》及其校注说明等问题。

一　韩门世系

韩愈自称“昌黎韩愈”，韩集中凡14见(文说本)。韩愈友人柳宗元、刘禹锡，韩门弟子张籍、李翱、皇甫湜、赵德等均以“昌黎”称韩愈，似乎韩愈家族出自昌黎韩氏。但韩愈家族与昌黎韩氏并无血缘关系，朱熹《新唐书》本传注“公与昌黎之韩异派”已自判断分明。当代韩愈研究者以“郡望”解释“昌黎”，也含糊其辞地认同“昌黎韩愈”的说法。

实际上，韩门世系，韩愈本人仅追溯到祖叡素，皇甫湜《墓志》、《神道碑》同。李翱追溯到韩愈的曾祖泰。泰曹州司马，叡素桂州都督府长史，仲卿秘书郎、武昌令，均为下层官吏。唐代韩氏，昌黎、颍川最为望族，而颍川一系，出自安定。唐代韩氏四宰相：韩瑗、韩弘出颍川，韩休、韩滉出昌黎。韩仲卿、韩愈自陈世系，上溯昌黎、安定，也不过是因为“时昌黎之族颇盛，故随称之，亦若所谓言刘悉出彭城，言李悉出陇西者”(朱熹《昌黎先生集考异》卷十《新书本传》注)。唐人重阀阅，门第出身不但影响其官场的进退沉升，甚至影响其政治立场与政治态度。今人讨论唐代党争，特重士族、庶族之别，即为显例。韩愈先世是否是贵族，今人或许觉得无关痛痒，但对于认识韩愈在云谲波诡的中唐政治舞台上的种种表现，却具有非常重要的意义。可以断定：韩愈家族并非世家贵族，与唐代韩氏三大著族昌黎韩氏、赭阳韩氏、颍川韩氏并无血缘关系。韩愈出身庶族而非士族，这一点，对于理解韩愈在中唐政治舞台上的政治立场与政治态度，是绝对不可忽视的重要基点。

二　韩愈生平经历及其成长道路

以下分八个阶段，介绍韩愈一生经历的三次南迁，三度贬谪，三遭凶险，以及他在坎坷困顿中百折不挠的成长历程。文章的重点，在构建韩愈一生的学行谱系，以窥见韩愈思想体系尤其是道统思想的渊源及其发展、成熟、完善的动态过程。

（一）少年时期，南迁韶州（代宗大历三年至德宗贞元元年）

代宗大历三年(768)韩愈生于长安，为韩氏庶出子弟。三岁，丧父失母，养于兄嫂。十二年三月伯兄韩会贬官韶州，随全家南迁，时年十岁。十四年兄卒，随嫂扶柩归葬河阳。建中、贞元间，避兵乱就食宣城。

韩愈少年时期最重要的经历，是随伯兄韩会南迁韶州。这段生活对韩愈的成长至少有三方面的影响值得注意：

1. 韩会有文章出名，为中唐古文的发起者之一。会与其叔云卿俱为萧颖士、李华爱将，鄙其时文格绮艳，无道德之实，首与梁肃变体为古文章。其《文衡》叙文章之所由起，以为情乘性而生文，文以管其情、复其性；又以为文章正道始伏羲尽孔门，汉魏以还渐趋荡溺巧淫、轻促奸邪。这对韩愈乃至宋人的道统思想有重要影响。

2. 韶州为南宗开山祖师慧能大师晚年驻锡之地，禅宗传法统绪、南宗心性之学，必然会在少年韩愈的心中留下深刻印象。陈寅恪《论韩愈》："退之从其兄会谪居韶州，虽年颇幼小，又历时不甚久，然其所居之处为新禅宗之发祥地，复值此新学说宣传极盛之时，以退之之幼年颖悟，断不能于此新禅宗学说浓厚之环境气氛中无所接受感发，然则退之道统之说表面上虽由《孟子》卒章之言所启发，实际上乃因禅宗教外别传之说所造成，禅学于退之之影响亦大矣哉！”

3. 韩愈本庶族子弟，其弟子、亲友亦多属牛党，但韩愈本人从不介入党争。其立朝期间，与士族权贵如李吉甫、武元衡均能保持友好，与裴度则始终亲密。中唐官员在两党之间保持中立的，并不多见。这样的政治态度，和韩会从政失败的教训应有一定的关系。

（二）青年时期，屡败科场（德宗贞元二年至贞元十一年）

贞元二年（786），年十九，始至京师。四次参加礼部进士科考试，时间在贞元三年至八年之间，至八年始登第。贞元八年、九年、十年三次参加吏部宏辞试，卒无所成。十一年，离京东归，时年二十八岁。

1. 科场十年，是韩愈为生存而奋力拼搏的十年。在这一时期，韩愈并不讳言功利乃至“私利”，甚至公然把“求禄利”与“行道”并列为自己的人生目标。（《答陈商书》）年轻的韩愈敢于倡言个体权利，其勇气与价值不可低估。

2. 科场十年，“求禄利”“竞得失”是韩愈生活的主旋律，但“行道”“偃仰一室，啸歌古人”的理想追求也未尝须臾忘却。《江汉答孟郊》以“苟能行忠信”“此义每所敦”相互劝勉，《省试颜子不贰过论》标举“诚明之正性”“中庸之至德”“绝之于未形，不贰之于言行”之说，意味着青年韩愈已经对思孟学派的心性之学进行了初步的思考。

（三）初入职场，两遇凶险（贞元十二年至贞元十六年）

贞元十二年（796）七月，韩愈被汴州节度使董晋辟为观察推官，时年二十九。十四年，试秘书省校书郎。十五年二月三日，董晋薨，仅四日而汴州军乱，杀留后陆长源及佐僚孟叔度、丘颖等，韩愈因为送丧离汴而得免其难。十五年秋，韩愈为徐州节度使张建封节度推官。十六年五月十三日建封卒，仅二日而徐州军乱，留后郑通诚及佐僚段伯熊等被杀，韩愈因先至下邳而得脱其难。此年秋居洛，冬如京师从调选。时年三十三岁。

1.《读荀子》《读墨子》《读仪礼》《读鹖冠子》等篇，大致都作于佐汴、佐徐期间。这一时期，可以视为韩愈学术的积累、孕育时期。

2. 佐汴期间，韩愈道统观念已经基本成形。《重答张籍书》明确宣称："已之道乃夫子、孟轲、杨雄所传之道也。"《读荀子》一文将孟子、杨雄并列为"存而醇者"，可见孔、孟、荀、杨前后相承，是这一时期韩愈儒学传承统绪的基本构架。

3. 从天人相分到天人相悖、天人相仇，韩愈的天人关系理念在这一时期逐步成型。《与卫中行书》"君子得祸为不幸，而小人得祸为恒；君子得福为恒，而小人得福为不幸"，《孟东野失子》主天人相分，《与崔群书》"天之与人，当必异其所恶无疑也"，韩愈思想发展的轨迹清晰而明确。

（四）初做京官，南迁阳山（贞元十七年至贞元二十一年）

贞元十七年(801)，三十四岁，夏秋居洛，其年冬，再入京从调选，得授四门博士，明年春就任。十九年秋授监察御史，坐论宫市与旱饥，专政者恶之，十二月贬阳山令，明年春始就任。二十一年二月二十四日顺宗即位大赦，待命郴州。八月宪宗受禅大赦，秋末，移江陵法曹参军。时年三十八岁。

1. 在这一时期，韩愈的道统观念进一步成熟。贞元十九年作《送浮屠文畅师序》："尧以是传之舜，舜以是传之禹，禹以是传之汤，汤以是传之文武，文武以是传之周公。孔子书之于册，中国之人世守之。”所谓“世守之”，谓儒学道统代代相传，其中当然不排斥荀、杨。尤其重要的是，道统思想的两大内涵“道莫大乎仁义，教莫正乎礼乐刑政”得以明确标举，道统思想的基本构成，已经接近成熟。贞元二十年完成的《原道》特别突出孟子的地位：“尧以是传之舜，舜以是传之禹，禹以是传之汤，汤以是传之文、武、周公，文、武、周公传之孔子，孔子传之孟轲。”这与《送浮屠文畅师序》已经有了明显的差别。《送王秀才序》明确宣称：“求观圣人之道，必自孟子始。”选择孟子而不是荀子作为儒学正统，正是韩愈道统思想的精髓。

2. 在这一时期，韩愈的天人关系理念，已经由天人相分、天人相悖、天人相仇，发展到天人一体，其代表作即是《天之说》。

（五）再任京官，两度遭贬（宪宗元和元年至元和十年）

元和元年(806)六月，召拜权知国子博士，时年三十九。二年夏末，避谤求分教东都。三年，改真博士。四年六月十日，改都官员外郎分司东都判祠部。五年秋末冬初，为河南县令。六年夏，入为朝议郎、行尚书职方员外郎、上骑都尉。七年二月六日，以上疏理华阴令柳涧事不实，贬国子博士。八年三月二十二日，改守尚书比部郎中、史馆修撰。十一月，与修《顺宗实录》。九年十月二十一日，为考功郎中、依前史馆修撰。十二月十五日，以考功郎中知制诰。十年(815)夏，《顺宗实录》修成，时年四十七。

1. 元和初作《元和圣德诗并序》主张大一统，反对藩镇割据，在中唐政争中具有重要意义。除此之外，《送董邵南游河北序》反对董邵南效命河北节镇；《送幽州李端公序》敦促李端公献言节镇，使其“帅先河南北之将，来觐奉职，如开元时”；《送石处士序》《送温造处士赴河阳军序》则高度认同石生、温生效力河阳军幕。这些都表明了韩愈尊崇中央集权、反对藩镇割据的政治态度。

2. 元和九年作《衢州徐偃王庙碑》，对“不忍斗其民”而“走死失国”的徐偃王给予了高度同情。《岐山操》推崇太王不忍百姓流血而放弃疆土，《伯夷颂》反对“以暴易暴”。由仁义之道发展而来的非暴力主张，值得注意。

3. 中晚唐政治权利争斗的焦点，是南北司之争。此前，韩愈以都官员外郎分司东都判祠部期间，“日与宦者为敌，相伺候罪过”。贞元末，又因上疏论宫市被贬阳山。《董府君墓志铭》揭露宦官为垄断财权屠杀朝臣，矛头直指当代君主。至修《顺宗实录》，正式将太监的丑恶刻在了历史的耻辱柱上。

（六）渐近中枢，再次遭贬（元和十年至元和十三年）

元和十年(815)六月后，上《论淮西事宜状》，作《与鄂州柳公绰中丞书》、《再答柳中丞书》，时年四十八岁。十一年正月二十日，迁中书舍人。以论淮西事宜与裴丞相议合，而宰相有不便之者，五月三十日，降太子右庶子。十二年七月二十九日，兼御史中丞充彰义军行军司马，从裴度平蔡。愈请乘遽先入汴说韩弘使叶力，八月二十七日至郾城，十月十七日平蔡。十二月十九日，为刑部侍郎。十三年(818)三月二十五日，进《平淮西碑》，时年五十一岁。

1. 这一时期，韩愈的主要活动是处理淮西事宜。从上《论淮西事宜状》到直接参与淮西之战，再到进《平淮西碑》，每一步都充斥着争议、危险与艰辛。这一点，从上《论淮西事宜状》被贬官，到《平淮西碑》被推倒，就可以看得很清楚。在这场中唐最重要的平定叛镇的战斗中，韩愈始终站在斗争的最前线。其政治才干，在这一战中得到了充分的体现。

2. 这一时期，韩愈对官场的弊端有了更深刻的认识。《蓝田县丞厅壁记》对封建专制制度下官场同僚之间的争权夺利进行了针砭入骨的揭露,《唐故相权公墓碑》则对中唐党争表现出深刻的警惕。凡此,都体现出韩愈从政经验进一步成熟。

(七)南迁潮州,量移袁州(元和十四年至元和十五年)

以上表谏迎佛骨,元和十四年(819)正月十四日贬潮州刺史,三月十五日到任。十月二十四日量移袁州刺史,十五年(820)正月到任。九月二十二日,召为国子祭酒。时年五十三岁。

1. 元和十四年贬谪潮州以后,是韩愈道统思想的发展完善阶段。在这一阶段,韩愈的道统思想已经由理性的思考转变为人生信仰、终极关怀。元和十五年所作《与孟尚书书》正面陈述自己上承孟子兴灭继绝的担当精神与献身精神。《与孟尚书书》"推尊孟氏,以为功不在禹下"。晚年修订《原道》,将"轲之死,不绝其传焉",修改为"轲之死,不得其传焉",强化儒学道统的神圣性、纯洁性。

2. 为潮州建置乡校,并委派"通经,有文章,能知先王之道,论说且排异端而宗孔氏"的赵德秀才勾当州学,以督生徒。并捐献个人俸禄设立教育基金,尤其富于远见卓识。

3. 在袁州放免七百余奴隶,并上《应所在典贴良人男女状》,要求放免全国范围内被逼为奴婢的良民。

4. 上《论钱重物轻状》,对朝廷的价格双轨制提出批评,体现了韩愈以民生为本的政治经济思想。

(八)再着戎装,镇州遇险(元和十五年至敬宗长庆四年)

元和十五(820)年冬,抵京履国子祭酒任。长庆元年(821)七月二十六日，迁兵部侍郎。二年(822)二月二日，奉使宣抚镇州，往返两月，春末还京。九月三日，迁吏部侍郎。三年(823)六月八日，迁京兆尹兼御史大夫。十月十二日，复为兵部侍郎。二十日，复为吏部侍郎。四年(824)八月，以疾满百日免任，十二月二日卒于靖安里第，年五十七。

1. 上《黄家贼事宜状》，主张容贷羁縻。为解决中央与地方的矛盾寻求妥协与谈判的道路。

2. 定镇州，有勇有谋，刚柔并济，展现了一个成熟政治家的坚毅执着与深谋远虑。

3. 上《论变盐法事宜状》，反对食盐官卖的主张，符合现代社会反对市场垄断、官商不分的经济原则，符合社会发展的方向。

4. 长庆四年八月，以疾满百日，请告免任。“养疾城南庄”“自期此可老”。(张籍《祭退之》)进退自如，体现了不恋栈名位的高风亮节。

5. 李翱《韩公行状》记其属纩之言曰：“愈愚，食不择禁忌，位为侍郎，年出伯兄十五岁，且获终牖下，如又不足，于何而足？”皇甫湜《韩文公神道碑》记：“遗命丧葬，无不如礼。俗习夷狄，画写浮图，日以七数之，及拘阴阳，所谓吉凶，一无污我。”朱熹以为“此事可见公之平生谨守礼法，排斥异教，自信之笃，至死不变，可以为后世法。”(朱熹《昌黎先生集考异》卷十《新书本传》注)

三　天、地、人三位一体：韩愈的宇宙本体观念

天人关系理论讨论人与自然的关系，作为本体论和人性论哲学的出发点，具有非常重要的意义。最早将“天道”纳入“人道”，从而成为宋明心性论哲学新起点的，是中唐韩愈、柳宗元、刘禹锡有关天人关系理论的一场讨论。

(一)从天人相仇到天人一体

韩愈《天之说》集中表述了其天人关系理论:

> 韩愈谓柳子曰:若知天之说乎?吾为子言天之说。今夫人有疾痛、倦辱、饥寒甚者,因仰而呼天曰:"残民者昌,佑民者殃!"又仰而呼天曰:"何为使至此极戾也?"若是者,举不能知天。
>
> 夫果蓏饮食既坏,虫生之;人之血气败逆壅底,为痈疡、疣赘、瘘痔,虫生之;木朽而蝎中,草腐而萤飞,是岂不以坏而后出耶?物坏,虫由之生;元气阴阳之坏,人由之生。虫之生而物益坏,食啮之,攻穴之,虫之祸物也滋甚。其有能去之者,有功于物者也;繁而息之者,物之仇也。
>
> 人之坏元气阴阳也亦滋甚:垦原田,伐山林,凿泉以井饮,窾墓以送死,而又穴为偃溲,筑为墙垣、城郭、台榭、观游,疏为川渎、沟洫、陂池,燧木以燔,革金以镕,陶甄琢磨,悴然使天地万物不得其情。幸幸冲冲,攻残败挠而未尝息。其为祸元气阴阳也,不甚于虫之所为乎?吾意有能残斯人使日薄岁削,祸元气阴阳者滋少,是则有功于天地者也;繁而息之者,天地之仇也。今夫人举不能知天,故为是呼且怨也。吾意天闻其呼且怨,则有功者受赏必大矣,其祸焉者受罚亦大矣。子以吾言为何如?

韩愈认为:人只是破坏天地自然的一种蠹虫,天与人利益相悖,所以,"残民者昌,佑民者殃"。"贤者恒不遇,不贤者比肩青紫;贤者恒无以自存,不贤者志满气得;贤者虽得卑位则旋而死,不贤者或至眉寿。"柳宗元认为,天地和果蓏、草木一样,都不过是客观存在的物质实体,没有人格,没有意志,当然也就不可能"赏功而罚祸"。刘禹锡认为,天有天道,人有人道:"天之道在生植,其用在强弱;人之道在法制,其用在是非。"自然界的规则是弱肉强食;人类社会的规则是法度礼制。二者之间的关系,则是"交相胜""还相用"。柳宗元针对刘禹锡的观点进一步指出:天道有"生植与灾荒"之别,人道有"法制与悖乱"之别,二者均有善与不善之分,并非"天恒为恶,人恒为善"。

历代天人关系理论纷繁复杂,但无论是天命、天志,还是天人合一、天人相分,都必须回答两个根本性的问题:天与人,是一还是二?天人关系,是一元还是二元?从这一角度考虑,韩、柳、刘有关天人关系问题的讨论,其根本观念是一致的:天与人是两个对应的独立存在。至于二者之间的关系,韩强调其相悖相仇,柳强调其相分相对,刘强调其相胜相用。三者各有侧重,相反相成。但归根结底,天人同属于一个存在系统,理一分殊,体用不二。天人相分与天人相合,只是同一个存在系统的不同解剖层面。韩、柳、刘的不同命题,共同构建起中唐天人关系理论的完整体系。

按韩愈的说法,天与人是两种相互独立的自然存在物。既然是两种不同的存在,就必然有着自身的不同利益,冲突也就难以避免了。具体说来,作为元气阴阳的"天",其利益在清静无为、休养生息;作为动物的"人",其利益在吃喝拉撒、生殖繁衍。人类的生产活动,不可能不破坏元气阴阳的自然存在状态:开垦原野,砍伐山林,凿井取水,穴墓葬埋,乃至于修建厕所、墙垣、城郭、楼台馆榭,开凿运河、沟渠,熔炼金属,烧制陶器,都是对自然利益的侵害。天与人利益相悖,这是韩愈天人关系理论的立论基础。但它们之所以相仇相残,都是因为自私自利,都是为了争取自己的生存权利。二者同样为自己的生存而竞争,可见天性同于人性。天人相分,由此还原为天人相合。

(二)从一元本体论、二元本体论到三元本体论

有关宇宙的本根、本体、起源与构成,存在着三个完全不同的

阐释路向，即老子的道一元本体论、《易传》的阴阳二元本体论、杨雄的天地人三元本体论。

老子以“道”作为天地分剖之前的宇宙终极本原：“有物混成，先天地生。寂兮寥兮，独立而不改，周行而不殆，可以为天地母。吾不知其名，字之曰道，强为之，名曰大。”（《道德经》二十五章）“道”的形态，看不见、摸不着：“道之为物，惟恍惟惚。惚兮恍兮，其中有象。恍兮惚兮，其中有物。窈兮冥兮，其中有精。其精甚真，其中有信。”（二十一章）“视之不见，名曰夷；听之不闻，名曰希；搏之不得，名曰微。此三者不可致诘，故混而为一。”（十四章）用现代物理学的语言来描述，这正是宇宙大爆炸之前不占有时空的原初物质形态。所以，老子的宇宙本体理论，是道一元论。

《易·系辞上》这样描绘宇宙的起源：“易有太极，是生两仪。两仪生四象，四象生八卦。”而这大自然的生生之功，则来自于阴阳二气的相摩、相荡、相交、相感。“天地感而万物化生”（《咸·象》），“是故刚柔相摩，八卦相荡，鼓之以雷霆，润之以风雨，日月运行，一寒一暑，乾道成男，坤道成女，乾知大始，坤作成物”（《易·系辞上》），“天地细缊，万物化醇，男女构精，万物化生”（《易·系辞下》）。其具体的过程，是“有天地然后有万物，有万物然后有男女，有男女然后有夫妇，有夫妇然后有父子，有父子然后有君臣，有君臣然后有上下，有上下然后礼义有所错”（《易·序卦传》）。《易传》以阴、阳二气作为天地分立之前的形上本根，属于二元本体论。

杨雄的《太玄》，以三起，以三生，“以三起者，方州部家也。以三生者，参分阳气以为三重”（《玄图》）。《太玄》模仿《周易》阳爻（—）、阴爻（- -），作奇（—）、偶（- -）、和（- - -）三种符号，即所谓“参分阳气以为三重”。第一方、第一州、第一部、第一家画作“—”，第二方、第二州、第二部、第二家画作“- -”，第三方、第三州、第三部、第三家画作“- - -”。一方一州一部一家组成一首，当

《周易》一卦。一分为三，三分为九，九九八十一首。每首九赞，八十一首共计七百二十九赞。《玄摛》这样描绘天地的起源："玄者，幽摛万类而不见形者也，资陶虚无而生乎规，攔神明而定摹，通同古今以开类，摛措阴阳而发气。一判一合，天地备矣。……三仪同科，厚薄相劘。圜则杌棿，方则啬吝，嘘则流体，唫则凝形。是故阖天谓之宇，辟宇谓之宙。"从不见形的虚无到阖天辟宇，都有赖于"玄"在其间生规、定摹、开类、发气，此之谓"神明"。而"一判一合""厚薄相劘"，则"三仪同科"。开天辟地乃是天地人的共同作用，人也是天地宇宙开辟的参与者①，这是《太玄》宇宙起源论独具的特色。

（三）韩愈的三元本体观念及其影响

古文"巛""川"，"天""地"同形。"天"可以包涵"地"，指囊括上下四方六合为一的宇宙。在这一意义上，"天"又称"一"。《周礼・天官冢宰》郑注："天者，统理万物。"《庄子・齐物论》郭象注："天也者，万物之总名也。"上文解析韩愈《天之说》的天人关系理论，正是就这一意义而云然。

韩愈的思维有一个明显的特点，习惯用三分法分析事物。比如讨论人性，分为情性三品；讨论人的进化，分为禽兽、夷狄、人；讨论政治经济，分为性、道、教；讨论社会分层，分为君、臣、民；讨论教育，分为传道、授业、解惑。即便是采用两分法分析事物，最终仍然是"执其两端用其中于民"，"中"即是第三元。如人的动物性与人性、君权与相权、集权与分权、暴力与非暴力、道统与治统、官商一体与政经分立、市场垄断与市场竞争、为己与为人、明道与载道等，

① 在地球环境科学的研究中，生物的活动及其影响已经纳入了研究的视野。地球的环境制约着生物的进化，生物的活动同时影响着环境的形成与改变，这一结论已经不存在太大的争议。

最后的归结点，仍然在于二者的辩证统一。

韩愈的三元思维观念，来自于杨雄《太玄》的三元本体理论。正因为如此，他对杨雄，尤其是对其作《太玄》有极高的评价。《韩愈集》中杨雄凡十七见，在儒家前辈中仅次于孟子。《与冯宿论文书》高度评价杨雄《太玄》，许其胜《老子》、胜《周易》，“直百世以俟圣人而不惑，质诸鬼神而不疑”，尤其值得注意。韩愈将《太玄》与《老子》《周易》并列对比，认为三者之间必然具有可比性。而这可比性，显然就是象数之学，也就是宇宙本体模式。盖《老子》主张道一元论，《周易》主张阴阳二元论，《太玄》主张天地人三元论。尽管韩愈没有相关的论述，但他的思维习惯表明了他的三元思维观念，所以许其胜《老子》、胜《周易》，其原因盖在于此。后代学人大多以为《太玄》一书，不过剽窃《周易》而已。对于韩愈高度评价《太玄》，一般人付之一笑，很少认真思考，可谓入宝山而空回。直到宋代，《太玄》才开始受到学者重视。鉴于《太玄》问世之后，讫至中唐，少有问津，所以，宋人对《太玄》的重视，显然来自韩愈。

（四）结语

道一元论、阴阳二元论、天地人三位一体的三元本体论，代表了不同历史时期的宇宙本体理论，各有特色，各有成就，也各有其存在价值。但从人类文明进程的角度考虑，道一元论体现了上古时期奴隶主“普天之下莫非王土”的意志与利益，阴阳二元论体现了中古时期“王与马共天下”的贵族集团的意志与利益，天、地、人三位一体的三元本体论体现了近现代以中产阶层的崛起为代表的平民阶层的意志与利益，应该是比较明显的事实。“三”，在汉语环境中意味着多，三元即是多元。多元文化格局的形成，是现代社会不可阻挡的历史潮流。多元本体理论，即是多元文化理论的本体依据。从这一角度讲，上面的讨论，还是有意义的。以下讨论韩愈的思想，天地人三位一体的三元本体观念即是立论的基础。

四　情性三品：韩愈的人性理论

中国古代的心性理论，集中在有关人性善恶的讨论上。先秦时期的人性理论已经形成了四个主要流派：告子的性无善恶论，世硕的性有善有恶论，孟子的性善论，荀子的性恶论。到两汉时期，性无善恶论发展为杨雄的人之性善恶混，性有善有恶论发展为董仲舒、王充、荀悦的性三品。

韩愈主张性三品，所以，人们往往倾向于简单化的判断："韩愈关于性三品的观点继承了汉代董仲舒和王充的性三品说。"①实际上，"性三品"只是韩愈人性论的理论外壳，其人性理论的实质，是孟子的性善论。韩愈是怎样在"性三品"的壳子里装进了"性善"的内容？其间的奥妙，就在于一套与众不同的人性构成理论。

（一）五常：人性的内涵构成

《原性》这样解剖人性的内涵构成："其所以为性者五：曰仁，曰义，曰礼，曰智，曰信。"韩愈以仁、义、礼、智、信为人性的内涵，将人性的本质归结于道德理性，其理论渊源应该出于孟子。孟子以仁、义、礼、智四德作为人性的构成，韩愈增入一个"信"字，变"四德"为"五常"。"四德""五常"都属于道德理性，是人类区别于动物的本质属性。也就是说，孟子、韩愈所定义的人性，都是指人不同于动物的特殊性，这正是孟、韩人性理论性质相通的根本所在。

"五常之性"与生俱来，是人类固有的本性。《原性》称"性也

---

①　任继愈：《中国哲学发展史（隋唐）》，人民出版社 1994 年版，第 551 页。

者，与生俱生也"，就揭示了这一性质。如果进一步追溯，人性正是源于天性。《尚书·洪范》"阴骘下民"，王肃注："阴，深也。言天深定下民，与之五常之性。"(《尚书正义》卷十二)《尚书·汤诰》"惟皇上帝降衷于下民"，孔传："皇上帝，天也。衷，善也。"《正义》："天生烝民，与之五常之性，使有仁义礼智信，是天降善于下民也。"(《尚书正义》卷八)韩愈论性，往往与天命相通，如《论语·为政》"五十而知天命"，孔传："知天命之终始。"《论语笔解》云："天命深微至赜，非原始要终一端而已。仲尼五十学《易》，穷理尽性以至于命，故曰知天命。"《论语·公冶长》"夫子之言性与天道不可得而闻也"，孔传："性者，人所受以生也；天道者，元亨日新之道深微，故不可得而闻也。"《论语笔解》云："孔说粗矣，非其精蕴。吾谓性与天道一义也，若解二义，则人受以生，何者不可得闻乎哉？"《论语·尧曰》"不知命无以为君子"，孔传："命谓穷达之分。"《论语笔解》云："命谓穷理尽性以至于命也，非止穷达。"由人性、天性而至于天命，韩愈的人性论，也由此被提升到终极关怀的高度。

(二) 性三品：五常的完备与缺失

如果说，性具五常是将人类的本质属性抽象为先天道德理性的话，那么，性分三品则是将这种抽象的德性具象为具体的人格类型。

韩愈以五常作为人性的内涵，而仁、义、礼、智、信无可争辩地全都属于善，那么，现实生活中无所不在的"恶"又从什么地方来？王安石《原性》就曾经这样质疑过韩愈。对于这个问题，现代学术界也不无疑虑："既然'所以为性者'是儒家的仁、义、礼、智、信五德，而且又是'与生俱生'的，那么人人都应该具有这种善性，至多只是五种德性的不同搭配使人在性善的程度上有所不同，怎么会有根本违反五德的性恶之人呢?”①实际上,对韩愈而言,五常之性作为人类“与生俱生”的本性只是一个普遍的类存在,落实到具体个人的人性存在状态,每一个人所禀赋的五常要素又各有不同。概略而言,可以区分为三品:

> 性之品有上中下三:上焉者,善焉而已矣;中焉者,可导而上下也;下焉者,恶焉而已矣。其所以为性者五:曰仁、曰礼、曰信、曰义、曰智。上焉者之于五也,主于一而行于四;中焉者之于五也,一不少有焉,则少反焉,其于四也混;下焉者之于五也,反于一而悖于四。

具体地说来,上品的“善”是五常完备的结果,下品的“恶”是五常缺失的结果。也就是孔子所说的:“道二,仁与不仁而已矣。”(《孟子·离娄上》)韩愈以道德理性的完备与缺失来区分人性的善恶,在理论上是完全可以成立的。现代人格心理学有关人格缺失的理论正是这样诠释人格类型的差异,和韩愈的理论方法非常接近。

韩愈通过五常完备与缺失的状态区分人性善恶,其思想渊源虽然出自孟子,但区分品类,却是一个重要的推进:通过三品的划分,人性的差异才得以凸现;抽象的道德理性,才由此具象为具体的人格类型;作为人类本质属性的先天道德理性,与这种德性的个体存在状态也就是人格类型才得以区别开来。在古代人性理论以及人格理论的探讨中,这一方法直接影响到宋代道学家的心性研究,其理论价值不可低估。

(三) 学习:“移”与“不移”的枢纽

韩愈“性三品”的人格类型化方法会不会过于僵化,从而阻断

① 任继愈:《中国哲学发展史(隋唐)》,人民出版社 1994 年版,第 551 页。

人们自新向善之路？现代学术界确实存在这样的担心："韩愈批评孟子、荀子和扬雄时，停留在道德现象的分类上，未能根据当时学术界新的认识成果进一步考察人的共同本质的普遍属性。这是早已被佛教和道教提出过的，并有大量深刻的阐发，而韩愈对此未予重视。南北朝时佛性讨论中有多数学者基本上接受了一切众生皆有佛性的观点，认为每一个人都有超凡成佛的可能。在这种情况下，韩愈仍然承袭旧说，认为人性的三品不可能根本改变，就等于告诉下品的人，即使修身养性也无济于事，这样就不能给全体社会成员指出一条出路，也就难以同佛教和道教争夺群众。"①事实上，韩愈确有这样的表述：

> 上之性，就学而愈明；下之性，畏威而寡罪：是故上者可教而下者可制也，其品则孔子谓不移也。

韩愈以孔子"惟上智与下愚不移"为依据，断言人性三品不可移易，似乎确有僵化的危险。不过对这一问题，韩愈还有另外的表述，《论语笔解·阳货》释"性相近也习相远也""惟上智与下愚不移"云：

> 上文云"性相近"，是人可以习而上下也。此文云"上下不移"，是人不可习而迁也。二义相反，先儒莫究其义。吾谓上篇(《季氏》)云："生而知之上也，学而知之次也，困而学之，又其次也，困而不学，民斯为下矣。"与此篇二义兼明焉。

按韩愈的理解，解决"相近"与"不移"之间的矛盾，必须将《阳货》的两段文字与《季氏》这段文字结合起来才能够"兼明"。换言之，《季氏》的这段文字是解答"相近"与"不移"的一把钥匙。也就是说，所谓"移"与"不移"，其关键在于"学"与"不学"。"困而后学"

---

① 任继愈：《中国哲学发展史(隋唐)》，人民出版社 1994 年版，第 551 页。

尚且可移,何况“学而知之”者? 至于“困而不学”者,其品不移,也在情理之中。这样看来,韩愈所谓的“不移”,也是有条件的。说得更明白一点,所谓“不移”,就是指“困而不学”者,身陷困境仍然不肯学习,他又怎么可能“移”? 当然,如果他愿意学习了,他就成为“困而后学”的人,仍然是可以“移”的。人是否能够向善自新,取决于他自己是否愿意学习。“移”与“不移”,“足乎己无待于外”。这样解读,或许更接近韩愈的本意。

(四)结语

通过上文的分析,我们可以得出以下的结论:“性三品”只是韩愈人性论的理论外壳,其人性理论的实质,是孟子的人性本善;韩愈的性说渊源于孟子,这一选择,决定了韩学的根本走向,也决定了此后宋代学术文化的根本走向;韩愈以五常作为人性的内涵,使得他的心性理论具有了现实的社会生活内容,和佛、道二家谈无说空的心性理论有了质的区别;韩愈以五常完备或缺失区分人性善恶,凸现了人性的差异和人格的类型;韩愈以“学”与“不学”区分人格类型的“移”与“不移”,为人们提供了一条自新向善之路。凡此都表明:在当代的思想文化建设中,韩愈的人性思想作为传统文化的重要组成部分,还存在不少可资借鉴的东西。

五 性体道用:韩愈的心性本体理论

韩愈“性体道用”的心性本体理论,相对于上古哲学的道本体论、中古哲学的礼本体论,说得上是一场不折不扣的思想颠覆。人们的终极关怀由自然哲学、伦理哲学向心性哲学的转移,显示了华夏文明由中古向近现代转型的必然趋势,从而对华夏文明的历史进程产生了重要影响。

（一）性体：博爱之谓仁

韩愈的心性本体观念集中表述在《原道》篇首："博爱之谓仁，行而宜之之谓义，由是而之焉之谓道，足乎己无待于外之谓德。仁与义为定名，道与德为虚位。"

《原人》所谓"一视而同仁，笃近而举远"，即"博爱"义界。《原性》以五常即仁、义、礼、智、信作为人类本性的基本构成，而五常的关系，"主于一而行于四"。"仁"与"义""礼""智""信"之间不再是并列关系，而是主从关系。"仁"即博爱之性被升华为人类之所以为人类的本质属性。以博爱言仁不始于韩愈，但将博爱之仁规定为人类的本质属性，选择价值理性而不是工具理性作为中国近现代思想文化系统的价值本体，韩愈是当之无愧的第一人。韩愈的这一选择，确立了韩学的根本价值取向，也直接影响此后宋明道学乃至现代新儒学的走向，具有非常重要的理论意义。

韩愈以"仁"为体的理论，到宋代得到了程颢的认同。明道之学，以"识仁"为本："学者须先识仁。仁者浑然与物同体，义、礼、智、信皆仁也。"又云："仁义礼智信五者，性也。仁者全体，四者四支。仁，体也；义，宜也；礼，别也；智，知也；信，实也。"其理论来源正是韩愈的"主于一而行于四"。明道又云："医书言手足痿痹为不仁，此言最善名状。仁者以天地万物为一体，莫非己也。认得为己，何所不至，若不有诸己，自不与己相干。如手足不仁，气已不贯，皆不属己，故'博施济众'乃圣人之功用。仁至难言，故止曰：'己欲立而立人，己欲达而达人。能近取譬，可谓仁之方也已。'欲令如是观仁，可以得仁之体。"（《河南程氏遗书》卷二上）由此演绎出宋明道学的一个新命题，即所谓"仁者觉也"。主张此说者有谢良佐、张九成、李衡、陆九渊、杨简，最终发展为宋明道学的心本体论，从而影响现代新儒学如梁漱溟、牟宗三等。上蔡明确判断："儒之仁，佛之觉。”又释“仁”曰：“仁者何也？活者为仁，死者为不仁。今人身上麻痹不知痛痒，谓之不仁。桃杏之核可种而生者，谓之桃仁、杏仁，言有生之意。推此，仁可见矣。”（真德秀《西山读书记》卷七）李衡云：“仁者，觉也。声色之来，我能觉，则不为声色所移；货利之来，我能觉，则不为货利所溺。若能随念而觉，随事而觉，去圣人不远矣。”（《乐庵语录》卷二）杨简云：“知者觉之始，仁者觉之纯。”（《愤乐记》）张九成则通过“心有所觉谓之仁”“仁即是觉，觉即是心，因心生觉，因觉有仁”，得出“心即仁”的结论，成为从程颢、谢良佐到陆、王的中介。（《张状元孟子传》卷十四）

（二）道用：由是而之焉之谓道

在上古文化系统中，“道”大多指宇宙的本根本体。“由是而之焉之谓道”，“道”只是由“义”趋“仁”的途径。

文谠注：“之，往也。”孙汝听注：“是，谓仁义。之焉，适也。”高步瀛注：“《礼记·中庸》曰：‘率性之谓道。’郑注曰：‘循性行之之谓道。’又曰：‘道，犹路也。’”按：“道”，《说文》作“衜”，云：“道，所行道也。从辵，从𩠐。”其本义为道路。从道路引申出“经由”一义，《尔雅·释诂下》：“繇训道也。”《史记·晁错传》集解引臣瓒曰：“道，由也。”字又通作“导”，《说文》：“古文道从𩠐、寸。”桂馥《说文义证》：“即导。”此句要害在“是”“焉”二字：“是”为代词，指代上文“义”字；“焉”亦为代词，其义略同于“于此”“于是”，指代上文“仁”字。“由是而之焉之谓道”，即由“义”之“仁”之谓“道”。“道”是由“义”到达“仁”的途径，即《答李翊书》所谓“仁义之途”。韩愈此说，以“仁”为体，以“道”为用，其理论渊源应该是《大学》：“天命之谓性，率性之谓道。”郭店楚简《性自命出》谓“性自命出，命自天降，道始于情，情生于性”。可知性体道用，正是思孟学派与老庄乃至荀、韩的根本分野。此后《孟子·离娄上》“义，人之正路也”、杨雄《法言·问道》

“道，若涂若川，车航混混，不舍昼夜”，也约略接触到了这层含义。杨万里《诚斋易传》梳理此说渊源云：“一阴一阳之谓道，阴阳亦未离于器者也，所以阴阳者，道也。道不自立，以器而立；器不自行，以道而行。故孔子曰：‘何莫由斯道也。’孟子曰：‘夫道若大路然。’董子曰：‘道者所由适于治之路，仁义礼乐皆其具也。’韩子曰：‘博爱之谓仁，行而宜之之谓义，由是而之焉之谓道。’董子之所谓‘具’，即仲尼之所谓‘器’也；仲尼之所谓‘由斯’，孟子之所谓‘若路’，董子之所谓‘由适’，韩子之所谓‘由是之焉’者，即今仲尼之所谓形而上者也。”

“道”本体论有三大系统：刘安《淮南》所原之道，“包裹天地，禀受无形”，为自然之道；刘勰《文心雕龙》所原之道，“经纬区宇，弥纶彝宪”，为圣人之道；韩愈所原之道，“足乎己无待于外”，为人类固有的先天道德理性。以上三大系统，体现了人类在不同历史发展阶段所具有的不同的终极关怀：上古时期，人们关注的焦点是人与自然的关系；中古时期，人们关注的焦点是人与社会的关系；近现代时期，人们更多地关注自我的存在与完善、生命的价值与意义。自我意识的觉醒、自由意志的张扬，是近现代时期思想文化领域的时代潮流。韩愈顺应历史和时代的要求，在中国传统文化复兴与发展的道路上迈出了坚实的第一步。

（三）性体道用：定名虚位

韩愈以“道德”为虚位，以“仁义”为定名，且置“仁义”于“道德”之先，意味着“仁义”“道德”之间道器、体用关系的转换，绝非简单的语序变化。最先感知到这一变化的，是宋释契嵩。其《非韩·第一》云：“韩子议论拘且浅，不及儒之至道可辩。予始见其目曰‘原道’，徐视其所谓‘仁与义为定名，道与德为虚位’。考其意，正以仁义人事必有，乃曰‘仁与义为定名’；道德本无，缘仁义致尔，乃曰

‘道与德为虚位’。此说特韩子思之不精也。夫缘仁义而致道德，苟非仁义，自无道德，焉得其虚位？果有仁义，以由以足，道德岂为虚耶？道德既为虚位，是道不可原也，何必曰原道？《舜典》曰：‘敬敷五教。’盖仁义五常之谓也。韩子果专仁义，目其书曰‘原教’可也，是亦韩子之不知考经也。其曰：‘博爱之谓仁，行而宜之之谓义，由是而之焉之谓道，足于己无待于外之谓德。’夫道、德、仁、义四者，乃圣人立教之大端也。其先后次第有义有理，安可改易？道德、仁、义相因而有之，其本末义理如此，圣人为经，定其先后，盖存其大义耳。今韩子戾经，先仁义而后道德，臆说比大，开通得理，不乃颠倒僻纡无谓邪？”

契嵩以韩愈“先仁义而后道德”为“戾经”，原则上是可以成立的，因为五经中确实没有“先仁义而后道德”的实例。相反，“先道德而后仁义”的例证，在古代典籍中却非常丰富。如《老子》第三十八章：“失道而后德，失德而后仁，失仁而后义，失义而后礼。”《庄子·天地》：“古之明大道者，先明天而道德次之，道德已明而仁义次之。”《庄子·马蹄》：“道德不废，安取仁义；性情不离，安用礼乐；五色不乱，孰为文采；五声不乱，孰应六律。夫残朴以为器，工匠之罪也；毁道德以为仁义，圣人之过也。”《淮南子·说山》：“升之不能大于石也，升在石之中；夜之不能修于岁也，夜在岁之中；仁义之不能大于道德也，仁义在道德之包。”《淮南子·俶真》：“道散而为德，德溢而为仁义，仁义立而道德废矣。”但契嵩断言“自古未始有四者连出而道德处其后”者，则未必准确。陆贾《新语·怀虑第九》：“先仁义而尚道德。”赵岐《孟子题辞》推崇《孟子》一书：“包罗天地，揆叙万类，仁义、道德、性命、祸福，粲然靡所不载。”孔颖达疏《礼记正义·表记》“不厉而威”曰：“常行仁义道德，不自严厉而人威服也。”只要稍加注意就可以发现：上述的两组例证，“先道德而后仁义”者均出于道家，“先仁义而后道德”者均出于儒家。道家以“道德”为本，儒家以“仁义”为本。上述的差别，正好体现了儒道两家“本末义理”的差异。韩愈的贡献，只不过是将“先仁义而后道德”的命题提升到本体论高度而已。与此相对应，也可以发现：程、朱以外在的“理”作为宇宙本根的“理本体论”，实际上只是先秦道家本体论的变形。① 从人类思维能力发展进化的角度考虑，理本体论弱化人类自身的本体地位，与时代潮流背道而驰，在心性本体已经凸现的近现代时期，应该是历史的倒退。更为严重的是，这高高在上的宇宙本体必然异化为“人性”的主宰者和压制者，进而从根本上消解孟、韩人性本善、众生平等的本旨。宋明时期的“存天理”“灭人欲”，正好暴露了“理本体论”的实质。牟宗三不承认程、朱的正统地位，止于“别子为宗”，未免太过温柔。“五四”时期有关“理学杀人”的抨击，还不能简单化地全盘否定。

（四）结语

人类哲学思维的发展规律，是由外及内、由表及里、由大宇宙而小宇宙的。上古人类关注的焦点是上天，中古人类关注的焦点是社会，近现代人类关注的焦点是自我。由此形成了人类哲学思维的三大系统：自然哲学、伦理哲学、心性哲学。与此相对应，中国古代哲学形成了三大本体理论：以老、庄为代表的道本体论；以荀、韩为代表的礼本体论；以陆、王为代表的心本体论。韩愈“性体道用”的本体理论显示了近现代哲学思维由自然哲学、伦理哲学向心性哲学的转移，对华夏文明近现代转型的进程产生过重要的影响。揭示韩愈心性本体理论的上述性质，对当代的思想文化建设或许

---

① 张岱年谓“伊川以‘理’为宇宙本根，‘理’实即‘道’之别名”，“伊川的‘理’之观念，实在是古代道家之道的观念之变形”。见《中国哲学大纲》，中国社会科学出版社 1982 年版，第 24 页、第 58 页。

会有一点借鉴的意义。

六　禽兽、夷狄、人：韩愈的人论

韩愈的人论，讨论人的生物进化、社会分化与人类文明的现代化，实质上是讨论人类文明进化的过程。韩愈所说的“禽兽”“夷狄”“人”，可以大致对应摩尔根的蒙昧人、野蛮人、文明人。但无论是“禽兽”，“夷狄”，“人”，还是“蒙昧人”“野蛮人”“文明人”，其差异都不在种族优劣，而在文明程度。将其理解为种族歧视或阶级歧视，不是误解，就是曲解。韩愈以有业、无业划分社会阶层的理论，与马克斯·韦伯遥相呼应。这一理论与孟子以“有产”“无产”的理论相结合，中国传统文化的社会分层体系也就初见端倪。人的现代化的根本标志，是人格独立、个性解放、精神自由，是其主体意识的确立与内在理性的完善。韩愈以“一视同仁”“笃近举远”规范人类的“为主之道”，才真正定义了人的现代化。

（一）人的进化

生物人的进化经历了三个阶段：直立人、早期智人（古人）、晚期智人（新人）。社会人的进化同样经历了三个阶段：禽兽、夷狄、人。这样的人类文化学分期，早在先秦、两汉就已经初见端倪。《鬻子·汤政汤治天下理第七》：“天地辟而万物生，万物生而人为政焉。人化而为善，兽化而为恶，人而不善者谓之兽。”《论衡·别通篇》：“倮虫三百，人为之长。天地之性人为贵，贵其识知也”“诸夏之人所以贵于夷狄者，以其通仁义之文，知古今之学也”。但最终将其系统化、理论化的，是韩愈的《原人》：“形于上者谓之天，形于下者谓之地，命于其两间者谓之人。形于上，日月星辰皆天也；形于下，草木山川皆地也；命于其两间，夷狄禽兽皆人也。”

倮虫类动物可以细分为三类：人、夷狄、禽兽。“夷狄禽兽皆人也”，即首发此说。伊川谓“礼一失则为夷狄，再失则为禽兽”（《二程遗书》卷二上），其思想渊源显然出自韩愈。此说以为华夏文明高于蛮夷文明，其民族优越感或大汉族主义倾向应该批判。但排除掉这层含义之后，上述说法仍然存在合理的因素：按现代文化人类学的观点，人类文明的发展进程中，确实经历过不识母子的血亲杂交阶段、知母而不知父的母姓族群阶段、以父系传承为依据的氏族部落阶段。按韩、程的说法：人类文明发展初期，人知母而不知父，事实上与禽兽没有区别，属于动物人；即便是夷狄戎蛮能识父母，能立君长，但缺乏礼仪，仍然属于野蛮人；只有礼仪完备，上下有序，才能算得上文明人。无论是“禽兽”“夷狄”“人”，还是“蒙昧人”“野蛮人”“文明人”（摩尔根《古代社会》），其差异都不在种族优劣，而在文明程度，这才是“禽兽”“夷狄”“人”三分法的真谛。本文讨论人的进化，仍然按社会史分期的原则，分为上古时期、中古时期、近现代时期。

人类社会发展的上古时期，由于生存环境艰难严酷，灾害频仍，天敌环视，生存诉求成为原始先民的唯一诉求。残酷的生存挑战催生了人类的竞争意识，“天行健，君子以自强不息”（《乾·象》），大自然的阳刚之气凝结为华夏文明的精神支柱。这一时期，人类行为的全部依据是上帝的意旨，人类思维的焦点是天人关系，大自然的强悍、暴烈、不可抗拒催生了敬畏观念，大自然的变幻万千、神秘莫测催生了探索精神，对暴力的恐惧催生了英雄崇拜，对功利的执着催生了丛林法则。凡此种种，都是蒙昧时期遗留给人类的宝贵财富。生存的欲望是人类最起码的正当欲望。所以马斯洛讲人的基本需求，将生存需求排在首位；孔子论政，将“足食”“足兵”列在首位；韩愈则公然把“求禄利”作为自己的人生目标（《答陈商书》），同时自嘲其“为利而止真贪馋”（《酬司门卢四兄云夫院长望秋作》)。可以这样说:对于草根百姓而言,活下来就是最高尚的人生动机,活下来就是最基本的人生权利。

人类社会发展的中古时期,秩序的诉求成为社会进步的当务之急,"地势坤,君子以厚德载物"(《坤·象》)。只有大自然的阴柔之气,才能为顺、为承、为包容、为广载,受任生育,孳养万物。"古之时人之害多矣。有圣人者立,然后教之以相生养之道。为之君,为之师,驱其虫蛇禽兽而处之中土。寒然后为之衣,饥然后为之食。木处而颠,土处而病也,然后为之宫室。为之工以赡其器用,为之贾以通其有无,为之医药以济其夭死,为之葬埋祭祀以长其恩爱,为之礼以次其先后,为之乐以宣其湮郁,为之政以率其怠倦,为之刑以锄其强梗。相欺也,为之符玺斗斛权衡以信之;相夺也,为之城郭甲兵以守之。害至而为之备,患生而为之防。"(《原道》)有了"次其先后"的需要,这才产生"礼";有了"宣其湮郁"的需要,这才产生"乐";有了"率其怠倦"的需要,这才产生"政";有了"锄其强梗"的需要,这才产生"刑"。三纲五常由秩序上升为法律,是中世纪社会发展的必然要求。这一时期,人类行为的全部依据是社会的评判,人类思维的焦点是人与社会的关系,仁爱、道义、礼仪、睿智、信用、温良、谦让、恭敬、孝悌、忠恕、弘毅、慎独、廉洁、知耻、诚恳、勇敢、坚定、勤奋、旷达、清高,构建起人类追求至善的道德体系。

人类社会发展的近现代时期,大自然自强不息的阳刚之气与宽厚包容的阴柔之气合二而一,人类从自然与社会的束缚下解脱出来,人格独立、个性解放、精神自由成为不可阻挡的历史潮流。人类的最终解放体现为个性的解放、个体的解放,这就是我们批判了几十年的个人主义。实际上,个人主义不是利己主义。几十年前我们批判个人主义唯我独尊、唯利是图、自私自利、损人利己、贪得无厌、腐化堕落,几十年后我们又羡慕崇拜并且理直气壮地模仿这些东西,并且认定这些东西就是市场经济,就是进取精神。其实都是在自欺欺人。《维基百科》这样界定个人主义："个人主义是一种道德的、政治的和社会的哲学，认为个人利益应是决定行为的最主要因素，强调个人的自由和个人的重要性，以及'自我独立的美德''个人独立'。"现代西方马克思主义归纳个人主义的五大要素：人的尊严、自主、隐私、自我发展、抽象的个人①。归根结底一句话：个人主义最核心的内容，是人格的独立与自我的完善。个体的自我实现与群体的社会责任珠联璧合，才能算得上人的现代化。由具有独立人格的健全个体组合起来的社会，才能算得上现代化的社会。

（二）人的分化

人类的职业分工是生产力发展的必然结果，也是人类社会发展的一大进步。但由此造成的地位分化以及随之而来的不同阶级、阶层之间的利益博弈，既为人类带来了社会进步的契机，同时也带来了阶级对立的风险。马克思根据生产资料的占有关系来划分阶级，属于一元分层理论。按照列宁的说法："所谓阶级，就是这样一些集团，由于它们在一定社会经济结构中所处的地位不同，其中一个集团能够占有另一个集团的劳动。"②马克斯·韦伯则根据经济、社会、政治等多元因素划分社会阶层："占有财产和毫无财产是一切阶级状况的基本范畴。但是在这些基本范畴之内，根据一方面是占有财产可以用于获利的方式，另一方面是必须在市场上提供劳动效益的方式，阶级状况又进一步分化。是经济的而且与市场的存在相结合的利益，才造就着阶级。"③

---

① ［英］史蒂文·卢克斯：《个人主义》，江苏人民出版社 2001 版。

② 《列宁全集》第三十七卷，人民出版社 1986 版，第 13 页。

③ ［德］马克斯·韦伯：《经济与社会》下卷，商务印书馆 1997 年版，第 248 页。

韩愈区分社会成员为三个层次："君者，出令者也。臣者，行君之令而致之民者也；民者，出粟米麻丝，作器皿，通货财，以事其上者也。君不出令，则失其所以为君。臣不行君之令而致之民，民不出粟米麻丝，作器皿，通货财，以事其上：则诛。"韩愈将社会分工视为阶层分化的起点，用"相生相养"来解释并规范人类的社会关系，相对于早已绝对化的英雄创造历史或人民创造历史的观念，更符合人类历史的真实，也有助于社会的和谐。

中国传统文化体系中，孟子以"有恒产""无恒产"划分社会阶层，与马克思的划分方法非常接近。韩愈则以"有业""无业"作为补充，与马克斯·韦伯的方法较为接近。将孟子的"有产""无产"，韩愈的"有业""无业"综合起来，古代社会阶层可以区分为四个层次：有产无业阶层（君、贵族）、有产有业阶层（臣、世族）、无产有业阶层（士农工商）、无产无业阶层（贱民、游民）。这四个层次又可以有多种组合形式：其一，第一、四阶层组成管理阶层，第二、三阶层组成被管理阶层，就是奴才政治，这是上古社会的管理常态。夏商周乃至元代、清代的制度千差万别，但基本上以此为基础。其二，第一、二阶层组成管理阶层，第三、四阶层组成被管理阶层，就是精英政治，这是中古社会的管理常态。在这种体制下，第二、三层之间有序流动就是封建盛世，流动受阻就意味着社会动荡。其三，第一阶层为统治阶层，第二、三阶层组成中产阶层，第四阶层为无业阶层。这是近现代社会的理想状态。四大层次之间有序流动就是盛世，流动受阻就意味着社会动荡。以一个普通平民为例，青少年时期贫困艰难，其读书、当兵、学徒期间，可以视为第四阶层。学成以后，或种地，或做工，或经商，小有所成，衣食无忧，这就进入了第三阶层。其中少数精英还有可能成为官员、能工巧匠、豪商巨贾，这就进入了第二阶层。从社会结构的角度来考察这一现象，个体的历时态发展与群体的共时态分化，就构成了社会分层的动态均衡。

（三）人的现代化

西方现代化理论的重要观点之一是："人的现代化是国家现代化必不可少的因素。它并不是现代化过程结束之后的副产品，而是现代化制度与经济赖以长期发展并取得成功的先决条件"，"无论一个国家引入了多么现代的经济制度和管理方法，也无论这个国家如何仿效最现代的政治和行政管理，如果执行这些制度并使之付诸实施的那些个人，没有从心理、思想和行为方式上实现由传统人到现代人的转变，真正能顺应和推动现代经济制度与政治管理的健全发展，那么，这个国家的现代化只是徒有虚名"。① 人的现代化的具体内涵，阿历克斯·英格尔斯概括为十二种特征，其他的分类概括也颇为纷繁。但归根结底，人的现代化的根本标志，是人格独立、个性解放、精神自由，是其主体意识的确立与内在理性的完善。而社会的现代化，则是以每个人的全面而自由的发展为基本原则的社会形式。②

确立人在宇宙间的主体地位，中国传统文化有非常丰富的表述。《原人》讨论人在宇宙间的位置，也就是人与自然的关系，对传统的天人关系理论有两点重要推进：其一，人是"夷狄禽兽之主"，由于人同时又是"天地之心"的体现者，那么由此推进一步，人就被赋予天地之主的地位。同是讲"天人合一"，在秦汉时期，天是人的主宰，是人的曾祖父（董仲舒《春秋繁露·为人者天》），唐宋以后，人们更注重人作为天地意志体现者。秦汉时期，天在人之上，唐宋以后，天在人之中。天人主从关系的逆转，意味着人类主体意识的

---

① ［美］阿历克斯·英格尔斯：《人的现代化：心理·思想·态度·行为》，四川人民出版社1985版，第8页、第20—21页。

② 《马克思恩格斯全集》第23卷，人民出版社1972版，第649页。

强化。由此引申而来的是：人既然是“夷狄禽兽之主”，是天地之间万物的主宰，那么他不但应该为自己负责，还应该为天地万物负责。其二，人是天地之间万物的主宰，决不意味着人就可以为所欲为，暴戾恣睢。“人道乱而夷狄禽兽不得其情”，与此相应，“天道乱而日月星辰不得其行，地道乱而草木山川不得其平”，整个天地也就陷入了混乱之中。所以，人类的“为主之道”，应该是仁道，“一视同仁”“笃近举远”，才是天地的正道。从这个意义上讲，韩愈的“博爱”，已经超越了“亲亲”“仁仁”的等差之爱，达到了“泛爱”“兼爱”的高度，这种博大的爱心，也就是《礼记·礼运》所说的“不独亲其亲，不独子其子”的人类之爱。宋人虽然讥刺韩愈糅合孔、墨，其道不醇，但所谓“民胞物与”（张载《西铭》），其逻辑起点也正在这里。

七　性、道、教三位一体：内圣外王的国家治理学说

明杜希元《新刊正续古文类抄》分析《原道》云：“其言模仿《中庸》首章、《孟子》卒章。”所谓“模仿《中庸》首章”，约略接触到了《原道》的义理结构。《原道》以《礼记·中庸》“天命之谓性，率性之谓道，修道之谓教”纲维全篇：“博爱之仁”即天命之性，“礼乐刑政”即修道之教。前者确立了道统的形上本体，后者明确了治道的形下实体。“正心诚意将以有为”即是率性之道，是沟通“性”“教”的理论桥梁。《原道》的创作宗旨，是为即将由中世纪向近现代转型的中唐社会寻求国家治理、社会管理的正确道路，构建一套符合理性原则的政治经济新秩序。新秩序的基础，是社会各阶层的“相生相养”；新秩序的价值准则，是合宜，亦即“行而宜之之谓义”。

（一）原性：动物性与人性的辩证统一

人性抽象而玄奥。但简单一点说，人性就是一个人的资质、品类、精神特性，或者说人格类型。前者为形上，后者为形下；前者为隐性，后者为显性；前者为未发，后者为已发。韩愈的人性论，是善性与恶性的辩证统一，动物性与人性的辩证统一。

1. 性：资质、品类、精神特性与人格类型

“性”字从心、从生（《朱子语类》卷五），指人生来就具备的先天禀赋。告子曰：“生之谓性。”（《孟子·告子上》）《庄子·庚桑楚》：“性者，生之质也。”董仲舒《贤良三策》：“天令之谓命，命非圣人不行；质朴之谓性，性非教化不成。”告子、庄子的说法，强调人性的先天性质；按董仲舒的说法，则“人性”的形成，也不排斥后天的作用。最值得注意的，则是孔子的说法。《论语·阳货》：“性相近也，习相远也。”孔子将“性”“习”并列，并以之作为“相近”“相远”的依据，谓性使之相近，习使之相远。这里的“之”，即指人的资质、品类。意思是说，先天的禀赋使得人的资质、品类差距不大，后天的熏习会让人的资质、品类越走越远。资质、品类，指一个人的基本精神素质。它决定一个人的精神境界，也左右着一个人的行为模式。按孔子的说法，决定一个人资质、品类、精神特性的，既包括先天的禀赋，也包括后天的熏习。庄子与董仲舒的说法，都只是发挥了孔子说法之一端。

按现代学界一般的说法，人性，也就是人类天然具备的基本精神属性。人类社会的一切现象，都是基本人性的映射。这个问题，理论的演绎抽象玄奥，落实到社会生活中，却简单而朴素。在现实生活中，一个人的资质、品类、精神特性，或者说人格类型，取决于他的过往经历，尤其是这些经历遗留在他大脑皮层的记忆。这些记忆五花八门、纷繁复杂，但可以简化为两大类：爱恋与恐惧。母

腹中的胎儿记住了妈妈的心音，所以刚出生的婴儿特别依恋妈妈的左胸，这里是爱的温床、安全的港湾。这类记忆积淀在人的大脑皮层里，赋予人爱与被爱的本能。母腹中的胎儿，同样也会遭遇饥饿、冷热、颠簸、惊吓；妈妈的惊慌、恐惧、愤怒、绝望，也会传递给他，使他感受到生存的艰辛、无助。这类记忆积淀在人的大脑皮层里，赋予人生存竞争的本能。出生之后的婴儿、幼儿阶段，类似的记忆进一步强化他大脑皮层中的心理积淀。同时，这些心理积淀开始左右他的行为方式，并一步一步逐渐固化为他的行为模式。如果说人的记忆是可以遗传的。那么，上面所说的记忆，不仅仅指个人的记忆，还包括他父辈、祖辈，乃至家族、族群的记忆，这就是人性的由来。人性保存在基因信息中，无法选择，无法改变，所以它是先天的；人生的所有记忆都来源于自身的经历，所以它又是后天的。还应该指出：人的记忆是可以选择的。选择性记忆、选择性遗忘，决定着人生的路向。人人都享受过人生的温暖：妈妈的爱抚、家庭的呵护、师长的理解、朋友的关怀。记住这些，你就学会了感恩、关爱、谦让、宽厚；忘记这些，你就变得冷漠、自私、忌刻、狭隘。人人都经历过人生的挫折：生活的艰辛、学业的艰难、职场的争斗、情场的失意。记住这些，可能有助于你保持旺盛的斗志与进取精神；但对此念念不忘或者纠结不休，也有可能阻碍你前进的步伐，甚至将你拖入万劫不复的深渊。上面的说法很容易让人推导出一个基本的判断：富裕家庭的子弟比较容易养成仁慈宽厚的性格，贫困家庭的子弟比较容易养成偏狭残忍的性格。表面上看，这样的结论颇有阶级歧视尤其是歧视劳动阶层的味道，但却并非没有一点道理。人性的形成是一个积累的过程，得到多少爱，就会储存多少爱；得到多少恨，就会储存多少恨。心理的积淀，最终固化为人格类型。反过来，记住了多少爱，就会回馈社会多少爱；记住了多少恨，就会回馈社会多少恨。人格类型，最终外化为行为模式。以中唐社会而论，最凶残的社会集团有三个：宦官、牙兵、游民。唐代宦官大多是来自边远山区，尤其是少数民族地区的贫家子弟；唐代的牙兵，一开始就以内迁的六州胡为主体；唐代的游民，无论是内使诸司小儿还是黄巢、朱温等盐枭，乃至《新五代史·伶官传》中那些伶人，无一不是贫苦出身。儿时的可怕经历储存在他们记忆深处，积淀为残忍暴戾的基因。不过有必要指出，这些人与劳动者阶层毫无关联，他们属于无业游民。真正的工人、农民，有家有业，是不会参与这种玩命游戏的。当然，富家子弟未必都能成长为仁人，贫家子弟也未必都会成长为暴徒。根本的差异，还在于自己的选择：选择记住什么，选择遗忘什么。尧、舜、禹、汤与桀、纣、厉、幽，同样出身于贵族家庭；特蕾莎修女与希特勒，武训与马加爵，同样出身于平民家庭。前者养成了仁慈宽厚的人格类型，后者养成了狭隘忌刻的人格类型，就是最好的例证。

2. 韩愈人性论：动物性与人性的辩证统一

韩愈的人性论以性三品为理论外壳，以孟子的人性本善为内涵实质。韩愈《原道》以"博爱之仁"作为人的本质属性，《原性》以仁、义、礼、智、信五常为人性的内涵结构，同样将人性归结为道德理性。至于现实社会中善恶的分化，上品的"善"是五常完备的结果，下品的"恶"是五常缺失的结果，以道德理性的完备与缺失来区分人性的善恶。这一部分内容，上文已详，此不赘述。以下，试为检讨韩愈对性恶理论以及其他人性理论的吸纳或扬弃。

韩愈对荀子的性恶理论有深刻的领会。人本来就是动物的一份子，动物所具有的禀性，人类也都一一具备。举凡趋利避害、贪生怕死、好逸恶劳、沽名钓誉、自私自利、损人利己、自傲自大、自暴自弃、懈怠、懒惰、贪婪、忌刻、阴贼、残忍，种种丑恶现象，人类社会并不少见。《荀子·性恶》列举的人类种种恶性：生而好利、生而疾恶、饥而欲饱、寒而欲暖、劳而欲休、目好色、耳好声、口好味、心好利、骨体肤理好愉佚、薄愿厚、恶愿美、狭愿广、贫愿富、贱愿贵，实际上都是人的真情实性，属于人的动物本性。作为动物人本能的生存诉求，它具有天然的正当性，无所谓好坏，无所谓善恶。荀子所谓“性恶”，相对于礼义而云然，指人类天性中不符合礼义的自然缺陷，并没有邪恶的含义。所以荀子说“人之性恶，其善者伪也”，杨倞注：“伪，为也，矫也，矫其本性也。凡非天性而人作为之者皆谓之伪，故为字‘人’傍‘为’，亦会意字也。”从总体上讲，韩愈对荀子的性恶论是肯定、接受的。《原性》所谓“得其一而失其二”，就荀子而言，所“得”的，就是性恶。正因为如此，他也就同时接受了荀子的劝学。如同荀子将《劝学》置于全书之首一样，韩愈也将学习置于化性起伪之首，“学”与“不学”决定“移”与“不移”，就是明确的证据。韩愈讨论人性，从来都不避讳人性的缺陷。他不讳言自己早年为了生存“求禄利”“争名竞得失”“为利而止真贪馋”，也敢于揭露现实生活中的种种丑恶现象，甚至包括他本人直接侍奉的三位皇帝的性格缺陷。他的《原毁》就专门剖析人性中的“怠与忌”。他也知道，人性的缺陷来自于天性，《天之说》对天、人同样自爱自利就有深刻的认识。这一些，都来自于荀子的影响。归根结底一句话：人类的生存诉求，包括其中不符合礼义的自然缺陷，都是动物人生存竞争的本能，无所谓善恶。即便是人类公认的美德，如爱人、利他，也来自于自爱、自利。自爱是爱人的基础，自利是利他的基础，二者并非水火不能相容。

归纳起来讲，韩愈高度褒扬孟子人性本善的理论，实际上是着眼于人类不同于动物的特殊性；韩愈接受荀子的性恶理论，实际上是着眼于人类与动物相通的共性。无论是共性还是特殊性，都是人类的自然本性。另一方面，“性”属形上，“善恶”属形下，二者并不在同一个逻辑层面上，“性其不可以善恶命之”（东坡《孟子辩》）。性无善恶、性有善有恶，才是性三品的逻辑前提。所以，韩愈的性三品并非前人的性三品，性善、性恶、性无善恶、性有善有恶，都包含其中。但从根本上讲，性善、性恶的对立统一，才是韩愈人性论的核心内容。性善、性恶、性善性恶的对立统一，构成了韩愈人性论的三位一体。换言之：人的动物性，集中体现了人类的生存需求，人类的聪明、才智、勇敢、坚毅、进取精神、冒险精神、探索精神、理性精神，都来自于这里，柳宗元将其归结为“明”与“志”，今人统称为功利理性、工具理性、科学精神；人类不同于动物的特殊性，集中体现了人类自我完善的需求，人类的群体意识、团结、合作、秩序、相互关爱就来自于这里，荀子将其归结为“群类”“纲纪”“礼法”，孟子将其归结为“恻隐之心”“羞恶之心”“辞让之心”“是非之心”，韩愈将其归结为“博爱之谓仁”，今人统称为道德理性、价值理性、人文精神。韩愈倡言博爱，同时并不排斥积极进取的理性精神；二者的辩证统一，才构成了韩愈人性理论的全体。程、朱不承认“性恶”，其所以排斥韩愈，根源正在这里。今天我们还有必要讨论韩愈的人性理论，其原因也在这里。

（二）原道：反身而诚的正道与急疾为治的邪道

《礼记·中庸》“率性之谓道”，郑注：“率，循也，循性行之是谓道。”孔颖达疏：“率，循也。道者通物之名，言依循性之所感而行，不令违越，是之曰道。感仁行仁，感义行义之属，不失其常，合于道理，使得通达，是率性之谓道。”

《原道》云：“道有君子小人。”君子之道，即仁义之途，但怎样走上仁义之途，也存在一个路径选择的问题。至于小人之道，同样是一个路径选择的问题。

1. 道：大道与小径

“道”，其本义为道路，指正道、直路、大路。《尔雅·释诂》：“道，直也。”《说文》：“䢜，所行道也。从辵，从𩠐。一达谓之道。”所谓“一达”，相对于“二达”“九达”而云然，谓指往一个方向的道路，也就是直路。道、路，又有大义。《诗·大雅·皇矣》：“帝迁明德，串夷载路。”毛传：“路，大也。”

与大路对应的是径、蹊，指小路、小径、邪径、捷径。《老子》五十三章：“大道甚夷，而民好径。”河上公注：“径，邪，不平正也。大道甚平易，而民好从邪径也。”《礼记·祭义》：“道而不径。”孔颖达疏：“道而不径者，谓于正道而行，不游邪径。正道平易，于身无损伤。邪径险阻，或于身有患。”《吕氏春秋·孝行》：“舟而不游，道而不径。”高诱注：“涉行道，不从邪径。”《说文》：“径，步道也。从彳，巠声。”徐锴《系传》：“道不容车，故曰步道。”《释名·释道》：“步所用道曰蹊。蹊，系也，射疾则用之，故还系于正道也。俓，经也，人所经由也。”《玉篇》：“蹊，遐鸡切，径也。”朱熹《楚辞集注》：“捷，邪出也。径，小路也。”

将大道、大路的概念引申到社会领域，指人生的正道、正路，《尚书》已经如此。《尚书·洪范》：“无有作好，遵王之道；无有作恶，遵王之路。”孔颖达疏：“无有乱为私好，谬赏恶人，动循先王之正道。无有乱为私恶，滥罚善人，动循先王之正路。”明王守仁《送宗伯乔白岩序》：“道，大路也。外是，荆棘之蹊，鲜克达矣。是故专于道斯谓之专，精于道斯谓之精。专于奕而不专于道，其专溺也。精于文词而不精于道，其精僻也。”

将小路、小径的概念引申到社会领域，指人生的邪径、捷径，《论语》已经如此。《论语·雍也》：“有澹台灭明者，行不由径。”皇侃义疏：“言灭明每事方正，故行出皆不邪径于小路也。一云：灭明德行方正，不为邪径小路行也。”邢昺疏：“此言其人之德也。行遵大道不由小径，是方也。”《管子·短语》：“令之以终其欲，明之毋径。”房玄龄注：“行令所以终人之欲，使之明识正道，不从邪径也。”《易林·鼎》：“阴雾作匿，不见白日。邪径迷道，使君乱惑。”《汉书·五行志》:“邪径败良田,谗口乱善人。”

将“道”“路”与“捷径”对举,用以区分正、邪不两立的不同人生路径,《楚辞》已经如此。《离骚》:“彼尧舜之耿介兮,既遵道而得路。何桀纣之昌被兮,夫唯捷径以窘步。”王逸章句:“路,正也。言尧舜所以能有光大圣明之称者,以循用天地之道,举贤任能,使得万事之正也。夫先三后者称近以及远,明道德同也。捷,疾也。径,邪道也。窘,急也。言桀、纣愚惑,违背天道,施行惶遽,衣不暇及带,欲涉邪径急疾为治,故身触陷阱,至于灭亡,以法戒君也。”洪兴祖补注:“路,大道也。”

2. 邪道:急疾为治、施行惶遽

大道悠远而漫长,所以《离骚》说:“路漫漫其修远兮,吾将上下而求索。”君子之道指仁义之途,上文已详,此处不再重复。以下讨论小人之道。

小道为捷径,凡急功近利、急于求成者,大多难逃其诱惑。所以“急疾为治”“施行惶遽”八字,写历代暴君“欲涉邪径”的急切之态,可以说是入骨三分。盖历代暴君大多并非昏君,而多为雄才大略之辈。其所以暴,大多是为了一个宏图大业,比如修长城、修运河、治理黄河之类。而一统天下,或抵抗游牧部落入侵,如抗匈奴、抗鲜卑、抗突厥、抗女真、抗蒙古、抗后金等,更是荫及子孙的千秋大业。这些事业本身关系到民族国家的长治久安,也关系到百姓的安居乐业,其合法性不成问题。秦代的长城工程、隋代的运河工程、元末的治黄工程,从工程技术设计以及工程技术效益的角度讲,都不失其合理性。他们受到后人的质疑,不是因为他们的目标,而是因为他们实施这些工程的手段,或者说为实现目标而选择的路径。现代武侠小说笔下的正派武功、邪派武功,二者的武功高下并没有多大区别,甚至二者的道德人品也同样各有良莠。他们的区别,就在练功的方法上。正派武功无论少林、武当,强调的是日积月累，穷数十年岁月以达到功力的炉火纯青。邪派武功则讲究速成，无论是吸星大法还是逍遥神功，都是瞬息之间将他人功力据为己有，或者咬破舌尖，将自己一生的潜能在瞬息之间爆发出来。正派武功与邪派武功的目标是一致的：成为天下第一人。二者的成就也相去不远，大多都能完成自己的理想，一战成功。但最终的归宿，却相去甚远：正派人物功成名就，飘然隐退；邪派人物功成名就，或走火入魔终生癫狂如欧阳锋，或血竭气尽生命凋零如厉胜男。走邪道的暴君与邪派武功高手一样，追求的都是一夜暴富、一蹴而就。穷数十年岁月以达到功力的炉火纯青，大道、正道实在是太过漫长了。一万年太久，他们实在等不起。

不管什么宏图大业，急需的都是人力、物力。所以尽管历代暴君的花招五花八门，最终选择的都是见效最快、效率最高的手段：聚敛。而集中财力最简便的办法，就是利用政权暴力实施经济垄断。这一招，周厉王的宠臣荣夷公已经发明了。荣夷公"好专利"，厉王用为卿士。《易·说卦》"震为专"，陆德明《经典释文》引姚云："专，一也。"所谓"专利"，即"专百物"，也就是王室一家垄断所有的经济资源。反对的意见也不是没有，芮良夫就劝谏过厉王："夫利，百物之所生也，天地之所载也，而或专之，其害多矣。天地百物，皆将取焉，胡可专也？王学专利，其可乎！匹夫专利犹谓之盗，王而行之，其归鲜矣。荣公若用，周必败。"（《国语·周语上》）韦昭注说得更明白："专利，是专百物也。天地成百物，民皆将取用之，何可专其利也？"聚敛之臣所"专"的"百物"，其实就是普通百姓的身上帛、口中黍。其后虢石父"好利"，周幽王用之，看来传统已经形成了。这一传统的理论概括，最早的应该是管仲。《管子·国蓄》："利出于一孔者，其国无敌。出二孔者，其兵不诎。出三孔者，不可以举兵。出四孔者，其国必亡。先王知其然，故塞民之养，隘其利途。故予之在君，夺之在君，贫之在君，富之在君。故民之戴上如日月，亲君若父母。”安井衡曰：“出于一孔，专出于君也。二孔，君与相也。三孔、四孔，则分出于臣民矣。”继承这一传统并取得成功的应该是商鞅、韩非。《商子·弱民》：“民弱国强，国强民弱，故有道之国，务在弱民。利出一孔则国多物，出十孔则国少物。守一者治，守十者乱。治则强，乱则弱。强则物来，弱则物去。”《商子·靳令》：“利出一空者，其国无敌。利出二空者，国半用。利出十空者，其国不守。”《韩非子·饬令》：“利出一空者，其国无敌。利出二空者，其兵半用。利出十空者，民不守。”秦始皇最终统一中国，这一传统居功厥伟。这就是捷径。不用十年生聚、十年教训，取之于民，用之于国，快捷而便当，而且“用之于国”“为国理财”，堂皇正大，理直气壮。自商鞅挟三术以钻孝公，李斯奋时务而要始皇(《汉书·叙传》)，富国强兵就成为一面旗帜。从汉武帝盐铁官卖到德宗两税法，从王安石青苗法到张居正一条鞭法，捷径一帆风顺。近代中国康有为、严复乃至所谓救亡压倒启蒙，只要看看“原富”“国民财富的性质和原因研究”最终被统一翻译为“国富论”就可以知道了。对于聚敛之臣的捷径，儒家先贤一向保持着高度的警惕。《论语·先进》：“季氏富于周公，而求也为之聚敛而附益也。子曰：非吾徒也，小子鸣鼓攻之可也。”《礼记·大学》：“与其有聚敛之臣，宁有盗臣。”孔颖达疏：“盗臣损财耳，聚敛之臣乃损义。”对于富国、利国，孟子也保持着高度的警惕。《孟子·梁惠王上》：“孟子见梁惠王。王曰：‘叟不远千里而来，亦将有以利吾国乎？’孟子对曰：‘王曰何以利吾国，大夫曰何以利吾家，士庶人曰何以利吾身。上下交征利，而国危矣。苟为后义而先利，不夺不餍。’”所谓“利吾国”“利吾家”“利吾身”，其实质都是利己。上下交征利，则国危矣。对儒家而言，真正的长治久安之道，不是上下交征利，而是提高人的文明素质，尤其是提高那些掌握着国家权力与社会资源的君主与权臣们的素质，以降低权力肆虐的风险。韩愈明确反对“速化之术”(《答陈生师锡书》),对唐德宗专制独裁、聚敛搜刮的批判,对宫市的抨击,对钱重物轻的批评,对张平叔盐政的批评,都集中体现了他对捷径的态度。

3. 正道:反身而诚、修身正心诚意

韩愈为认识自我、完善自我开出的药方,是身心修养,是《中庸》《大学》《论语》《孟子》。《中庸》为内圣之学,其核心是一个“诚”字:“诚者,天之道也。诚之者,人之道也。诚者不勉而中,不思而得,从容中道,圣人也。诚之者,择善而固执之者也。”郑玄注:“言诚者,天性也。诚之者,学而诚之者也。”在韩愈看来,《孟子·尽心上》“惟圣人然后可以践形”、《礼记·中庸》“自诚明谓之性,自明诚谓之教”是讨论这一问题的理论基础。《答侯生问论语书》以“反身而诚”为“践形之备”,为宋明道学转向内在开辟了先路。

《省试颜子不贰过论》:“所谓过者,非谓发于行、彰于言,人皆谓之过而后为过也,生于其心则为过矣。故颜子之过,此类也。不贰者,盖能止之于始萌,绝之于未形,不贰之于言行也。”以“能止之于始萌,绝之于未形,不贰之于言行”“不能无生于其心,而亦不暴之于外”为“不贰”,将“言行”的根源追溯到“始萌”“未形”之先,追溯人的行为方式背后隐藏的心性本源,追讨形下事物的形上依据,这样的思路,同样来自于《中庸》:“喜怒哀乐之未发谓之中,发而皆中节谓之和。中也者,天下之大本也。和也者,天下之达道也。”郑玄注:“中为大本者,以其含喜怒哀乐礼之所由生,政教自此出也。”未发之中,形上也;已发之节,形下也。“始萌”即“未发”,“言行”即“已发”。“已形”“未形”,“已发”“未发”,开宋人心性之学。

由个体的心性修养到群体的社会责任,亦即由“性”到“教”的路径,也就是“道”。“自诚明谓之性,自明诚谓之教”,关注的就是“性”“道”“教”的关系问题。韩愈以《中庸》“天命之谓性,率性之谓道,修道之谓教”作为《原道》全篇的义理结构,以“仁义”为天命之性，以“礼乐刑政”为修道之教。作为联系二者的路径，韩愈选择了《大学》：“古之欲明明德于天下者，先治其国；欲治其国者，先齐其家；欲齐其家者，先修其身；欲修其身者，先正其心；欲正其心者，先诚其意。”并特别强调其“将以有为”的性质。儒家的修养以“有为”为目的，与佛道二家空谈心性截然不同。

陈寅恪先生特别重视《原道》的这段文字，称之为“吾国文化史中最有关系之文字”。其说云：“退之首先发现《小戴记》中《大学》一篇，阐明其说，抽象之心性与具体之政治社会组织可以融会无碍。即尽量谈心说性，兼能济世安民，虽相反而实相成。”①

（三）原教：礼乐刑政，修饬合宜

《礼记·中庸》“修道之谓教”，杨雄云“学者所以修性也”（《法言》卷一）。《二程遗书》卷二上：“以失其本性，故修而求复之则入于学。若元不失，则何修之有？”杨时曰：“谓之修者，盖亦品节之而已。”（朱熹《中庸辑略》卷上引）朱熹《四书章句》：“修，品节之也。性道虽同，而气禀或异，故不能无过不及之差。圣人因人物之所当行者而品节之，以为法于天下，则谓之教，若礼乐刑政之属是也。”按：修有饬义，修饬、整饬，谓调整、节制。《荀子·君道》：“修饬端正，尊法敬分而无倾侧之心。”《荀子·修身》：“见善，修然必以自存也。”杨倞注：“修然，整饬貌，言见善必自整饬，使存于身也。”杨时、朱熹解为“品节”。品，阶格也；节，制断也。与修饬、整饬亦大略相近。盖性有仁与不仁之分，道有君子小人之别，二者的别择，就在于义。《孟子·尽心下》：“人皆有所不为，达之于其所为，义也。”《荀子·强国》：“夫义者，内节于人而外节于万物者也。”《礼记·礼

---

① 陈寅恪：《论韩愈》，《金明馆丛稿初编》，上海古籍出版社 1981 年版，第 228 页。

运》:“义者,艺之分,仁之节。”《吕氏春秋·当赏》:“主之赏罚爵禄之所加者宜。”高诱注:“宜,犹当也。”《韩诗外传》卷四:“节爱理宜谓之义。”《白虎通义·性情》:“义者,宜也,断决得中也。”《释名·释言语》:“义,宜也,裁制事物使合宜也。”以上诸家之所谓“义”,都有节制的含义,正是韩愈“行而宜之之谓义”的先声。

1. 行而宜之之谓义

《原道》云:“行而宜之之谓义。”这里的“行”,指行为。“宜”,当、恰如其分。“行而宜之”的“宜”,指矫正、修饬、整饬、裁制、品节,都具有强制性。“宜之”,使之合宜,即矫正人性使之恰如其分。《原性》论“七情”,要求“动而处其中”“求合其中”。所谓“处其中”“合其中”,也就是“宜之”。从外在行为规范的角度理解,“义”强调行为的合理性,即《荀子·大略》“义,理也,故行”;从内在道德理性的角度理解,“义”强调行为的恰如其分,即《礼记·中庸》“义者,宜也”。《周易·系辞下》:“天地之大德曰生,圣人之大宝曰位。何以守位?曰:仁。何以聚人?曰:财。理财正辞、禁民为非曰义。”韩愈之说,兼内外而言之,溯源其始,应出《系辞》。归纳起来说,博爱是人的本性,遵循这样的本性而前行就是正道。反过来,五常的缺失就是不仁,行为不符合仁义之道就是邪道,就需要矫正、修饬、整饬、裁制、品节。这样的修饬,就是政治教化。《原道》所谓“为之礼以次其先后,为之乐以宣其湮郁,为之政以率其怠倦,为之刑以锄其强梗”,《送浮屠文畅师序》所谓“道莫大乎仁义,教莫正乎礼乐刑政”,《潮州请置乡校牒》所谓“德礼为先”“辅以政刑”,讲的都是社会的秩序与治理。无论德、礼还是政、刑,都意味着对人性缺失的矫正,都包含有强制性。“行而宜之”,也就是禁民为非,使之合宜。《荀子·性恶》所谓“古者圣人以人之性恶,以为偏险而不正,悖乱而不治,故为之立君上之势以临之,明礼义以化之,起法正以治之,重刑罚以禁之”,才是韩愈此说的思想源头。这样看来,韩愈的道德教化确实包含有软硬两手，除仁政爱民之外，也包含有责罚乃至强制镇压。

2. 责君

上文说“韩文中诛责君主的文字比比皆是”，绝不是信口开河。现存韩文中，诛责历代君主包括当代君主的文字，确实是数不胜数。在韩愈的笔下，“失其所以为君”者，有桀、纣、周穆王、汉明帝、梁武帝以及宋、齐、梁、陈、元魏诸帝。除了“桀之罪”（《论语笔解》卷下）、“穆王无道，好道士说”（《衢州徐偃王庙碑》）、汉明帝、梁武帝佞佛，韩愈一一批评之外，其批判的重点，则是秦皇、汉武。对秦皇、汉武穷兵黩武、暴力治国以及贪得无厌、追求长生的批判，“纪纲亡焉”（《杂说二》）的批判，“秦皇虽笃好，汉武弘其源，自从二主来，此祸竟连连”（《谢自然诗》）的批判，都尖锐而深刻。

当朝君主德宗、顺宗、宪宗、敬宗，也没能逃脱韩愈的诛责。唐德宗的专制独裁、聚敛搜刮，唐顺宗的“微信尚浮屠法”（《顺宗实录》卷一），唐宪宗的供奉佛骨、迷信丹药、纵容宦官屠戮朝臣，唐敬宗的食盐官卖政策，韩愈都正面批评，丝毫不假辞色。其批判的重点，则在德宗。德宗“失其所以为君”，在政治上表现为侵夺相权、姑息藩镇，在经济上表现为垄断市场、侵害民生。《顺宗实录》直截了当地批评德宗“有君无臣”（《子产不毁乡校颂》），“不假宰相权”“自揽持机柄，亲治细事，失君人大体，宰相益不得行其事职”。德宗实施的政治，实质上是太监政治、奴才政治，一切权力归太监：十六万禁军，由神策中尉直接指挥；地方节镇，由监军使严密监控；立法大权由中书省转移到翰林院，翰林院实际上由宦官翰林使直接控制；人事大权、行政大权，从皇位的继承到卿相百官的升黜，乃至日常的行政事务，都离不开枢密使的控制；南衙诸司中，几乎所有的经济部门都由相应的内使诸司对口控制；由宦官控制的神策军，已经发展为一个具有垄断性质的巨大的官商利益集团。在财政政策上，月进、日进、税间架、税漆木茶竹麻、除陌钱、宫市、官榷，花样翻新，竭泽而渔。可以说，由汉唐三省六部中央集权制向宋元明清君主独裁制的转变，唐德宗是一个转折点。正因为如此，我们今天重新认识韩愈对唐德宗的诛责，不应该局限在对德宗个人问责的层面，而应该有更为高远的时代的、社会的、历史的眼光。

3. 责臣

在韩愈的笔下，“臣焉而不君其君”者，古人有叔鱼、杨食我、越椒、丹朱、商均、管叔、蔡叔、瞽叟、鲧等。当代则有吴元济、梁崇义、陈少游、刘辟、李锜、王廷凑，以及裴延龄、李齐运、王绍、李实、韦执谊、韦渠牟、柳冕、张平叔等。前者为大搞分裂割据的藩镇，后者为昏佞相济的聚敛之臣。这些人物，正是韩愈“辅以政刑”“锄其强梗”的对象。

韩愈对聚敛之臣的诛责，最突出的是裴延龄。韩文屡屡抨击“裴延龄诈妄”（《王仲舒墓志铭》）、“裴延龄、李齐运、韦渠牟等以奸佞相次进用，延龄尤狡险，判度支，务刻剥聚敛以自为功，天下皆怨怒”（《顺宗实录》卷一）、“裴延龄判度支，天下皆嫉怨，而独幸于天子，朝廷无敢言其短者”（《顺宗实录》卷四），以国史的形式，将德宗与裴延龄等人昏佞相济的丑恶钉死在历史的耻辱柱上。

韩愈有《送许郢州序》《赠崔复州序》两篇，写监司于頔与州县官员的矛盾，对揭示中唐时期中央与地方政府在国民分配问题上不可回避的利益冲突，非常深刻。中唐社会转型时期最突出的社会矛盾，是中央政府需要确保自己权归一家、利出一孔的权利垄断；而刚刚获得土地买卖自由与户口迁徙自由的劳动者，却要首先确保自己的生存权利。前者强调效率，后者强调公平。夹在中间的各级官员则左右为难：负责财务的监司官员必然注重聚敛，而守土有责的基层官员为了留住用脚投票的劳动者，又不得不在一定程度上注意民生；这就是王安石与欧、苏、司马，秦桧与郑刚中，张居正与东林党人之间解不开的死结。于頔与下属官员的矛盾正是如此。韩愈开出的药方,真正的要害不是"刺史不私于其民""观察使不急于其赋",而是"人已穷而赋愈急,其不去为盗也亦幸矣"。百姓的生存需求才是各级政府得以存在的合法性依据,这才是韩愈最深刻的认识。

韩愈拥护中央集权,反对藩镇割据,韩文中例证甚多,举不胜举。《论淮西事宜状》《平淮西碑》《进撰平淮西碑文表》诛责吴元济,并亲身参与平定淮西的政治实践,就是其诛责藩镇的具体案例。《元和圣德诗》诛责刘辟,甚至绘声绘色地描摹刑场屠戮刘辟全家包括妇孺的血腥场面,其中"婉婉弱子,赤立伛偻,牵头曳足,先断腰膂""挥刀纷纭,争刌脍脯"诸语,残酷惨刻,后人颇多非议,苏辙甚至以为"此李斯颂秦所不忍言"(《诗病五事》)。实际上,自"安史之乱"以来,叛镇、乱兵屠戮朝廷官吏、草野百姓之残酷惨刻,可以说是骇人听闻。短短八年的"安史之乱"造成全国户口减员三分之二以上,更令人惊心动魄。就以韩愈本人的亲身经历而言,汴州乱兵杀陆长源及孟叔度等,食其肉(《旧唐书·陆长源传》),就足以震撼其身心了。后来韩弘治汴,引短兵于衙门,召凶卒之魁刘锷与其党三百,数其罪,尽斩之以徇,血流道中。其后讫弘入朝,凡二十一年,兵众五万,不敢有谋乱者(《旧唐书·韩弘传》)。没有"血流道中"的惨烈,就不会有二十一年的太平。对暴乱恐怖分子的金刚手段,也就是对百姓、对社会、对民族国家的菩萨心肠。《元和圣德诗》的惨烈与韩弘"血流道中"的惨烈,性质并无不同。事实上,《元和圣德诗》对平叛的正当性和迫切性是有铺垫的。"疆内之险,莫过蜀土","安史之乱"后,河南、河北藩镇割据,中央政府所仰赖的只有从西川到江南地区的财赋及兵员。西蜀的叛变,对中央政府而言是毁灭性的灾难,平叛之战不可避免。"血人于牙,不肯吐口",乱兵的凶残暴虐,同样骇人听闻。对一个成熟的政治家而言,礼乐与刑政不可偏废。礼以次其先后，乐以宣其湮郁，政以率其怠倦，刑以锄其强梗。血雨腥风中摸爬滚打出来的韩愈，不太可能产生百年太平孕育出来的苏子由那样的仁恕宽厚、儒雅风流。对禽兽讲人道，无异于自残。以暴制暴，自有其历史的合理性。

4. 责民

在具体的政治实践中，仁政爱民是韩愈政治生涯的主线，上《天旱人饥状》，抨击宫市，谏迎佛骨，潮州置乡校，袁州放免奴婢，上《论钱重物轻状》《论变盐法事宜状》，爱民如子、视民如伤。后人于韩祠题"鸢飞鱼跃"四字，就是对韩愈爱民政治实践的高度认可。

但与此同时，"民焉而不事其事"，不能履行自己社会职责的"民"也应该受到诛责。在韩愈的笔下，"民焉而不事其事"者，首先指佛、道二家。盖《原道》以四科料民，士"行君之令而致之民"，农"出粟米麻丝"，工"作器皿"，商"通货财"，各司其职，各尽其份。佛、道出四民之外，"不出粟米麻丝，作器皿，通货财以事其上"，不事生产，不纳赋税，逾越了为"民"的本分，就应该受到诛责。只不过韩愈对于佛道的诛责，只停留在"人其人"的层面上，从来没有主张过诛杀。其具体手段，也只不过是"收敛加冠巾"(《送僧澄观》)而已。其成功的范例，也只有贾岛、吕炅(《谁氏子》)二例。相对于中晚唐时期佛、道二家对于儒学意识形态主流地位的冲击以及寺观经济对国民经济的危害而言，韩愈的诛责，应该是比较温和的。

不过，中唐时期"民焉而不事其事"者，并不止于佛、道二家。大量涌入城市而且无所事事的贱民、游民阶层，才是社会动乱的主要推手。这一社会阶层中，最凶残的社会群体有三个：宦官、牙兵、游民。从"安史之乱"到"陈桥兵变"长达两个世纪的动乱历程中，几乎所有的动乱与血腥都由他们导演。两百年动乱所孕育的暴民政治的基因，以及由此催生的持续千年的专制独裁政体，正是陷中华民族于万劫不复的罪魁祸首。《董府君墓志铭》《为分司郎官上郑余庆尚书相公启》《顺宗实录》对太监、小儿以及乱兵的诛责，和对佛老的诛责一样，都体现了韩愈对“民焉而不事其事”的社会蠹虫的高度警觉，体现了韩愈高度的社会责任感和敏锐的危机洞察力。

（四）《原道》宗旨：寻求国家治理的正确道路

“道”是中国古代各大思想流派共同使用的常见术语。各家各派赋予“道”以不同的内涵，“道”也就具备了不同的定义与性质。原道，推究道的本原。刘安《淮南》所原之道，“包裹天地，禀受无形”，为自然之道，也就是宇宙的本根本体；刘勰《文心雕龙》所原之道，“经纬区宇，弥纶彝宪”，为圣人之道，也就是国家、社会的秩序规范、伦理纲常；韩愈的“博爱之仁”“足乎己无待于外”，其性质是人类固有的先天道德理性。韩愈将“博爱之仁”也就是先天道德理性上升为人类不同于动物的本质属性，选择“仁义之途”“先王之道”作为华夏文明走向近现代的价值指向，这就是韩愈构建的学术文化传统，也就是“学统”。宋明道学将韩愈的“学统”上升为“道统”，完成了近现代中国的核心价值观建设。这样的“道统”，囊括了“道”的三大要义，既包括宇宙的本根本体，也包括社会的秩序规范、伦理纲常，同时还包括人类固有的先天道德理性，也就是陆、王的“心”，程、朱的“理”。

要讨论《原道》所推原的到底是什么“道”，得看具体的语言环境。伊川以为“孟子而后，却只有《原道》一篇，其间语固多病，然要之大意尽近理”（《二程遗书》卷二），朱熹以为“于道之大原，若有非荀、杨、仲淹之所及者”（《王氏续经说》）。正因为将韩愈所原之道视为“道之大原”，程、朱发现了《原道》一篇的诸多问题。伊川以为：“若《西铭》，则是《原道》之宗祖也。《原道》却只说到‘道’，元未到得《西铭》意思。”（《二程遗书》卷二上）至于为什么韩愈《原道》说到“道”却未到得《西铭》意思，伊川没有交代。朱熹对此进行了具体讲解：“仁义两句，皆将用做体看。事之合宜者为义，仁者爱之理。若曰博爱、曰行而宜之，则皆用矣。”(《朱子语类》卷一百三十七)又说：“《原道》只是见得下面一层，源头处都不晓。”(《朱子语类》卷一百三十七)也就是说，韩愈的《原道》只涉及了“用”的层面，没达到“体”的高度。明薛瑄进一步说明：“《原道》但言率性之道，《西铭》言道所从出，即天命之性也。”(《读书续录》卷五)这个命题，终于算是说明白了。

不过，程、朱的指摘，只能算是郢书燕说。因为韩愈乃至孔、孟儒学的“体”，指的是博爱之仁；程、朱乃至老、庄的“体”，才是自然之道、先天之理。韩愈将“博爱之仁”设定为人类本性，正是“道之大原”。《原道》所谓“由是而之焉之谓道”，“道”只是由“性”趋“教”的途径。性体道用，韩愈交代得明明白白。程、朱以“道”为体，韩愈以“仁”为体。韩愈所说的，何尝不是“上面一层”。不过，认识到《原道》的“道”以用为本，为率性之道，程、朱的看法，准确无误。

《原道》的义理结构，以性、道、教纲维全篇。人有博爱的本性，才有可能相互关爱、相互理解；有了人与人之间的同情理解，才会有群体间的协同合作，才会有社会群体的相生相养。所以，讨论人类社会的秩序规范、人伦纲常，首先必须确定人的本性，这就是《原道》以“原性”开篇的原因。人性的本质确定了，只要遵循这个良知、本性而前行，人类社会就能健康发展，就能走上文明进步的康庄大道，这就是“原道”。然而“道有君子小人”，人类本性中，既存在人类独有的“博爱”“爱人”的道德良知，还存在与动物共通的生存竞争的兽性。那么社会管理、国家治理的正确道路，除了存养、遵循道德良知之外，也还需要修饬合宜，这就是“原教”。“为之礼以次其先后，为之乐以宣其湮郁，为之政以率其怠倦，为之刑以锄其强梗”，说得非常清楚。那么《原道》一篇的宗旨，“原性”是基础，

“原道”是途径，“原教”才是目的。用现代学术语言来表述，《原道》不是一篇讨论宇宙本体、人类本性的哲学论文，而是一篇政治经济学论文。它的目标，是探究人类社会相生相养、合作共赢的内在依据。用传统学术语言来表述，它讨论的，是治国之道。

（五）结语

人类社会由中世纪向近现代转型，归根结底是由自然经济向市场经济转型。成熟完善的市场经济不是巧取豪夺而是公平竞争，不是权力至上而是优胜劣汰，不是坑蒙拐骗而是信用第一，不是零和博弈、你死我活而是相生相养、共存共赢。市场经济体制的成熟，公平竞争、优胜劣汰的自由竞争机制是不可回避的大前提；自由竞争机制的形成，则以个体的自我完善以及个体与群体之间相互理解、相互同情为大前提。《原道》的宗旨，是为即将由中世纪向近现代转型的人类社会寻求社会治理之道，努力为即将到来的新时代构建理性的政治经济新秩序。

八　君、臣、民相生相养：韩愈的社会发生、分化与合作理论

有关人类社会起源的动因，韩愈归结于人类在自然界所处的弱势地位，“无羽毛鳞介以居寒热也，无爪牙以争食也”。为了自身的生存，他们必须组织起来，用群体的力量对抗外来的挑战，“害至而为之备，患生而为之防”（《原道》）。组织起来的群体，就是社会。以人类的生存需求解释社会的起源，韩愈的社会起源论，自有其合理的成分。

一加一大于二，组织起来的群体之所以有力量，是因为有分工、有秩序。群体分化为指挥者、管理者、服从者之后，分工合作，

协同一致，就能够对抗比自己强大的外来威胁。唯其如此，人类社会的职责分工以及地位分化也就成为社会发展的必然趋势。社会群体的组织者、指挥者，韩愈称之为圣人。他们的职责，就是协调人类社会各大群体之间相生相养的社会义务。《原道》云："古之时人之害多矣。有圣人者立，然后教之以相生相养之道。为之君，为之师，驱其虫蛇禽兽而处之中土。寒然后为之衣，饥然后为之食。木处而颠，土处而病也，然后为之宫室。为之工以赡其器用，为之贾以通其有无，为之医药以济其夭死，为之葬埋祭祀以长其恩爱，为之礼以次其先后，为之乐以宣其湮郁，为之政以率其怠倦，为之刑以锄其强梗。相欺也，为之符玺斗斛权衡以信之；相夺也，为之城郭甲兵以守之。"这就是人类社会的起源。

韩愈这段文字包含有英雄创造历史的成分，恐怕是无可讳言。这一思想的渊源，首先是《荀子》的"群"与"分"。然后是《吕氏春秋·恃君》："凡人之性，爪牙不足以自守卫，肌肤不足以扞寒暑，筋骨不足以从利辟害，勇敢不足以却猛禁悍。然且犹裁万物，制禽兽，服狡虫，寒暑燥湿弗能害，不惟先有其备，而以群聚邪！群之可聚也，相与利之也。利之出于群也，君道立也。故君道立则利出于群，而人备可完矣。"韩愈思想出自荀、吕。而荀、吕的上述文字，正是君主政体的理论基石。因此，对韩愈社会思想的批判，作为近现代启蒙思潮的重要组成部分，是完全正确也非常必要的。不过，对韩愈思想的负面影响进行批判的同时，不应该忽略其正面的因素。具体说来，韩愈的社会思想有三大要点不容忽视：其一，韩愈的社会发生理论将兴利除弊防患备害亦即人类的生存需求作为人类社会起源的根本动因，相对于传统的"天命论"已经是一个巨大的进步。其二，韩愈的社会分化理论将社会分工视为阶级分化的起点，与现代社会史理论并非水火不能相容。其三，韩愈的社会合作理论用"相生相养"来解释并规范人类的社会关系，比早已绝对化的英雄创造历史或人民创造历史的观念更符合人类历史的真实，也有助于社会的和谐发展。

（一）韩愈的社会发生思想

关于人类社会起源的思想，最为今人诟病的是受命于天、君权神授。韩愈并未完全摆脱“天命论”的影响，《潮州刺史谢上表》“大唐受命有天下”、《平淮西碑》“天以唐克肖其德，……全付所覆”，就是确凿的证据。韩愈超越前人的地方，是能够从衣食、宫室、器用、医药、葬埋祭祀等基本生存需求出发追溯人类社会的起源。韩愈非常清醒地认识到：有了“次其先后”的需要，这才产生“礼”；有了“宣其湮郁”的需要，这才产生“乐”；有了“率其怠倦”的需要，这才产生“政”；有了“锄其强梗”的需要，这才产生“刑”。不仅如此，人类文明的发展与进步，同样以百姓的生存需求为出发点：“人之仰而生者在谷帛。谷帛既丰，无饥寒之患，然后可以行之于仁义之途。”（《进士策问十三首》）。应该承认：能从普通百姓衣食所需出发而不是从“天性”“天命”出发认识人类社会礼乐刑政的来源，是一个了不起的历史进步。站在现代学术的高度看问题，韩愈社会起源观念的实质，是明确百姓日用与礼乐刑政之间的本末关系。说得更明白一点：人类社会礼乐刑政的根本依据，是百姓的生存需求。人类社会得以存在，民族国家得以存在，其依据在此；礼乐刑政的权威性，政权、君主的合法性，其依据亦在于此。

（二）韩愈的社会分化思想

在近现代西方学术系统中，有关阶级分化、国家起源的理论，最流行的莫过于以霍布斯《利维坦》、洛克《政府论》、卢梭《社会契约论》为代表的社会契约理论与马克思的阶级斗争理论。韩愈的社会分化理论当然不能与以上诸家相提并论，但将社会分工视为阶层分化的逻辑起点，将阶层分化视为社会分工的必然结果，基本上符合迄今为止人类社会发展的真实历史。

《圬者王承福传》:“粟，稼而生者也；若布与帛，必蚕绩而后成者也；其他所以养生之具，皆待人力而后完也。吾皆赖之。然人不可遍为，宜乎各致其能以相生也。故君者，理我所以生者也；而百官者，承君之化者也。”“用力者使于人，用心者使人，亦其宜也。”分工的差异导致职责的差异，职责的差异导致地位的差异，这是不以个人意志为转移的客观现实。正因为如此，《原道》将人的社会身份区分为三个层次:“君者，出令者也；臣者，行君之令而致之民者也；民者，出粟米麻丝，作器皿，通货财，以事其上者也。”完全符合阶级社会等级分化的真实状况。站在现代学术的高度上，我们可以谴责这种等级制度的不合理，却无法否认它的存在。事实上，社会分工与阶层分化本身是人类历史发展的必经阶段。它的出现，意味着社会生产力的发展以及人类文明的进步。而且在可以预见的将来，只要阶级还存在，阶级社会还存在，社会职业的分工与社会地位的分化就不可避免。我们可以批判阶级社会等级制度的种种现实弊端，比如以血缘贵贱为依据的门荫制度、以职务高低为依据的身份等级制度、发展机会的不公、利益分配的不公等等，却不能否认社会分工与阶层分化的历史合理性。将社会分工与阶层分化的历史合理性绝对化，那就是专制主义、国家主义；从根本上否定社会分工与阶层分化的历史合理性，那就是无政府主义、民粹主义。它们的共同归宿，是法西斯主义。

现代科学昌明之后，民主思潮风靡天下。“封建等级制度”成为过街老鼠，“劳工解放”的呼声响彻云霄，但不同社会成员之间身份地位的差别却不可能一夜消失。你可以称拿破仑皇帝为“公民”，也可以称革委会主任为“勤务员”，但称谓的改变不可能改变他们高高在上的身份与地位；同样，“殷革夏命”“周革商命”“彼可取而代也”，易姓改号不可能改变等级分化、阶级压迫的社会现实。所以，在人类社会阶级尚未消亡之前，侈言消灭身份差异、地位差别只能是自欺欺人。真正需要关心的，是统治集团的权力限制与弱势群体的权利保障。换成现代思维，就是将“利维坦”关进笼子里。而韩愈设计的“纪纲”“道统”，正是这样一个笼子。回过头来重新审视百年前对韩愈“封建等级制度辩护士”的指责，或许会有一些新的思考。

（三）韩愈的社会合作思想

韩愈社会思想的核心在“相生相养”，其中至少有三方面的含义值得注意：其一，圣人不是神人，而是社会贡献较大的常人；其二，圣人对人类社会发展进步的贡献不容抹杀；其三，圣人与常人的关系，是“相生相养”。

就第一点而言：韩愈并没有将圣人描绘为自天而降的神人。圣人之所以为“圣”，是因为他能够为民之师，教民以相生相养之道。就第二点而言，将人类历史上的一切进步归功于一个或几个圣人固然荒唐，完全否定个人对人类文明的贡献同样荒唐。举例来说：蒸汽机、电灯的发明是劳动人民千百年勤劳智慧的结晶，这样的判断从原则上讲绝对正确；但据此否定瓦特、爱迪生的贡献，就未免滑稽。古代典籍中有关圣人“作弓箭”“作指南车”之类的记载，当代社会诸如诺贝尔奖所表彰的乃至于国家专利局所确认的种种创造发明，又何尝不是如此？就第三点而言：圣人生养百姓的说法应该批判，劳动者养活管理者的说法同样不符合事实。站在现代学术的高度看问题，我们有必要高度警惕权力资本、物力资本、金融资本、智力资本的拥有者借助其强势地位侵夺弱势群体的应得权益，却没有必要自欺欺人地空谈什么谁养活谁的问题。韩愈的社会合作理论用“相生相养”来描绘社会管理者与普通劳动者之间的依存关系，主张每一个社会成员“择其力之可能者行焉”，“各致其能以相生”(《圬者王承福传》)。人尽其才，物尽其用，这才是社会的和谐之道。

九　君、臣、民的权力分割：韩愈的政治思想

现代政治的本质就是权力分享，集权与分权是一对永恒的矛盾。从全球化统一大市场的角度讲，现代国家的集约化程度要远远高于号称“普天之下莫非王土”的上古社会；从权利让渡与权力制衡的角度讲，朕即国家的时代一去不返。现存的君主制民主国家，其皇室早已退出了权力角斗场，仅仅保留了民族国家权力象征的地位。可以这样说，政治现代化的过程，就是权力逐步下移分散的过程。本章分君权与相权、集权与分权、暴力与非暴力、道统与治统，讨论君臣之间的权力博弈。

（一）君权与相权

君权与相权的分立，是汉唐三省六部政治体制的核心内容。而侵夺相权，强化君权，唐德宗应该是一个历史的转折点。韩愈对德宗的批评，主要就集中在权力侵夺上。

“君者出令者也”，可以看作是用社会职责来规范君权。“君”作为社会的最高监管者，发号施令是他的职权，也是他的责任。现实生活告诉我们：历朝历代大大小小的掌权者最乐于接受的管理方式，是暗箱操作。口含天宪，朕即国家，何等的自由！明确君主的职责，事实上就是一种约束，一种限制，一种规范。那么在韩愈看来，君主的职责是什么？维护国家政令的统一是君主的职责。然而中唐时期，藩镇割据，各自为政。从肃宗、代宗到德宗，但务姑息，政令不通，这算不算“失其所以为君”？维护民族文化传统是君

主的职责。然而有唐一代，君主不是佞佛，就是崇道，民族传统文化的主流儒学道统衰微不振，这算不算“失其所以为君”？寒为之衣，饥为之食，保障百姓的相生相养之道是君主的职责。然而中唐时期，军阀战乱不息，百姓流离失所，这算不算“失其所以为君”？举贤任能，除奸远佞，是君主的职责。然而中唐时期，李辅国、鱼朝恩之类阉宦势倾朝野，裴延龄、李齐运、王绍、李实、韦执谊、韦渠牟之类聚敛之臣大行其道，而刘晏、陆贽等贤臣却难免惨死，这算不算“失其所以为君”？

更重要的是，什么东西不在君主的职权范围之内？“行君之令而致之民”，具体的行政管理不在君权之内。君主正如运动场上的裁判，是不能参与场上竞争的。如果回到《原道》一文的创作年代德宗末年，就可以发现，上述对君权的限制绝非无的放矢。德宗侵夺相权，史不绝书。《子产不毁乡校颂》“有君无臣”，就是公开指责德宗“不君”。《顺宗实录》卷一：“德宗在位久，稍不假宰相权，而左右得因缘用事。”《顺宗实录》卷四：“德宗在位久，益自揽持机柄，亲治细事，失君人大体，宰相益不得行其事职。”《旧唐书·韦渠牟传》：“陆贽免相后，上躬亲庶政，不复委成宰相。……所狎而取信者裴延龄、李齐运、王绍、李实、韦执谊洎渠牟，皆权倾相府。”唐代君主直接侵夺相权，武则天、唐玄宗已开其端，但规模化、制度化，应该是从德宗开始。除了亲自上阵侵夺相权之外，通过神策中尉控制军队，通过枢密使控制南衙，通过内使诸司控制百司，通过翰林使控制翰林院，德宗的权利专制是空前的。从这一意义上讲，韩愈对君权进行规范，更值得高度重视。

（二）集权与分权

集权、分权，指中央政府与地方政府之间的权力分配。这个问题，在理论上是不存在争议的，自孔子提出大一统之后，秦汉以下历代统治者奉集权为至宝，没人敢发出不同的声音。实际上，地方政府本来就应该享有自己的合法权力；二者的权力分配，本来就应该有一个合法的制度与合理的机制。事实上，地方政府固然免不了私下与中央讨价还价，但在台面上，却没人敢公开发出声音，更不用说在理论上理直气壮地申说阐述了。所以，在这个问题上，只有拥护中央集权的声音，听不见支持地方分权的声音，韩愈也不能例外。

在中唐，中央与地方的权力之争，主要表现为朝廷对藩镇尤其是两河藩镇的讨伐与放免。在朝廷内部，主张讨伐称为用兵，主张放免称为消兵。前者被视为维护大一统，后者被视为姑息；用兵的主张大多出自贵族，消兵的主张大多出自庶族；前者大多数属李党，后者大多属牛党。不过，该用兵还是消兵，因时因势，不可以一概而论。简单地视用兵为维护大一统，消兵为姑息，也是不正确的。平定西蜀，他主张用兵，主要是考虑到“疆内之险，莫过蜀土”，蜀中有变，势成心腹之患。再加上“遂劫东川，遂据城阻”，刘辟展开军事行动，事情的性质就变了。都领三川可以讨价还价，攻占东川就属于反叛了。淮西一战，从元和十年上《论淮西事宜状》，作《与鄂州柳公绰中丞书》《再答柳中丞书》，到十二年充彰义军行军司马从裴度平蔡，最后到战斗结束进《平淮西碑》，韩愈都是主要的发动者、参与者。淮西的位置介于河洛、江淮之间，一旦梗阻，确为心腹大患。韩愈的用兵主张，因势因时，合情合理。

对中央与地方的权力之争，韩愈也有过消兵的主张。元和十五年秋冬之间上《黄家贼事宜状》，主张容贷羁縻，是因为主战者裴行立、阳旻“本无远虑深谋，意在邀功求赏”，导致“邕容两管因此凋弊，杀伤疾疫，十室九空”。长庆二年宣抚镇州，是因为河北自安史乱后，长期自立，服叛无常。加上当时朱克融、王廷凑复乱河朔，南北连手，势成燎原。为打破叛镇连手对抗中央的态势，劝降镇州，势在必行。所以,韩愈主张用兵或消兵,确实是因时因势,绝无党同伐异之嫌。

(三) 暴力与非暴力

现代政治理论体系中,不管存在多少争议,非暴力主义已经成为非常重要的一派理论主张。在中国,一千二百年前的韩愈也有过类似的主张。

《岐山操》:“我家于豳,自我先公。伊我承绪,敢有不同。今狄之人,将土我疆。民为我战,谁使死伤?彼岐有岨,我往独处。人莫余追,无思我悲。”周人居豳,至太王古公亶父,狄人来攻。太王不忍百姓为自己而战而死而伤,主动退出,迁往岐山。不为保江山而使用暴力,还有什么别的理由可以使用暴力?

《伯夷颂》:“当殷之亡,周之兴。微子贤也,抱祭器而去之;武王、周公圣也,率天下之贤士与天下之诸侯而往攻之,未尝闻有非之者也。彼伯夷、叔齐者,乃独以为不可。殷既灭矣,天下宗周,彼二子乃独耻食其粟,饿死而不顾。由是而言,夫岂有求而为哉?信道笃而自知明也。……余故曰:若伯夷者,特立独行,穷天地亘万世而不顾者也。”武王、周公,儒家以为大圣人;武王伐纣,孟子以为“诛一夫”。而伯夷、叔齐叩马而谏:“父死不葬,爰及干戈,可谓孝乎?以臣弑君,可谓仁乎?”商纣暴虐,殷商当亡,伯夷、叔齐对此并无异议。武王、周公哀民若伤,伯夷、叔齐对之并无异议。伯夷、叔齐所反对的,是“以暴易暴”。韩愈此篇之所以“不顾人之是非”力挺伯夷、叔齐,所支持的就是这非暴力主张。这就是说,即便是打天下,即便是武王、周公这样天下公认的大圣人,讨伐天下公认的大暴君商纣,“以暴易暴”也是不行的。既然如此,还有什么别的理由可以使用暴力?

《衢州徐偃王庙碑》以秦、徐对比:秦专用武胜,得以统一天下;

徐专行仁义，终以失国。秦以惨刻，二世而亡，宗族灭绝；徐以仁厚，子孙繁衍，人才辈出。秦以暴虐，宗庙隳坏，社稷丧亡，祖宗不得血食；徐以善待其民，百姓随而从之万有余家，且凿石为室以祠，世世不替。秦杰以颠，徐由逊绵；秦鬼久饥，徐有庙存。最后的结论是："天于柏翳之绪非偏有厚薄，施仁与暴之报自然异也。"韩愈宁可认同"诸侯作而战伐日行"但"纪纲存焉"的"夏、殷、周"之末世，以及"不忍斗其民"而"走死失国"的徐偃王，也不认同以暴力统一天下而"纪纲亡焉"的秦始皇(《杂说》)。在藩镇割据、政令不通的中唐政治舞台上，韩愈主张大一统，要求维护中央政府的政令统一。不过，韩愈所主张的大一统是有条件的，这个条件就是"纪纲"，也就是仁义之道。韩愈的非暴力主张，其理论基础就是仁义之道。在中国传统的政治文化资源中，儒家主张以德服人，法家主张以力服人。韩愈的非暴力主张，显然是有针对性的。

(四) 道统与治统

道统与治统，其实质是朝廷与知识分子、中产阶层之间的权力分割。《原道》："由周公而上，上而为君，故其事行；由周公而下，下而为臣，故其说长。"道统的担当者，自周公而上，其身份为君主；自周公而下，其身份为臣下。周公本人虽然不是君主，但实际执掌政权，其身份介于君臣之间。道统担当者身份的变化，必然导致道统性质与内涵的变化。"道莫大乎仁义，教莫正乎礼乐刑政"(《送浮屠文畅师序》)。道统的重心，在内圣与外王，亦即"道"与"教"。后人构建的道统体系，如侧重文武周公，其着眼点必在"教"；如侧重周公孔孟，其着眼点必在"道"。钱穆先生曾经非常敏锐地意识到这一差别，其《周程朱子学脉论》云："汉唐儒志在求善治，即初期宋儒亦如此；而理学家兴，则志在为真儒。求善治，必自孔子上溯之周公；为真儒，乃自孔子下究之孟轲。"以周、孔、孟子尤其是孟子上接尧舜禹汤文武，则为韩愈首发。韩愈构建的道统自尧、舜、禹、汤、文、武下延至周、孔、孟子，有两大意义值得重视：其一，内圣与外王兼重；其二，学统与治统分立。

道统代表民族国家的法统，但君主并不是道统当然的担当者、守护人。“由周公而上，上而为君，故其事行；由周公而下，下而为臣，故其说长。”这就意味着：周公以前，即尧、舜、禹、汤、文王、武王的时代，道统的担当者是君主；从周公开始，下及孔子、孟子，道统的担当者不再是君主，而是士人。也就是说，体现民族文化传统的道统已经与体现现实政治权力的治统分离。

道统既然早与治统分离，那么，二者的关系又该如何呢？《处州孔子庙碑》记孔子祀典：“孔子用王者事，巍然当座，以门人为配。自天子而下，北面跪祭，进退诚敬，礼如亲弟子者。”由此断定“生人以来，未有如孔子者，其贤过于尧舜”。尧舜之贤尚且不如孔子，治统岂能高于道统？相反，治统的合法性只能来源于道统。说得更明白一点：道统应该高于治统。铁打的营盘流水的兵，二十四史多至二十四部，而中国仍然是这个中国，就是明确的证据。韩愈的这一思想，实际上来自孟子。孟子主张“民为贵，社稷次之，君为轻”（《尽心下》），主张对“不君”的君主实行“易位”（《万章下》），甚而至于“诛”（《梁惠王下》），就是韩愈此说的先声。以士人作为道统的担当者，庄子的“玄圣”“素王”（《庄子·天道》）已开其端，汉儒则径称孔子为“素王”（《论衡·超奇》）。韩愈的思想上接孔、孟，与荀子专重“后王”即当代君主完全不同。

道统与治统的分离具有三个方面的含义：其一，道统的传承世世不绝，具有永恒性。对于民族国家，它是至高无上的存在，不会因为政权的更替而发生变化。其二，君主的权力是有限的，后代的君主要使自己的政权得到合法性，就必须遵循民族国家的法统也就是道统。换言之，君权只能在一定的限度内合法有效①。其三，道统为士人提供了人格独立的依托、精神皈依的家园，在这一意义上，道统已经具有终极关怀的高度。从此以后，人不再是社会的附庸，而是社会的主人。因为他效忠的顶点，是内在的道统，而不是外在的朝廷与君主。相反，君主也必须服从道统。韩愈之所以高度推崇伯夷、徐偃王，原因就在这里。

十　君、臣、民的利益分配：韩愈的经济思想

跟现代国家高税收、高福利不同，唐德宗的税收不是取之于民、用之于民，而是取之于民、用之于君。整个天下的赋税都是皇上个人的本分钱："天下赋税当为三分：一分充干豆，一分充宾客，一分充君之庖厨。"（《旧唐书·裴延龄传》）全国百姓的血汗，三分之一给他家祭祀祖宗，三分之一给他讨好老外，剩下三分之一供他大吃大喝。这是在向近现代国家转型么？身当这样的时代，知识分子理当发出自己的声音。韩愈对官商一体、市场垄断、进奉羡余以及价格双轨制的批评，直接关系到民族国家近现代转型的路径选择这样一个大是大非问题，直到今天仍然有着积极的意义。以下，本文分四个部分讨论韩愈的相关政见：官商一体与政经分立、市场垄断与市场竞争、国税与地税、价格双轨制。

（一）官商一体与政经分立

现代社会的经济利益冲突，在正常情况下主要发生在投资人与劳动者之间。政府担任二者博弈的裁判员，超脱在经济利益之

---

①　关于君权有限合法的思想，请参见邓小军《唐代的中国文化宣言》，《孔子研究》1991年第4期，第62页。

外。资本的本性是利润最大化，没有权力的约束，它会吸干劳动者的全部血汗甚至骨头毛发。除此之外，偷工减料、假冒伪劣、环境污染、资源破坏、偷税漏税、欺行霸市、坑蒙拐骗、盗窃抢劫，为了一分钱的利益，它不惜洪水滔天。所有这一切，都需要政府约束节制，甚至严厉打击。在劳动者方面，政府同样担负着重大责任，劳动者的基础教育乃至专业培训、劳动者的权益保障、失业者以及丧失劳动能力的鳏寡孤独的生存保障、重大天灾人祸的救助等，都需要政府的投入。总之，限制强势群体的暴戾恣睢，保障弱势群体的正当权益，离不开政府这个裁判员的公平公正。正因为如此，政府必须超脱在经济利益之外，这就是现代社会政经必须分离最根本的理由。

对于这个问题，韩愈是这样表述的："君者，出令者也；臣者，行君之令而致之民者也；民者，出粟米麻丝，作器皿，通货财，以事其上者也。君不出令，则失其所以为君；臣不行君之令而致之民，则失其所以为臣；民不出粟米麻丝，作器皿，通货财，以事其上，则诛。"上面这一段话，在市场经济的环境下，我们可以做这样的理解：政府职责是为生产活动提供协调与保障，投资人的职责是为生产活动提供生产资料投入、流动资金投入、技术及设备投入以及生产过程的专业化管理，劳动者的职责就是辛勤劳动、创造财富。不能履行自己的职责，就是失其所以为君、失其所以为臣、失其所以为民，就应该受到诛责。在韩愈的时代，君主处于强势地位，所以韩愈的诛责，首先针对君主。

元和四年至五年，韩愈以都官员外郎分司东都判祠部。《为分司郎官上郑余庆尚书相公启》："分司郎官职事，惟祠部为烦且重，愈独判二年，日与宦者为敌，相伺候罪过，恶言詈辞，狼藉公牒，不敢为耻，实虑陷祸。"据《新唐书·百官志一》："祠部员外郎（从六品上）一人，掌祠祀、享祭、天文、漏刻、国忌、庙讳、卜筮、医药、僧尼之事。”这一时期，韩愈“日与宦者为敌，相伺候罪过”。所争执的，无非就是祠部员外郎执掌的这些琐屑的事务。对太监而言，则是具体的经济利益。韩愈与宦官争利，当然不是个人私利，而是国家与百姓的公利。那么当时宦官与国争利、与民争利，情势显而易见。而韩愈“实虑陷祸”，可以看出宦官的强横嚣张，也可以看出韩愈对皇室家奴的态度。

韩愈对皇室与民争利最激烈的反对意见，是在宫市问题上。贞元十九年韩愈初迁监察御史，即上疏极论宫市(《新唐书·韩愈传》)，终至被贬阳山。元和八年作《顺宗实录》记载德宗时期的宫市制度：“旧事：宫中有要市外物，令官吏主之，与人为市，随给其直。贞元末，以宦者为使，抑买人物，稍不如本估。末年不复行文书，置‘白望’数百人于两市并要闹坊，阅人所卖物，但称‘宫市’，即敛手付与，真伪不复可辨，无敢问所从来，其论价之高下者，率用百钱物买人直数千钱物，仍索进奉门户并脚价钱。将物诣市，至有空手而归者。名为‘宫市’，而实夺之。尝有农夫以驴负柴至城卖，遇宦者称‘宫市’取之，才与绢数尺，又就索门户，仍邀以驴送至内。农夫涕泣，以所得绢付之，不肯受，曰：‘须汝驴送柴至内。’农夫曰：‘我有父母妻子，待此然后食。今以柴与汝，不取直而归，汝尚不肯，我有死而已！’遂殴宦者。街吏擒以闻，诏黜此宦者，而赐农夫绢十匹，然‘宫市’亦不为之改易。”结合白居易的《卖炭翁》，宫市交易的具体细节如在目前：一个宦官带领一伙使户小儿，看中货物，口称宫市，即敛手付与，还要向卖方索取进奉门户钱以及脚价钱。这样的买卖，和抢劫有什么区别？韩愈对宫市深恶痛绝，其批判的态度始终如一。

韩愈点名批评皇室家奴扰民，五坊使也是其中之一。《顺宗实录》卷二：“贞元末，五坊小儿张捕鸟雀于闾里，皆为暴横以取钱物。至有张罗网于门，不许人出入者。或有张井上者，使不得汲水，近之辄曰'汝惊供奉鸟雀',痛殴之。出钱物求谢,乃去。或相聚饮食于肆,醉饱而去,卖者或不知,就索其直,多被殴骂。或时留蛇一囊为质,曰:'此蛇所以致鸟雀而捕之者,今留付汝,幸善饲之,勿令饥渴。'卖者愧谢求哀,乃携而去。"五坊,雕坊、鹘坊、鹰坊、鹞坊、狗坊,为皇室成员打猎饲养猎鹰、猎犬的官署。五坊小儿,五坊使属下五坊课役户青年男子。唐代使户充役,多由未成年男子充任。白居易笔下的"白衫儿",韩愈笔下的"白望",也就是宫市小儿。唐代宦官扰民,"小儿"为其帮凶。这批人无产无业,正是韩愈高度警惕的"民焉而不事其事"者。

宦官的猖獗,宪宗朝尤甚。《唐故朝散大夫商州刺史除名徙封州董府君墓志铭》记载了董溪一段经历:"兵诛恒州,改度支郎中,摄御史中丞,为粮料使。兵罢,迁商州刺史。粮料吏有忿争相牵告者,事及于公,因征下御史狱。公不与吏辩,一皆引伏。受垢除名,徙封州。元和六年五月十二日死湘中,年四十九。"这里所隐约透露的,是一个令人恐怖的事实。元和四年讨王承宗,以神策左军中尉吐突承璀为镇州行营招讨处置等使,以龙武将军赵万敌为神策先锋将,内官宋惟澄、曹进玉、马朝江等为行营馆驿粮料等使。(《旧唐书·宪宗纪上》)此次出师以宦官为统帅,朝议抨击至为激烈,宪宗不得不在发命五天之后,改"招讨处置使"为"招讨宣慰使",即是明证。同样由于朝议的激烈反对,内官担任的粮料使被撤换,先改任董溪,再改任于皋謩。董溪接替宦官担任此职,无异于虎口夺食。盖中唐时期,神策军已经成为宦官控制下无所不在同时具有垄断性质的一个巨大的官商利益集团,内官出任粮料使,正是其利益所在,势所必争。董溪、于皋謩成为吐突承璀的眼中钉,应该是意料中事。由于触动了宦官的面包,董溪、于皋謩最终以"干没军资"的罪名被杀。《册府元龟》卷五百十一记载其事云:"于皋謩,宪宗时为行营粮料使,元和六年五月坐犯诸色赃计钱四千二百贯,并前粮料使董溪犯诸色赃,计四千三百贯。又于正额供军市籴钱物数内抽充羡余公廨诸色给用,计钱四万一千三百贯。……皋謩除名配流春州,董溪除名配流封州。……皋謩、溪行至潭州,并专遣中使赐死。"这一指控,形同儿戏,就《册府元龟》的记载分析,于皋謩"犯诸色赃计钱四千二百贯",然后再加上"前粮料使董溪犯诸色赃",总计也不过"四千三百贯"。那么董溪的赃罪,充其量也不过一百贯。区区百贯的亏空,即便完全属实,在数以巨亿的军费中也不过九牛一毛,何况这一亏空的出现,并非偶然。《隋唐五代墓志汇编》河南卷第一册崔雍《唐故鄂州员外司户薛君(巽)墓志铭》载:"元和五年,兵诛恒州,□粮料使董溪。溪素知之,留参幕府,倚以出纳。兵乱,触粮料府,府使与其佐惧逼迸去,军食万计,委弃不顾。"威逼粮料府的"盗",正是吐突承璀麾下的"乱兵",其中蹊跷,一目了然。但就是这样一个莫须有的罪名,流放封州,已嫌过当。当局尚"悔其轻",居然"诏中使半道杀之"。(《旧唐书·权德舆传》)宦官的猖獗,于此可见。这样的世道,还有什么公理可言?权德舆上疏曰:"溪等方山东用兵,干没库财,死不偿责。陛下以流斥太轻,当责臣等缪误,审正其罪,明下诏书,与众同弃,则人人惧法。臣知已事不诤,然异时或有此比,要须有司论报,罚一劝百,孰不甘心。"(《新唐书·权德舆传》)辞虽婉转,"要须有司论报,审正其罪",责之不可谓不严。须知检察部门尚未立案,法庭尚未审理,罪从何来?不能明证其罪,私下处死,这还是一个法治社会吗?董溪当庭,"不与吏辩",良有以也。"由我者吾,不我者天,斯而以然,其谁使然!"韩愈的矛头直接指向"天","其谁使然"一问,明知故问,尤其发人深思。

归纳上文所述,德宗以后内使诸司身兼市场管理者与市场经营者的双重身份,裁判员直接上场比赛,导致市场监管完全缺位,市场的混乱就必不可免了。宦官主持的官商经济日益规模化、制度化，不但侵夺了农、工、商的经济利益，而且裁判上场，直接破坏了市场秩序。站在现代学术的高度看问题，公平竞争、优胜劣汰机制的建立是人类社会走向近现代的根本保障。权力的垄断必然阻碍民主机制的萌生，市场的垄断必然阻碍科学技术的进步。学术界对南美模式、东南亚模式国家资本主义的要素颇多关注，却很少有人注意到，早在一千二百年前，类似的要素在中唐已经成形。从这个角度看问题，韩愈对太监经济的批判，直到今天仍然有着积极的意义。

（二）市场垄断与市场竞争

严格禁止市场垄断，是建立公平竞争市场机制的前提和保障。这是现代国家经济秩序的基础，也是政府的职责与义务。商家的欺行霸市必须禁绝，政府对市场的暴力干预，危害尤其严重。对于这样的行为，韩愈是坚决反对的。

长庆二年三月张平叔为户部侍郎，上疏请官自卖盐，可以富国强兵，陈利害十八条。诏下其疏，令公卿详议。张平叔利害十八条，其核心是“自粜官盐，收实估匹段”，其要害是使用政府暴力，强行将食盐的生产、采购、运输、销售环节全部收归国有，并借助其垄断地位加价出售，以谋取垄断利润。这样的盐政，不但背离了人类近现代文明的基本法则即市场经济规律，背离了近现代经济秩序的起码要求即政经分离的要求，背离了近现代文明保障民生的公平原则，而且其具体实施细则，也不具有可操作性。

四月末，韩愈上《论变盐法事宜状》，坚决反对张平叔的盐政改革。针对张平叔所谓“自粜官盐，收实估匹段”之说，韩愈认为，这两条主张，前者完全不具有可操作性。须知一州一县，方圆数十百里，人口数十百万，政府不可能在每一个小村庄设置官方盐署出售食盐。那么剩下的事情就非常明白了：百姓或者跋涉数十百里去买一小包食盐，因为他没有财力批量采购；或者就干脆淡食，也就是东坡所说的“尔来三月食无盐”。至于“收实估匹段”的主张，则更是竭泽而渔、雪上加霜。须知中唐盐价本来就是天价。天宝、至德间，盐每斗十钱。第五琦一次性地每斗加时价百钱而出之，为钱一百一十，间接税高出货物实价十倍，已经是史无前例了。此后盐价持续上涨，宝应年间刘晏盐法，商人纳绢以代盐利者，每缗加钱二百。贞元初，盐价达到每斗钱三百七十。不过，第五琦的盐价，以“时价”计算，而贞元、元和盐价“多为虚估，率千钱不满百三十而已”。(《新唐书·食货志四》)张平叔要求收实估匹段，那么实际盐价，就远不止“获利一倍”而已。百三十比一千，已经是七点七倍了。这种竭泽而渔的经济政策，只讲效率，不顾公平，最终只能培养出王仙芝、黄巢、朱温等私盐贩子。

韩愈又反驳张平叔“所务至重，须令庙堂宰相充使”之说，政府首脑宰相、刺史、县令亲自充使，将政府直接办成了公司，那么市场监管的职能谁来履行？一旦出现经济纠纷、利益冲突，作为冲突一方的当事人又怎么可能公平裁判？一旦出现重大责任事故或重大环境灾难，作为监管责任人的政府首脑又怎么去惩罚作为公司法人的自己？

韩愈又反驳张平叔“请限商人盐纳官后，不得辄于诸军诸使觅，职掌把钱捉店、看守庄硙，以求影庇。请令所在官吏严加防察，如有违犯，应有资财并令纳官，仍牒送府县充所由”之说，为盐商说话，令人颇多非议。实际上，中产阶层的壮大不但是社会的进步，也有利于朝廷乃至劳动者。而且这批人一旦落入“穷蹙”的境地，心生怨恨，“逃入反侧之地，以资寇盗”，其能量也是可怕的，王仙芝、黄巢、朱温，就证实了韩愈的预言。

幸好，朝廷还没有糊涂到利令智昏的地步，长庆二年五月诏曰：“其盐铁先于淄青、兖、郓等道管内置小铺粜盐，巡院纳榷，起今年五月一日已后，一切并停。”（《旧唐书·食货志上》）张平叔的盐法改革，算是告一段落，大唐王朝，也由此度过了一场政治危机。

（三）税收：国税与地税

就中国而言，现代税种大半发端于唐德宗。应该承认，随着商品经济的发展，商品税、交易税乃至间接税的出现，是符合市场经济规律的。上述税种的出现，在某种程度上体现了中唐商品经济的繁荣，未尝不可以看作是历史的进步。问题是，收多少？怎么收？正如利改税、费改税一样，制度的设计虽然合理，却不可以搭车涨价，增加百姓的负担。说得更明白一点，经济改革的制度设计以及价值评判，要害在定量而不是定性。为历代聚敛之臣辩护的所谓学者们最乐于纠缠的，就是喋喋不休地分析变法措施顺应历史趋势、市场规律的进步意义，而绝口不提定量分析。现代学术界有关两税法的争议，大半都停留在纸面上，只看纸上的条文，就得出“唐政府提高市场价格以减轻两税下人民的重负”的结论，完全不考虑生活中的实际情况。

建中四年六月，行税间架、除陌钱法。《旧唐书·卢杞传》记税间架：“凡屋两架为一间，分为三等。上等每间二千，中等一千，下等五百。所由吏秉笔执筹，入人第舍而计之。凡没一间，杖六十，告者赏钱五十贯文。”按：架，量词，两柱之间为一架。《仪礼·少牢馈食礼》：“主人献祝，设席南面，祝拜于席，工坐受。”郑氏注：“室中迫狭。”唐贾公彦疏：“言迫狭者，大夫士庙室皆两下五架。正中曰栋，栋南两架，北亦两架。栋南一架名曰楣，前承檐，以前名曰庪。栋北一架为室，南壁而开户，即是一架之开，广为室，故云迫狭也。”以一栋普通的五柱五檩的小房间为例，两架为一间，一栋就是四间。上等房税八千，中等房税四千，下等房税二千。而且这房子并不是新买的房产，而是百姓世世代代居住的老房子。每年为自己的老房子交两贯到八贯的房产税，这是什么世道！

《旧唐书·卢杞传》又记除陌法："天下公私给与贸易，率一贯旧算二十，益加算为五十。给与物或两换者，约钱为率算之。市主人、牙子各给印纸，人有买卖，随自署记，翌日合算之。有自贸易不用市牙子者，验其私簿，投状自其有私簿投状。其有隐钱百，没入。二千杖六十，告者赏钱十千，出于其家。"凡货物交易、货物交换乃至私相赠与，都要交百分之五的交易税，隐瞒交易者，不但钱、货没收，还要追罚赏钱十千给告发者。

《旧唐书·食货下》记建中四年："竹木茶漆尽税之。茶之有税，肇于此矣。"《新唐书·食货志》："竹木茶漆，税十之一。……及泾原兵反，大呼长安市中曰：'不夺尔商户僦质，不税尔间架、除陌矣。'于是间架、除陌、竹木茶漆铁之税皆罢。"可见民间的积怨。

除了花样繁多的税收之外，强行借贷，也是德宗搜刮的高招。《旧唐书·卢杞传》记赵赞建中三年行括率："以为泉货所聚，在于富商，钱出万贯者留万贯为业，有余，官借以给军，冀得五百万贯。上许之，约以罢兵后以公钱还。敕既下，京兆少尹韦祯督责颇峻，长安尉薛萃荷校乘车，搜人财货，意其不实，即行搒捶，人不胜冤痛，或有自缢而死者。京师嚣然，如被贼盗。都计富户田宅奴婢等估，才及八十八万贯。又以僦柜纳质积钱、货贮粟麦等，一切借四分之一，封其柜窖，长安为之罢市，百姓相率千万众邀宰相于道诉之。""僦质与借商，才二百万贯。"按：校，枷。带着枷具闯入民宅，"意其不实，即行搒捶"，这哪里是官方在向百姓借钱，纯粹就是土匪抢劫。银行、典当行、仓储、粮库，无一能够幸免。

除了搜刮百姓之外，德宗还没有忘记搜刮各级官员，尤其是肥头大耳的地方官员。即便盐铁属于国税，德宗也敢于巧取豪夺。韩愈对德宗的这类行为持明确的批判态度，《顺宗实录》卷二："旧盐铁钱物悉入正库，一助经费。其后主此务者，稍以时市珍玩时新物充进献，以求恩泽。其后益甚，岁进钱物，谓之'羡余'，而经入益少，至贞元末，遂月有献焉，谓之'月进'。"故白居易有《重赋》云："缯帛如山积，丝絮如云屯。号为羡余物，随月献至尊。"韩愈将进奉、羡余录入《实录》，也就将德宗君臣的丑态钉在了历史的耻辱柱上。

在国税与地税之间，在朝廷横征暴敛与百姓哀鸿遍野之间，州县官员处境的艰难，韩愈有着深刻的领会。《赠崔复州序》："赋有恒，而民产无恒。水旱疠疫之不期，民之丰约悬于前。县令不以言，连帅不以信。民就穷而敛愈急，吾见刺史之难为也！"时于頔为襄州刺史山南东道节度使，复州为山南东道属邑。《旧唐书》本传载于頔"公然聚敛，恣意虐杀，专以凌上威下为务"。时"民就穷而敛愈急"，上言连帅，"连帅不以信"，则"刺史之难为"，也就难以避免了。《送许郢州志雍序》："为刺史者，恒私于其民，不以实应乎府；为观察使者，恒急于其赋，不以情信乎州。由是刺史不安其官，观察使不得其政。财已竭而敛不休，人已穷而赋愈急，其不去为盗也亦幸矣！"所谓"为观察使者恒急于其赋，不以情信乎州"，就是公开指斥于頔。不过，于頔如此专横却能长期坐镇一方，原因在什么地方？《旧唐书》本传"有入财使远之勤"，就透露了其中奥秘。说穿了，于頔只不过就是德宗派驻地方的聚敛工具而已。权力的垄断必然导致经济利益的垄断，这就是中唐的社会现实。

（四）金融：价格双轨制

中唐虚钱、实钱，虚估、实估的问题，学术界存在两种截然相反的意见：一种意见认为，实估即是同于市价之估，凡高于市价之估，都是虚估；或认为虚估就是省估，即"都省所立价也"；或认为实估是当时当地的价格，虚估是上级规定的价格；或认为唐政府为鼓励税户交税，折价时用高于市场的实际价格来折算纳税人所提交的实物，叫做虚估。以上几种说法，都认为实估是市场的实际物价，虚估是政府制定的与市易实价不符的高物价。相反的观点认为，虚估并非是指政府制定的高物价，而是起源于虚、实钱，以实钱估价物品为实估，以虚钱估价物品为虚估。虚、实估之间的差价就是虚、实钱之间的差价。①

本书通过直接考察唐人有关文献得出结论：中唐实施两税法以后，官方法定货币铜钱与市场实际流通货币绢帛之间存在两种不同的兑换率：官方规定的兑换率与市场实际兑换率。前者是固定的，后者则随市场景气而上下浮动。建中之初，绢一匹折钱三千二三百文。贞元十年，绢一匹折钱一千五六百文（陆贽《请两税以布帛为额不计钱数》）。元和十五年，绢一匹价不过八百（李翱《疏改税法》）。换言之，铜钱相对于绢帛的市场价值，贞元年间已经上涨了一倍，元和年间则相当于建中初年的四倍，而官方兑换率始终保持不变。这样，绢帛乃至一切以绢帛为支付手段的货物就有了两种不同的价格，官方价格叫实估，市场价格叫虚估。中唐政府收缴赋税，只承认官方价格。百姓却必须用市场价格，高价向政府购买铜钱。具体来说，缴纳十千铜钱的赋税，建中初年只需要付出绢二匹半，贞元年间需要付出五匹，元和年间则需要付出十二匹（李翱《疏改税法》）。反过来，政府对百姓的实际支付如宫市采购，却仍然按官方兑换率折算，十千铜钱折算绢三匹（陆贽《请两税以布帛为额不计钱数》）。说得更明白一点：百姓向政府纳税，一匹绢折算铜钱八百文；政府向百姓采购，一匹绢折算铜钱三千二三百文。白居易《卖炭翁》“半匹红纱一丈绫，系向牛头充炭直”、《新唐书·食货志二》宫市使取物于市“以盐估敝衣绢帛尺寸分裂酬其直”，说

① 参见程剑波《六十余年来大陆学者关于唐代虚、实钱与虚、实估问题的研究》，《青海师范大学学报》2014 年第 2 期。

的就是这种情况。所以,中唐钱重物轻的问题,是政府方面人为制造出来敲骨吸髓的聚敛手段,绝对不是什么“两税法后物价日以跌落,使人民负担沉重,于是唐政府提高市场价格以减轻两税下人民的重负”的德政。

韩愈《钱重物轻状》提出四条意见,以兴利除弊,其一,在一定程度上恢复“物土贡”,在货币供应量严重不足的情况下,以物易物不失为解决危机的可行办法,20 世纪 90 年代解决三角债就是类似的思路。韩愈提的第二条意见,禁钱不得出五岭。批量贵重金属如黄金不得自由通关,也是现代国家的通行惯例。韩愈的这条建议不但切实可行,而且具有高瞻远瞩的预见性。韩愈提的第三条意见,将币面标识的面值提高五倍。这是金本位货币向信用货币转换的关键一步,就人类历史发展而言,应该是一个巨大的进步。韩愈提的第四条意见,是州县各置铸钱,增加货币投入。这有利于解决钱荒即通货紧缩,而且大大增强了地方政府在国民经济体系中的比重与实权,完全符合现代国家地方分权的大趋势。

韩愈反对价格双轨制,体现了他同情百姓、关怀民生的民本思想,绝不是反对政府“减轻人民的重负”。大斗进、小斗出公然成为国家的制度,这样的经济秩序,实在是暗无天日。唯其如此,杨于陵、韩愈等人的批评,就更为难能可贵。

（五）结语

中唐时期的官商一体、市场垄断、进奉羡余以及价格双轨制,归根结底只有一个目的,就是增加中央政府的财政收入。从荣夷公的“专利”、管子的“利出一孔”、秦始皇的“头会箕敛”、汉武帝的盐铁官卖、唐德宗的两税法,到王安石的“为国理财”,阿合马、桑哥的“专卖”“变钞”,张居正的一条鞭,经济改革的目标完全一致。事实上,上述的改革都大幅度提高了中央政府的财政收入,相关史料准确无误，不需要考证。解决政府的财政危机，是历史上所有经济改革的直接动因，本身就具有天然的合法性依据。府库充盈，林积山阜，经济效益也可以证实改革措施的有效性。唯一遗憾的是，上述改革形成的“上下交征利”(《孟子·梁惠王上》)的局面，对民族国家绝非吉兆。

现代国家的税率高于古代国家，本来是历史发展的必然趋势，也是人类社会由中世纪向近现代转型的必然要求。就税收制度的历史发展趋势而言，两税法一改此前的丁税、口税为财产税，除陌钱即消费税，税间架即房产税，税漆木茶竹麻即土特产税，赠与税、遗产税即所得税，官榷即间接税。宫市为政府采购引入了市场机制，内使诸司则创建了庞大的官营企业集团。至于价格双轨制，将货币制度由重金属本位制推向了信用货币的道路。进奉、羡余，正是转移支付的前身。可以说，从制度建设的层面讲，上述的改革，都体现了自然经济向市场经济过渡的必然要求，都具有历史的前瞻性和创造性。而且退一万步讲，轻徭薄赋也不是仁政爱民的唯一手段。对现代国家而言，减少税收有利于藏富于民，通过扩大再生产以增加国民财富；增加税收则有利于聚富于国，通过改善生产环境如安全、交通、金融、流通乃至于教育、文化等环境以推动国民生产的健康发展。所以，增税与减税，都是现代国家调控经济环境的正常手段。不过，虽然都是正常的经济调控手段，选择增税还是减税，却不能为所欲为，有两大要素必须在考虑之列：其一，执政成本的合理性；其二，百姓的承受能力。在一个有限GDP的国民经济体系中，并非政府的一切开销都具有天然的合理性。至少，裴延龄的干豆、宾客、庖厨三分论就没有任何合理性依据。在这样的背景下，杨炎“量出为入”的性质就需要重新审视了。至于百姓的承受能力，具体的量化研究或许还有待落实，但相对的参照体系却是现成的：自春秋至晚清，十一而税并非是孟子的理想，而是两千年的惯例。而这个惯例也不是来源于孟子的规定，而应该是社会经济随机调节的必然结果。总而言之一句话：增税与减税，只能以推动国民经济健康发展为唯一的出发点；以满足政府乃至皇室的财政需求为出发点，本身就是一个错误。政府的财政需求与百姓的承受能力，二者之间是否能够相对平衡，是检验一切经济改革合法性与合理性的试金石。

如果只考虑经济效益不考虑社会效益，或者只看纸面条文不看实际民生，那么我们可以说，中唐的经济改革，是人类历史上了不起的巨大进步。不过，如果我们在津津乐道于经济效益、社会动员能力、集中财力办大事的同时，也回过头去兼顾一下社会效益和实际民生的话，我们也许会发现，这样的经济效益也是需要付出代价的。这个代价，就是民心、民意。事实上，历代改革家的智商、学识乃至道德、人品，大都没有问题，他们提供的改革蓝图，无论在现实层面还是历史层面，其合法性、合理性都能自圆其说，中唐的改革也是如此。但历代的改革少见成功的先例，反而屡屡成为亡国的先兆，其原因值得深思。概括起来说，有三个因素值得考虑：其一，改革的设计与改革的实施存在巨大差距，顶层改革合情合理，下层实施难免变形。考察历代改革，这一现象屡见不鲜，已经不需要举例说明了。其二，改革的制度设计方向符合现实的需求乃至历史发展的正确走向，但搭车涨价的财政增幅超越了经济成长的实际增幅，也超越了百姓的承受能力，西周、秦、隋、宋、元、明的覆亡就是最明显的例证。其三，只讲效益不讲公平的改革，涣散了人心，摧毁了国家、民族、社会的凝聚力。近亿人口、百万大军的两宋对抗不了金、蒙的八万铁骑，上亿人口、明朝官兵加上李闯、张献忠两百万大军对抗不了清朝八旗子弟，难道不值得认真思考？我们敬重文天祥、史可法为国效忠，屡败屡起，百折不挠。却很少有人想过，他们为什么屡起屡败。国家的权力来源于百姓的权利让渡，失去了民心的政权同时也就丧失了社会整合、社会动员的能力。这就是为什么亚当·斯密在撰著《国民财富的性质和原因研究》之前一定要先著《道德情操论》、韩愈在讨论礼乐刑政修道之教以前一定要先讨论仁义之道的真正原因。百姓的生存需求才是国家、社会得以存在的合法性前提,也是一切经济改革合理、合法的前提,这是任何经济学理论都无法回避的最最基本的立足点。

十一　传道、授业、解惑:韩愈的教育思想

韩愈将一生一半以上的职场光阴献给了教育事业,具有丰富的教学经验,也具有独特的教育思想。《进士策问第十二首》:"古之学者必有师,所以通其业,成就其德也。"成就其德,就是自我实现,就是健全人格的培养。以"成就其德"为目标,集中体现了韩愈的教育思想。《师说》:"师者,所以传道、受业、解惑也。"曾国藩《求阙斋读书录》卷八:"传道谓修己治人之道,授业谓古文六艺之业,解惑谓解此二者之惑。韩公一生学道好文,二者兼营,故往往并言之。"以下从学习目的、教育方法、为师之道三个方面讨论韩愈的教育思想。

(一)传道:传修己治人之道

学习的目的,首先是为了个体的自我完善与自我实现。在这个基础上,才谈得上履行社会责任与义务。为己与为人,是辩证统一的关系。

学习的目的是为了自己,这一判断始见于孔子。《论语·宪问》:"子曰:古之学者为己,今之学者为人也。"孔安国注:"为己,履道而行之也。为人,徒能言之也。"皇侃义疏:"古人所学,己未善,故学先王之道,欲以自己行之,成己而已也。今之世学非复为补己

之行阙，正是图能胜人，欲为人言己之美，非为己行不足也。”

对这段文字，韩愈、李翱有自己独特的理解。《论语笔解》卷二韩曰：“为己者，谓以身率天下也。为人者，谓假他人之学以检其身也。孔云‘徒能言之’，是不能行之，失其旨矣。”李曰：“孟子云‘尧舜性之’，是天人兼通者也。‘汤武身之’，是为己者也。‘五伯假之’，是为人者也。”韩、李的理解不同于前人的地方，是将“为己”之学理解为“以身率天下”，将“为人”之学理解为“假他人之学以检其身”，二者同样都属于自身的身心修养问题。可见韩愈教育思想的核心，是个体的身心修养。用现代学术思维来理解，教育的终极目标，不是知识的灌输与技能的培训，而是健全人格的培养。要培养个体的健全人格，就只能以“己”为出发点，对“己”痛加磨砺。

1. 反身而诚，立身为本

《省试颜子不贰过论》：“夫圣人抱诚明之正性，根中庸之至德。苟发诸中、形诸外者，不由思虑，莫匪规矩。不善之心无自入焉，可择之行无自加焉。故惟圣人无过。所谓过者，非谓发于行，彰于言，人皆谓之过而后为过也，生于其心则为过矣。故颜子之过，此类也。不贰者，盖能止之于始萌，绝之于未形，不贰之于言行也。《中庸》曰：‘自诚明谓之性，自明诚谓之教。’自诚明者，不勉而中，不思而得，从容中道，圣人也，无过者也。自明诚者，择善而固执之者也。不勉则不中，不思则不得，不贰过者也。”这一段文字，讲圣人无过、贤人不贰过，均出于“性”、根于“德”。圣人无过，是因为“不由思虑，莫匪规矩”；贤人不贰过，是因为“能止之于始萌，绝之于未形，不贰之于言行”。也就是说，人的一言一行都能植根于自己的“正性”“至德”，就能够不犯错误，成为一个完美的个体。换言之，一个人要想成为完美的个体，或者说自我实现，首要的条件，就是涵养自己的“正性”“至德”。

涵养情性的途径，是“反身而诚”。上天赋予人类以天地的灵明之气，而要实现上天的禀赋，成为一个纯粹的人，也就是“践形”，只有反省自己，反躬自问，才能认识自己。《孟子·尽心上》：“孟子曰：万物皆备于我矣，反身而诚，乐莫大焉。”何晏集解：“诚者，实也。反自思其身所施行，能皆实而无虚。”邢昺疏：“能反己思之以诚，不为物之丧己，是有得于内矣。”《答侯生问论语书》：“圣人践形之说，孟子详于其书，当终始究之。若‘万物皆备于我，反身而诚’是也。苟有伪焉，则万物不备矣。践形之道无他，诚是也。足下谓贤者不能践形，非也。贤者非不能践形，能而不备耳。形言其备也，所谓具体而微是也。‘充实之谓美，充实而有光辉之谓大。’充实则具体，未大则微；故或去圣一间，或得其一体，皆践形而未备者。唯反身而诚，则能践形之备者耳。”

“反身而诚”的操作程序，韩愈将其归结于《大学》之道。《礼记·大学》：“大学之道，在明明德，在亲民，在止于至善。知止而后有定，定而后能静，静而后能安，安而后能虑，虑而后能得。物有本末，事有终始，知所先后，则近道矣。”郑玄注：“明明德，谓显明其至德也。止，犹自处也。得，谓得事之宜也。”《原道》倡导“诚意”“正心”“修身”，都着眼于自身的行为检讨与心性体认，这就是“为己”，也就是人的立身之本。

2. 存养正性，本乎斯文

《原道》陈述先王之教：“夫所谓先王之教者何也？博爱之谓仁，行而宜之之谓义，由是而之焉之谓道，足乎己无待于外之谓德。其文：《诗》《书》《易》《春秋》；其法：礼、乐、刑、政；其民：士、农、工、贾；其位：君臣、父子、师友、宾主、昆弟、夫妇；其服：麻、丝；其居：宫室；其食：粟米、蔬果、鱼肉。其为道易明，而其为教易行也。是故以之为己，则顺而祥；以之为人，则爱而公；以之为心，则和而平；以之为天下国家，无所处而不当。”这就是儒家传统的政治道德教化，“诚意”“正心”“修身”的前提，是人本身具备“博爱”的天性。“反身而诚"所要体悟蕴涵的，正是自己的"正性""至德"。但是，人虽然具备这样美好的天性，却未必都能够"践形"，未必都能够实现自己的"大"与"美"。《孟子・离娄下》："人之所以异于禽兽者几希，庶民去之，君子存之。"赵岐注："几希，无几也，知义与不知义之闲耳。众民去义，君子存义也。"《孟子・告子上》："孟子曰：牛山之木尝美矣，以其郊于大国也，斧斤伐之，可以为美乎？……虽存乎人者，岂无仁义之心哉？其所以放其良心者，亦犹斧斤之于木也。旦旦而伐之，可以为美乎？……故苟得其养，无物不长；苟失其养，无物不消。孔子曰：操则存，舍则亡。出入无时，莫知其乡。惟心之谓与！"赵岐注："诚得其养，若雨露于草木，法度于仁义，何有不长也？诚失其养，若斧斤牛羊之消，草木利欲之消，仁义何有不尽也？孔子曰：持之则在，纵之则亡，莫知其乡。乡，犹里，以喻居也。独心为若是也。章指言秉心持正，使邪不干，犹止斧斤不伐牛山。山则木茂，人则称仁也。"所以，人不但需要认识自己的"正性""至德"，还要能存养这个"正性""至德"。韩愈的存养之道，就是"养气"。

《答李翊书》："将蕲至于古之立言者，则无望其速成，无诱于势利。养其根而俟其实，加其膏而希其光。根之茂者其实遂，膏之沃者其光晔。仁义之人，其言蔼如也。……虽然，不可以不养也。行之乎仁义之途，游之乎《诗》《书》之源，无迷其途，无绝其源，终吾身而已矣。"韩愈的养气之法，"行之乎仁义之途"，"养其根而俟其实"，最终达到"仁义之人，其言蔼如"的境界。养气之说，发自孟子。《孟子・公孙丑上》："我知言，我善养吾浩然之气。"孟子之气，"配义与道""至大至刚"，集天地正气于一体。所谓养气，即涵养德行情性。魏文帝曹丕以气论文，谓"文以气为主"，气有清浊，才有巧拙，虽在父兄，不能以移子弟。所谓养气，即涵养气质材性。韩愈的气，合孟子、曹丕二者为一，既包括德行情性，也包括气质才性。既"行之乎仁义之途""养其根而俟其实"，又"游之乎《诗》《书》

之源”“加其膏而希其光”；既陶冶情性，又咏涵文辞；文道一体，“仁义之人”，自然也就“其言蔼如”了。

韩愈始终将“文”与“道”视为一体，“修其辞以明其道”（《谏臣论》）、“愈之志在古道，又甚好其言辞”（《答陈生书》）、“所能言者皆古之道”（《答尉迟生书》）、“愈之为古文，岂独取其句读不类于今者邪？思古人而不得见，学古道则欲兼通其辞。通其辞者，本志乎古道者也”（《题欧阳生哀辞后》），所以他的养气，既包括涵养德行情性，又包括涵养气质才性，这是韩愈养气说最独特的地方。宋人尤其是朱熹往往指责韩愈重文轻道，他们并未意识到，韩愈的“文”，并不是指一般的文辞，而是特指志道之文。《太原王公神道碑铭》：“生人之治，本乎斯文。有事其末，而忘其源，切近昧陋，道由是堙。”此处“斯文”，狭义地理解，即指志道之文；推而广之，应指先王之道。《论语·子罕》：“文王既没，文不在兹乎？天之将丧斯文也，后死者不得与于斯文也；天之未丧斯文，匡人其如予何？”以“道”拟“斯文”，并尊之为“生民”之“本”“源”，始见韩文。赵德《昌黎文录序》：“昌黎公圣人之徒欤？其文高出，与古之遗文不相上下。所履之道，则尧、舜、禹、汤、文、武、周、孔、孟轲、杨雄所授受服行之实也，固已不杂其传。由佛及聃、庄、杨之言不得干其思、入其文也。是以光于今、大于后，金石燋铄，斯文粲然，德、行、道、学、文庶几乎古。”看来，赵德真正读懂了“斯文”。宋人论学首重“斯文”，当即肇源于此。

3. 化性起伪，知所措履

《荀子·劝学》：“君子之学也，入乎耳，著乎心，布乎四体，形乎动静。”杨倞注：“所谓古之学者为己，入乎耳，著乎心，谓闻则志而不忘也。布乎四体，谓有威仪润身也。形乎动静，谓知所措履也。”又云：“古之学者为己，今之学者为人。君子之学也，以美其身。小人之学也，以为禽犊。”杨倞注：“禽犊，馈献之物也。”荀子以为人性恶，主张化性起伪，所以《荀子》全书将《劝学》置于首位，可见荀子对教育的重视。

韩愈的教育思想，除了接受孔子的“为己”，孟子的“存养”以外，也接受了荀子的“化性起伪”。《原性》：“上之性，就学而愈明；下之性，畏威而寡罪。是故上者可学，而下者可制也。”《论语笔解·阳货》释“性相近也习相远也”“惟上智与下愚不移”云：“上文云‘性相近’，是人可以习而上下也。此文云‘上下不移’，是人不可习而迁也。二义相反，先儒莫究其义。吾谓上篇（《季氏》）云：‘生而知之上也，学而知之次也，困而学之又其次也，困而不学，民斯为下矣。’与此篇二义兼明焉。”按韩愈的理解，解决“相近”与“不移”之间的矛盾，必须将《阳货》的两段文字与《季氏》这段文字结合起来才能够“兼明”。换言之，《季氏》的这段文字是解答“相近”与“不移”的一把钥匙。也就是说，所谓“移”与“不移”，其关键在于“学”与“不学”。“困而后学”尚且可移，何况“学而知之”者？至于“困而不学”者，其品不移，也在情理之中。这样看来，韩愈所谓的“不移”，也是有条件的。说得更明白一点，所谓“不移”，就是指“困而不学”者，身陷困境仍然不肯学习，他又怎么可能“移”？当然，如果他愿意学习了，他就成为“困而后学”的人，仍然是可以“移”的。人是否能够向善自新，取决于他自己是否愿意学习。“移”与“不移”，“足乎己无待于外”。化性起伪的手段就是学习，学习的目的就是改造自己的心性，提高自身的素质。这样看来，存养正性与化性起伪，是“为己”之学的一体两面，二者相反而相成，共同构建起儒家“为己”之学的教育思想体系。

4. 结语

通过“反身而诚”，体认到“万物皆备于我”，认识自己的“正性”“至德”，有助于学者唤醒自我，建立自信；化性起伪，有助于学者认清自我的本来面貌，明确自己的社会责任，改造自我、完善自我。

人完成了自我实现，也就具备了独立之人格、自由之思想。韩愈笔下的伯夷、叔齐、张巡、许远、王仲舒、侯高、王适、李愿、王承福、张道士、释大颠，柳宗元笔下的郭橐驼、宋清、杨潜等，都是这样的人物。归根结底一句话，"为己"之学，培养的就是这种特立独行的人格境界。

（二）授业：授古文六艺之业

从教育者的角度讲，传道，就是传修己治人之道；授业，就是授古文六艺之业。从受教育者的角度讲，学道，就是学习尧、舜、禹、汤、文、武、周公、孔子、孟子、荀子、杨雄之道；学文，就是学习尧、舜、禹、汤、文、武、周公、孔子、孟子、荀子、杨雄之文。所谓"非三代两汉之书不敢观"，所指即在于此。

《答李翊书》介绍自己求学二十余年的学习方法："始者非三代两汉之书不敢观，非圣人之志不敢存。处若忘，行若遗，俨乎其若思，茫乎其若迷。当其取于心而注于手也，惟陈言之务去，戛戛乎其难哉！其观于人也，不知其非笑之为非笑也。如是者亦有年，犹不改，然后识古书之正伪，与虽正而不至焉者，昭昭然白黑分矣。而务去之，乃徐有得也。当其取于心而注于手也，汩汩然来矣。其观于人也，笑之则以为喜，誉之则以为忧，以其犹有人之说者存也。如是者亦有年，然后浩乎其沛然矣。吾又惧其杂也，迎而距之，平心而察之，其皆醇也，然后肆焉。虽然，不可以不养也。行之乎仁义之途，游之乎《诗》《书》之源，无迷其途，无绝其源，终吾身而已矣。"

这段文字将自己二十余年的学习分为三个阶段：初学阶段，"处若忘，行若遗，俨乎其若思，茫乎其若迷"，这是读书的状态；"当其取于心而注于手也，惟陈言之务去"，这是写作的状态，"其观于人也，不知其非笑之为非笑也"，这是对待批评的态度。学有所得阶段，"识古书之正伪，与虽正而不至焉"，这是读书的状态；"当其取于心而注于手也，汩汩然来矣”，这是写作的状态，“其观于人也，笑之则以为喜，誉之则以为忧，以其犹有人之说者存也”，这是对待批评的态度。学成阶段，“行之乎仁义之途，游之乎《诗》《书》之源”，这是读书的状态；“浩乎其沛然矣”，这是写作的状态；“吾又惧其杂也，迎而距之，平心而察之，其皆醇也，然后肆焉”，这是自我批评的态度。最后的结论是“无迷其途，无绝其源，终吾身而已矣”。初学、小成、学成三个阶段，读书、写作、批评三种状态，呈现了韩愈本人求学之道由浅入深的全过程。在这里，韩愈介绍自己怎么读书，怎么写作，怎么批评和对待批评，也就是在教学生怎么读书，怎么写作，怎么批评和对待批评。韩愈的教育方法，可以由此窥见。

1. 读书方法

韩愈无书不读，《答侯继书》称：“仆少好学问，自五经之外，百氏之书，未有闻而不求，得而不观者。然其所志，惟在其意义所归。至于礼乐之名数，阴阳、土地、星辰、方药之书，将试学焉。”《毛颖传》：“自结绳之代以及秦事，无不纂录。阴阳、卜筮、占相、医方、族氏、山经、地志、字书、图画，九流、百家、天人之书，及至浮屠、老子、外国之说，皆所详悉。又通于当代之务，官府簿书，市井货钱注记，惟上所使。”亦夫子自道。现存韩文中，儒学之外，诸子百家、经史子集，无所不包，可见其读书广泛。韩学取资的对象，不但包括儒家的孔、孟、荀、杨，甚至包括管、商、列、老、庄、晏、墨、吕乃至李斯、杨朱。但韩愈读书有自己的方向，“行之乎仁义之途，游之乎《诗》《书》之源”即是；有自己的原则，“非三代两汉之书不敢观，非圣人之志不敢存”即是。这一方向，这一原则，终其一生，“无迷其途，无绝其源”，这就是韩愈的读书方法。

韩愈多次谈及自己的读书方法，“古之学者，惟义之问”（《答陈生师锡书》），“种学绩文，以蓄其有，泓涵演迤，日大以肆”（《蓝田县丞厅壁记》），“读书以为学，缵言以为文，非夸多而斗靡也。盖学所以为道，文所以为理耳”(《送陈彤秀才书》)。《进学解》描绘自己读书的状态：“口不绝吟于六艺之文，手不停披于百家之编。……抵排异端，攘斥佛老；补苴罅漏，张皇幽眇；寻坠绪之茫茫，独旁搜而远绍。……上规姚姒，浑浑无涯；《周诰》《殷盘》，佶屈聱牙；《春秋》谨严，《左氏》浮夸；《易》奇而法，《诗》正而葩；下逮《庄》《骚》，太史所录，子云、相如，同工异曲。”归纳上文，可以看出韩愈读书的几个特点：学文即是学道，学道即是学文，文不离道，道不离文，文道始终一体，是韩愈读书的第一个特点。为学、为文，学所以为道，文所以为理。“理”，即“治”，唐人避高宗讳改字。学文、学道，最终都是为了治国平天下，也就是《原道》“正心而诚意者，将以有为”，是韩愈读书的第二个特点。《读荀子》介绍自己的读书心得：“始吾读孟轲书，然后知孔子之道尊。……晚得杨雄书，益尊信孟氏，因雄书而孟氏益尊。”通过读书明确了自己人生的方向。“孟轲好辩，孔道以明”“荀卿守正，大论是弘”(《进学解》)。自己的榜样，就是孟子、荀子、杨雄。《进学解》“学虽勤而不由其统”，要求进德修业讲求“学统”，也就是尧、舜、禹、汤、文、武、周公直到孔、孟、荀、杨为代表的中国学术文化传统。这是韩愈读书的第三个特点。韩愈虽然是在介绍自己的读书方法，但介绍的对象多是自己的学生，所以韩愈的读书方法，也就是他的教育方法。

2. 创作原则

韩愈讲自己的写作方法，最明白的是《上宰相书》“约六经之旨而成文”。不过这是韩愈一生宗旨，类似表述甚多，现存韩文即是标本，毋庸细谈。韩愈对创作的要求，最值得注意的，是“陈言务去”“词必己出”“不平则鸣”，其实质是文艺的独创性。坚持作者的自我意识、独特个性，追求个性化的创作道路，是韩愈终其一生的艺术追求，同时也是作为教师的韩愈对学生提出的要求。

“陈言务去”“词必己出”是韩愈创作的基本原则，现存七百多篇韩文就是标本。韩愈的师友如柳宗元、孟郊、樊宗师等，都是实践这一原则的典范。韩愈也用这一原则来要求学生，所以这一原则也就成为韩愈的教学方法。《答李翊书》介绍自己第一阶段的写作方法，就是“惟陈言之务去”，可知韩愈很早就已经明确了坚持独创性的创作原则。《答刘正夫书》：“足下家中百物，皆赖而用也。然其所珍爱者，必非常物。夫君子之于文，岂异于是乎？今后进之为文，能深探而力取之，以古圣贤人为法者，虽未必皆是，要若有司马相如、太史公、刘向、杨雄之徒出，必自于此，不自于循常之徒也。若圣人之道不用文则已，用则必尚其能者。能者非他，能自树立不因循者是也。”树立，所树所立，谓自我建树。司马迁《报任少卿书》：“特以为智穷罪极，不能自免，卒就死耳。何也？素所自树立使然也。”司马迁的“树立”，既包括事业的建树，也包括人格的建树。《后汉书·陈蕃传》：“桓灵之世，若陈蕃之徒，咸能树立风声。”陈蕃的“树立”，主要指名望、声誉。韩愈《太原王公墓志铭》：“公所为文章无世俗气，其所树立，殆不可学。”王仲舒的“树立”，兼指人格境界与文章品格。“能自树立不因循”，先有独立人格而后才有独立思考，而后才有反映自己独特个性的独特文风。这就是韩愈对学生提出的要求。

“不平则鸣”是韩愈指导创作的又一项基本原则。《送孟东野序》：“大凡物不得其平则鸣。草木之无声，风挠之鸣；水之无声，风荡之鸣。其跃也或激之，其趋也或梗之，其沸也或炙之。金石之无声，或击之鸣。人之于言也亦然，有不得已者而后言。其歌也有思，有哭也有怀。凡出乎口而为声者，其皆有弗平者乎！乐也者，郁于中而泄于外者也，择其善鸣者而假之鸣。金、石、丝、竹、匏、土、革、木八者，物之善鸣者也。维天之于时也亦然，择其善鸣者而假之鸣。是故以鸟鸣春，以雷鸣夏，以虫鸣秋，以风鸣冬。四时之相推夺，其必有不得其平者乎！其于人也亦然：人声之精者为言，文辞之于言，又其精也，尤择其善鸣者而假之鸣。”韩愈的“不平则鸣”，前人往往理解为愤激不平，以为“自鸣其不幸”可以称为不平，“鸣国家之盛”则难以称为不平。实际上，平有静义，故词有平静；平有凡义，故词有平凡。就本篇而言，挠之、荡之、激之、梗之、击之、推夺，均就动静而言，则“不平”云者，谓“郁于中而泄于外”，即情动于中而形于言；此外，善鸣者声大而远、荒唐其辞，其下者清以浮、数以急、淫以哀、弛以肆、乱杂而无章，均就文辞精粗而言，则“平”与“不平”的差别，在于凡庸与不凡。归纳起来，韩愈的“不平”，指不平静、不平凡。前者要求“歌也有思”“哭也有怀”，重在作品的真情至性；后者追求“人声之精者”“文辞之精者”，重在作品的艺术独创性。

3. 批评标准

《答李翊书》介绍自己第二阶段尚不成熟的批评观，“其观于人也，笑之则以为喜，誉之则以为忧，以其犹有人之说者存也”，以他人笑誉为喜为忧，他人之说犹存心中，还没能真正达到自信、自立的境界。也就是《伯夷颂》所说的“一凡人誉之，则自以为有余；一凡人沮之，则自以为不足”。可知他所追求的批评观，就是绝世独立、特立独行。《答李翊书》介绍自己成熟阶段的批评观：“吾又惧其杂也，迎而距之，平心而察之，其皆醇也，然后肆焉。”师心自是，自尊自信，这才是具有独立品格、独立人格、独立自我的现代人。上帝死了，我的事情我做主，就是个性解放的自由人。

韩愈对诗文创作的批评，一概以独创性为衡量的标准。他评价自己的文字，“不专一能，怪怪奇奇”（《送穷文》）。他向往这样的诗歌创作：“我愿生两翅，捕逐出八荒。精诚忽交通，百怪入我肠。刺手拔鲸牙，举瓢酌天浆。腾身跨汗漫，不着织女襄。”（《调张籍》）韩愈对他人文字的批评，同样以独创性为衡量的标准。《南阳樊绍述墓志铭》说樊宗师的创作“必出于己，不袭蹈前人一言一句”，赞赏樊宗师的文字“其富若生蓄，万物必具，海含地负，放恣横从，无所统纪”。他称赞孟郊的诗“横空盘硬语，妥帖力排奡。敷柔肆纡余，奋猛卷海潦。荣华肖天秀，捷疾逾响报”(《荐士》)，称赞张署的诗“险语破鬼胆，高词媲皇坟”(《醉赠张秘书》)，称赞贾岛的诗“蛟龙弄角牙，造次欲手揽。众鬼囚大幽，下觑袭玄窨。……鲸鹏相摩窣，两举快一啖”(《送无本师归范阳》)。其着眼点，都在于独特的个性风格。

对于为学为文，韩愈最尖锐的批评，是缺乏个性、独创性，尤其反对“因循”“相袭”，乃至“剽贼”。《南阳樊绍述墓志铭》:“惟古于词必己出，降而不能乃剽贼，后皆指前公相袭。”对抄袭剽窃行为深恶痛绝。他之所以鄙薄魏晋以下文字“其声清以浮，其节数以急，其辞淫以哀，其志弛以肆。其为言也，乱杂而无章”(《送孟东野序》)，也是因为“从汉迄今用一律”(《南阳樊绍述墓志铭》)，缺乏自己的独特个性。他在这里所主张的，不仅仅是文学艺术的独创性原则，也体现了人类社会进入近现代历史阶段之后对创造性劳动实施知识权保护的必然要求。可以这样说，人类进入近现代时期以后，创造性劳动成为时代的主流，也成为个人乃至国家生存发展的生命线。所以，有两条游戏规则至高无上:反托拉斯法，是为了保障公平竞争的市场环境，以此鼓励劳动者的创新积极性、保障创造性劳动产品的市场竞争力;知识产权保护法，是为了防止对创造性劳动的抄袭剽窃，以此保障创造性劳动的正当权益。这两条游戏规则，在韩愈的思想中都有所体现。而这两条市场法则底线在现实生活中被漠视，让人不得不佩服韩愈的先见之明。

(三) 解惑:师生的职责、义务及其相互关系

解惑的主要内容就是师生相处之道，它要解决的，是传道、授业的主体学校、老师、学生的职责、义务及其相互关系。韩愈的职

场生涯大半消耗在教育部门，所以他对为师之道有深刻的理解。以下从师资的选择、学校与教师的职责与义务、师生关系三个方面展开讨论。

1. 师资的选择

长庆元年，韩愈担任国子祭酒，成为教育部门的最高领导者。他上任之后的第一件事，就是改革国子监学官的选拔标准及程序。《国子监论新注学官牒》："准今年赦文：委国子祭酒选择有经艺堪训导生徒者以充学官。近年吏部所注，多循资叙，不考艺能，至令生徒不自劝励。伏请非专通经传，博涉坟史，及进士五经诸色登科人，不以比拟。"从牒文看，组织部门的选拔，只考虑资叙，即官阶级别高低、候补时间长短，而不考察专业艺能，以致直接影响了生徒的学习积极性。韩愈的改革直截了当：专业审查，"专通经传，博涉坟史"；资历审查，"进士五经诸色登科"。同时规定，不符合上述标准者，不得再依循旧章，比照类例进拟职务。这次改革的效果非常明显，韩愈清除了那些论资排辈的旧官僚，"奏儒生为学官，日使会讲"，将国子监办成了会聚学者、生徒公开讲学的大论坛。"生徒多奔走听闻，皆喜曰：韩公来为祭酒，国子监不寂寞矣！"（李翱《韩公行状》）

韩愈师资选择的标准明确而坚定，他曾举荐赵德为潮州衙推句当州学，其理由是"赵德秀才沈雅专静，颇通经，有文章，能知先王之道，论说且排异端而宗孔氏，可以为师"（《潮州请置乡校牒》）。他曾举荐张籍为国子监博士，其理由是"学有师法，文多古风。沈默静退，介然自守。声华行实，光映儒林"（《举荐张籍状》）。通经、有文章、能知先王之道、排异端、宗孔氏、学有师法、文多古风，这是韩愈的择师的业务标准；沈雅专静、沈默静退、介然自守，这是韩愈的择师的人品标准。除此之外，贵、贱、长、少，官阶资历，在所不论。《师说》云："生乎吾前，其闻道也固先乎吾，吾从而师之；生乎吾后，其闻道也亦先乎吾，吾从而师之。吾师道也，夫庸知其年之先后生于吾乎？是故无贵无贱，无长无少，道之所存，师之所存也。”这样的标准，即便放在一千二百年以后的今天，也不失为开明。

2. 学校与教师的职责与义务

保障每一个公民同等地享有受教育的权利，这是现代教育的职责与义务。类似的思想，在古代表现为“有教无类”。《论语·卫灵公》：“子曰：有教无类。”马融注：“言人在见教，无有种类。”皇侃义疏：“人乃有贵贱，同宜资教，不可以其种类庶鄙而不教之也。教之则善，本无类也。”但在等级社会中，国子监历来都是官学，只有官员子弟才有资格进入，而且等级森严，不可逾越。按《唐六典》：“国子馆学生三百人，皆取文武三品已上及国公子孙从三品已上曾孙补充；太学馆学生五百人，皆取五品已上及郡县公子孙从三品已上曾孙补充；四门馆学生五百人，皆取七品以上及侯伯子男子补充。”长庆元年韩愈为国子祭酒，乃上《请复国子监生徒状》，请求破格录取：“其太学馆量许取常参官八品已上子弟充，其四门馆亦量许取无资荫有才业人充。”太学馆的门槛由“五品已上”降至“八品已上”，四门馆的门槛则由“七品以上”降至“无资荫有才业”者。“无资荫”即是平民，这样的破格，力度不小。对儒家有教无类的优良传统，应该是一个回归。除此之外，韩愈本人对求学之士不设门槛。韩门弟子中，出身平民者比比皆是，就是韩愈实践有教无类的证据。

除了国家最高学府国子监之外，地方州县学校也是重要的教育机构。但一些边远地区，学校的设置长期缺位，普通民众难以得到受教育的机会。韩愈来到潮州，发现“此州学废日久，进士明经，百十年间，不闻有业成贡于王廷试于有司者”（《潮州请置乡校牒》），于是为潮州设置乡校，并捐出个人薪俸设立专项基金，为学生解决生活费用。按唐代制度，各级学校的生员，全家免除赋税。

这样一来，解决了学生的生活费用，就为贫困子弟的学习提供了必要的保障。韩愈的这些作为，有利于普通民众的受教育权利。为教育设立专项基金，也值得教育史大书特书。

在唐代，敢于抗颜为师，这是作为教师应该承受的第一个压力、第一项职责。由春秋战国百家争鸣，至两汉经学昌明，尊师重教，蔚然成风。而魏晋以下，浸至唐代，敢于为师，则需要有大智慧、大勇气。柳宗元《答韦中立论师道书》："由魏晋氏以下，人益不事师。今之世不闻有师，有辄哗笑之，以为狂人。独韩愈奋不顾流俗，犯笑侮收召后学，作《师说》，因抗颜而为师。世果群怪聚骂，指目牵引，而增与为言辞。愈以是得狂名。"事实上，早在贞元十四年韩愈为汴州观察推官主持汴州乡试时，张籍、李翱就已经成为韩门弟子。《与冯宿论文书》："近李翱从仆学文，颇有所得。有张籍者，年长于翱，而亦学于仆。"坦然承认师弟关系，确实需要勇气。其后韩愈屡任教职，大批生徒入门受教，但社会压力依旧，所以才有《师说》之作。即便是在韩愈贬官期间，也还有不少学生慕名投奔，如欧弘、欧册、刘师命等。元和十五年秋作《与孟简尚书书》，犹云"籍、湜辈虽屡指教，不知果能不叛去否"。所以唐李肇《唐国史补》卷下云："韩愈引致后进，为求科第，多有投书请教者，时人谓之韩门弟子。"《新唐书·韩愈传》云："愈性明锐，不诡随。与人交，始终不少变，成就后进士，往往知名。经愈指授，皆称韩门弟子。"韩愈一生，好为人师，始终不变，可谓忠于职守。

传道、授业之外，解惑也是教师的一大职责。韩愈对学生的提问，有问必答。《答刘岩夫》："先进之于后辈，苟见其至，宁可以不答其意邪?"而且回答学生的提问，都是尽心尽意，实话实说，《送陈密序》称"愈敢不吐情实"，应属实情。韩集中回答学生的书信，如《送权秀才序》《答胡直均书》《答李师锡秀才书》《答李翊书》《重答李翊书》《送陈密序》《送牛堪登第序》《赠张童子序》《送何坚序》《送王含秀才序》《送孟管秀才序》《送陈彤秀才书》《送王埙秀才序》《送区册序》等，均娓娓翼翼，不厌其烦，循循善诱，绸缪周至，为师为长的风范，让人信任，令人感动。

3. 师生关系

师生关系中，一个基本的原则是尊师重教。尊重教师，首先是学校领导要尊重教师。李翱《韩公行状》记韩愈“入迁国子祭酒，有直讲能说《礼》而陋容，学官多豪族子，摈之不得共食。公命吏曰：召直讲来，与祭酒共食。学官由此不敢贱直讲。”教育部长能尊重一个普通教师，给学生带了一个好头。

学生尊重教师，首先要有学习的需求。魏晋以下，师道浸微，为改变这一现状，韩愈劝学，可谓苦口婆心。贞元十四年作《进士策问十三首·第十二首》：“古之学者必有师，所以通其业，成就其德者也。由汉氏已来，师道日微，然犹时有授经传业者。及于今，则无闻矣。德行若颜回，言语若子贡，政事若子路，文学若子游，犹且有师。非独如此，虽孔子亦有师，问礼于老聃，问乐于苌弘是也。今之人不及孔子、颜回远矣，而且无师。”贞元十八年作《师说》，还是在劝导：“古之圣人，其出人也远矣，犹且从师而问焉；今之众人，其下圣人也亦远矣，而耻学于师。”除了劝导之外，他自己也以身作则，抗颜为师。效果应该是明显的，韩门弟子的存在就是证据。至宋、明以下，师弟聚众讲学，学院、学派蔚然成风，韩愈的倡导，不能说没有作用。

识别人才，是教师的一大职责，也是师生交往的重要内容。《杂说四首》之二发挥伯乐相马的传说，以讨论发现人才、使用人才的历史经验，应该是有感而发。韩愈一生推荐选拔人才不遗余力，贞元十八年《与祠部陆参员外荐士书》推荐的侯喜、侯云长、刘述古、韦群玉、沈杞、张弦、尉迟汾、李绅、张后余、李翊等，五年之内，均得登第，一时传为美谈。《容斋随笔》卷五“韩文公荐士”条：“唐世科举之柄颛付之主司，仍不糊名。又有交朋之厚者为之助，谓之通榜。故其取人也畏于讥议，多公而审。亦有胁于权势，或挠于亲故，或累于子弟，皆常情所不能免者。若贤者临之则不然，未引试之前，其去取高下，固已定于胸中矣。……贞元十八年，权德舆主文，陆傪员外通榜。韩文公荐十人于傪，权公凡三榜共放六人，余不出五年内皆捷。……陆傪在贞元间时名最著，韩公敬重之，其《行难》一篇为傪作也。……其不负公议而采人望，盖与陆宣公同。韩公与书时方为四门博士，居百僚底，殊不以其荐为犯分。……以是观之，韩之留意人士可见矣。"

对于师生关系，韩愈主张互教互学、教学相长。《师说》："孔子师郯子、苌弘、师襄、老聃。郯子之徒，其贤不及孔子。是故弟子不必不如师，师不必贤于弟子。闻道有先后，术业有专攻，如是而已。"孔子学鼓琴于师襄子，问礼于老聃，访乐于苌弘，问官名于郯子，是因为这些人在专业上各有所长。他在某些专业领域是学生，反过来又可以在自己擅长的领域成为别人的老师。这样，师生完全可以成为朋友。韩门师弟子之间，"无贵无贱，无长无少，道之所存，师之所存"。韩门内部，师友之间可以相互诘难反驳，张籍给韩愈的两封信、《进学解》学生对老师的调侃，可以看出韩门师友之间的氛围。即便是在课堂上，师生之间也充满了幽默欢笑，"讲评孜孜，以磨诸生，恐不完美，游以诙笑啸歌，使皆醉义忘归"（皇甫湜《韩文公墓铭》）。后人往往以李翱、张籍等人视韩愈为"兄"为"友"否定他们韩门弟子的身份，完全没有理解韩门亦师亦友的师生关系。

在韩愈看来，老师与学生应该是志同道合的战友。《送何坚序》云："吾为博士，坚为生，生与博士为同道。"这个"道"，当然就是仁义之途、先王之道。韩愈的笔下，师生关系的典范，应该是阳城师生。贞元十五年，太学生薛约以议论时政得罪，将徙连州，行前临时居住在国子司业阳城家，被有关部门发现。阳城让办案人员坐在门外,与薛约饮酒诀别,涕泣送之郊外。德宗闻之,以为阳城党护罪人,贬阳城为道州刺史。太学生鲁郡李傥、庐江何蕃等百六十人投业奔走,稽首阙下,叫阍吁天,请求恢复阳城的职务,被办案人员阻止,疏不得上,部分学生被捕。(《顺宗实录》)一连数日,学生们北向如初。行至延喜门,阳城派人追夺了学生们进献朝廷的请愿奏章,并拦住道路,劝学生们退去。(柳宗元《国子司业阳城遗爱碣》)阳城对学生的爱护、学生对阳城的爱戴,堪称师生道义相许、生死与共的典范。观其慷慨赴义,匍匐相救,可歌可泣,感人至深。韩愈为此作《子产不毁乡校颂》一篇,正面表达了对阳城师生的支持;又专门为这场运动的领袖人物作了《何蕃传》,以表达自己的支持态度;又在《顺宗实录》里详细记载这场学生运动,谴责朝廷的作为;同时在《欧阳生哀辞》留下"会监有狱"四字,为当局镇压学生运动留下了案底。柳宗元《国子司业阳城遗爱碣》《与太学诸生喜诣阙留阳城司业书》,也记载了这场运动的不少细节,并正面肯定了阳城师生的大义凛然。身为教育部门最高首长,国子司业阳城的作为,无愧于教师的职责。韩、柳对阳城师生的表彰,也体现了他们自己的教育理念。

(四)结语

归纳上文可以得出这样的结论:在韩愈看来,教育的立足点是"为己",而不是"为人";教育的目的不是知识的灌输、技能的培训,而是人格的培养:反身而诚,立身为本;存养正性,本乎斯文;化性起伪,知所措履。通过"反身而诚",体认"万物皆备于我",认识自己的"正性""至德",唤醒自我,建立自信;化性起伪,认清自我的本来面貌,明确自己的社会责任,改造自我、完善自我。完成了自我实现,才能具备独立之人格、自由之思想,才谈得上履行社会责任与义务。为己与为人,才能辩证统一。以此为基础,才能传修己治人之道，授古文六艺之业，才能明确师生的职责、义务，正确地应对师生关系。这样的教育思想，即便是放在一千二百年以后的今天，也不失为开明。

十二　文道一体：韩愈的文学思想

韩愈的文学思想，上文讨论"陈言务去""词必己出""不平则鸣""养气"等问题时已经有所涉及。除此之外，如《荆潭唱和诗序》"和平之音淡薄，而愁思之声要妙，欢愉之辞难工，而穷苦之言易好"、《上兵部李巽侍郎书》"舒忧娱悲"、《送孟东野序》"自鸣其不幸"、《答刘岩夫书》"师其意，不师其辞"等，都有比较丰富的理论内涵。不过，韩愈文学思想的核心问题，是文道关系问题。

文道关系理论探讨文学艺术的本体问题，在中国古代文艺理论系统中处于核心地位。在唐宋古文运动的历史进程中，文道关系理论的变迁直接左右着创作的走向，同时，它自身的理论内涵也通过不断的变迁得以丰富、深化与发展。对这一问题，唐宋文人有着非常丰富的理论表述，诸如明道、传道、贯道、体道、宏道、载道等等，其内涵错杂繁复，很值得现代学界认真地加以梳理辨析。然而若干年来，学术界深入讨论这一问题的文章并不多见。究其原因，郭绍虞先生在这一领域的杰出研究已经成为横亘在现代学人面前难以逾越的一座高峰，可能是最合理的解释。早在20世纪20年代，郭先生就已经以"贯道""载道"区分唐宋文道关系理论。其后《中国文学批评史》以道学家的文论、政治家的文论、文学家的文论区分宋代文道关系理论诸流派，视野开阔，辨析精微，唐宋文道关系理论由此得以定型。后人的研究，大多在郭先生的基础上拾遗补阙，演绎诠释。

对郭先生文道关系理论的实质性推进，可以有以下三个方面的思考：首先，“贯道”一说虽然有王通的倡导、李汉的推扬，但无论理论高度还是历史影响，都远远不及韩愈、柳宗元的“明道”，选择“贯道”概括唐代文道关系理论，不如选择“明道”；其次，“明道”“载道”的理论性质及其内涵外延，也需要进一步辨析；此外，宋代三家理论的异同及其与韩、柳的关系，也还需要更深入地思考。本文认为：唐人的“明道”与宋人的“载道”是相互联系同时又有着重大差异的两个不同的理论命题。从现代语言哲学的高度看问题，“明道”追求语言与思维的统一性，“载道”强调语言承载思想的工具性。韩、柳与宋代三家的不同价值取向，在理论形态上表现出三大差异：韩、柳内圣与外王并重，宋代政治家则以外王消解内圣；韩、柳坚持文道一元，宋代道学家则分离文道、重道轻文；韩、柳追求超越文道的艺术境界，宋代文学家则将这一超越异化为形式主义的句法律度。以下，本文将逐一梳理上述的几个问题。

（一）明道与载道

韩、柳主张“明道”，宋人主张“载道”，其差别本来是很明显的，但后人往往把二者混为一谈。比如，乾隆《题宋版五百家注昌黎文集》：“载道惟文语不磨，齐昌黎者更伊何。”就把“载道”硬栽在韩愈头上。谭正璧《中国文学史大纲》称：“韩愈倡‘文以载道’之说，视‘文’只为哲学家发表他思想的工具，意义既偏狭，而又显然忽视了‘文’的本身的特长。于是真正的文学作品，如唐之传奇，宋之词令，元、明戏曲，明、清小说，均为纯正的学者所歧视，而都不能在当时有所立足。韩愈真是中国文学史上的大罪人啊！”此外，直称韩文“载道”者，如罗根泽《中国文学批评史》、侯外庐《中国思想通史》、游国恩《中国文学史》等，影响甚大。某些专门致力于韩愈研究的学者也难免此病，如罗联添《韩愈研究》就辟有专篇讨论韩愈“载道的文学观”。直至今天，以“载道”评说韩愈文道关系理论者仍然不在少数。

对于文道关系，韩愈主张“修其辞以明其道”(《谏臣论》)，柳宗元主张“文者以明道”(《答韦中立论师道书》)，李翱也明确主张文章“明圣人之道”(《答泗州开元寺僧澄观书》)。明者，彰显也。这就是说：文辞的功能，是彰显真理。从语言哲学的角度考虑：文与道的关系，是语言和思维的关系。语言是思维的物质基础，思维是语言的运动过程，没有任何思维能脱离语言(这里指广义的语言)而存在。在语言哲学的诸多流派中，这是语言思维统一论的观点。正如西方现代语言学的奠基人洪堡特所说：“语言是构成思想的器官，……智力活动与语言是一个不可分割的整体。”①在这一意义上，文道本属一体，不存在孰先孰后、孰本孰末的问题。事实上，韩、柳也正是这样认识的：“愈之志在古道，又甚好其言辞。”(《答陈生书》)这是因道而及文；“愈之为古文，岂独取其句读不类于今者邪？思古人而不得见，学古道则欲兼通其辞。通其辞者，本志乎古道者也”(《题欧阳生哀辞后》)，这是因文而及道；“所能言者皆古之道”(《答尉迟生书》)，文道本来就是一体。柳宗元全面分析二者的关系：“圣人之言，期以明道，学者务求诸道而遗其辞。辞之传于世者，必由于书，道假辞而明，辞假书而传，要之之道而已耳。道之及，及乎物而已耳，斯取道之内者也。今世因贵辞而矜书，粉泽以为工，遒密以为能，不亦外乎？”(《报崔黯秀才论为文书》)无论是“求诸道而遗其辞”，还是“贵辞而矜书”，都不是正确的态度。“言期以明道”“道假辞而明”，二者互相依存，不可分离。事实上，韩愈的《五原》《进学解》《师说》《谏佛骨表》，柳宗元的《封建论》《平淮西雅》等，就是文道一体的典范之作。魏了翁称道韩愈“刊落陈言，执

---

① [德]威廉·冯·洪堡特著，姚小平译：《论人类语言结构的差异及对人类精神发展的影响》，商务印书馆2009年版，第65页。

六经之文以绳削天下之不吾合者。《原道》一书,汪洋大肆;《佛骨》一表,生意凛凛。正声劲气巍然,三代令王之法且逊之”,尊之为“一王之法”(《唐文为一王法论》),对韩愈“明道”的内涵,领会最为深刻。

宋人特别爱谈文道关系,这一理论兴趣源于韩、柳的影响,是非常明显的。不过,宋人论及文道关系,用“明道”者少,用“载道”者多。即如谈“明道”者,如范仲淹“明虚无之理者谓之明道”(《赋林衡鉴序》),也更接近宋代道学家的“载道”,而与韩、柳的“明道”不同。载者,承载、装载也。这就是说:文辞的作用,是承载思想。从语言哲学的角度考虑:道与文的关系,是思想与表述思想的语言的关系。思想才是本质,语言只不过是承载本质的工具。换言之,语言、思想是两种不同的存在,而且语言承载思想的能力极为有限。在语言哲学的诸多流派中,这是工具论的观点。把这一命题推演到极端:语言不但不能承载思想,甚而至于成为思想的桎梏。周敦颐所谓“文所以载道也。轮辕饰而人弗庸,徒饰也,况虚车乎。文辞,艺也;道德,实也”(《通书·文辞》),将语言比喻为载物的大车,将文辞比喻为大车上的雕绘,将思想比喻为车上装载的货物。很明显,只有货物(道德)才是有意义的东西,大车(语言)只是临时使用的工具,大车上的雕绘(文辞)更是毫无价值的装饰品。它的实质,是文道二元,与韩、柳文道一元的理论有着质的区别。它的必然归宿,是“作文害道”,并最终取消“文”的存在意义。

综上所述可以发现,在语言哲学的领域内,“明道”“载道”是两个性质不同甚至尖锐对立的理论命题,二者不可混为一谈。古今中外不少学者对这一问题给予了极大的关注,表明这一论题具有极高的理论含量。从现代学术的高度对这一论题进行梳理辨析,是完全有必要的。

（二）内圣与外王

“明道”坚持内圣与外王的统一。“载道”诸说中，政治家以外王消解内圣。他们将“文”严格地限制在礼乐刑政的范围内，然后将“辞”从“文”中割裂出去甚至对立起来，从而根本取消了文辞、文章、文学乃至文明的存在价值。

韩、柳的“明道”来源于刘勰《文心雕龙·原道》“道沿圣以垂文，圣因文而明道”，如果进一步追讨，刘勰的《原道》还可以追溯到《淮南子·原道》。不过，《淮南子》所原之道是自然之道，其着眼点在人文与自然的关系；刘勰所原之道是圣人之道，其着眼点在人文与社会的关系；韩愈所原之道虽然也可以包容自然之道和圣人之道，但其价值指向乃是仁义之道，而且这“仁义之道”并非外在的道德训条，而是“足乎己无待于外”的内在的道德理性，其着眼点在人文与自我的关系。

韩愈的“道”虽然是内在的道德理性，但他从来没有轻视过这种道德理性的现实社会功用：韩愈“正心诚意”的目的，是“将以有为”，与“外天下国家”而一味内省的佛、道二家截然不同(《原道》)；“学所以为道，文所以为理”(《进士策问十三首》)，“理”者“治”也，求学作文的目的，正在于社会的教化政治；其论三代之政，着眼于“适于时，救其弊”(《送陈秀才彤序》)；其推原道体，则首重相生相养之道。由现实社会功用出发，韩愈尤其反感当时只重文章声律而忽视“化俗”“安边”等实际社会功用的进士科考试(《上宰相书》)。柳宗元直接以“辅时及物”为道(《答吴武陵论非国语书》)，其道论的现实功利色彩，比韩愈更为浓厚。总而言之一句话：韩、柳的文道关系理论虽然首重“内圣”，但从来也没有轻视过“外王”。值得注意的是，与韩、柳同时的吕温这样区分“文”的品类：“若乃夫以刚克，妻以柔立，父慈而教，子孝而箴，此室家之文也；君以仁使臣，臣以义事君，予违汝弼，献可替否，此朝廷之文也；三公论道，六卿分职，九流异趣，百揆同归，此官司之文也；宽则人慢，纠之以猛，猛则人残，施之以宽，宽以济猛，猛以济宽，此刑政之文也；乐胜则流，遏之以礼，礼胜则离，和之以乐，与时消息，因俗变通，此教化之文也。”(《人文化成论》)除了“室家之文”“朝廷之文”“官司之文”“刑政之文”“教化之文”之外，其他的“文”已经失去了存在的余地。此后宋代政治家以礼乐教化论文，此说已开其先声。

宋代是一个社会矛盾异常尖锐的时代，各种改革此起彼伏，现实功利的倾向比唐代更为极端。吕陶《策问》云：“经者所以载道，而道者适治之路也。士之穷经探道而有志于从政者，岂区区章句而已乎？必能推明圣奥而适于用也。”陈襄《答刘太博启》：“文者载道之舟。事之在文，如舟之载物，必将以利乎济也。”王珪《宋庠授河阳三城节度使制》：“文章载道，该古今治乱之原。”所谓“道者适治之路”“将以利乎济”“该古今治乱之原”，将“载道”直接导向政治教化领域，正是政治家现实功利主义的口吻。李觏则明确地将“文”限定在“治物之器”的范围内。《上李舍人书》云：“文者岂徒笔札章句而已，诚治物之器焉。其大则核礼之序，宣乐之和，缮政典，饰刑书。上之为史，则怙乱者惧；下之为诗，则失德者戒。发而为詻诰，则国体明而官守备；列而为奏议，则阙政修而民隐露。周还委曲，非文曷济？禹益稷皋陶之《谟》，虺之《诰》，尹之《训》，周公之制作，咸曰兴国家，靖生民矣。”与吕温之说同调。

不过，李觏的“治物之器”还可以包容“诗史詻诰奏议”等具体的章句文辞，再推进一步，“辞”就只能被驱赶出“文”之外了。司马光严格区分“文”与“辞”的不同性质：“然则古之所谓文者，乃诗书礼乐之文，升降进退之容，弦歌雅颂之声，非今之所谓文也。今之所谓文者，古之辞也。”(《答孔司户文仲书》)王安石则判定：“治教政令，圣人之所谓文也。”(《与祖择之书》)“所谓辞者，犹器之有刻镂绘画也。诚使巧且华,不必适用;诚使适用,亦不必巧且华。”(《上人书》)这样,政治家通过区分“文”“辞”,实际上已经取消了“辞”的存在价值。而且即便是作为政治工具的“文”,也还有先后本末之分。“书之策,引而被之天下之民,一也。圣人之于道也,盖心得之作,而为治教政令也,则有本末先后。”具体说来,“引而被之天下之民”为本,“书之策”为末。从实用主义的原则出发,王安石特别推崇王通,主张以汉代“诸生试家法”“文吏课笺奏”的制度选拔人才,“所谓文吏者,不徒苟尚文辞而已,必也通古今,习礼法,天文人事,政教更张,然后施之职事,则以详平政体,有大议论,使以古今参之是也;所谓诸生者,不独取训习句读而已,必也习典礼,明制度,臣主威仪,时政沿袭,然后施之职事,则以缘饰治道,有大议论,则以经术断之是也”(《取材》)。由此出发,王安石猛烈批评以文辞取士的考试制度,断言只有经师、法官才是有用的文人,只有礼法、律令才是有用的文章。按王安石的理解,这才是王通“文贯乎道”的真正内涵。由此出发,王安石“疑(韩、柳)二子者徒语人以其辞耳,作文之本意不如是其已也”(《上人书》)。评韩文云:“纷纷易尽百年身,举世何人识道真。力去陈言夸末俗,可怜无补费精神。”(《韩子》)王安石对韩、柳批评的出发点,正是政治家极端功利主义的文道关系理论。

由此推进一步,王安石的好友王令有“《诗》非法言”与“孔子弟子不为诗”之说,从孔子“以《鸱鸮》之诗为知道”的判断中反向引申出“其它有不及道者”的结论,并由此将《诗》分为“得圣人之道者”与“不合于圣人者”两大类,从而部分否定了《诗经》。王令最后的结论是:“存《诗》所以载道,而不作今世之诗,未必不为道也。”(《答吕吉甫书》)最终否定了诗歌的存在价值。政治家重道轻文,最终走向彻底否定文辞的极端道路,“外王”完全消解了“内圣”,这是“载道”说剥离文道有机联系的必然归宿。

（三）一元与二元

“明道”说坚持文道一体，属于一元论哲学；“载道”说分离文道、重道轻文，属于二元论哲学。具体说来，道学家用自己预设的狭隘的伦理之“道”取代了博大混沌的自然之道。他们的“道”至正纯善，不能容受丰富多彩的“文”。“文”“道”二元，也就不可避免了。

如前所述，韩愈的文道关系理论强调文道一体：“通其辞者，本志乎古道者也。”（《题欧阳生哀辞后》）“自五经之外，百氏之书未有闻而不求、得而不观者。然其所志，惟在其意义所归。”（《答侯继书》）文字，“一言一句”，“必出入仁义”（《南阳樊绍述墓志铭》）。文与道的关系，是语言和思维的关系。语言是思维的物质基础，思维不能脱离语言而存在。从这个意义上讲，文道一元，文道一体。今人常用的“文道合一”，仍然是未达一间，因为文道本来就是一体，并不是什么合二而一的东西。

宋人重道轻文的文道关系理论，宋初就已经露出端倪，柳开推崇韩愈，“行圣人之道”（《昌黎集后序》）的方面，至于文章，除了“用于世者”之外，只不过是道之筌蹄，完全没有存在的价值：“文章为道之筌也，筌可妄作乎？筌之不良，获斯失矣。女恶容之厚于德，不恶德之厚于容也；文恶辞之华于理，不恶理之华于辞也。”（《上王学士第三书》）“文”为“道”之筌，文道二元的观念已经呼之欲出。正式确立文道二元分立理论的，是北宋周敦颐的“载道”说。其说以大车与车上所载货物比喻文道关系，结论是：“不知务道德而第以文辞为能者，艺焉而已。”（《通书·文辞》）二程倡言道外无文云：“人见六经，便以为圣人亦作文。不知圣人亦摅发胸中所蕴自成文耳，所谓有德者必有言也。”又云：“游夏亦何尝秉笔学为词章也？且如观乎天文以察时变，观乎人文以化成天下，此岂词章之文也。”并由此断言：“作文害道。”因为“凡为文不专意则不工。若专意则志局于此，又安能与天地同其大也？《书》云：‘玩物丧志。’为文亦玩物也。”干脆取消了文的存在价值。甚至批评杜甫云：“如今言能诗无如杜甫，如云：‘穿花蛱蝶深深见，点水蜻蜓款款飞。’如此闲言语道出做甚！”（《二程遗书》卷十八）连历代被推尊为“一饭不忘君”的杜诗都被贬为“闲言语”，天下之“文”还有几篇有资格“载道”？朱熹甚至因为作诗而产生负罪感：“顷以多言害道，绝不作诗。两日读《大学・诚意章》有感，至日之朝，起书此以自箴，盖不得已而有言云。”（《晦庵先生朱文公文集》卷二）“文”不能“载道”乃至“害道”，这样的文道关系理论又怎么可能是一体一元的理论？

朱熹正面标榜的文道关系理论是：“道者文之根本，文者道之枝叶。惟其根本乎道，所以发之于文皆道也。三代圣贤文章皆从此心写出，文便是道。”这样的说法，近乎传统的“有德者必有言”，“文便是道”，文道一元。问题实质在于：“圣贤文章”，道学家可以承认其“根本乎道”；周、张、程、朱的著述，道学家也自诩其“根本乎道”。但除此之外，数以千计的文人，数以万计的文章，能被道学家承认为“根本乎道”的又有多少？这一大批不能“根本乎道”的文章，其本体依据又在哪里？所以，朱熹不得不在“载道之文”以外，设置一类“不载道之文”（《朱子语类》卷九十四）。而这“不载道之文”既不能“根本乎道”，那么“文”的形上本体，事实上就已经被区分为二元了。大量的“文”被排斥在“道”之外，这些“文”不再是“道”的外化显现而是“道”的对立物，“文”“道”被割裂乃至被对立起来，这就是道学家文道关系理论的二元论实质。

道学家文道关系理论的二元论性质，郭绍虞先生实际上已经有所揭示：“二程论文，始以为有德者必有言，不要致力于文。一方面歧文与道为二，而以为学文则害道；一方面又合文与道为一，而以为明道即能文。”①执此以考察道学家的文论，就可以看出其内在的矛盾：既然主张“道外无文”，文即是道，就不应该将“言”划分为“合于道者”“不合于道者”。否则，这“不合于道者”“于道为有害”的“文”，岂不正好成为道外有物的证据了吗？所以，“载道”说将“文”作为“道”的承载工具，实质上是“文”“道”二元并立论；“文只如吃饭时下饭”，以“道”为主食，以“文”为菜肴，实质上是“文”“道”二元本末分立论；“作文害道”的实质，则是“文”“道”二元对立论。尽管道学家口口声声批评文学家“文自文而道自道”，但真正“裂道与文以为两物”的，正是道学家自己。

（四）超越与异化

“明道说”追求超越文道的艺术境界，宋人则将这一超越推向极端，艺术的追求异化为形式主义的句法律度，“文”最终消解了“道”。

韩愈曾自述其读书作文的目的：“读书以为学，缵言以为文，非以夸多而斗靡也。”（《送陈秀才彤序》）“为学”“为文”本身并不是目的，目的是完成对“文”“道”的超越。《答李翊书》具体记述自己多年求学作文的过程：“始者，非三代两汉之书不敢观，非圣人之志不敢存，处若忘，行若遗，俨乎其若思，茫乎其若迷。当其取于心而注于手也，惟陈言之务去，戛戛乎其难哉！其观于人也，不知其非笑之为非笑也。如是者亦有年，犹不改，然后识古书之正伪，与虽正而不至焉者，昭昭然白黑分矣。而务去之，乃徐有得也。当其取于心而注于手也，汩汩然来矣。其观于人也，笑之则以为喜，誉之则以为忧，以其犹有人之说者存也。如是者亦有年，然后浩乎其沛然矣。吾又惧其杂也，迎而距之，平心而察之，其皆醇也，然后肆焉。”

① 郭绍虞：《中国文学批评史》，上海古籍出版社1979年版，第181页。

这“沛然”“皆醇”随心所欲的状态，已经跨越了学养、文章的分野，达到了艺术的超越的境界。

对超越文道的艺术境界，苏洵以风水相遭自然成文来比喻。这风水相遭所形成的“文”，“非水之文也，非风之文也，二物者非能为文，而不能不为文也，物之相使而文出于其间也”。一句话，这里的“文”，既不是风之文，也不是水之文，而是超越于风水之上的“天下之至文”(《仲兄字文甫说》)，也就是自然之文。苏轼认为：“求物之妙，如系风捕影，能使是物了然于心者，盖千万人而不一遇也。而况能使了然于口与手者乎？是之谓辞达。辞至于能达，则文不可胜用矣。”(《答谢民师书》)这里的“辞达”，就是语言与思维高度融汇的艺术的境界。晁补之《题陶渊明诗后》引东坡语：“陶渊明意不在诗，诗以寄其意耳。‘采菊东篱下，悠然望南山。’则既采菊，又望山，尽意于此，无余蕴矣，非渊明意也。‘采菊东篱下，悠然见南山。’则本自采菊，无意望山，适举首而见之，故悠然忘情，趣闲而累远。此未可于文字精粗间求之。”得意忘言，正是对文字的超越。杨万里《颐庵诗稿序》再推进一步：“夫诗何为者也？尚其词而已矣。曰：善诗者去词。然则尚其意而已矣。曰：善诗者去意。然则去词去意，则诗安在乎？曰：去词去意，而诗有在矣。”去词去意，才能完成艺术对文、道的最终超越。

艺术超越再向前推进一步，就难免文、道分裂。东坡尤其是苏门弟子虽然高度地推崇韩愈的“文”，对韩愈的“道”却颇多微词。以东坡为例，他一方面推崇韩愈“文起八代之衰”(《潮州韩文公庙碑》)，同时又鄙薄“韩愈之于圣人之道，盖亦知好其名矣，而未能乐其实”(《韩愈论》)。苏辙也批评说：“愈之学，朝夕从事于仁义、礼智、刑名、度数之间，自形而上者，愈所不知也。”张耒更是直截了当地说：“韩退之以为文人则有余，以为知道则不足。”(《韩愈论》)除此之外，东坡《杨雄论》，苏辙《诗病五事》，张舜民对《原道》的批评，秦观对《元和圣德诗》的批评，张耒对《孔子庙碑》的批评，也大多着眼在道术的方面。不过，对“道”的批评并不影响对“文”的推崇。晁补之评价战国文章，就直言“虽义理皆亡，而文章可喜”（《海陵集序》）。苏门弟子的文道观以文为本，与前人重道轻文的观念有着质的区别。对韩“文”的高度评价和对韩“道”的轻视，正是以“道术分裂”为基础。

将上述观念推演到极端，则是“文”“道”体用、本末关系的倒置。苏门之中，老苏这样描述文道关系：“大凡文之用四：事以实之，词以章之，道以通之，法以检之。”（《史论上》）在这里，“道”与“事”“词”“法”并列为文章的“四用”之一，“文”为体，“道”为用，二者的本末关系完全颠倒过来。张耒转述东坡之说云：“文以意为车，意以文为马。理强意乃胜，气盛文如驾。”（《与友人论文因以诗投之》）在这里，“文意”只不过是承载“文章”的“车”，“文气”只不过是推动“文章”的“马”。无论是“文意”还是“文气”，都统一在“文章”的物质外壳之内。“文”为“体”，“意”“气”为用，至为明显。晁补之也将文章的要素区分为四端：“凡文章之不可无者有四：一曰体，二曰志，三曰气，四曰韵。”这里的“体”，指“述之以事，本之以道，考其理之所在，辨其义之所宜，卑高巨细包括并载而无所遗，左右上下各若有职而不乱者”（《答赵士舞德茂宣义论宏词书》）。“文体”本之以“道”，是“道”的外化形态与物质外壳。而这“体”与“志”“气”“韵”并列，只不过是“文章”的四大要素之一。“道”从属于“文”，明白无误。吕本中《学道》云：“道苟明于心，如马得坚车。养以岁月久，自然登坦途。”“道”如车，“心”如马，其立意与东坡、张耒如出一辙。值得注意的是，苏洵以“道”为用，东坡、张耒、吕本中以“车”喻“道”，都将“道”视为承载“文”的工具。吕本中有诗云：“稍知有诗味，复恐道相妨。”（《试院中作》）他也和朱熹一样担心“诗”“道”相妨，但与朱熹不同，他担心的是“道”妨“诗”，而不是“诗”妨

“道”。

重文轻道的观念发展为单纯注重文辞技巧的唯美主义倾向，三苏及其弟子尤其是黄、陈门下确乎更为注重对艺术技巧的追求。东坡、颍滨、山谷、后山、张耒、洪觉范已多耽“句法”，黄、陈、洪又多溺“句眼”。此外，山谷执着于“无一字无来处”“以故为新以俗为雅”“灵丹一粒点铁成金”“夺胎”“换骨”，后山则致力于“立格”“命意”“用事”。黄、陈影响下形成的江西诗派，锻字炼句，拗折尖新，津津乐道于“诗日进而道日远”(《紫薇诗话》)。韩愈开创的文道一体的艺术超越之路，最终被异化为诗律诗格之学。至于明清以下如桐城派的“义法”“神理、气味、格律、声色”等等，虽然也打出了“文以载道”之类的招牌，和韩愈的“明道”已经风马牛不相及了。

（五）结语

韩、柳倡言“明道”，其文道本属一体；宋人阐扬韩学，道学家重“体”，政治家重“用”，文学家重“文”，各执一偏，遂成“载道”之说。浸至现代，韩愈在哲学界被视为儒学复兴运动的开创者，在文学界则被视为古文运动的领头羊。其实对韩愈本人而言，思想系统的转换必然伴随着话语系统的转换，复兴儒学与革新文体本来就是一回事。关于这一点，同样置身于思想语言系统更新潮流中的周作人理解最为深刻：“文学这事物本合文字与思想两者而成。表现思想的文字不良，固然足以阻碍文学的发达；若思想本质不良，徒有文字，也有什么用处呢？”他认为，五四白话文运动发生的真正原因，正是五四思想革新运动的内在诉求：“我们反对古文，大半原是为他晦涩难懂，养成国民笼统的心思，使得表现力与理解力都不发达；但另一方面，实又因为他内中的思想荒谬，于人有害的缘故。这宗儒道合成的不自然的思想寄寓在古文中间，几千年来根深蒂固，没有经过廓清，所以这荒谬的思想与晦涩的古文几乎已融合为一，不能分离。”说得更明白一点：从“三纲五常”“忠孝节义”到博爱、平等、自由、民主、人权，没有话语系统的转换，就没有思想系统的转换。“文学革命上，文字改革是第一步，思想改革是第二步。”①五四白话文运动不是五四思想革新运动的工具，而是思想革新运动的本根和本体。用周作人的眼光去观照韩、柳的“明道”，可以认为：中唐时期的古文运动不是儒学复兴运动的工具，而正是儒学复兴运动本身。这样的理解，或许更符合韩、柳的原意。对韩愈的“明道”，宋代三家在不同的层面上有所深化，同时也在不同的程度上有所消解。南宋时期江西诗派的渐行渐远，古文运动的无形消亡，都应该从这个角度去理解。

现代西方哲学界普遍认为，人类对世界的探究经历了三个阶段：本体论阶段、认识论阶段、语言哲学阶段。上古哲学关注的焦点是客观世界的形上本体，近代哲学则更为关注主客体关系，探究人类对客观世界的认识能力及其界限。到了 19 世纪末 20 世纪初，认识论问题被归结为语言问题，哲学不是理论，而是对思想进行逻辑阐释的语言分析与语言批判过程。以此为坐标系观照唐宋古文运动，并进而观照五四白话文运动，对唐宋文道关系理论从“明道”到“载道”的历史演变进程，或许会有新的认识。

十三　怎样阅读《韩愈集》

读者应该怎样阅读《韩愈集》，这句话反过来问应该是：作者怎样在做《韩愈集》？

笔者浸润韩文三十年，无论是阅读文献还是思考、研究问题，

---

① 《思想革命》，《周作人自编文集·谈虎集》，河北教育出版社 2002 版，第 7—9 页。

都深受三位先生的影响：业师周虚白先生是川大向宗鲁先生高弟，经常谈及向先生的治学思路，以校勘为入门初阶。笔者治韩特重校勘，应该是受益于周先生的教诲。业师傅平骧先生为章太炎先生及门弟子，1935年考入苏州章氏国学讲习会。傅先生谈及太炎先生治学特重小学，并特别注重中国文化本位的立场。笔者治韩特别注重文字、音韵、训诂之学，并且特别注意坚持中国文化本位的立场，应该是受益于傅先生的教诲。除此之外，笔者特别服膺陈寅恪先生文史互证的研究方法，尤其佩服先生博通中西、融汇古今的宏大视野。凡此，就是笔者研究《韩愈集》的方法。或者说，虽不能至，心向往之。

怎样阅读《韩愈集》，就是希望知道《韩愈集》能带给读者一些什么独特的东西；或者反过来说，读者应该怎样阅读，才能得到这些东西。以下沿袭韩愈的思维习惯，用三个“三”来回答这个问题。

（一）阅读的方法

1. 文字诠释

《韩愈集》的文本释读自有其特殊性。韩愈的诗文创作，要求陈言务去、词必己出，加上他在文字学上下过特别的功夫，所以其用字好古尚奇，语言奇崛险怪，体现了韩愈顽强倔强的独特个性，也反映了个性解放的时代要求。“凡为文词，宜略识字”（《科斗书后记》），说的就是这层意思。

阅读《韩愈集》的独特收获之一，就是有机会多认识几个中国字。事实上，一个博大精深的文化系统，需要一个同样博大精深的语言系统加以支撑。这是文化传承的需要，也是生活交流的需要。今天的学生考托福、雅思，都知道一万单词是道门坎，过不了这道门槛，就难以满足文化传承甚至生活交流的需求。汉语是单音节语言，其音节组合本来就相对贫乏，全靠字形、字义的变化来弥补其缺陷，以表达丰富多彩的情感生活以及深邃精微的理论思维。外语词汇的丰富可以接受，母语文字的繁复却难以容忍，这是一个非常奇怪的双重标准。以照顾工农大众为借口，人为地将汉字的使用量限定在一千五百字、三千字、四千字，实在是太过荒唐。实际上，那些鼓吹"汉字不亡，中国必亡"的爱国者们，似乎从来都没有下过田间、车间。工人、农民语言的生动风趣，思维的丰富深刻，不是那些流氓无产者的头脑可以想象的。用扫盲的标准来限制民族文化的发展，实在是民族国家的悲哀。

文字的诠释需要小学的功夫，一字之差，谬以千里。《礼记·大学》："致知在格物。"郑注："格，来也。物，犹事也。其知于善深则来善物，其知于恶深则来恶物，言事缘人所好来也。此'致'或为'至'。"训"格"作"来"，自有依据。《尔雅·释言》："格，来也。"郭璞注："《书》曰：格尔众庶。"陆德明《音义》："谓招来也。注'《书》曰格尔众庶'者，《商书·汤誓》文也。"张载注："格，去也。格去物，则心始虚明，见物可尽，然后极天下之虑而能思善也。"(《礼记集说》卷一百四十九引)司马光注："格，犹扞也，御也。能扞御外物，然后能知至道矣。"(《礼记集说》卷一百四十九引)训"格"作"扞"，亦有依据。《释名·释天》："捍，格也。"而"扞"有"去"义，张说亦可通。吕大临曰："格之为言至也。致知，穷理也。穷理者，必穷万物之理同至于一而已。"(《礼记集说》卷一百四十九引)训"格"作"至"，亦有依据。《尔雅·释诂》："格，至也。"陆德明《音义》："格，更伯反，字或作挌。"以上诸例将"格"训作"来""去""扞""至"，均以接触为前提，其宾语是"物"而非"理"。朱熹《大学章句》："格，至也。物，犹事也。穷至事物之理，欲其极处无不到也。"直接将"格物"理解为"穷理"，其说出自程颐、张九成、杨时、谢良佐。《二程遗书》卷十八："格，至也，如'祖考来格'之'格'。凡一物上有一理，须是穷致其理。穷理亦多端：或读书讲明义理，或论古今人物别其是非，或应事接物而处其当，皆穷理也。”张九成《孟子传》卷十四：“格物者，穷理之谓也。使天下之理，一物不穷，则理有所蔽。理有所蔽，则足以乱吾之智虑。惟无物不格，则无理不穷。”杨时注：“致知在格物，言当极尽物理也。”（《礼记集说》卷一百四十九引）谢良佐注：“格物，穷理也。物物皆有理，自然之理也，穷理则是寻个是处。格物必至于知至，故必知至然后能意诚。穷理之至，自然不勉而中，不思而得从容中道。”（《礼记集说》卷一百四十九引）站在现代学术的高度理解这段话，“格物”与“致知”是追求真理的两个阶段：格物，面对面地直接接触事物。致知，通过接触事物获取真知灼见。“格”字训“来”“去”“至”“扞”，将直接接触社会生活作为求知的前提条件，训释既有依据，语义亦明白晓畅，且符合人类认识世界、认识真理的基本规律。程颐、张九成、杨时、谢良佐直接将“格物”诠释为“穷理”，既无文字学、训诂学依据，且脱离生活一味“穷理”，已经陷入禅宗所切切忌讳的空谈性理的“理障”。

2. 语词训释

韩文追求词必己出，词汇的丰富自不待言。更难得的是，韩愈不但创造了不少新词，而且这些新词中有相当大一部分得到了后人的认同，甚至流传到了今天。现行的《成语词典》《汉语大辞典》所收录的词汇中，来自韩愈的词汇高居榜首，这应该是没有争议的。不过，韩愈创造的新词远不止现行词典收录的那些，没有被各种词典收录的更多。而且，韩愈新词创造的方法也异常丰富，对后人也颇富启迪。比如，引申造字，如蚊蚋蚁虫，本用以泛指小虫。《再答柳中丞书》：“困顿三州之地，蚊蚋蚁虫之聚。”引申指幺幺小丑。通假造字，如《进学解》：“周诰殷盘，佶屈聱牙。”组合造字，如《蓝田县丞厅壁记》：“泓涵演迤，日大以肆。”置换造字，如《燕河南府秀才》：“芳荼出蜀门。”用古字置换今字。《河中府连理木颂》：“荡戮凶回。”用通假字置换本字。《祭河南张署员外文》：“郴山奇变，其水清写。”用正字置换俗字。变义造词，如《唐故监察御史卫府君墓志铭》：“君独不兴与俗为事，乐施置自便。”所谓“施置自便”，谓或行或止，或进或退，一任取舍。“施”“置”反义对文，由此有“取舍”一层含义。变性造词，如《送孟管秀才序》：“年甚少，礼甚度，手其文一编甚巨。”变名词为动词。《祭左司李员外太夫人文》：“克成厥家，享有全福。”变动词为形容词。倒置造词，如《寄崔二十六》“视物隔褷褵。”附缀造词，如《本政》：“茫乎天运，窅尔神化。”重迭造词，如《讼风伯》：“云屏屏兮吹使醨之。”《祭柳子厚文》：“子之自著，表表愈伟。”象声造词，如《杂诗》：“蛙黾鸣无谓，阁阁秪乱人。”《蓝田县丞厅壁记》：“水灖灖循除鸣。”吸纳造词，如《祭女拏女文》：“阿爹阿八使汝你以清酒时果庶羞之奠，祭于第四小娘子拏女之灵。”自造新词，如《谏臣论》：“人皆以为华，阳子不色喜。”《上李实尚书书》：“老奸宿赃，销缩摧沮，魂亡魄丧，影灭迹绝。”《施先生墓铭》：“笺注纷罗，颠倒是非。”《应科目时与韦舍人书》：“若俛首帖耳、摇尾而乞怜者，非我之志也。”阅读韩文，这也是一个巨大的宝藏。

3. 史实考证

对韩文的训释，有时候不能简单地望文生义，而需要结合史实背景综合考察，才能得出准确的结论。比如征衣，旅行者的服装。李白《出自蓟北门行》：“画角悲海月，征衣卷天霜。”杜甫《别赞上人》：“野风吹征衣，欲别向曛黑。”岑参《南楼送卫凭》诗：“应须乘月去，且为解征衣。”韩愈《奉使镇州行次承夫行营奉酬裴司空相公》“逢公复此着征衣”，长庆二年平定镇州之乱时所作。解读此诗的关键，在“征衣”二字。按一般的理解，征衣指旅行者的服装。但此诗特别强调一个“复”字，那么这里的征衣就不是指旅行者的服装了。因为这次出使镇州，绝不可能是韩愈平生的第二次旅行。原来五年之前，韩愈曾经与裴度一道，谋划指挥了平定淮西的一场战事。现在面对镇州的叛乱，两人再度联手，裴度带领十八万大军四面合围，韩愈单人匹马深入虎穴劝降。“逢公复此着征衣”，说的是自己第二次穿上军装。这意味着震慑王廷凑的，不仅仅是逆顺、利病、祸福（李翱《行状》），还包括实实在在的军事实力。如此阐释，才能准确地展现一个成熟政治家的坚毅执着与深谋远虑。

典章制度考证，也是阅读韩文的必备功夫。如上文谈及的“实估”“虚估”等问题，如果不去考察唐代的制度，望文生义，以为“实估”就是货物的实际价格，“虚估”就是虚高的价格，那就南辕北辙，贻笑大方了。

（二）阅读的视角

1. 历史的视角

韩愈是一千二百多年以前的人物，阅读《韩愈集》，需要有一个历史的视角。也就是说，对韩愈的思想观念及行为方式，需要从中唐时期的时代背景出发去加以理解。比如说，韩愈屡屡自称“昌黎韩愈”，又自称“其先仕魏号安定桓王”，以为其先世出自北魏安定桓王韩茂。两说不同，本来就自相矛盾。后人对此进行考证，证明上述的说法均属子虚乌有，今人或许会觉得难以理解。实际上，唐代是门阀制度由极盛走向极衰的转折点。因为在极盛之后，所以门阀势力余威犹在，冒充贵族的需求也就存在；因为已经开始衰微，所以冒充贵族也无伤大雅，不会如魏晋六朝时期有三老、五更严厉追查。正因为如此，唐人冒充贵族，几乎成为时代风气，如李白自称陇西，杜甫自称杜陵，均为人们所熟知。

2. 现实的视角

韩愈虽然生活在一千二百多年前，似乎距离今天已经非常遥远。但从中国社会发展的历史分期而言，“安史之乱”以后的中唐时期，恰好又是中国社会由中世纪走向近现代的转折时期。作为“结束南北朝相承之旧局面”“开启赵宋以降之新局面”的“承先启后转旧为新关捩点之人物”，韩愈率先高举起道统的大旗，标举以治国平天下为目的的心性哲学；以维护大一统为目的的政治哲学；以弘扬自我、张扬个性、追求自由、追求独创为特征的艺术哲学，为中国传统文化的复兴与发展开辟了先路，成为“宋明新儒家之先河”①，为华夏文明的近现代转型迈出了关键性的第一步。由于中唐开始的社会转型过程直到今天仍然没有最后完成，这就使得宋元明清直至近现代的思想文化建设面临着同样的任务：宋学不得不接着韩学说，现代新儒学不得不接着宋学说。就这一意义而言，韩学不仅具有重要的历史文化价值，也在一定程度上具有现实的意义。我们今天阅读韩文，很多议题都觉得似曾相识。比如天、地、人三位一体的天人关系问题，性体道用的性道关系问题，性善、性恶、性三品问题，性、道、教三位一体的问题，人的进化问题，社会分层的问题，个体权利与社会义务的问题，国税与地方税问题，交易税、商品税与间接税问题，特产税、房产税问题，盐铁专卖问题，政府采购问题，金属本位制货币与信用货币问题，价格双轨制问题，等等。讨论这些问题，不仅需要历史的眼光，同样需要现实的眼光。对韩愈涉及的这些问题，站在现代学术的高度上进行现代诠释，无疑是很有现实意义的。

3. 批判的视角

韩愈本人具有强烈的批判意识，这不单表现在他对佛、老的批判，对魏晋文风的批判，还表现在对秦皇、汉武穷兵黩武、暴力治国以及贪得无厌、追求长生的批判，对唐德宗专制独裁、聚敛搜刮的批判，对唐顺宗迷信佛教的批判，对唐宪宗供奉佛骨、迷信丹药、纵容宦官的批判，对人性“怠与惰”的批判，对朋友柳宗元“不自贵重

---

① 冯友兰《韩愈李翱在中国哲学史中之地位》，《清华周刊》第 37 卷 9—11 期，1932 年 5 月，第 3 页。

顾藉”批判，对至亲好友服食的批判，乃至对自己“为利而止真贪馋”的批判等，从来就不曾客气过。即便是对自己崇拜得五体投地的孟子，他同样敢于非议。武王伐纣，孟子以为“诛一夫”，而韩愈《伯夷颂》非之；孟子主性善，韩愈以为“得其一而失其二”。对比一下宋代诸大儒就可以知道，韩愈的上述批评有多重的分量。

至于外界对韩愈的批评，历来也并不少见，如张籍批评其好“为无实驳杂之说”，裴度批评其“恃其绝足，往往奔放，不以文立制，而以文为戏”，早已为人所熟知。《旧唐书·韩愈传》批评其“时有恃才肆意，亦有戾孔孟之旨，《毛颖传》讥戏不近人情，此文章之甚纰缪者”，批评尤其尖锐。不过，历代对韩愈的批评，最尖锐的莫过于北宋契嵩、南宋朱熹以及清末民初的严复。契嵩《非韩》三十篇，从思想批评到人身攻击，无所不用其极。不过和尚家的话有点不着边际，夸诞虚妄，没人相信，丝毫也没能影响宋人“非韩不读”（欧阳修语）的热情。朱熹的批评则对韩学造成了极大的伤害，从性体道用到博杂之说，朱熹对韩学展开了全面的抨击。最重要的是，为了能让小程直接上承孔孟道统，朱熹将荀、杨、王、韩全部清除出儒学传承统绪之外。鉴于南宋理宗以后直至元、明、清三代朱熹钦定的圣人地位，韩愈被官方排斥在道统之外，经历了八百年的漠视。直到新文化运动前夕，严复率先对封建礼教发起攻击的时候，他选中的第一号目标不是朱圣人，而是韩愈。严复的《辟韩》，对韩愈的尊君观念以及重义轻利进行了猛烈攻击，以现代民主观念批驳传统的尊君观念，以现代功利思想批驳传统的义利观念，自有其时代的合理性。具有讽刺意义的是，被自称为道统正宗传人的朱熹清除出道统之后，韩愈再次回到了道统代表者的位置，扶他上位的，却是道统的批判者。实事求是地说，严复的选择是有眼光的。在中华民族一千二百年近现代化的历史进程中，率先打出道统大旗的韩愈，有资格坐上这个位置。可以毫不夸张地说，严复的

《辟韩》，才是新文化运动真正的起点，而严复选择价值理性的代表韩愈而不是工具理性的代表朱熹作为自己的批判对象，和他翻译《国富论》而不翻译《精神文明论》一样，也预示了这一运动的走向与归宿。此后其人沦为筹安六君子之首，应该也不是偶然的。

今人阅读《韩愈集》，同样应该有批判的眼光。对于一些具体的问题，我们完全可以站在现代文明的高度提出质疑。比如，对《元和圣德诗》刑及妻孥的惨刻场面的描绘，我们可从现代法律观念和人道精神的角度提出批评。又比如，《伯夷颂》反对武王伐纣以暴易暴，我们可从现代民主观念和民本精神的角度提出批评。更重要的是：韩愈毕竟是一千二百年前的人物，他的思想观念和我们有一千二百年的差距，不可能完全适用于今天的社会。今天我们还有必要去研究韩愈，是因为韩愈提出的不少问题至今尚未解决，他的意见对解决这些问题还有一定的参考价值。我们今天研究韩愈，就必须站在现代学术的高度上，对韩愈的思想进行全面的系统批判、全新的现代诠释。是其是，辟其非，让传统的历史资源焕发出现代的思想光辉，为华夏文明的更新转型添砖加瓦。这就是我们今天研究《韩愈集》的出发点，也是我们今天阅读《韩愈集》的不二法门。

（三）阅读的态度

1. 尊重的态度

钱穆先生《国史大纲》开宗明义：“凡读本书，请先具下列诸信念。”其中最基本的一条是：“对其本国已往历史有一种温情与敬意，至少不会对其本国已往历史抱一种偏激的虚无主义。”我的态度也是如此。阅读《韩愈集》乃至任何古人的著作，应该有一点起码的尊重态度，古人称之为敬畏之心。现在有一些年轻人，一看孔、孟就破口大骂，或者一看管、商就鄙夷不屑，网络青年尤为突出。年轻人指点江山，激扬文字，粪土当年万户侯，体现了青春的活力与激情，没有什么不对。而无论是古是今，是人是鬼，是三坟五典、百宋千元、天球河图、金人玉佛、祖传丸散、秘制膏丹，全都踏倒，就未免有几分轻狂、几分无知了。事实上，能够历经千年时光的淘汰而流传至今，这些著述自有其存在价值。尔曹身与名俱灭，不废江河万古流。骂人之前，至少应该先掂一下自己的分量。如果连这样一点起码的自知之明都没有，最好不用打开这本书。花钱买罪受，何苦来哉！

2. 客观的态度

所谓客观的态度，也就是实事求是的态度。叙述史实要真实可靠，评论史事要合乎情理，切忌屁股决定脑袋，肆意歪曲捏造。1949 年至 1978 年的三十年期间，绝大多数的韩愈研究专著和论文都难逃此病，黄云眉《韩愈柳宗元文学评价》、章士钊《柳文指要》算得上是其中的代表之作。

章士钊《柳文指要》对韩文的相关史实肆意捏造，对韩文的解读有意歪曲，《送李愿归盘谷序》可以作为代表。该书《通要之部》卷六《第韩》评此序为“韩退之第一恶札”，其说云：“赠序一门，子厚多于退之，人以是为子厚病，而究之无须乎病也。盖子厚交道广，以言酬答，微嫌漫与，而退之则有阴谋存乎其中。何以言之？夫李愿者，晟之子而愬之兄，家世显赫，而己亦横长雄藩。贪黷无厌，与隐逸相去不知几千万里。而以罣吏议，犯舆论，非亟亟规避不可。因谋之于退之，而退之眼锐，遽以入盘谷之策进。实则盘谷之为何地？事前愿固未尝涉足，事后恐亦无一日留。序中所刻画主人如何不遇于时，将坐茂树以终日，濯清泉以自洁种种，律之本人，正如水火之不相入，而退之为蓄意谄谀之故，一味无中生有，妄事渲染，以欺天下后世人。"①今按：李愿身份，贞元十九年孟州济源石刻碑阴高从士跋明确记载："陇西李愿，隐者也。"此跋石本，欧阳修《集古录跋尾》及清初孙承泽《庚子消夏记》、顾炎武《金石文字记》、黄叔璥《中州金石考》等著录。传世韩集中，方崧卿《举正叙录》、文谠本、魏仲举本以及王楙《野客丛书》载黄庭坚校本均据石本收录此跋。此后明确区分两位李愿的还有署作梁元帝撰、唐陆善经续、元叶森补的《古今同姓名录》，明余寅《同姓名录》卷四，清杭世骏《订讹类编》续补卷下等，陈景云《韩集点勘》、阎若璩《潜邱札记》、王士祯《居易录》、姚范《援鹑堂笔记》都有翔实的考证。章氏要驳斥前人有关"二李愿"的说法，首先就应该提供证据否定上述的全部记载。章氏的辩驳方法倒是独具特色："唐室不乏仕隐两全之人，如孔巢父其最著也。盖巢父以栖隐于徂徕山，而同时出为潭州刺史、湖南观察使，并内迁给事中、御史大夫，如此而谓有两孔巢父存在焉可乎？"②据两《唐书》本传，巢父"少时"与李白等隐居徂徕山，号竹溪六逸。广德中入仕，建中末以谏议大夫出为潭州刺史、湖南观察室，未行，改荆襄元帅府行军司马兼御史大夫。德宗出狩奉天，迁给事中、河中陕华招讨使。章氏将"栖隐徂徕""出为潭州刺史""内迁给事中"用"同时"二字串联起来，似乎巢父高卧徂徕，遥控潭州，同时还兼管中朝给事中职事，俨然有当年陶弘景"山中宰相"气派。实际上，巢父栖隐徂徕在开元年间，下距建中，已四十余年，而徂徕与潭州、西京，相距也在数千里外。"同时"二字，从何说起？退一万步说，就算孔巢父做到了同时在潭州、西京做官同时又栖隐徂徕，又怎么能证明李愿也同时在长安做官同时又隐居盘谷呢？对有关前人直接记载盘谷李愿身份的史料，章氏全部回避："至少

① 章士钊：《柳文指要》卷六，中华书局1971年版，第1585页。

② 章士钊：《柳文指要》卷六，中华书局1971年版，第1595页。

章所引建安魏本此序后之高从一记,未列记之本文,无从分析。魏本吾从未见过,高记因未曾入目。然谅所列证迹,未必超越少章勘定几许,只得置而不议。"①五百家注本自民国元年涵芬楼影印之后,流传甚广,国内各大图书馆几至于家庋户藏,就在北京,也不下数十百部。"从未见过",去见就是,以当年章氏在北京的地位声焰而言,不存在任何困难。如此推托,迹近无赖。至于李愿因为"罣吏议,犯舆论,非亟亟规避不可";"因谋之于退之,而退之眼锐,遽以入盘谷之策进"。绘声绘色,活灵活现。但这些情节来自于唐代哪些文献,章氏未作任何交代。这样的学术研究,在一千二百年的韩学研究史上倒真是独树一帜。今天我们研究或阅读韩愈,切忌重蹈章氏的魔障。

3. 超越功利的态度

之所以说阅读《韩愈集》要有超越功利的态度,是因为韩愈研究乃至整个的古代文学研究,从来都不是可以赚钱的生意。如果你是为了寻找致富门径走进书店,尽管这个目的无比正当也不失高尚,我还是要抱歉地告诉你,这本书恐怕帮不上你什么忙。

在我三十多年古代文学专业的教学生涯中,学生提得最多的一个问题是:学习古代文学到底有什么用处?我只好无可奈何地告诉他们:古代文学就是一只花瓶,斑驳陆离,风花雪月,没有任何实用价值,更不用说经济效益了。上这门课只有一个用处,就是它有两个学分,缺了这两分,有可能给你毕业带来麻烦,这大概就是它唯一的用处了。

其实,不仅初进校门的少男少女们有这样的疑问,一些高高在上的大人物也会有类似的疑惑。记得有一次,一位校领导来中文系调研,给在座的教授们提了这样一个问题:"幼儿园老师教会学

① 章士钊:《柳文指要》卷六,中华书局1971年版,第1595页。

生说话，小学老师教会学生识字，中学老师教会学生写文章，大学中文系的老师还能教给学生什么东西?”在座的教授们多少有几分尴尬，因为此前《光明日报》刚刚发表了一篇文章，说中文系是大学里最容易毕业又最难找工作的专业，言外之意是这个专业没有学术含量。我是这样回答的:“幼儿园老师负责教学生爬起来，中小学老师负责教学生坐下来，大学老师负责教学生站起来。”对于大学中文系的专业教学，我认为只是分工的不同，你们帮助学生填充知识、熟练技能，我们帮助学生陶冶性情、熔铸灵魂。我讲了一个早年听来的故事:在茫茫的大海上，一条大船正在努力地乘风破浪。船上活动着三群人，共同操纵着大船艰难前行。一群人负责为船只的前进提供动力，他们的领袖叫轮机长;一群人负责全船员工的组织协调、吃喝拉撒，他们的领袖叫水手长;一群人负责让船只保持正确的航向，并时时刻刻保持警惕，避开冰山、暗礁、惊涛骇浪，他们的领袖叫船长。在大学里，第一群人是自然科学家，他们追求效率，崇尚科学。第二群人是社会科学家，他们追求公平，崇尚民主。第三群人是人文科学家，他们追求人格独立，崇尚精神自由。科学、民主、自由，赛先生(Science)、德先生(Democracy)、费小姐(Freedom)，三者共同努力，才能建成现代文明。三缺一或者三缺二，都意味着人类的灾难。这一点，看看当年的德意志就可以知道了。只要赛先生不要德先生、费小姐的第二帝国将德意志带进了第一次世界大战，只要赛先生、德先生不要费小姐的第三帝国将德意志带进了第二次世界大战。通过德意志的惨痛教训我们可以知道:科学、民主、自由不可分割，真、善、美不可分割。华夏文明要完成自己的近现代转型，要建成一个文明富强的现代中国，不仅仅需要赛先生、德先生，还需要费小姐。或许，这就是我们中文系乃至整个文史哲学科存在的意义。或者说，这也是我们今天阅读《韩愈集》的用处。

十四　校注说明

国学新读本《韩愈集》，以拙著《韩愈集汇校笺注》《韩愈思想研究》为底本，少量原文有所更动。鉴于本书的体例、性质，文字改用简体字，原则上不出校语，注释、笺疏一般不引用出处，不做繁琐考证，内容则有所节略。对相关问题需要有进一步了解的读者，请参看《韩愈集汇校笺注》《韩愈思想研究》。

（一）文字校勘

1.《韩愈集汇校笺注》的底本是南宋孝宗淳熙元年锦溪张监税宅翻刻潮州本《昌黎先生集》、南宋绍熙重刻本祝充《音注韩文公文集》。

2.《韩愈集汇校笺注》的通校版本包括南宋中期蜀刻文谠注、王俦补注《新刊经进详补注昌黎先生文集》、方崧卿淳熙十六年南安军刻本《昌黎先生集》、南宋中期浙刻本《昌黎先生文集》、南宋中期江西刻本《昌黎先生文集》、南宋中期闽刻本《昌黎先生集》、南宋宁宗庆元六年建安魏仲举刊本《新刊五百家注音辩昌黎先生文集》、宋方崧卿《韩集举正》、宋朱熹《昌黎先生集考异》、宋李昉等《文苑英华》、宋姚铉《唐文粹》。

3.《韩愈集汇校笺注》的参校版本包括南宋理宗宝庆三年王伯大本《朱文公校昌黎先生文集》、南宋理宗绍定二年张洽池州刻本《昌黎先生集》、南宋度宗咸淳间廖莹中世彩堂刻本《昌黎先生集》等。

（二）注释

1. 本书的注释包括三项内容：文字训释、典制名物训释、人物生平考证。

2. 韩文系年,采用笔者根据现存佚文修订过的《韩文类谱订补》。

3. 鉴于本书的通俗读物性质,本书的注释条目较《韩愈集汇校笺注》有所增加,内容则尽可能简明。

(三)义理笺疏

1. 本书的义理笺疏,以《韩文义理笺疏》为底本。

2.《韩文义理笺疏》包括三项内容:本事考证、义理笺疏、理论批评。本书将相关内容简化,纳入注释之中。

3. 本书各篇的题下注,以揭示创作背景、主旨、全篇主要观点为主,对阅读而言,有提纲挈领的作用。

《韩愈集》简注

元和圣德诗并序①

[**注释**]①此篇作于元和二年(807)正月辛卯。去年,西蜀平定。此年正月辛卯,宪宗祀昊天上帝于郊丘,大赦天下。诗即作于此时,时权知国子博士。

此篇主张大一统,反对藩镇割据,在中唐政争中具有重要意义。诗中写刘辟与其子临刑就戮之状,“婉婉弱子,赤立伛偻,牵头曳足,先断腰膂”“挥刀纷纭,争刌脍脯”诸语,残酷惨刻,后人颇多争议。或以为“此李斯颂秦所不忍言”(苏辙),或以为“使藩镇闻之畏罪惧祸”(张栻)。然韩愈论治道,本有礼乐、刑政两端。《原道》“为之礼以次其先后,为之乐以宣其湮郁;为之政以率其怠倦,为之刑以锄其强梗”是也。后人习知前者而忽略后者,不足以窥见昌黎全貌。

臣愈顿首再拜言:臣伏见皇帝陛下即位以来,诛流奸臣,朝廷清明,无有欺蔽。外斩杨惠琳、刘辟以收夏、蜀①,东定青、徐积年之叛②。海内怖骇,不敢违越。郊天告庙,神灵欢喜。风雨晦明，无不从顺。太平之期，适当今日。臣蒙被恩泽，日与群臣序立紫宸殿陛下，亲望穆穆之光③。而其职业，又在以经籍教导国子④，诚宜率先作歌诗以称道盛德，不可以辞语浅薄不足以自效为辞。辄依古作四言《元和圣德诗》一篇，凡千有二十四字，指事实录，具载明天子文武神圣，以警动百姓耳目⑤，传示无极。其诗曰：

[**注释**]①永贞元年(805)十一月，夏绥银节度使留后杨惠琳反，元和元年(806)三月伏诛。永贞元年八月，剑南西川节度行军司马刘辟反，元和元年十月伏诛。　②定青：元和元年，李师古师道总军务。久之，而朝命不至。或请出兵掠四境，高沐止之，请输两税，行盐法，遣使相继奉表诣京师。八月，诏以师道为平卢留后。定徐：贞元十六年(800)五月，徐师张建封卒，子愔自为留后。朝廷命杜佑讨之，不克。元和元年，愔有疾，上表请代。十一月，召愔为工部尚书。　③穆穆：庄敬肃穆貌。　④元和元年六月，韩愈自江陵召拜国子博士。　⑤警：通“惊”。警动：震慑、惊动、震动。

皇帝即阼，物无违拒。曰旸而旸，曰雨而雨。雨以润物，旸以干物。维是元年，有盗在夏①。欲覆其州，以踵近武②。皇帝曰嘻，岂不在我！负鄙为艰③，纵则不可。出师征之，其众十旅④。军其城下，告以福祸。腹败枝披，不敢保聚⑤。掷首陴外⑥，降幡夜竖⑦。

[**注释**]①永贞元年十一月，夏绥银节度留后杨惠琳反。　②踵：继也。武：迹也。德宗建中间，李希烈、朱泚等反，至是杨惠琳、刘辟继踵而起焉。③鄙：边邑也。负鄙为艰：负恃边鄙也。　④十旅：二万人。　⑤保聚：聚众守卫。　⑥陴(pí)：，城上女墙。　⑦元和元年三月辛巳，杨惠琳伏诛。

疆外之险，莫过蜀土。韦皋去镇①，刘辟守后②。血人于牙，不肯吐口[③]。开库啖士[④]，曰随所取。汝张汝弓，汝桴汝鼓。汝为表书，求我帅汝。事始上闻，在列咸怒。皇帝曰然，嗟远士女。苟附而安，则且付与。读命于庭，出节少府[⑤]。朝发京师，夕至其部。辟喜谓党，汝振而伍。蜀可全有，此不当受。万牛脔炙[⑥]，万瓮行酒。以锦缠股，以红帕首[⑦]。有恇其凶[⑧]，有饵其诱。其出穰穰，队以万数。遂劫东川，遂据城阻[⑨]。

[**注释**]①韦皋：字城武，京兆万年人。贞元元年六月辛卯，拜检校户部尚书兼成都尹御史大夫剑南西川节度使。二十一年三月癸丑以暴疾卒，时年六十一。　②刘辟：字太初，贞元二年进士及第，韦皋辟为从事。韦皋卒，辟自署留后，上表求节钺。十月戊戌，宪宗以给事中征，不奉诏。十二月己酉，授检校工部尚书兼成都尹御史大夫，充剑南西川节度副大使知节度事管内支度营田观察处置统押近界诸蛮及西山八国兼云南安抚等使。辟更求都领三川，元和元年正月甲申，陷梓州。戊子，诏高崇文进讨。三月丁丑，制削夺刘辟在身官爵。八月壬午，崇文收成都。辟投水不死，被擒。九月戊子，斩于长安独柳树下。　③言其下强相杀于牙门，而辟无一言以制之耳。　④啖：利诱。　⑤宪宗欲绥静远方，则暂且付与节旄，以观其进退。　⑥脔（luán）炙（zhì）：烤肉片。　⑦帕（mò）：同“抹”。帕首：抹额。以红帕首：用红纱巾包裹其头。　⑧恇（kuāng）：怯也。　⑨元和元年正月，辟陷东川，执节度李康。

皇帝曰嗟，其又可许？爰命崇文[①]，分卒禁御。有安其驱，无暴我野。日行三十，徐壁其右。辟党聚谋，鹿头是守[②]。崇文奉诏，进退规矩。战不贪杀，擒不滥数。四方节度，整兵顿马。上章乞讨，俟命起坐。皇帝曰嘻，无汝烦苦。荆并洎梁[③]，在国门户。出师三千，各选尔丑[④]。四军齐作，殷殷如阜[⑤]。或拔其角，或脱其距[⑥]。长驱洋洋⑦,无有龃龉⑧。

[**注释**]①高崇文:其先渤海人,生于幽州。元和元年正月癸未,自左神策长武城防秋都知兵马使拜检校工部尚书兼御史大夫统左神策行营节度使兼充左右神策奉天麟游诸镇兵。戊子,诏讨刘辟。甲午,由斜谷路会于梓潼。三月壬辰,检校兵部尚书梓州刺史剑南东川节度。六月丁酉破鹿头关,癸卯收汉州。八月壬午,收成都,擒刘辟以献。元和四年九月丁卯卒,年六十四。 ②鹿头山:南距成都百五十里。 ③荆:荆南节度使裴均。并:河东节度使严绶。梁:山南西道节度使严砺。 ④丑:同类。 ⑤四军:即谓荆、并、梁及高崇文神策军。 ⑤殷殷:盛也。阜:大山。 ⑥角:牛角。距:鸡距。牛以角斗,鸡以距斗。此指爪牙、部属。 ⑦洋洋:盛大貌。 ⑧龃(jǔ)龉(yǔ):不顺畅,有障碍。

八月壬午,辟弃城走。载妻与妾,包裹稚乳。是日崇文,入处其宇。分散逐捕,搜原剔薮①。辟穷见窘,无地自处。俯视大江,不见洲渚。遂自颠倒,若杵投臼。取之江中②,枷脰械手③。妇女累累④,啼哭拜叩。来献阙下,以告庙社。周示城市,咸使观睹。解脱挛索⑤,夹以砧斧⑥。婉婉弱子⑦,赤立伛偻⑧。牵头曳足,先断腰膂⑨。次及其徒,体骸撑拄⑩。末乃取辟,骇汗如写⑪。挥刀纷纭,争刌脍脯⑫。

[**注释**]①搜、剔:逐捕之急也。 ②辟既穷迫,乃从数十骑至羊灌田,自投水不能死,骑将郦定进擒之。 ③脰(dòu):颈项。《左传》襄公十八年:"射殖绰,中肩,两矢夹脰。"杨伯峻注:"脰音豆,颈项。" ④累累:瘦瘠疲惫貌。 ⑤挛(luán):系也。 ⑥砧斧:砧板与斧钺,古代杀人的刑具。 ⑦婉婉:幼弱貌。《诗·曹风·候人》:"婉兮娈兮,季女斯饥。"毛传:"婉,少貌。娈,好貌。季人之少子也,女民之弱者。" ⑧赤立:赤裸而立。伛(yǔ):曲背、弯腰。偻(lǚ):驼背、佝偻。伛偻:恭敬貌。 ⑨膂:脊骨。腰膂:犹腰背。先断腰

膂：指腰斩，将犯人从腰部斩为两截。 ⑩体骸：尸骸。撑拄：支撑。体骸撑拄：尸骸相互支撑。 ⑪写（xiè）：同“泻”。骇汗如写，因惊恐、惶惧而流汗。 ⑫刌（cǔn）：切断。脍（kuài）：生肉。脯（fǔ）：干肉。

优赏将吏，枂珪缀组①。帛堆其家，粟塞其庾②。哀怜阵殁，廪给孤寡③。赠官封墓，周匝宏溥④。经战伐地，宽免租簿。施令酬功，急疾如火。天地中间，莫不顺序。幽恒青魏⑤，东尽海浦。南至徐蔡⑥，区外杂虏⑦。怛威赧德⑧，踧踖蹈舞⑨。掉弃兵革，私习簋簠⑩。来请来觐⑪，十百其耦⑫。皇帝曰吁，伯父叔舅。各安尔位，训厥甿亩⑬。

［**注释**］①枂：“析”字俗体。珪：瑞玉。古代封爵授土，赐珪以为信，后因以代指官位。组：古代佩印用的绶。枂珪缀组：指剖符分封。 ②庾：泛指粮库。 ③廪：粮仓。廪给：犹廪食，由公家发放粮食。 ④匝（zā）：遍也。周匝宏溥：言德泽广被。 ⑤幽：谓幽州卢龙节度使刘总。恒：谓成德军节度使王承元。青：谓淄青平卢节度使李师古。魏：谓魏博节度使田弘正。 ⑥徐：谓武宁军节度使张愔。蔡：谓彰义军节度使吴少阳。 ⑦区外：方外。杂虏：夷狄。以上泛指当时藩镇之国。 ⑧怛（dá）：畏惧、惊恐。怛威：畏威。 ⑨踧（cù）踖（jí）：恭敬而又局促不安。 ⑩簋（guǐ）簠（fǔ）：簋与簠。两种盛黍稷稻粱的礼器。 ⑪请、觐：即朝觐，谓臣子朝见君主。 ⑫耦：谓朋类。十百其耦：谓四方诸侯请觐之使成群结队。 ⑬甿（méng）亩（mǔ）：田野之民，泛指百姓。

正月元日，初见宗祖。躬执百礼，登降拜俯①。荐于𨴐宫②，视瞻梁梠③。戚见容色，泪落入俎④。侍祠之臣，助我恻楚⑤。乃以上辛⑥，于郊用牡⑦。除于国南⑧。鳞箕毛簴⑨，庐幕周施⑩，开揭磊砢⑪。兽盾腾挐⑫，圆坛帖妥⑬。天兵四罗⑭，旗常婀娜⑮。驾龙十二，鱼鱼雅雅⑯。宵升于丘⑰，奠璧献斝⑱。众乐惊作，轰豗融冶⑲。紫焰嘘呵⑳，高灵下堕㉑。群星从坐，错落侈哆㉒。日君月妃，焕赫婐妮㉓。渎鬼蒙鸿㉔，岳祇嶪峨㉕。饫膻燎芗㉖，产祥降嘏㉗。凤凰应奏，舒翼自拊㉘。赤鳞黄龙，逶陀结纠㉙。卿士庶人，黄童白叟。踊跃欢呀㉚，失喜噎呕㉛。乾清坤夷㉜，境落褰举㉝。帝车回来，日正当午。幸丹凤门，大赦天下。涤濯刬磢㉞，磨灭瑕垢。续功臣嗣㉟，拔贤任耉㊱。孩养无告㊲，仁滂施厚㊳。

[注释]①登降拜俯：谓仪注也。 ②闷(bì)宫：先祖神庙。《诗·鲁颂·闷宫》："闷宫有侐，实实枚枚。"毛传："閟，闭也。先妣姜嫄之庙在周，常闭而无事。孟仲子曰：是禖宫也。"郑笺："闷，神也。姜嫄神所依，故庙曰神宫。" ③梁梠(lǚ)：房屋的梁和檐。 ④俎(zǔ)：古代祭祀、燕飨时陈置牲体或其他食物的礼器。 ⑤恻：悲痛、凄恻。楚：痛苦。恻楚：凄恻、痛楚。 ⑥上辛：农历每月上旬的辛日。 ⑦郊：古帝王祭祀天地的仪式。牡：牛。 ⑧除：扫也、治也。国南：京城南郊。 ⑨簨、簴：悬挂钟磬的支架。鳞簨毛簴：即以鳞属、羽属装饰的簨簴。 ⑩庐幕：帷幔。周施：设置。 ⑪开揭：高举貌。磊砢：壮大、高耸貌。 ⑫盾饰之以兽形，故曰兽盾。腾拏：飞腾之貌。 ⑬圆坛：郊丘。帖妥：安静貌。 ⑭罗：陈列。四罗：东南西北四方罗列。 ⑮旗常：旗与常，王侯的旗帜。旗画交龙，常画日月。婀娜：轻婉柔弱之意。⑯鱼鱼：同"衙衙(yú)"，行走貌。雅雅：文雅整肃貌。 ⑰丘：圆丘。 ⑱奠：荐。斝：玉爵。 ⑲轰(hōng)豗(huī)：喧阗。融冶：指乐声热闹优美。⑳紫焰：祭天燔柴形成的紫色火焰。嘘(xū)：吐气。呵(hē)：嘘气、哈气。嘘呵：吞吐呼吸。 ㉑高灵：天上的神灵。 ㉒错落：参差分布。侈(chǐ)哆(chǐ)：分散布列。 ㉓焕赫：鲜明、炽盛。婐(wǒ)妮(nuǒ)：即婀娜，娇柔美好貌。 ㉔渎鬼：四渎之鬼，长江、黄河、淮河、济水的神灵。蒙鸿：混沌貌。㉕岳祇：五岳之神。嶪(yè)峨(é)：高大巍峨。 ㉖饫(yù)：饱食。膻(shān)：

羊骚味，后泛指羊肉、肉食。燎(liáo)：烧。芗(xiāng)：谷物的香气，字又作“香”。饫膻燎芗，谓诸神饱餐祭献。 ㉗嘏(gǔ)：福。 ㉘舒：展。拊(fǔ)：拍、击。 ㉙逶陀：化用“委委佗佗”，谓从容逶迤。结纠：纠结、缠绕连结。㉚踊跃：跳踯、跳跃。欢呀：欢呼。 ㉛噎(yē)：咽喉梗塞。呕(ǒu)：吐。噎呕：咽喉梗塞呕吐。 ㉜乾清坤夷：天清地平。 ㉝境落：聚落、区落。褰举：开列、陈列，引申为高飞。 ㉞濯(zhuó)：洗涤。刬(chǎn)：削除。磢(chuǎng)：磨擦。涤濯刬磢：谓洗涤刮磨。 ㉟续功臣嗣：谓推恩功臣后嗣。 ㊱耇(gǒu)：年老、高寿。拔贤任耇：选拔贤才，任用老成旧德之人。 ㊲无告：孤穷无处投诉的人。孩养无告：像抚养婴儿一样照顾鳏寡孤独无所告诉的人。 ㊳仁：行惠施恩。滂：宽大、广大。施：施舍、恩惠。仁滂施厚：仁德恩惠，宽厚广大。

皇帝神圣，通今达古。视听聪明，一似尧禹。生知法式①，动得理所②。天锡皇帝③，为天下主。并包畜养，无异细巨。亿载万年，敢有违者。皇帝勤俭，盥濯陶瓦④。斥遣浮华，好此绨纻⑤。敕戒四方，侈则有咎。天锡皇帝，多麦与黍。无召水旱，无耗雀鼠，亿载万年，有富无窭⑥，皇帝正直，别白善否⑦。擅命而狂，既剪既去。尽逐群奸，靡有遗侣。天锡皇帝，厖臣硕辅⑧。博问遐观，以置左右。亿载万年，无敢余侮。皇帝大孝，慈祥悌友。怡怡愉愉⑨，奉太皇后。浃于族亲，濡及九有⑩。大锡皇帝，与天齐寿。登兹太平，无怠永久。亿载万年，为父为母。博士臣愈，职是训诂⑪。作为歌诗，以配吉甫⑫。

[**注释**]①生知：生而知之、不学而知之。法式：法度、制度。 ②理所：理之所在。 ③锡(xī)：赐予。 ④盥(guàn)：洗手。盥濯陶瓦：洗手用陶瓦之器。 ⑤绨(tí)：厚实的丝织物。纻(zhù)：苎麻布。以上言其生活简朴。⑥窭(jù)：贫穷。 ⑦别白：分析、辨别。善否(pǐ)：善恶。 ⑧厖臣硕辅：

贤明的辅弼大臣。 ⑨怡怡愉愉：和悦之貌。 ⑩九有：九州岛，指中国。 ⑪职：主管。训诂：字句训释。此处引申为文辞歌诗。 ⑫尹吉甫，西周卿士，《诗·大雅·崧高》《烝民》《韩奕》《江汉》等篇作者。此处以吉甫自比。

岐山操①

[**注释**]①此篇作年不详。

蔡邕《琴操》以为《岐山操》为周太王之所作。太王居豳，狄人攻之，太王仁恩恻隐，不忍流血，遂杖策而出，邑乎岐山。此篇推崇太王不忍百姓流血而放弃疆土，与《徐偃王庙碑》同。对照现代社会的非暴力主张，此篇主旨，颇堪注意。

我家于豳①，自我先公。伊我承绪②，敢有不同。今狄之人，将土我疆③。民为我战，谁使死伤？彼岐有岨④，我往独处。人莫余追⑤，无思我悲。

[**注释**]①我：周太王古公亶父。豳(bīn)：古代诸侯国名，在唐邠州即今陕西省彬县。 ②伊：发语助词。承绪：承继皇统。 ③土：国土、领土。此处“土”作动词用。将土我疆：谓彼将扩张疆界至我之领地。 ④岐：地名，唐岐州即今陕西省岐山县。岨(qū)：戴土的石山。 ⑤人莫余追：人莫追余。否定句代词宾语提前。

谢自然诗①

[**注释**]①此篇作于贞元十年(794)十一月十二日之后，十一年(795)五月离京东归之前。时公三试宏词，三上宰相书，皆无所成，困居京师。

谢自然事，当时传为神仙佳话，而昌黎特以为妖魅所惑。韩愈思想，后人对其人文精神关注较为充分，而对其理性意识及批判精神相对较为忽略。此诗直言“凝心感螭魅”“人鬼更相残”“人生处万类，知识最为贤，奈何不自信，反欲从物迁”，表现出清醒冷静的理性意识。“秦皇虽笃好，汉武弘其源，自从二主来，此祸竟连连”，矛头直指人主，其中当然也包括了迷信长生之道的李唐历代君主。其批判精神与胆略，绝非常人可以想象。

果州南充县，寒女谢自然①。童騃无所识②，但闻有神仙。轻生学其术③，乃在金泉山④。繁华荣慕绝，父母慈爱捐。凝心感魑魅⑤，慌惚难具言⑥。一朝坐空室，云雾生其间。如聆笙竽韵，来自冥冥天⑦。白日变幽晦，萧萧风景寒。檐楹气明灭⑧，五色光属联⑨。观者徒倾骇⑩，踯躅讵敢前⑪。须臾自轻举，飘若风中烟。茫茫八纮大⑫，影响无由缘⑬。

[注释]①谢自然：果州南充孝廉谢寰女。贞元十一年十一月十二日白昼飞升，郡守以状闻，有诏褒谕。　②童騃(ái)：年幼无知。识：知识、见识。　③轻生：不珍视生命。　④金泉山：在南充城西果山之足。唐谢自然于此上升，有青霞观。　⑤凝心：专心致志。魑魅：传说山林中害人的怪物，引申指人间的妖魔鬼怪。　⑥慌惚：亦作“慌忽”，迷茫貌。具言：备言、详细叙述。　⑦冥冥：高远貌。　⑧檐楹：檐柱。明灭：若隐若现。　⑨属：连也。属联：若断若续。　⑩倾骇：震慑、惊骇、震惊。　⑪踯躅：徘徊不进貌。讵(jù)：岂。　⑫八纮：八方极远之地。　⑬影响：形影声响。言谢女之影无由复见。

里胥上其事①，郡守惊且叹②。驱车领官吏，甿俗争相先③。入门无所见，冠屦同蜕蝉④。皆云神仙事，灼灼信可传⑤。

[注释]①里胥：里长。上(shàng)：上报、呈报。　②郡守：太守，一郡的

长官。 ③甿俗:百姓。 ④冠屦:帽与鞋。蜕蝉:蝉自幼虫变为成虫时脱下的壳。这里指形同蝉蜕的衣服。 ⑤灼灼:彰然显明。

余闻古夏后①,象物知神奸②。山林民可入,魑魅莫逢旃③。逶迤不复振④,后世恣欺谩⑤。幽明纷杂乱,人鬼更相残⑥。秦皇虽笃好,汉武弘其源⑦。自从二主来,此祸竟连连。木石生怪变,狐狸骋妖患。莫能尽性命⑧,安得更长延?

[**注释**]①夏后:指大禹建立的夏王朝,亦称夏后氏。 ②神奸:能害人的鬼神怪异之物。象物知神奸:夏后氏铸鼎刻画百物,使百姓懂得防患有害的鬼神怪异之物。 ③魑魅:山精。旃(zhān):之,焉。 ④逶迤:曲折延绵貌,引申为迁延、因循。谓千年以来,迁延因循,古风不振。 ⑤欺谩(mán):欺骗、欺诳。 ⑥言夏政既衰,后世始尚神仙之术,指无为有,交恣欺谩,使妖怪凭藉得以惑乱于人,从此幽明杂乱,人鬼相残。 ⑦谓神仙之道始于秦皇,盛于汉武。 ⑧尽性命:穷理尽性,以至于命。

人生处万类,知识最为贤①。奈何不自信,反欲从物迁②。往者不可悔,孤魂抱深冤。来者犹可诫,余言岂虚文③。人生有常理,男女各有伦④。寒衣及饥食,在纺绩耕耘⑤。下以保子孙,上以奉君亲。苟异于此道,皆为弃其身。噫乎彼寒女,永托异物群⑥。感伤遂成咏,昧者宜书绅⑦。

[**注释**]①知识:智能识见。 ②从物迁:为异物所迁。 ③虚文:空话。 ④伦:伦常、道德秩序。 ⑤寒衣及饥食,在纺绩耕耘:为百姓本分,即《原道》"民者,出粟米麻丝,作器皿,通货财,以事其上者也"。一旦"民焉而不事其事","不出粟米麻丝,作器皿,通货财,以事其上",则天下大乱,"几何其不

胥而为夷也”。昌黎之所以反对佛道，即缘于此。　⑥异物：即上文魑魅、魍魉之类。宋洪迈《万首唐人绝句诗》卷四十二录刘商《谢自然却还旧居》：“仙侣招邀自有期，九天升降五云随。不知辞罢虚皇日，更向人间住几时。”明杨慎《诗话补遗》卷二“谢自然升仙”条谓：“谢氏为妖道士所惑，以幻术贸迁他所而淫之。久而厌之，又反旧居。观商诗中所云‘仙侣招邀’，意在言外。惜乎昌黎又不闻也。”今观昌黎诗云“凝心感魑魅”“孤魂抱深冤”“噫乎彼寒女，永托异物群”，可知其心如明镜，又何须有闻。　⑦昧：本义为明，反训为暗。昧者：愚昧者、糊涂人。绅：古代士大夫束带于腰，一头下垂，称为绅。书绅：把需要记录的话语写在绅带上，称为书绅。

重云一首李观疾赠之①

[**注释**]①此篇作于贞元十年(794)夏，时困居京师。

李观，字符宾，祖籍陇西，世居苏州。贞元八年登进士第，次年举博学宏辞，得太子校书郎。贞元十年卒于京师。

天行失其度①，阴气来干阳②。重云闭白日③，炎燠成寒凉④。小人但咨怨，君子惟忧伤⑤。饮食为减少，身体岂宁康？此志诚足贵，惧非职所当⑥。藜羹尚如此⑦，肉食安可尝⑧。穷冬百草死，幽桂乃芬芳。且况天地间，大运自有常⑨。劝君善饮食，鸾凤本高翔⑩。

[**注释**]①天行：天运。度：法度、规范。《左传》昭公三年：“公室无度。”杜注：“无法度。”失其度：失去了正常法度。　②干：犯也。　③重(chóng)云：重重叠叠的云层。　④燠(yù)：热、暖。炎燠：炎热。　⑤小民但知怨咨而已，君子则忧政事之失。干阴阳之和，或至于乱也，言李观忧伤以致成疾。　⑥职：职分、职责。按：时李观为太子校书郎。燮和阴阳，乃宰相职责，故曰“惧非职所当”，此劝慰之辞。　⑦藜羹：用藜菜作的羹，泛指粗劣的食物。

⑧肉食：肉食者，指高位厚禄，亦泛指做官的人。　⑨大运：天命、上天的旨意。　⑩鸾凤：鸾鸟与凤凰，比喻贤俊之士。

江汉一首答孟郊①

[注释]①贞元九年(793)，韩应博学宏词，孟举进士，双双失利。诗当作于此年冬孟郊离京南下江汉时。

曾国藩《求阙斋读书录》卷八："忠信，履险之具也。韩公与其徒党固常常以自立相勖矣。"

江汉虽云广，乘舟渡无艰。流沙信难行①，马足常往还。凄风结冲波②，狐裘能御寒。终宵处幽室，华烛光烂烂。苟能行忠信，可以居夷蛮③。嗟余与夫子，此义每所敦④。何为复见赠？缱绻在不谖⑤。

[注释]①流沙：指沙漠，此处泛指西境。　②凄风：西南风。冲波：激浪、大波。　③《论语》·卫灵公》："孔子曰：言忠信，行笃敬，虽蛮貊之邦，行矣。"按：此"夷蛮"，指西南夷武陵蛮。　④敦：劝勉。　⑤缱(qiǎn)绻(quǎn)：反复、纠结。不谖(xuān)：不忘。

此日足可惜一首赠张籍①

[注释]①此篇作于贞元十五年(799)夏秋之交。时避汴州军乱，寓居徐州符离睢上。

张籍(766—829后)，字文昌，吴郡人，居和州乌江。贞元十五年登进士第。元和初调补太常寺太祝，元和十一年(816)为国子助教。十五年(820)为秘书郎，长庆初韩愈荐为国子博士，历水部员外郎，长庆末为主客郎中，大和二年(828)为国子司业。大和三年

(829)犹在世,卒年在此后不久。

韩愈的道统思想,早在贞元十二年至十五年佐汴期间已经成熟。《进士策问》《答张籍书》以及此篇就是明证。“孔丘殁已远,仁义路久荒。纷纷百家起,诡怪相披猖”,“少知诚难得,纯粹固已亡”,以孔孟仁义之道作为自己践行的方向。本篇所表述的,就是这样一个终生不渝的价值选择。

此日足可惜,此酒不可尝。舍酒去相语,共分一日光。念昔未知子,孟君自南方①。自矜有所得②,言子有文章③。我名属相府④,欲往不得骧⑤。思之不可见,百端在中肠。惟时月魄死⑥,冬日朝在房⑦。驱驰公事退,闻子适及隍⑧。命车载之至,引坐于中堂。开怀听其说,往往副所望。孔丘殁已远,仁义路久荒。纷纷百家起⑨,诡怪相披猖⑩。长老守所闻,后生习为常。少知诚难得⑪,纯粹固已亡⑫。譬彼植园木,有根易为长⑬。留之不遣去,馆置城西旁。

[**注释**]①孟君:孟郊也。孟郊(751—814),字东野,湖州武康人。少隐嵩山,贞元十二年(796)进士及第。十六年(800)调溧阳尉。元和元年(806)十一月,河南尹、水陆转运使郑余庆署为水陆转运判官,试协律郎。九年(814)三月,余庆镇兴元,奏为其军参谋,试大理评事。行次阌乡,八月乙亥暴疾卒,年六十四。　②自矜:自恃、自信。　③子:你。　④相府:谓董晋。时韩愈为宣武军节度观察推官。　⑤骧(xiāng):奔驰。　⑥月魄:指月初生时不明亮的部分。月魄死:指月初。　⑦朝:凌晨。冬日朝在房:孟冬十月,日在房宿。　⑧隍:护城壕。　⑨百家:谓诸子。　⑩诡怪:诡诞、怪异。披猖:猖獗、猖狂。　⑪少(shāo):同“稍”。　⑫纯粹:纯正不杂、精粹完美。言少知于道者固已难得,况又求其纯粹如古者乎!　⑬有根:即上文“少知”。

岁时未云几，浩浩观湖江①。众夫指之笑，谓我知不明。儿童畏雷电，鱼鳖惊夜光。州家举进士②，选试缪所当③。驰辞对我策④，章句何炜煌⑤。相公朝服立⑥，工席歌鹿鸣⑦。礼终乐亦阕⑧，相拜送于庭。之子去须臾⑨，赫赫流盛名。窃喜复窃叹，谅知有所成⑩。人事安可恒，奄忽令我伤⑪。闻子高第日，正从相公丧⑫。哀情逢吉语，惝恍美难双⑬。暮宿偃师西⑭，展转空在床⑮。

［**注释**］①植园木以喻籍之始从学，观湖江以喻其成。　②州家：指刺史。州家举进士：指汴州乡试。《新唐书·选举志》："每岁仲冬，州县馆监举其成者送之尚书省，而举选不由馆学者谓之乡贡，皆怀牒自列于州县。"　③缪（miù）：乖讹、错误。此处为自谦之词，时汴州乡试，昌黎为考官。　④《渔隐丛话后集》卷八引《艺苑雌黄》："张籍集中有《徐州试反舌无声诗》。"又韩集有《进士策问十三首》。所谓"驰辞对我策"，即此。　⑤炜（huī）：光辉。炜煌：光辉灿烂。　⑥相公：指汴州刺史董晋。　⑦工席：乐工之席，此处即指乐工。　⑧阕（què）：乐曲终了。　⑨之子：是子、此人。　⑩谅知：诚知、明知。　⑪奄忽：疾速、倏忽。　⑫高第：指科举中式。张籍贞元十五年（799）三月登第，是岁二月董晋卒。　⑬惝（chǎng）恍（huǎng）：感伤、震惊。　⑭偃师：县名。董晋本卢乡人，时韩愈送丧归至河中，故宿偃师城西。　⑮展转：不寐貌。

夜闻汴州乱①，绕壁行徬徨。我时留妻子，仓卒不及将②。相见不复期，零落甘所丁③。骄女未绝乳，念之不能忘。忽如在我前，耳若闻啼声。中涂安得反，一日不可更④。俄有东来说，我家免罹殃⑤。乘船下汴水，东去趋彭城。从丧朝至洛⑥，旋走不及停⑦。假道经盟津⑧，出入行涧岗。日西入军门，羸马颠且僵⑨。主人愿少留⑩，延入陈壶觞[11]。卑贱不敢辞，忽忽心如狂[12]。饮食岂知味，丝竹徒轰轰[13]。平明脱身去，决若惊凫翔[14]。黄昏次汜水[15]，欲济无舟航[16]。号呼久乃至，夜济十里黄[17]。中流上沙滩，沙水不可详。惊波暗合沓[18]，星宿争翻芒[19]。辕马蹢躅鸣[20]，左右泣仆童。甲午憩时门[21]，临泉窥斗龙[22]。东南出陈许[23]，陂泽平茫茫[24]。道边草木花，红紫相低昂。百里不逢人，角角雄雉鸣[25]。行行二月暮[26]，乃及徐南疆。下马步堤岸，上船拜吾兄[27]。谁云经艰难，百口无夭殇[28]。

[**注释**]①贞元十五年二月乙酉，汴州军乱，杀留后陆长源。　②言送晋丧时，妻子尚留汴州，不与俱来。将：与也，偕也。　③零落：飘散、流落。梁王僧孺《何生姬人有怨》诗："逐臣与弃妾，零落心可知。"丁：当也。　④更(gēng)：改变。　⑤罹殃：遭殃。免罹殃：其家人幸脱兵祸，自汴水顺流而入彭城。　⑥洛：洛阳。　⑦旋：回，谓复归彭城。　⑧盟津：地名，在河阳县即今孟州之南。　⑨羸(léi)：瘦。颠、僵：倒仆、倒下。　⑩主人：河阳三城节度使李元淳。　⑪壶觞：酒器。　⑫忽忽：迷糊、恍惚。　⑬丝竹：总言乐器。轰轰(hōng)：众声也，象声词。　⑭决：果断、果决。惊凫：受惊之鸟。　⑮汜(sì)水：在河南城皋。　⑯济：渡河。航：泛指船。　⑰十里黄：水名。⑱惊波：骇浪。合沓(tà)：重叠、攒聚。　⑲翻芒：星光闪烁。　⑳蹢(zhí)躅(zhú)：同"踯躅"，徘徊不进貌。　㉑时门：在郑州。　㉒《左传》昭公十九年："郑大水，龙斗于时门之外洧渊。"　㉓陈、许：二州名。唐陈州，今河南淮阳。许州，今河南许昌。　㉔陂(bēi)：池塘。陂泽：湖泊。　㉕角角(gǔ)：象声词，雉鸡鸣声。　㉖行行：且行且止，踟蹰道中。　㉗文谠注："愈兄介。"㉘百口：全家、近亲一族。夭殇：夭折。

仆射南阳公[1]，宅我睢水阳[2]。箧中有余衣，盎中有余粮[3]。闭门读书史，窗户风已凉。日念子来游，子岂知我情。别离未为久，辛苦多所经。对食每不饱④，共言无倦听。连延三十日⑤，晨坐达五更。我友二三子，宦游在西京⑥。东野窥禹穴，李翱观涛江⑦。萧条千万里，会合安可逢。淮之水舒舒⑧，楚山直丛丛⑨。子又舍我去，我怀焉所穷。男儿不再壮，百岁如风狂⑩。高爵尚可求⑪，无为守一乡。

[**注释**]①南阳公：徐泗濠节度使张建封。　②睢（suī）：水名，在徐州。睢水阳：睢水之北。　③盎：盆。　④对食：一起进餐。　⑤连延：连续、绵延。时与籍聚会，几达一月。　⑥西京：长安。　⑦李翱（774－836）：字习之，祖籍陇西，世居开封，凉武昭王十四代孙。贞元十四年（798）登进士第。十六年（800），为郑滑节度使李元素观察判官。大和九年（835）八月甲戌，检校户部尚书襄州刺史，充山南东道节度使。开成元年（836）七月前卒于镇。　⑧舒：舒徐、舒缓貌。　⑨丛丛：丛聚、集聚貌。　⑩狂：急遽、疾速。　⑪高爵：高位、高官。

君子法天运①

[**注释**]①此篇作年不详。

法，效法。天运，天体的运行。“法天运”则四时可知，“惟所遇”则寒暑难期，故君子坦荡荡，小人长戚戚。此即昌黎立身之道，亦即此篇主旨。

君子法天运，四时可前知①。小人惟所遇，寒暑不可期②。利害有常势，取舍无定姿③。焉能使我心，皎皎远忧疑④。

[**注释**]①四时：四季。　②君子好恶有常，如天有温凉，四时皆可前知；

小人好恶无常，惟以所遇为转移，寒暑不可预期。　③此谓利害本有常势，然取舍之间，或谨或僈，则或安或危，难有定姿。　④皎皎（jiǎo）：洁白貌。忧疑：忧惧疑虑。

送灵师①

［注释］①此篇作于贞元二十年（804）冬，时贬连州阳山令。

韩愈反对佛教的主要原因，在于“齐民逃赋役，高士著幽禅”“耕桑日失隶，朝署时遗贤”，前者影响农业生产、国家收入，后者导致人才流失，甚或至于与儒家争夺意识形态领导权。但对于佛教信徒，韩愈并无敌视态度，对某些有真才实学的高僧大德，还保有一份尊重与友好。《送灵师》《送惠师》《送文畅师》《送无本师》《听颖师弹琴》《送僧澄观》《别盈上人》《和归工部赴僧约》《广宣上人频见过》《题秀禅师房》《送浮屠文畅序》《送高闲上人序》《与大颠师书》，情分绸缪，丁宁反复，又何足怪哉！

佛法入中国，尔来六百年。齐民逃赋役①，高士著幽禅②。官吏不之制，纷纭听其然③。耕桑日失隶④，朝署时遗贤⑤。

［注释］①齐民：平民。　②著（zhuó）：迷恋。禅：修习佛学的六度之一。梵语音译作“禅那”，义译为思维修，即静虑、静坐默念，引申为禅理、禅法、禅学。幽禅：幽微清寂的禅学。　③纷纭：杂乱貌。听：听从、听凭、听任。　④隶：氓隶、农夫。　⑤署：朝廷官署。

灵师皇甫姓，胤胄本蝉联①。少小涉书史，早能缀文篇。中间不得意，失迹成迁延②。逸志不拘教③，轩腾断牵挛④。围棋斗白黑，生死随机权⑤。六博在一掷，枭卢叱回旋⑥。文战谁与敌⑦，浩汗横戈铤⑧。饮酒尽百盏，嘲谐思愈鲜。有时醉花月，清唱高且绵⑨。四座咸寂默，杳如奏湘弦⑩。

[**注释**]①胤胄：嫡系后嗣。蝉联：绵延不断。　②失迹：事业受挫。迁延：徘徊不前。　③逸志：超逸脱俗、纵横不羁之志。拘教：拘泥于礼教。不拘教：不受礼教束缚。　④轩：飞翔、飞举。轩腾：飞腾。牵挛：牵挂、牵系。　⑤机权：机智权谋。　⑥枭：古代博戏的胜彩名。枭为么，得么者胜。卢：古时樗蒲戏彩名。掷五子全黑者称卢，得彩十六，为头彩。枭卢：总称博彩。么为枭，最胜；六为卢，次之。　⑦文战：指较量诗文。　⑧浩汗：同"浩瀚"，水势浩大貌。戈铤(chán)：戈与铤，泛指兵器。　⑨清唱：清澈的歌声。绵：远也。　⑩湘弦：湘妃所鼓之弦，指瑟。

寻胜不惮险，黔江屡洄沿①。瞿塘五六月②，惊电让归船③。怒水忽中裂，千寻堕幽泉④。环回势益急⑤，仰见团团天。投身岂得计，性命甘徒捐。浪沫蹙翻涌，漂浮再生全。同行三十人，魂骨徒坑填。灵师不挂怀，冒涉道转延⑥。

[**注释**]①洄：逆流而上。沿：顺流而下。　②瞿塘：瞿塘峡，长江三峡之首，又称夔峡。在今奉节白帝城东，两岸对峙，中贯一江，滟滪堆当其口，为三峡之门。　③惊电：迅疾的闪电。归船：由上游下行的船只。让：避让。惊电让归船：谓下行船只急于惊电，上行船只必须避让。　④寻：古代长度单位。千寻：泛言其深。幽泉：深渊。　⑤环：漩涡。回：旋转。　⑥冒涉：辛勤跋涉。延：远。

开忠二州牧①，诗赋时多传。失职不把笔，珠玑为君编②。强留费日月③，密席罗婵娟④。昨者至林邑⑤，使君数开筵。逐客三四公⑥，盈怀赠兰荃。湘游泛漭沆，溪宴驻潺湲。别语不许出，行裾动遭牵⑦。邻州竞招请，书札何翩翩⑧。十月下桂岭，乘寒恣窥缘。

［注释］①开州刺史唐次，忠州刺史李吉甫。唐次（？—805），字文编，并州晋阳人。贞元八年（792）为开州刺史。十九年（803）冬，改夔州。李吉甫（758—814），字弘宪，赵郡人。贞元八年十一年为忠州刺史，六年不徙官，以疾罢免。　②珠玑：诗文。珠玑为君编，为君编珠玑，谓唐、李均有酬赠灵师之文。　③强（qiǎng）：强迫、勉强。　④密席：座位紧靠，形容亲密。婵娟：美女。　⑤林邑：唐欢州，在今越南中部地区。　⑥逐客：被贬谪的官员。⑦行裾：行装，出行的衣衫。　⑧翩翩：连绵不绝貌。此谓邻州竞相招请，书札连绵不绝。　⑨桂岭：山名，在唐贺州、连州交界处。

落落王员外①，争迎获其先。自从入宾馆，占吝久能专②。吾徒或携被，接宿穷欢妍③。听说两京事，分明皆眼前。纵横杂谣俗，琐屑咸罗穿④。材调真可惜，朱丹在磨研⑤。方将敛之道，且欲冠其颠⑥。

［注释］①落落：气质、襟怀磊落大方。王员外，王仲舒。王仲舒（762—823），字弘中，并州祁县人。贞元十年（794）十二月举贤良方正，拜左拾遗。俄改右补阙，历礼部，考功员外。十八年（802），为吏部员外郎。贞元十九年（803），为韦执谊所劾，贬连州司户参军。移夔州司马，徙荆南节度参谋。元和三年（808），为吏部员外郎。五年（810），为职方郎中知制诰。旋贬峡州刺史，迁庐州，未至丁母忧。八年（813），为婺州刺史。十三年（818）前徙苏州。元和十五年（820）穆宗即位，诏为中书舍人。六月戊寅，出为洪州刺史、御史中丞，充江西观察使。长庆三年（823）十一月十七日卒于洪州，年六十二。②占吝：占有、占据。　③接宿：同宿。欢妍：喜动颜色。　④罗穿：罗列、贯穿。　⑤朱丹：朱砂、丹砂，矿物名，色深红，可作药用，也可制作颜料。　⑥言欲束发加冠，驱之归于吾道。

韶阳李太守①，高步陵云烟。得客辄忘食，开囊乞缯钱②。手持南曹叙③，字重青瑶镌④。古气参彖系⑤，高标摧太玄⑥。维舟事干谒⑦，披读头风痊⑧。还如旧相识，倾壶畅幽悁⑨。以此复留滞，归骖几时鞭⑩。

[**注释**]①李太守：指李直方。李直方，唐宗室定州刺史房㠚子。贞元元年(785)九月，贤良方正能直言极谏科及第(《唐会要》卷七十六)。贞元二十年(804)为韶州刺史。贞元二十一年(805)自韶州刺史移赣州。　②乞(qì)：给、给予。缯(zēng)：绢帛。钱：钱币。唐代绢帛与钱币同时流通，故总称缯钱。以上写李太守。　③南曹：吏部员外郎，指王仲舒。南曹叙：王仲舒赠灵师叙。以下写灵师。　④青瑶：青玉。青瑶镌：珍贵的手迹，此指王仲舒赠叙。　⑤古气：古雅的气韵。参：并列、并立。彖系：彖辞、系辞。古气参彖系，谓其文字古雅，与《彖辞》、《系辞》并列为三。　⑥高标：指文字风度高雅、格调高深。摧：挫败。高标摧太玄：谓其幽妙之理，超越《太玄》。　⑦谓灵师干谒于李太守。　⑧披读：开卷阅读。披读头风痊：谓李太守阅读此叙，如读陈琳之檄，令人豁然震起。　⑨幽悁(yuān)：忧郁烦闷。　⑩骖(cān)：三匹马驾的车。归骖：归车。

孟东野失子并序①

[**注释**]①此篇作于贞元十三年(797)至贞元十五年(799)，时为将仕郎试秘书省校书郎汴、宋、亳、颍等州观察推官。

此篇言天、地、人各不相关，无子不当归怨于天；又言物各有分，有子、无子皆莫原其故。此昌黎早年所持天人相分见解，颇堪注意。

东野连产三子，不数日辄失之。几老，念无后以悲。其友人昌黎韩愈惧其伤也，推天假其命以喻之。

[**注释**]①东野：孟郊。

失子将何尤①，吾将上尤天。汝实主下人，与夺一何偏②！彼于汝何有？乃令蕃且延。此独何罪辜③？生死旬日间。上呼无时闻，滴地泪到泉。地祇为之悲④，瑟缩久不安⑤。乃呼大灵龟⑥，骑云款天门⑦。问天主下人，厚薄胡不均？

[**注释**]①尤：怨恨、责备。　②与夺：赐予或剥夺、奖励或惩罚。　③何罪辜：何罪何辜。　④地祇：地神。　⑤瑟缩：收缩、蜷缩。　⑥灵龟：神龟。　⑦款：叩、敲击。

天曰天地人，由来不相关。吾悬日与月，吾系星与辰。日月相噬啮①，星辰踣而颠②。吾不汝之罪，知非汝由缘。且物各有分，孰能使之然？有子与无子，祸福未可原。鱼子满母腹，一一欲谁怜？细腰不自乳③，举族长孤悬④。鸱枭啄母脑，母死子始蕃⑤。蝮蛇生子时，坼裂肠与肝⑥。好子虽云好，未还恩与勤⑦。恶子不可说，鸱枭蝮蛇然。有子且勿喜，无子固勿叹。上圣不待教，贤闻语而迁。下愚闻语惑，虽教无由悛⑧。

[**注释**]①噬啮：撕咬。相噬啮：相噬相啮，谓日月互食，即日蚀、月食。　②踣、颠：跌倒。星辰踣而颠：谓星辰陨落，化为流星、陨石。　③细腰：土蜂名。　④孤悬：孤立、无依无靠。以上两联，谓鱼虽有子满腹，却难以一一爱怜；土蜂虽取桑虫为己子，仍难免举族孤悬。　⑤鸱（chī）枭（xiāo）：猫头鹰，相传为不孝鸟，食母。　⑥蝮（fù）蛇：一种毒蛇。相传在母腹时，其毒气发作，母腹裂乃生。　⑦好子：指鱼与蜂。　⑧悛（quān）：悔改。

大灵顿头受，即日以命还。地祇谓大灵，汝往告其人。东野夜得梦，有夫玄衣巾。闯然入其户①，三称天之言。再拜谢玄夫，收悲以欢忻②。

[**注释**]①闯然：突然。 ②欢忻：欢欣。

苦　寒①

[**注释**]①此篇作于贞元十九年(803)，时为四门博士。

诗感春寒而作，谓阴乘于阳。时韦执谊等权侔人主，此诗所以讽也。

《原道》“君不出令，则失其所以为君；臣不行君之令而致之民，则失其所以为臣”，为此篇纲维。《顺宗实录》“德宗在位久，稍不假宰相权，而左右得因缘用事，外则裴延龄、李齐运、韦渠牟等，以奸佞相次进用”，为此篇注脚。此篇“四时各平分，一气不可兼”，则为昌黎倡导的君君臣臣的社会秩序提供了具有本体论高度的“天常”。

四时各平分，一气不可兼①。隆寒夺春序②，颛顼固不廉③。太昊弛维纲④，畏避但守谦⑤。遂令黄泉下，萌芽夭勾尖⑥。草木不复抽，百味失苦甜。凶飙搅宇宙⑦，铓刃甚割砭⑧。日月虽云尊，不能活乌蟾⑨。羲和送日出⑩，恇怯烦窥觇⑪。炎帝持祝融⑫，呵嘘不相炎⑬。

[**注释**]①春夏秋冬各行其令，一气不可以相兼。 ②隆寒：严寒。春序：春季。 ③颛顼：北方之神，主冬令。廉：方正、刚直。 ④太昊：东方之神，主春令。维纲：法度、纪纲。弛维纲：言失职。 ⑤畏避：畏惧、逃避。守谦：保持谦逊的态度。 ⑥萌芽：草木初生的芽。夭：夭折、短命。勾尖：萌芽初生的尖端。 ⑦凶飙：狂飙、狂风。 ⑧铓刃：锋刃。砭(biān)：古代治病

用的石针，引申为针刺。割砭：刀割针刺。　⑨乌：三足乌。蟾：蟾蜍。乌、蟾：日月之精。　⑩羲和：日神。　⑪恇(kuāng)怯：懦弱、胆怯。窥觇：窥视、探察。　⑫炎帝：南方之帝，主夏令。祝融：炎帝之佐。　⑬呵(hē)嘘(xū)：哈气。言二神失职，火气遂微，不相炎照。

而我当此时，恩光何由沾①。肌肤生鳞甲，衣被如刀镰。气寒鼻莫齅②，血冻指不拈③。浊醪沸入喉，口角如衔箝④。将持匕箸食⑤，触指如排签⑥。侵炉不觉暖，炽炭屡以添⑦。探汤无所益⑧，何况纩与缣⑨。虎豹僵穴中，蛟螭死幽潜⑩。荧惑丧缠次⑪，六龙冰脱髯⑫。芒砀大包内⑬，生类恐尽歼⑭。啾啾窗间雀，不知已微纤。举头仰天鸣，所愿晷刻淹⑮。不如弹射死，却得亲炰燖⑯。鸾皇苟不存，尔固不在占。其余蠢动俦⑰，俱死谁恩嫌⑱。伊我称最灵，不能安寝苫⑲。悲哀激愤叹，五藏难安恬。中宵倚墙立，淫泪何渐渐⑳。

［注释］①恩光：恩泽。　②齅：同“嗅”，用鼻子闻。气寒鼻莫齅：谓鼻子冻得丧失了嗅觉。　③拈(niān)：以指取物。血冻指不拈：谓手指冻得不能拿东西。　④箝(qián)：马勒口。衔箝：口含马嚼子，形容被约束。　⑤匕箸：汤匙、筷子。　⑥签：铁签。排签：一排铁签，形容手指僵硬。　⑦炽炭：炽热的炉炭。　⑧探汤：伸手试探沸水。　⑨纩(kuàng)、缣(jiān)：并丝绢。⑩蛟螭(chī)：泛指龙属。　⑪缠次：日月星辰运行的位置。荧惑丧缠次，火星的运行违背了正常的规律。　⑫六龙：为日神拉车的六条龙。　⑬芒砀：同“茫荡”，广阔无边貌。大包内：天地间也。　⑭生类：泛指一切生物。⑮晷刻：日影、日光。所愿晷刻淹：希望日光能为之淹留。　⑯炰(páo)：烤、炙。燖(xún)：煮。炰燖：火烧烤。此句谓窗间雀宁可被火烧烤，也不愿冻饿而死。　⑰蠢动：泛指动物。　⑱恩嫌：恩怨。　⑲寝苫：睡草苫，古人居丧之礼。　⑳淫泪：流不完的眼泪。渐渐：泣流貌。

天子哀无辜，惠我下顾瞻。褰旒去耳纩①，调和进梅盐②。贤能日登御③，黜彼傲与憸④。生风吹死气⑤，豁达如褰帘。悬乳零落堕⑥，晨光入前檐。雪霜顿销释，土脉膏且黏⑦。岂徒兰蕙荣，施及艾与蒹。日萼行铄铄⑧，风条坐襜襜⑨。天乎苟其能，吾死意亦厌⑩。

[注释]①褰(qiān)：撩起、提起。旒(liú)：冕冠前后悬垂的玉串。纩(kuàng)：又作"瑱"，古人垂在冠冕两侧用以塞耳的玉坠。褰旒去耳纩：言摒除障碍，明目达聪。　②盐梅：盐和梅子，比喻贤才。　③登御：推荐任用。　④傲(ào)：倨傲、傲慢不逊。憸(xiān)：奸佞、邪僻。　⑤生风：东风、生命之风。　⑥悬乳：檐下垂冰色白似钟乳。　⑦土脉：土壤解冻，万物发生，生机勃勃，如人体脉动。　⑧日萼：日光照耀下的花萼。铄铄：光芒闪烁貌。　⑨风条：随风摇曳的枝条。襜襜(chān)：摇动貌。　⑩厌(yàn)：满足。

谁　氏　子①

[注释]①此篇作于元和六年(811)，时任河南令。

韩愈《河南少尹李素墓志》："吕氏子炅，弃其妻，着道士衣冠，谢母曰：'当学仙王屋山。'去数月复出。间诣公，公立之府门，使吏卒脱道士冠，给冠带送付其母。"李素强制吕炅还俗，即此诗"愿往教诲"，"不从而诛"，亦《原道》"人其人"主张的具体实践。

非痴非狂谁氏子①，去入王屋称道士②。白头老母遮门啼，挽断衫袖留不止。翠眉新妇年二十，载送还家哭穿市③。或云欲学吹凤笙，所慕灵妃媲萧史④。又云时俗轻寻常⑤，力行险怪取贵仕⑥。神仙虽然有传说，知者尽知其妄矣。圣君贤相安可欺，干死穷山竟何俟⑦。呜呼余心诚恺悌⑧，愿往教诲究终始⑨。罚一劝百政之经，不从而诛未晚耳。谁其友亲能哀怜，写吾此诗持送似⑩。

[**注释**]①吕炅：临汝人，家缑氏。父牧，库部郎中、泽州刺史。祖彬。曾祖元播，右翊郎将。贞元十九年，博学宏词科登第。 ②王屋：山名，在今河南济源。 ③穿市：穿越街市。 ④萧史：善吹箫，秦穆公以女弄玉妻之。一旦弄玉乘凤，萧史乘龙，升天而去。 ⑤寻常：平常、普通。此处指一般的仕进之路。 ⑥此处指终南捷径。 ⑦"干"有干涸、枯竭一义。干死：贫困干竭而死。穷山：深山。俟（sì）：等待。 ⑧恺（kǎi）悌：和乐平易。 ⑨教诲：教导、训诲。 ⑩似：与。

双 鸟 诗①

[**注释**]①此篇作年不详。

《原道》"古之教者处其一，今之教者处其三"，反对佛、道二家与儒家争夺意识形态领导权，此篇即为此说专论。"不停两鸟鸣，大法失九畴，周公不为公，孔丘不为丘"，即《原道》"不塞不流，不止不行"。佛道猖獗、儒学衰微的危机意识，在此篇中表现得淋漓尽致。

此篇双鸟所指，素多争议。或言李、杜，或言韩、孟。或以为道教非来自海外，指双鸟为佛、道，与"双鸟海外来"不合。实际上，韩愈心目中的华夷之辨，在文化而不在血缘，其根本原则是"诸侯用夷礼则夷之，夷而进于中国则中国之"，将孔子的春秋笔法引申发展为思想文化价值判断的标尺。道教"欲治其心而外天下国家，灭其天常，子焉而不父其父，臣焉而不君其君，民焉而不事其事"。视道教为夷狄之教，符合韩愈的思维逻辑，也是韩愈的一贯看法。"今也举夷狄之法而加之先王之教之上，几何其不胥而为夷也"（《原道》），所谓"夷狄之法"，正是指释、道二家。

双鸟海外来，飞飞到中州。一鸟落城市，一鸟集岩幽。不得相伴鸣，尔来三千秋。两鸟各闭口，万象衔口头①。春风卷地起，百鸟皆飘浮。两鸟忽相逢，百日鸣不休。有耳聒皆聋②，有口反自羞，百舌旧饶声③，从此恒低头。得病不呻唤，泯默至死休。

［**注释**］①万象：天地间万物景象。　②聒（guō）：聒噪烦人。　③百舌：百舌鸟，善于模仿百鸟之声。

雷公告天公，百物须膏油①。自从两鸟鸣，聒乱雷声收②。鬼神怕嘲咏③，造化皆停留④。草木有微情，挑抉示九州⑤。虫鼠诚微物，不堪苦诛求⑥。不停两鸟鸣，百物皆生愁。不停两鸟鸣，自此无春秋。不停两鸟鸣，日月难旋辀⑦。不停两鸟鸣，大法失九畴⑧。周公不为公，孔丘不为丘⑨。

［**注释**］①膏：脂肪。膏油：油脂。此处指雨水。　②雷声收：号令不行，谓风雨失调。　③嘲咏：诙谐调笑。　④造化：创造化育。造化皆停留：谓大自然的生生之功遭到破坏。　⑤挑抉：挑剔。　⑥诛求：横征暴敛。以上两联，谓天下万物，无所漏脱于幽微。　⑦辀（zhōu）：曲辕。旋辀：回车，指日月星辰东升西落，回到自己正常的位置。以上两联，谓不制止两鸟的聒噪，春夏秋冬四季轮回的正常秩序将彻底颠覆，日月星辰正常运行的躔次将彻底混乱。　⑧大法：即洪范。九畴：九类。洪范九畴，治理天下的根本秩序。⑨以上二句，谓不制止两鸟的聒噪，则周公失其公正，孔子失其崇高。二句互文见义，谓周、孔之道由此丧失其公正崇高的地位。

天公怪两鸟，各捉一处囚。百虫与百鸟，然后鸣啾啾①。两鸟既别处，闭声省愆尤②。朝食千头龙，暮食千头牛。朝饮河生尘，暮饮海绝流。还当三千秋，更起鸣相酬③。

［注释］①啾啾(jiū)：象声词，虫鸟鸣叫声。以上二句，谓制止了此鸟聒噪，百虫、百鸟始得恢复生机。　②愆尤：罪过、过失。　③以上二句，判处二鸟禁闭三千年。或者说，剥夺它们三千年内发声聒噪的权利。

符读书城南①

［注释］①此篇作于元和八年(813)前后，时任比部郎中史馆修撰。

对韩愈而言，学与不学，是制约一个人成才还是不成才的决定性因素；引申到更为根本的层面上，也是人性移与不移的决定性因素。《论语笔解·阳货》释"性相近也习相远也""惟上智与下愚不移"云："上文云'性相近'，是人可以习而上下也。此文云'上下不移'，是人不可习而迁也。二义相反，先儒莫究其义。吾谓上篇(《季氏篇》)云：'生而知之上也，学而知之次也，困而学之，又其次也，困而不学，民斯为下矣。'与此篇二义兼明焉。"按韩愈的理解，解决"相近"与"不移"之间的矛盾，必须将《阳货》的两段文字与《季氏》一段文字结合起来才能够"兼明"。换言之，《季氏》这段文字是解答"相近"与"不移"的一把钥匙。也就是说，所谓"移"与"不移"，其关键在于"学"与"不学"。"困而后学"尚且可移，何况"学而知之"者？至于"困而不学"者，其品不移，也在情理之中。这样看来，韩愈所谓的"不移"，也是有条件的。说得更明白一点，所谓"不移"，就是指"困而不学"者。身陷困境仍然不肯学习，他又怎么可能"移"？当然，如果他愿意学习了，他就成为"困而后学"的人，仍然是可以"移"的。人是否能够向善自新，取决于自己是否愿意学习。"移"与"不移"，"足乎己无待于外"。再进一步考虑，上智与下愚的差异，不在于智商情商的高下，也不在于社会阶层的贵贱，而在于学与不学。在这个意义上，人性相近，众生平等。这是韩愈对孔子思想的融会贯通，也是对孔子思想的深化阐释。《论语笔解·阳货》是韩愈上述思想的理论概括，《符读书城南》则是践行上述思想的个案分析。

木之就规矩，在梓匠轮舆①。人之能为人，由腹有诗书。诗书勤乃有，不勤腹空虚②。欲知学之力，贤愚同一初。由其不能学，所入遂异闾③。

[**注释**]①梓匠轮舆：梓人、匠人、轮人、舆人。　②空虚：不充实。③闾：里门。异闾：不同的道路。

两家各生子，提孩巧相如①。少长聚嬉戏②，不殊同队鱼③。年至十二三，头角稍相疏④。二十渐乖张⑤，清沟映污渠。三十骨骼成⑥，乃一龙一猪⑦。飞黄腾踏去⑧，不能顾蟾蜍⑨。一为马前卒，鞭背生虫蛆。一为公与相，潭潭府中居⑩。问之何因尔⑪？学与不学欤⑫。

[**注释**]①提孩：即“孩提”，幼儿。　②少(shāo)长(zhǎng)：稍长、渐渐长大。　③同队鱼：喻伙伴。　④头角：端绪。　⑤乖张：背离、分离。　⑥骨骼：支撑形体的骨架。此处指一个人品格、才性的基本架构。　⑦一龙一猪：言外貌相近，贤愚相远。　⑧飞黄：神马名。腾踏：飞腾、飞奔。　⑨蟾(chán)蜍(chú)：两栖动物，俗称癞蛤蟆。　⑩潭潭：深广貌。　⑪何因尔：因为什么得以如此。　⑫一个人成龙还是成猪，取决于自己学与不学。再引申一步，人是否能够向善自新，取决于自己是否愿意学习。

金璧虽重宝，费用难贮储①。学问藏之身，身在则有余。君子与小人，不系父母且②。不见公与相，起身自犁锄③。不见三公后,寒饥出无驴。文章岂不贵,经训乃菑畲④。潢潦无根源⑤,朝满夕已除。人不通古今,马牛而襟裾⑥。行身陷不义,况望多名誉⑦。

[注释]①贮(zhù)储(chǔ):积蓄、储藏。　②且(jū):语尾助词。　③起身:出身。犁锄:农具。　④经训:经籍训释。菑(zī)畲(yú):耕耘。　⑤潢(huáng)潦(lǎo):雨后地面积水。此处"潢潦无根源"谐声双关,讥刺黄老之学无根源。　⑥襟裾:衣服的前、后襟。马牛襟裾,人面兽心。　⑦行身:立身处世。此联谓儒者躬身践行,以"义""名"为旨归,颇堪注意。

时秋积雨阕①,新凉入郊墟。灯火稍可亲,简编可卷舒②。岂不旦夕念,为尔惜居诸③。恩义有相夺④,作诗劝踌躇⑤。

[注释]①雨阕:雨止、雨霁。　②简:竹简。编:穿连竹简的皮带。简编:泛指书籍。　③居(jī)诸(zhū):日月、光阴。　④相夺:取舍。此处谓恩、义难以两全,故取义而舍恩。　⑤踌(chóu)躇(chú):犹豫。作诗劝踌躇:劝其不可犹豫。

与张十八同效阮步兵一日复一日①

[注释]①此篇作于长庆四年(824)八月致仕以后。

此篇为韩愈回首生平的自谦之文。两"譬如",即"富贵自絷拘,贫贱亦煎焦"的形象诠释。贫贱、富贵,俯仰既未得所;面对解镳,亦未知何所究竟;这是韩愈晚年对生命价值与人生意义的追问与反思。

一日复一日,一朝复一朝。只见有不如,不见有所超。

食作前日味，事作前日调①。不知久不死，悯悯尚谁要②。富贵自縶拘③，贫贱亦煎焦④。俯仰未得所，一世已解镳⑤。譬如笼中鹤，六翮无所摇⑥。譬如兔得迹⑦，安用东西跳⑧。还看古人书，复举前人瓢⑨。未知所究竟⑩，且作新诗谣。

［**注释**］①“调”与上文“味”相对应，谓腔调、调门，指行为的口径、方式。②悯悯：忧伤貌。要：邀请、邀约。③縶拘：拘縶、拘束。④煎焦：煎熬、焦急。⑤镳（biāo）：马嚼口。解镳：犹解羁、解鞍，松开马嚼口，比喻到达人生终点。⑥翮（hé）：鸟羽茎中空透明，俗称羽管。六翮：鸟类双翅中的正羽，引申指鸟的双翼。⑦迹：兔道。⑧“跳”有“逃”一读，二者音义皆同。“兔得迹”与上“笼中鹤”相对应，笼中鹤虽有六翮之健，而扶摇无所；得迹兔既已得行其道，又有什么必要东躲西逃？穷通贵贱，同样无所建树，此韩愈回首生平的自谦之语。⑨前人瓢：指颜子之瓢。《论语·公冶长》：“子曰：贤哉回也！一箪食，一瓢饮。在陋巷，人不堪其忧，回也不改其乐。贤哉回也！”⑩究竟：梵语 uttara，指宇宙的终极真相。

学诸进士作精卫衔石填海①

［**注释**］①此篇作于贞元十四年（798），时为汴州观察推官，主持汴州乡试。

鸟有偿冤者①，终年抱寸诚②。口衔山石细，心望海波平。渺渺功难见③，区区命已轻④。人皆讥造次⑤，我独赏专精⑥。岂计休无日，惟应尽此生。何惭刺客传，不著报雠名⑦。

［**注释**］①偿冤者：指精卫。《山海经·北山经》：“炎帝之女溺于东海，化

为冤禽，名曰精卫，衔西山木石以填东海。”　②寸诚：卑微的诚意。　③渺渺：无边无际貌。　④区区：微小、渺小、微不足道。　⑤造次：轻率、随便。　⑥专精：聚精会神、一心一意。　⑦《刺客传》：指《史记·刺客传》，记载曹沫、荆轲、聂政等侠客报仇事迹。

左迁①至蓝关②示侄孙湘③

[**注释**]①左迁：古代贵右贱左，左迁，犹言下迁，即贬官。　②蓝关：即蓝田关，又称峣关，在今陕西蓝田县南。　③侄孙湘：韩愈侄韩老成之子韩湘，字北渚。

元和十四年(819)正月十四日癸巳，韩愈上书谏迎佛骨，触怒宪宗，由刑部侍郎贬官潮州刺史，此诗是南行途中所作。

一封朝奏九重天①，夕贬潮州路八千②。欲为圣朝除弊事，岂将衰朽计残年。云横秦岭③家何在，雪拥蓝关马不前。知汝远来应有意，好收吾骨瘴江边④。

[**注释**]①九重天：宋玉《九辩》：“君之门以九重。”此借指皇帝。　②潮州：唐潮州潮阳郡，州治在潮阳县(今广东潮阳)。　③秦岭：顾祖禹《读史方舆纪要》：“蓝田县：秦岭在县东南，即南山别出之岭。凡入商洛、汉中者，必越岭而后达。”　④瘴：瘴气，指南方山林间植物腐烂、湿热蒸发致人生病的毒气。瘴江：充满瘴气的水边。潮州城东五里有恶溪，又名鳄溪，韩愈驱鳄鱼于此。后人以纪念韩愈，改名韩江。

原　道①

[**注释**]①“原”用作动词，谓推究本原。《易·系辞下》：“《易》之为书也，原始要终，以为质也。”孔颖达《正义》：“言《易》之为书，原穷其事之初始，乾

‘初九，潜龙勿用’，是原始也。”《汉书·薛宣传》：“《春秋》之义，原心定罪。”颜师古注：“原，谓寻其本也。”原道：推究治道的本原。

此篇作于贞元二十年(804)前后贬谪阳山期间，是韩愈宣扬儒学道统的一篇纲领性文献。

明杜希元《新刊正续古文类抄》分析《原道》云：“其言模仿《中庸》首章、《孟子》卒章。”所谓“模仿《中庸》首章”，约略接触到了《原道》的义理结构。《原道》以《礼记·中庸》“天命之谓性，率性之谓道，修道之谓教”纲维全篇：“博爱之仁”即天命之性，“礼乐刑政”即修道之教。前者确立了道统的形上本体，后者明确了治道的形下实体。“正心诚意将以有为”即是率性之道，是沟通“性”“教”的理论桥梁。《原道》的创作宗旨，是为即将由中世纪向近现代转型的中唐社会寻求国家治理、社会管理的正确道路，构建一套符合理性原则的政治经济新秩序。新秩序的基础，是社会各阶层的“相生相养”；新秩序的价值准则，是合宜，亦即“行而宜之之谓义”。

道统学说特别强调儒家学说的传承统绪，《进学解》一文有“学虽勤而不由其统”的说法，要求进德修业讲求“学统”。具体说来，确立由尧、舜、禹、汤、文、武、周公直到孔子、孟子为代表的中国学术文化传承统绪，韩愈是第一人。在中国文化史上，汉代儒学师弟相传，高度重视门派家法，今文、古文，尤其森严壁垒。但融会儒家各门各派为一统，同时明确地倡言儒学“学统”的，韩愈也是第一人。

“仁与义为定名，道与德为虚位”，是韩愈心性哲学的本体论纲领。道、德是古代各大学术门派广泛使用的理论术语，但各自的内涵则大不相同。道家主虚静，佛家主空无，他们的共同缺陷，是忽略了道德的社会内涵，缺乏博施济民的入世之心。在韩愈的理论体系中，“道”也就是“仁义之途”(《答李翊书》)。儒家之道“合仁与义言之”，成为此后宋明理学各家各派的共同道路。

“正心诚意，将以有为”，是韩愈的心性修养理论。心性理论本来是儒家哲学的弱项，中唐时期，佛、道两家的心性哲学，其体系的完善和思辨的精微，都远非儒家可比。韩愈从《大学》里拈出正心诚意、修齐治平作为建设儒家心性哲学的理论基础，而且特别强调心性修养“将以有为”的价值取向，以此区别于道家的清虚和佛家的寂灭。此后宋明理学各家各派格物致知的心性理论，都沿着韩愈开辟的方向发展。

博爱之谓仁，行而宜之之谓义，由是而之焉之谓道，足乎己无待[①]于外之谓德。仁与义为定名，道与德为虚位。故道有君子小人，而德有凶有吉。老子之小仁义，非毁之也，其见者小也。坐井而观天[②]，曰天小者，非天小也。彼以煦煦[③]为仁，孑孑[④]为义，其小之也则宜。其所谓道，道其所道，非吾所谓道也；其所谓德，德其所德，非吾所谓德也。凡吾所谓道德云者，合仁与义言之也，天下之公言也；老子之所谓道德云者，去仁与义言之也，一人之私言也。

[**注释**]①待：等待。这里是依赖的意思。 ②坐井观天：比喻眼界小，见识短浅。见《尸子·广泽篇》。 ③煦煦(xù)：和颜悦色的样子。 ④孑孑(jié)：孑，小。这里指小智慧、小聪明。

周道衰，孔子没，火于秦，黄老于汉[①]，佛于晋魏梁隋之间。其言道德仁义者，不入于杨[②]，则入于墨[③]；不入于老，则入于佛。入于彼，必出于此。入者主之，出者奴之；入者附之，出者污之。噫！后之人其欲闻仁义道德之说，孰从而听之[④]！老者曰：孔子，吾师之弟子也。佛者曰：孔子，吾师之弟子也。为孔子者习闻其说，乐其诞而自小也,亦曰:吾师亦尝师之云尔。不惟举之于其口,而又笔之于其书。噫!后之人虽欲闻仁义道德之说,其孰从而求之?

[**注释**]①黄老:黄帝、老子。汉初崇尚黄老之道,这里指道家学派。②杨:先秦思想家杨朱。这里指杨朱学派。　③墨:先秦思想家墨翟。这里指墨家学派。　④孰:谁,疑问代词。孰从:从孰,代词宾语提前。

甚矣,人之好怪也,不求其端,不讯其末,惟怪之欲闻。古之为民者四,今之为民者六;古之教者处其一①,今之教者处其三。农之家一,而食粟之家六;工之家一,而用器之家六;贾之家一,而资焉之家六②。奈之何民不穷且盗也。

[**注释**]①教:教化。教者:承担社会教化责任的人。处:地位,这里是占据地位的意思。　②资:资金。这里用作动词。资焉:依赖他提供资金。

古之时人之害多矣。有圣人者立,然后教之以相生养之道。为之君,为之师,驱其虫蛇禽兽而处之中土。寒然后为之衣,饥然后为之食。木处而颠①,土处而病也,然后为之宫室。为之工以赡其器用②,为之贾以通其有无,为之医药以济其夭死,为之葬埋祭祀以长其恩爱,为之礼以次其先后,为之乐以宣其湮郁③,为之政以率其怠倦,为之刑以锄其强梗。相欺也,为之符玺斗斛权衡以信之④;相夺也,为之城郭甲兵以守之。害至而为之备,患生而为之防。今其言曰:"圣人不死,大盗不止;剖斗折衡⑤,而民不争。"呜呼!其亦不思而已矣。如古之无圣人,人之类灭久矣。何也？无羽毛鳞介以居寒热也，无爪牙以争食也。

[注释]①颠：跌落。　②赡：供给。器用：器皿用具。　③湮郁：通“抑郁”。　④符：符节，古代朝廷传达命令的凭证。玺：国君的玉印。斗、斛：测量物体容积的工具。权、衡：测量物体重量的工具。　⑤掊(pǒu)：破开。以上引《庄子·胠箧》。

是故君者，出令者也；臣者，行君之令而致之民者也；民者，出粟米麻丝，作器皿，通货财，以事其上者也。君不出令，则失其所以为君；臣不行君之令而致之民，则失其所以为臣；民不出粟米麻丝，作器皿，通货财，以事其上，则诛①。今其法曰：必弃而君臣，去而父子，禁而相生养之道②，以求其所谓清净寂灭者③。呜呼！其亦幸而出于三代之后，不见黜于禹、汤、文、武、周公、孔子也④；其亦不幸而不出于三代之前，不见正于禹、汤、文、武、周公、孔子也。

[注释]①诛：责让，责备。见《周礼·天官·大宰》郑玄注、贾公彦疏及《广雅·释诂》。　②而：你。　③清净寂灭：指道家、佛家所追求的修养境界。道家以清虚自守为君人南面之术，见《汉书·艺文志》。佛家以涅槃为修行的终极目的，涅槃即寂灭，指超越一切境界入于不生不死之门。　④黜：摈弃，罢斥。

帝之与王，其号虽殊，其所以为圣一也。夏葛而冬裘①，渴饮而饥食，其事虽殊，其所以为智一也。今其言曰：曷不为太古之无事②？是亦责冬之裘者曰：曷不为葛之之易也？责饥之食者曰：曷不为饮之之易也？

[**注释**]①葛:多年生藤本植物,茎的纤维可以织布,所织之布俗称夏布。裘:皮衣。 ②曷:怎么。

传曰[①]:"古之欲明明德于天下者,先治其国。欲治其国者,先齐其家。欲齐其家者,先修其身。欲修其身者,先正其心。欲正其心者,先诚其意。"然则古之所谓正心而诚意者,将以有为也。今也欲治其心而外天下国家,灭其天常,子焉而不父其父,臣焉而不君其君,民焉而不事其事。孔子之作《春秋》也,诸侯用夷礼则夷之[②],夷而进于中国则中国之。经曰:"夷狄之有君,不如诸夏之亡[③]。"《诗》曰:"戎狄是膺[④],荆舒是惩[⑤]。"今也举夷狄之法而加之先王之教之上,几何其不胥而为夷也[⑥]!

[**注释**]①传:解说经义的文字。这里指《礼记·大学》。 ②夷:东方的少数民族。这里泛指异族。 ③亡:无。以上引《论语·八佾》。 ④戎狄:戎,西方的少数民族。狄,北方的少数民族。这里泛指北方的异族。膺:当,承当。这里是抵御的意思。 ⑤荆舒:先秦时南方的两个诸侯国。这里泛指南方的异族。 ⑥胥:皆。

夫所谓先王之教者何也?博爱之谓仁,行而宜之之谓义,由是而之焉之谓道,足乎己无待无外之谓德。其文:《诗》《书》《易》《春秋》;其法:礼、乐、刑、政;其民:士、农、工、贾;其位:君臣、父子、师友、宾主、昆弟、夫妇;其服:麻、丝;其居:宫室;其食:粟米、果蔬、鱼肉。其为道易明,而其为教易行也。是故以之为己,则顺而祥;以之为人,则爱而公;以之为心,则和而平;以之为天下国家,无所处而不当。是故生则得其情，死则尽其常，郊焉而天神假[①]，庙焉而人鬼飨[②]。曰：斯道也，何道也？曰：斯吾所谓道也，非向所谓老与佛之道也。尧以是传之舜，舜以是传之禹，禹以是传之汤，汤以是传之文、武、周公，文、武、周公传之孔子，孔子传之孟轲。轲之死，不得其传焉。荀与杨也[③]，择焉而不精，语焉而不详。由周公而上，上而为君，故其事行；由周公而下，下而为臣，故其说长。然则如之何其可也？曰：不塞不流，不止不行。人其人，火其书，庐其居，明先王之道以道之，鳏寡孤独废疾者有养也，其亦庶乎其可也[④]。

［**注释**］①郊：祭祀天地的仪式。假（gé 格）：到。这里是降临的意思。②庙：供祀祖先的房子，这里用作动词，指祭祀家庙。飨：享。　③荀与杨：荀子与杨雄。　④庶：将近，差不多。

原　　性[①]

［**注释**］①原性：推究人性的本原。五《原》的创作时间大致相近。

中国古代的心性理论，集中在有关人性善恶的讨论上。先秦时期的人性理论已经形成了四大流派：孟子的性善论，荀子的性恶论，告子的性无善恶论，世硕的性有善有恶论。到两汉时期，性无善恶论发展为杨雄的人之性善恶混，性有善有恶论发展为董仲舒、王充、荀悦的性三品。

韩愈的性三品论融会了上述四大流派的全部内容。就人性的类型而言，韩愈的三品分别采自孟、荀、杨三家。所谓“上焉者”，即孟子“人性善”；“下焉者”，即荀子“人性恶”；“中焉者”，即杨雄“人之性善恶混”。不过，韩愈的性三品虽然纳入了孟、荀、杨三家的内容，其总体框架，却是“性有善有不善”。他的体系虽然融会四家而成，但又不与四家中的任何一家完全相同，已经不是四家思想的简单杂糅。同时，韩愈心性哲学体系中的不少内容对儒家传统心性理论有重大突破，体现了中唐思想文化潮流的最新动向，对此后的宋代哲学思想产生了重大影响。

韩愈以仁、义、礼、智、信为人性的内涵，使得他的心性理论具有了现实的社会生活内容，和佛、道二家谈无说空的心性理论有了质的区别。更重要的是，韩愈将“仁”作为五常的核心、纲维，使得抽象的人性有了明确的伦理价值取向。具体说来，道德高尚的人具有博大宽厚的爱心，这种爱心表现于伦理规范，形成义、礼、智、信，这就是“主于一而行于四”。一般的人，仁爱之心不是有所缺乏就是有所违背，所以表现于伦理规范，义、礼、智、信，或有或无，时强时弱。至于本性邪恶的人，完全背离了仁爱之道，表现于伦理规范，当然就是不义、不礼、不智、不信。以“仁”为纲维的五常在人性构成中的有无、强弱，构成不同品类的人性，这一心性构成理论，事实上得到了宋明理学家的全盘接受。二程所谓“仁者全体，四者四支”“义礼智信皆仁”（《二程遗书》卷二），显然出自韩愈。

韩愈心性理论的又一个重大贡献，是三品论情。在前人的性情理论中，董仲舒主张“性善情恶”，刘向则以为“性情相应，性不独善，情不独恶”。韩愈的见解沿自刘向，但分情为三品，则属于韩愈的个人创见。分情为喜、怒、哀、惧、爱、恶、欲，沿自《礼记・礼运》，但“动而处其中”“求合其中”的思想，则属于韩愈的个人创见。按照韩愈的理论，作为人的自然情感，喜、怒、哀、惧、爱、恶、欲本身无所谓善恶，上品的善性同样具有七情六欲，只不过“动而处其中”，不违背礼义的尺度。就是中品的人性，虽然“有所甚有所亡”，也还有“求合其中”的自觉。只有“亡与甚”“直情而行”的人，完全放纵自己的欲望，完全不遵循礼义的约束，才是下品的情性。韩愈上述理论的最大特点，是强调情欲、情感的正当性。在自我意识开始觉醒、个性自由开始张扬的中唐时期，这一倾向具有积极的意义。

性也者，与生俱生也；情也者，接于物而生也。性之品有三①，而其所以为性者五；情之品有三，而其所以为情者七。曰：何也？曰：性之品有上中下三。上焉者，善焉而已矣；中焉者，可导而上下也；下焉者，恶焉而已矣。其所以为性者五：曰仁，曰义，曰礼，曰信，曰智。上焉者之于五也，主于一而行于四；中焉者之于五也，一不少有焉则少反焉，其于四也混；下焉者之于五也，反于一而悖于四。性之于情，视其品。情之品有上中下三，其所以为情者七：曰喜，曰怒，曰哀，曰惧，曰爱，曰恶，曰欲。上焉者之于七也，动而处其中②；中焉者之于七也，有所甚，有所亡，然而求合其中者也；下焉者之于七也，亡与甚，直情而行者也。情之于性视其品。

［注释］①品：品类，品级。　②中：中(zhòng)也，无过无不及，恰到好处。

孟子之言性曰：人之性善；荀子之言性曰：人之性恶；杨子之言性曰：人之性善恶混。夫始善而进恶，与始恶而进善，与始也混而今也善恶，皆举其中而遗其上下者也，得其一而失其二者也。叔鱼之生也，其母视之，知其必以贿死①；杨食我之生也，叔向之母闻其号也，知必灭其宗②；越椒之生也，子文以为大戚，知若敖氏之鬼不食也③。人之性果善乎？后稷之生也，其母无灾；其始匍匐也，则岐岐然，嶷嶷然④。文王之在母也，母不忧；既生也，传不勤；既学也，师不烦⑤。人之性果恶乎？尧之朱，舜之均，文王之管蔡⑥，习非不善也，而卒为奸；瞽叟之舜、鲧之禹，习非不恶也⑦，而卒为圣。人之性善恶果混乎？故曰：三子之言性也，举其中而遗其上下者也，得其一而失其二者也。

［**注释**］①叔鱼：即羊舌鲋，春秋时晋国大夫。叔鱼刚刚出生，他的母亲以为他虎目豕喙、鸢肩牛腹，必然受贿而死。昭公十四年被杀。见《国语·晋语》。　②杨食我：春秋时晋国大夫叔向之子伯石。伯石刚刚出生，叔向之母听见婴儿啼哭，以为豺狼之声，必丧羊舌氏。昭公二十八年夏六月，晋杀食我，灭羊舌氏。见《左传》。　③越椒：春秋楚国大夫斗椒。越椒刚刚出生，子文以为熊虎之状、豺狼之声，必灭若敖氏。后来成为楚国令尹，被灭族。见《左传·宣公四年》。　④后稷：帝喾之子，母姜嫄。其出生时，母亲没有痛苦。刚刚学会爬行，就已经有了智慧。见《诗·大雅·生民》。岐岐然：意有所知的样子。嶷嶷然：有所识别的样子。　⑤文王：周文王。文王不烦师傅，见《国语·晋语》。　⑥丹朱：尧之子。商均：舜之子。管叔、蔡叔：周文王之子。尧以丹朱不肖，传位于舜。舜以商均不肖，传位于禹。见《史记·五帝本纪》。周公辅政，管叔、蔡叔发动叛变，见《史记·周本纪》。　⑦瞽叟：舜父。瞽叟爱后妻之子象，屡次设计害舜，见《史记·五帝本纪》。鲧：禹父。鲧为四凶之一，被杀于羽山，见《尚书·舜典》。

曰：然则性之上下者，其终不可移乎①？曰：上之性就学而愈明，下之性畏威而寡罪，是故上者可学而下者可制也，其品则孔子谓不移也。曰：今之言性者异于此，何也？曰：今之言者，杂佛老而言也。杂佛老而言也者，奚言而不异②？

[注释]①移:移易,改变。　②奚:何,疑问词。

原　毁①

[注释]①原毁:推究人与人之间相互毁谤的终极原因。

和《原性》一样,本篇也讨论人性问题。不过,《原性》讨论人性构成,并着重讨论人性善良的价值取向,本篇则着重讨论人性邪恶的来源。

荀子讲性恶,主要讲人的自然本性;孟子讲性善,主要讲人的道德理性。这很容易给人一种误解,似乎人的自然本性趋向于恶,而社会本性趋向于善。实际情况并非如此,人的社会本性也有恶的成分。文章从现实生活中最常见的"责人详""待己廉"的现象着手,分析"事修谤兴""德高毁来"这一社会丑恶现象的人性根源:怠与忌。这就将有关邪恶人性的探讨范围,由自然扩展到社会。这一推进,对有关"性恶"的理论探索,具有非常重要的意义。

作为"今之君子"的对立面,责己严、责人宽的"古之君子",代表了作者所推崇的理想人格。韩愈的心性理论始终强调仁义之道,强调正面的教育和诱导,强调治国的效用,《原毁》的价值,也正在于此。

古之君子,其责己也重以周①,其待人也轻以约②。重以周,故不怠;轻以约,故人乐为善。闻古之人有舜者,其为人也,仁义人也。求其所以为舜者责于己曰:"彼,人也;予,人也。彼能是,而我乃不能是?"早夜以思,去其不如舜者,就其如舜者。闻古之人有周公者,其为人也,多才与艺人也。求其所以为周公者责于己曰:"彼,人也;

予，人也。彼能是，而我乃不能是？”早夜以思，去其不如周公者，就其如周公者。舜，大圣人也，后世无及焉；周公，大圣人也，后世无及焉。是人也，乃曰：“不如舜，不如周公，吾之病也！”是不亦责于己者重以周乎？其于人也，曰：“彼人也，能有是，是足为良人矣；能善是，是足为艺人矣！”取其一，不责其二，即其新，不究其旧，恐恐然惟惧其人之不得为善之利。一善易修也，一艺易能也，其于人也，乃曰：“能有是，是亦足矣。”曰：“能善是，是亦足矣。”是不亦待于人者轻以约乎？

[**注释**]①周：周详悉备、苛刻。　②约：简约。

今之君子则不然。其责人也详[1]，其待己也廉[2]。详，故人难于为善；廉，故自取也少。己未有善，曰：“我善是，是亦足矣。”己未有能，曰：“我能是，是亦足矣。”外以欺于人，内以欺于心，未少有得而止矣，是不亦待其己者已廉乎？其于人也，曰：“彼虽能是，其人不足称也；彼虽善是，其用不足称也。”举其一，不计其十；究其旧，不图其新，恐恐然惟惧其人之有闻也，是不亦责于人者已详乎？夫是之谓不以众人待其身，而以圣人望于人，吾未见其尊己也。

[**注释**]①详：周悉详备、苛刻。　②廉：简约。

虽然，为是者有本有原，怠与忌之谓也。怠者不能修[1]，而忌者畏人修。吾常试之矣，尝试语于众曰：“某良士，某良士。”其应者，必其人之与也[2]；不然，则其所疏远不与同其利者也；不然，则其畏也。不若是，强者必怒于言，懦者必怒于色矣。又尝语于众曰："某非良士，某非良士。"其不应者，必其人之与也；不然，则其所疏远不与同其利者也；不然，则其畏也。不若是，强者必说于言③，懦者必说于色矣。是故事修而谤兴，德高而毁来。呜呼！士之处此世，而望名誉之光、道德之行，难已④！

[**注释**]①修：指品德、才能的修习磨炼。　②与：交往、交游。这里指朋友。　③说：同"悦"。　④已：语气词，用于语尾表示确定。

将有作于上者①，得吾说而存之，其国家可几而理欤②！

[**注释**]①作：振作、兴起。　②其：拟议副词，表示推测。几：接近、几乎。理：治。

原　人①

[**注释**]①原人：推究人的本原。

《原人》讨论的是人在宇宙间的位置，也就是人与自然的关系问题。

人与天、地并称"三才"（《易・说卦》）。同时，由于天、地本身不能说话，它的意志，必须由人来表述，所以，人为"天地之心"，是天、地意志的体现者。所谓"人者，其天地之德，阴阳之交，鬼神之会，五行之秀气也"（《礼记・礼运》），代表了儒家传统的天人关系思想。

韩愈所谓"形于上者谓之天，形于下者谓之地，命于其两间者谓之人"，和传统的儒家学说并没有什么不同。不过，他对传统的天人关系有两点推进：其一，人是“夷狄禽兽之主”，由于人同时又是“天地之心”的体现者，那么由此推进一步，人就被赋予天地之主的地位。同是讲“天人合一”，在秦汉时期，天是人的主宰，是人的曾祖父（董仲舒《春秋繁露·为人者天》）；唐宋以后，人们更注重人作为天地意志体现者。秦汉时期，天在人之上；唐宋以后，天在人之中。天人主从关系的逆转，意味着人类主体意识的强化。由此引申而来的是：人既然是“夷狄禽兽之主”，是天地之间万物的主宰，那么他不但应该为自己负责，还应该为天地万物负责。其二，人是天地之间万物的主宰，绝不意味着人就可以为所欲为，暴戾恣睢。“人道乱而夷狄禽兽不得其情”，与此相应，“天道乱而日月星辰不得其行，地道乱而草木山川不得其平”，整个天地也就陷入了混乱之中。所以，人类的“为主之道”，应该是仁道，“一视同仁”“笃近举远”，才是天地的正道。从这个意义上讲，韩愈的“博爱”，已经超越了“亲亲”“仁仁”的等差之爱，达到了“泛爱”“兼爱”的高度，这种博大的爱心，也就是《礼记·礼运》所说的“不独亲其亲，不独子其子”的人类之爱。宋人虽然讥刺韩愈糅合孔、墨，其道不醇，但所谓“民胞物与”（张载《西铭》），其逻辑起点也正在这里。

形于上者谓之天，形于下者谓之地，命于其两间者谓之人①。形于上，日月星辰皆天也；形于下，草木山川皆地也；命于其两间，夷狄禽兽皆人也②。

［**注释**］①命：生命，引申为受命、生存。　②夷狄禽兽皆人：古人将生物分为五类：鳞虫、羽虫、裸虫、毛虫、介虫，凡没有毛羽鳞介的动物都属于裸虫，也就是属于人，这是广义的人。见董仲舒《春秋繁露·五行逆顺》。

曰：然则吾谓禽兽曰人，可乎？曰：非也。指山而问焉,曰:山乎?曰:山可也。山有草木禽兽,皆举之矣[①]。指山之一草而问焉曰:山乎?曰:山则不可。

[**注释**]①举:总括。

故天道乱而日月星辰不得其行,地道乱而草木山川不得其平,人道乱而夷狄禽兽不得其情。天者,日月星辰之主也;地者,草木山川之主也;人者,夷狄禽兽之主也[①]。主而暴之,不得其为主之道矣[②]。是故圣人一视而同仁,笃近而举远[③]。

[**注释**]①人者,夷狄禽兽之主:这里的人,指狭义的人。"夫裸虫人类,人为之主",见《晋书·五行志》。狭义的人与广义的人的区别,在于是否有礼义,所以夷狄与禽兽并列。　②暴:凶残。　③笃:敦厚。

原　鬼[①]

[**注释**]①原鬼:推究鬼神的本原。

在哲学的领域内,鬼神问题也就是生死问题,它的实质,是人的终极关怀。

梁启超曾经认为,中国之所以没有能够完成从封建社会向近现代社会的转换,其原因之一,就是缺乏终极关怀。如果把视线集中在中国传统文化的主流儒家文化身上,这一判断也许不无道理。儒家文化从一开始就不太愿意涉及生死问题,孔子本人就明确表示"未知生,焉知死""未能事人,焉能事鬼"(《论语·先进》)。至于鬼神的有无,孔子既不否定,也不肯定。"祭如在,祭神如神在"(《论语·八佾》),鬼神是否存在并不重要,重要的是通过庄严肃穆的祭祀仪典培养一种肃敬虔诚的宗教情感。

在鬼神有无的问题上，韩愈虽然也说“无声与形者，物有之矣，鬼神是也”，似乎肯定鬼神的存在。然而“鬼有形于形，有凭于声以应之”的真正原因，是“民有忤于天，有违于时，有爽于物，逆于伦而感于气”，所有的这一切，“皆民之为之也”。正如《左传》庄公十四年所说：“人无衅焉，妖不自作，人弃常则妖兴。”所谓“妖由人兴”，实质上是对鬼神的否定。只要人的行为不忤天，不违时，不爽物，不逆伦，鬼神祸福又从何而兴？“求之神道，岂远人情。”（《禘祫议》）所以，韩愈的鬼神论，一方面着眼于人自身行为的顺逆善恶，一方面又注意到人的情感需求；一方面否定鬼神的存在，一方面肯定鬼神劝善止恶和诱导人情的教化功能。沿着这条道路发展，就可以培养出近乎宗教情感的生命关怀，这就是所谓“以神道立教”。中国传统文化确实缺乏终极关怀，但并不缺乏对生死的思考和生命的关怀，从这一意义上讲，韩愈的《原鬼》，绝不仅仅是谈神说鬼。

有啸于梁，从而烛之，无见也，斯鬼乎①？曰：非也，鬼无声。有立于堂，从而视之，无见也，斯鬼乎？曰：非也，鬼无形。有触吾躬，从而执之，无得也，斯鬼乎？曰：非也，鬼无声与形，安有气②？曰：鬼无声也，无形也，无气也，果无鬼乎？曰：有形而无声者，物有之矣，土石是也；有声而无形者，物有之矣，风霆是也；有声与形者，物有之矣，人兽是也；无声与形者，物有之矣，鬼神是也。

[**注释**]①斯：这。　②气：气质。这里指物质的实体。

曰：然则有怪而与民物接者①，何也？曰：是有二说：有鬼，有物。漠然无形与声者，鬼之常也。民有忤于天②，有违于时，有爽于物③，逆于伦④而感于气⑤，于是乎鬼有托于形，有凭于声以应之，而下殃祸焉，皆民之为之也。其既也⑥，又反乎其常。曰：何谓物？曰：成于形与声者，土石、风霆、人兽是也；反乎无声与形者，鬼神是也；不能有形与声，不能无形与声者，物怪是也。故其作而接于民也无恒⑦，故有动于民而为福，亦有动于民而为祸，亦有动于民而莫之为祸福。适丁民⑧之有是时⑨也，作《原鬼》。

［**注释**］①民：人。　②迕：不顺从。　③爽：违背，差错。　④伦：理。这里指规律、秩序。　⑤气：元气，指构成宇宙万物的最基本的物质实体。⑥既：穷尽、消失。　⑦作：产生、出现。　⑧丁民：丁壮、成年人。这里泛指百姓。时：时尚，这里指时俗风气。

对　禹　问①

［**注释**］①此篇作于贞元十九年(803)年冬，时为监察御史。

柳宗元有《舜禹之事》一篇论禅让，此篇则讨论传子与传贤，所论均为君权传承问题，颇堪注意。盖封建君主一向自诩君权神授，其合法性与合理性绝不容臣下置喙。韩、柳同时思考这一问题，体现了中唐政治思想的时代高度。

或问曰：尧舜传诸贤，禹传诸子，信乎？曰：然。然则禹之贤不及于尧与舜也欤？曰：不然。尧舜之传贤也，欲天下之得其所也①；禹之传子也，忧后世争之之乱也。尧舜之利民也大，禹之虑民也深。曰：然则尧舜何以不忧后世？曰：舜如尧，尧传之；禹如舜，舜传之。得其人而传之，尧舜也；无其人而不传，虑其患而不传者，禹也。舜不能以传禹，尧为不知人；禹不能以传子，舜为不知人。尧以传舜为忧后世，禹以传子为虑后世。

[注释]①得其所：得行其志。

曰：禹之虑民也则深矣，传之子而当不淑，则奈何？曰：时益以难理。传之人则争，未前定也；传之子则不争，前定也。前定虽不当贤，犹可以守法；不前定而不遇贤，则争且乱。天之生大圣也不数[1]，其生大恶也亦不数。传诸人得大圣，然后人莫敢争；传诸子得大恶，然后人受其乱。禹之后四百年然后得桀，亦四百年然后得汤与伊尹。汤与伊尹不可待而传也，与其传不得圣人而争且乱，孰若传诸子？虽不得贤，犹可守法。

[注释]①数（shuò）：屡。不数：不常有。

曰：孟子之所谓天与贤则与贤，天与子则与子者，何也？曰：孟子之心，以为圣人不苟私于其子以害天下。求其说而不得，从而为之辞[1]。

[注释]①从而为之辞：谓不得已而为是言。

杂说四首（之二）[1]

[注释]①此篇作年不详。

《杂说（之二）》发挥伯乐相马的传说，以讨论发现人才、使用人才的历史经验。《战国策・楚策四》："君亦闻骥乎？夫骥之齿至矣，服盐车而上太行，蹄申膝折，尾湛胕溃，漉汁洒地，白汗交流，中坂迁延，负辕不能上。伯乐遭之，下车攀而哭之，解纻衣以幂之。

骥于是俯而喷，仰而鸣，声达于天，若出金石声者，何也？彼见伯乐之知己也。”《韩诗外传》卷七：“使骥不得伯乐，安得千里之足？”本文篇幅虽短小，却曲折变化，纵横自如，从而达到说理透辟的艺术效果。

世有伯乐①，然后有千里马。千里马常有，而伯乐不常有。故虽有名马，祇②辱于奴隶人之手，骈死④于槽枥⑤之间，不以千里称也。

［**注释**］①伯乐：姓孙名阳，字伯乐。秦穆公时人，善于相马。或说与赵简子同时。　②祇（zhī）：适。　③奴隶人：这里指养马的奴仆。　④骈（pián）：并。骈死：并死，与凡马相挨相并而死。　⑤槽枥：槽和枥都是盛食料的器具。槽枥之间：指养马的地方。

马之千里者，一食①或尽粟一石②。食马者③，不知其能千里而食也。是马也，虽有千里之能，食不饱，力不足，才美不外见，且欲与常马等不可得，安④求其能千里也？

［**注释**］①一食：一顿。　②一石：十斗为一石。　③食（sì）：饲，喂养。下文“食之不能尽其材”句同。食马者：喂养马的人。　④安：怎么。

策①之不以其道②，食之不能尽其材③，鸣④之而不能通⑤其意。执策而临之曰⑥：“天下无马。”呜呼！其真无马邪？其真不知马也。

［**注释**］①策：马鞭。这里作动词，意思是驾驭、驱策。　②之、其：指马。不以其道：不是用管理千里马的办法进行管理。　③材：才能。食之不能尽其材：不喂饱它不能使它充分发挥才能。　④鸣：嘶叫。　⑤通：知晓。⑥临之：面对着它。

读 荀 子①

[注释]①此篇作于贞元十四年(798)之后、贞元十七年(801)之前,大致在佐汴、佐徐期间。

韩愈屡屡称道荀子,韩集中荀子十二见,均评价甚高。《读荀子》称道其"与孔子异者鲜""亦圣人之徒";《进学解》称道其"荀卿宗王,大论以兴";《送孟东野序》以孟轲、荀卿并列,称之为"以道鸣者";《送王埙秀才序》称道其书"语圣人必曰孔子、子弓";《处州孔子庙碑》将其与公羊高、左丘明、孟轲、伏生、毛公、韩生、董生、高堂生、杨雄、郑玄等大儒数十人并列。实际上,韩愈虽然批评其"大醇小疵""时若不粹",但仍然置之于"轲、雄之间",将他作为"圣人之徒""老师大儒"看待,仍为道统传人。这一点值得特别注意。

始吾读孟轲书,然后知孔子之道尊,圣人之道易行,王易王,霸易霸也①。以为孔子之徒没,尊圣人者,孟氏而已。晚得杨雄书,益尊信孟氏②。因雄书而孟氏益尊,则雄者亦圣人之徒欤。

[注释]①《孟子・公孙丑上》:"乃所愿则学孔子也。"又曰:"自有生民以来未有孔子也。" ②杨雄《法言・吾子》:"古者杨、墨塞路,孟子辞而辟之,廓如也。后之塞路者有矣,窃自比于孟子。"

圣人之道不传于世。周之衰,好事者各以其说干时君①,纷纷藉藉相乱②,六经与百家之说错杂。然老师大儒犹在③。火于秦,黄老于汉④,其存而醇者,孟轲氏而止耳,杨雄氏而止耳。及得荀氏书,于是又知有荀氏者也。

考其辞，时若不醇粹[⑤]；要其归，与孔子异者鲜矣。抑犹在轲雄之间乎？

[注释]①好事者：诸子百家之徒。干(gān)：干谒。　②纷纷藉藉(jí)：杂乱而纵横交错。　③老师：年老辈尊、学堪为师的人。大儒：学问渊博的儒学大师。　④火、黄老：此处用作动词。谓儒学于秦遭遇焚书坑儒，于汉遭遇黄老之说，所存无几。　⑤醇粹：精纯、精粹、纯一不杂。

孔子删诗书，笔削春秋，合于道者著之，离于道者黜之，故《诗》、《书》、《春秋》无疵[①]。余欲削荀氏之不合者附于圣人之籍[②]，亦孔子之志欤！

[注释]①疵：瑕疵。　②王元启注："削荀氏之不合者，如《非十二子》《性恶》之类。"

孟氏，醇乎醇者也；荀与杨，大醇而小疵。

读　墨　子[①]

[注释]①此篇作年不详，宋吕祖谦《丽泽论说集录》以为少作。按：本篇作年大约与《读荀子》相近。

韩愈此篇主张孔、墨相用，而《策问》以为"孔子既没，圣人之道不明，盖有杨、墨者始侵而乱之"，《与孟简书》以为"杨、墨交侵，而圣贤之道不明"，宋人大多以为昌黎自相矛盾。实际上，孔、墨有同有异。所谓"孔子必用墨子"，亦"取其与孔子合者而已"，用其是、辟其非而已。且用其是不妨辟其非，《原性》"三子之言性也，举其中而遗其上下"是已；辟其非不妨用其是，此篇是已。这就是唐人的胸襟气度。宋人囿于门户之见，所言率多偏执，未能领会昌黎精髓。

儒讥墨以尚同、兼爱、尚贤、明鬼。而孔子畏大人①，居是邦不非其大夫②，《春秋》讥专臣③，不尚同哉④？孔子泛爱亲仁⑤，以博施济众为圣⑥，不兼爱哉⑦？孔子贤贤⑧，以四科进褒弟子⑨，疾殁世而名不称⑩，不尚贤哉⑪？孔子祭如在，讥祭如不祭者⑫，曰我祭则受福⑬，不明鬼哉⑭？

[**注释**]①《论语·季氏》："孔子曰：君子有三畏：畏天命，畏大人，畏圣人之言。" ②《荀子·宥坐》："君子居是邦，不非其大夫。" ③《春秋》隐公四年："秋，翚帅师会宋公陈侯蔡人卫人伐郑。"杜预注："公子翚，鲁大夫。不称公子，疾其固请强君以不义也。诸外大夫贬皆称人，至于内大夫贬则皆去族称名。于记事之体，他国可言某人而已，鲁之卿佐不得言鲁人，此所以为异也。" ④尚同：崇尚服从。《墨子·尚同》："凡里之万民，皆尚同乎乡长；凡乡之万民，皆上同乎国君。" ⑤《论语·学而》："子曰：弟子入则孝，出则悌，谨而信，泛爱众而亲仁。" ⑥《论语·雍也》："子贡曰：'如有博施于民，而能济众，何如？可谓仁乎？'子曰：'何事于仁，必也圣乎。尧舜其犹病诸。'" ⑦《墨子·兼爱》："天下兼相爱则治，相恶则乱。然则兼相爱交相利之法将奈何哉？子墨子言：视人之国若视其国，视人之家若视其家，视人之身若视其身。是故诸侯相爱则不野战，家主相爱则不相篡，人与人相爱则不相贼。贵不傲贱，诈不欺愚，凡天下祸篡怨恨可使毋起者。" ⑧贤贤：动宾结构，尊重贤才。《论语·学而》："子夏曰：贤贤易色。"《论语·学而》何晏集解引孔安国曰："言以好色之心好贤，则善也。" ⑨四科：谓德行、言语、政事、文学。⑩《论语·卫灵公》："君子疾没世而名不称焉。" ⑪尚贤：尊重贤才。《墨子·尚贤》："国有贤良之士众，则国家之治厚；贤良之士寡，则国家之治薄。故大人之务，将在于众贤而已。尚贤者，政之本也。" ⑫《论语·八佾》："祭如在，祭神如神在。子曰：吾不与祭如不祭。"韩愈《论语笔解》："义连上文，禘自既灌而往，吾不欲观之矣。盖鲁僖公乱昭穆，祭神如神在，不可跻而乱也。故下文云：'吾不与祭。'盖叹不在其位，不得以正此礼矣。故云'如不祭'，言鲁逆祀，与不祀同焉。"洪兴祖注："言祭如不祭者吾所不与。与，许也。"与，当

读作上声，谓称许。　⑬《礼记·礼器》："孔子曰：'我战则克，祭则受福。'"　⑭《墨子·明鬼》："昔三代圣王既没，天下失义，诸侯力正，是以存夫为人君臣上下者之不惠忠也，父子弟兄之不慈孝弟长贞良也，正长之不强于听治，贱人之不强于从事也。民之为淫暴寇盗贼，以兵刃毒药水火退无罪人乎道路率径，夺人车马衣裘以自利者并作。由此始，是以天下乱。此其故何以然也？则皆以疑惑鬼神之有与无之别，不明乎鬼神之能赏贤而罚暴也。今若使天下之人偕若信鬼神之能赏贤而罚暴也，则夫天下岂乱哉。"

儒墨同是尧舜①，同非桀纣②，同修身正心以治天下国家③，奚不相悦如是哉？余以为辩生于末学④，各务售其师之说，非二师之道本然也。孔子必用墨子⑤，墨子必用孔子⑥。不相用，不足为孔墨。

[**注释**]①《礼记·中庸》："仲尼祖述尧、舜，宪章文、武。"《墨子·节葬》："吾上祖述尧舜禹汤文武之道者也。"　②《礼记·大学》："尧舜率天下以仁，桀纣率天下以暴。"《墨子·法仪》："为不善以得祸者，桀纣幽厉是也；爱人利人以得福者，禹汤文武是也。"　③《礼记·大学》："古之欲明明德于天下者，先治其国；欲治其国者，先齐其家；欲齐其家者，先修其身；欲修其身者，先正其心；欲正其心者，先诚其意。"《墨子·修身》："是故先王之治天下也，必察迩来远，君子察迩而迩修者也。见不修行见毁，而反之身者也，此以怨省而行修矣。"　④末学，后学。　⑤孙汝听注："为孔子之学者必用墨子，取其与孔子合者而已。"　⑥孙汝听注："为墨子之学者必用孔子，折衷于圣人之言其可也。"

师　说①

[**注释**]①此篇作于唐德宗贞元十八年(802)，时任四门博士。

说：一种用来阐述道理的文体。陆机《文赋》："说炜晔而谲诳。"

柳宗元《答韦中立论师道书》:“由魏晋氏以下,人益不事师。今之世不闻有师,有辄哗笑之,以为狂人。独韩愈奋不顾流俗,犯笑侮,收召后学,作《师说》,因抗颜而为师。世果群怪聚骂,指目牵引,而增与为言辞,愈以是得狂名。”柳宗元的记载,是本篇创作背景的最好说明。以“传道”“受业”“解惑”作为师道的核心内容,是韩愈教育思想的精髓,也是传统文化的核心价值所在。这一思想,对宋代以下的教育思想产生过极大影响,绝不可等闲视之。

古之学者必有师。师者,所以传道受业解惑也①。人非生而知之者②,孰能无惑③?惑而不从师,其为惑也终不解矣。

[**注释**]①传道:传授儒家之道,即孔孟的学说。受:同“授”。业:艺业,这里指以儒家经典为主的古代典籍,即下文的“六艺经传”。解惑:解答学习上的疑难问题。 ②《论语·季氏》:“生而知之者,上也;学而知之者,次也;困而学之,又其次也;困而不学,民斯为下矣。” ③孰:谁。

生乎吾前,其闻道也,固先乎吾,吾从而师之①;生乎吾后,其闻道也,亦先乎吾,吾从而师之。吾师道也②,夫庸知其年之先后生于吾乎③?是故无贵无贱,无长无少,道之所存,师之所存也。

[**注释**]①《论语·里仁》:“朝闻道,夕死可矣。”固:本来,当然。师之:指以他为师。 ②师道:以道为师。以上三“师”字皆作动词用。 ③庸:疑问代词,相当于“何”“哪”。庸知:何须知道。

嗟乎!师道之不传也久矣①,欲人之无惑也难矣!古之圣人,其出人也远矣,犹且从师而问焉②。今之众人,其下圣人也亦远矣③，而耻学于师。是故圣益圣，愚益愚④。圣人之所以为圣，愚人之所以为愚，其皆出于此乎⑤？

［注释］①师道：这里指从师而学的古道。　②出人：超过一般人。犹且：还的意思。　③下：低、不及。一作“去”。　④益：更加。　⑤出于此：由于此。此：指从师而问和耻学于师的两种态度。

爱其子，择师而教之；于其身也①，则耻师焉，惑矣。彼童子之师，授之书而习其句读者②，非吾所谓传其道解其惑者也。句读之不知，惑之不解，或师焉，或不焉③，小学而大遗④，吾未见其明也。

［注释］①身：自身、自己。　②句：完整的句子。读（dòu）：通“逗”，句子中间语气停顿的地方。习其句读：学习断句，即学习文字诵读。　③不（fǒu）：通“否”。这里的意思是：读书不知句读，懂得要追随老师学习；而不通道理，却不知道应该从师问难。　④小学：小事情知道学习。大遗：大事情反而被贻误。小：指句读之不知；大：指惑之不解。

巫医乐师百工之人①，不耻相师。士大夫之族②，曰师曰弟子云者，则群聚而笑之。问之，则曰：“彼与彼年相若也③，道相似也，位卑则足羞，官盛则近谀。”④呜呼！师道之不复⑤，可知矣。巫医乐师百工之人，君子不齿⑥，今其智乃反不能及，其可怪也欤？

［注释］①巫：召鬼降神的迷信职业者。医：医生。古代巫医连称。乐师：以音乐演奏、歌唱为职业的人。百工：泛指各种工匠。　②族：类。③相若：相近。　④卑：低下。此句意思是：以地位低于自己的人为师，就感到很丢脸；以地位高的人为师，又近于谄媚。　⑤复：恢复，指恢复“古之学者必有师”的风尚。　⑥不齿：不屑于与之同列。齿：次列。

圣人无常师①。孔子师郯子、苌弘、师襄、老聃②，郯子之徒，其贤不及孔子。孔子曰："三人行，则必有我师。"③是故弟子不必不如师，师不必贤于弟子。闻道有先后，术业有专攻，如是而已。

[**注释**]①《论语·子张》："夫子焉不学，而亦何常师之有。"常师：固定的老师。 ②郯(tán)子：春秋时郯国国君。《左传》昭公十七年："郯子来朝，公与之宴，昭子问官。仲尼闻之，见于郯子而学之。"苌(cháng)弘：周敬王时大夫，《孔子家语，观周篇》："孔子至周，问礼于老聃，访乐于苌弘。"师襄：鲁太师(乐官)。《史记·孔子世家》："孔子学琴于师襄子。"孔丘学鼓琴于师襄，又见《淮南子·主述训》《韩诗外传》卷五及《家语·辨乐篇》。老聃(dān)：即老子李耳。孔丘问礼于老聃，见前引《孔子家语·观周》及《史记·老庄申韩列传》。 ③《论语·述而》："子曰：三人行，必有我师焉，择其善者而从之，其不善者而改之。"

李氏子蟠①，年十七，好古文，六艺经传皆通习之②，不拘于时③，学于余。余嘉其能行古道④，作《师说》以贻之⑤。

[**注释**]①李蟠(pán)：唐德宗贞元十九年(803)进士，元和元年(806)中才识并茂明于体用科第五上等。 ②古文：指秦汉的散文。六艺：即《诗》《书》《易》《礼》《乐》《春秋》六经。经：儒家经典。传：解释经典的著作。 ③不拘于时：不拘泥于当时以从师为耻的风气。 ④嘉：嘉许。古道：从师而学的古代学者之道。 ⑤贻：赠。

进 学 解①

[**注释**]①本篇作于元和八年(813)，韩愈为国子博士时。解：提问设疑，就题作答。这样的体制，始于东方朔的《客难》，杨雄的《解嘲》，实际上都是作

者自问自答。

“学虽勤而不由其统”，要求进德修业讲求“学统”，实际上是在构建儒家学说的传承统绪。韩愈的学统思想出自荀子。《荀子·非十二子》评价思孟学派“略法先王而不知其统”，要求效法先王应该遵循其学术传统；韩愈主张学习除了勤奋之外，还要遵循其自身的学统。韩愈对学统的具体内涵有多处表述，在本篇即六艺之文、百家之编，《周诰》《殷盘》《春秋》《左氏》《易》《诗》《庄》《骚》太史、子云、相如，最终落实到“孟轲好辩，孔道以明”“荀卿守正，大论是弘”。其实质是以孔、孟为代表的中国学术文化传统，宋人称之为道统。道统学说特别强调儒家学说师弟相承的传承统绪，这就是本篇的主旨。具体说来，确立由尧、舜、禹、汤、文、武、周公直到孔子、孟子为代表的中国学术文化传承统绪，韩愈是第一人。在中国文化史上，汉代儒学师弟相传，高度重视门派家法，今文、古文，尤其森严壁垒。但融会儒家各门各派为一统，同时明确地倡言儒学“学统”的，韩愈也是第一人。

国子先生晨入太学①，招诸生立馆下，诲之曰②：“业精于勤，荒于嬉③；行成于思，毁于随④。方今圣贤相逢，治具毕张⑤，拔去凶邪，登崇畯良⑥。占小善者率以录，名一艺者无不庸。爬罗剔抉⑧，刮垢磨光⑦。盖有幸而获选，孰云多而不扬？诸生业患不能精，无患有司之不明；行患不能成，无患有司之不公。”

［注释］①时韩愈任国子博士，故自称国子先生。唐代太学与国子学同为国子监下属单位。同为国家最高学府，与古代太学地位相当，故韩愈将国子学称为太学。　②诲：教训。　③业：学业。嬉：玩乐。这句意思是：学业的精进得力于勤奋，学业的荒疏则缘于贪玩。　④行：事业。这句意思是：事

业的成功在于认真思考，事业的失败在于缺乏独立的思考。　⑤治具：法令。《汉书·酷吏传》："法令者，治之具。"　⑥畯：同"俊"。畯良：才能卓越的人。　⑦爬：梳理。罗：搜罗。剔：剔除。抉：选择。　⑧刮垢磨光：刮去污垢，磨出光泽。

言未既，有笑于列者曰："先生欺余哉！弟子事先生，于兹有年矣。先生口不绝吟于六艺之文①，手不停披于百家之编②，记事者必提其要，纂言者必钩其玄。贪多务得，细大不捐，焚膏油以继晷③，恒兀兀以穷年④。先生之于业，可谓勤矣。抵排异端⑤，攘斥佛老；补苴罅漏⑥，张皇幽眇⑦。寻坠绪之茫茫⑧，独旁搜而远绍。障百川而东之⑨，回狂澜于既倒⑩。先生之于儒，可谓有劳矣。沉浸醲郁⑪，含英咀华⑫；作为文章，其书满家。上规姚姒⑬，浑浑无涯⑭；周《诰》、殷《盘》⑮，佶屈聱牙⑯；《春秋》谨严，《左氏》浮夸；《易》奇而法⑰，《诗》正而葩⑱；下逮《庄》、《骚》，太史所录，子云、相如，同工异曲⑲。先生之于文，可谓闳其中而肆其外矣⑳。少始知学，勇于敢为，长通于方㉑，左右具宜。先生之于为人，可谓成矣。然而公不见信于人，私不见助于友，跋前踬后㉒，动辄得咎。暂为御史㉓，遂窜南夷㉔。三为博士㉕，冗不见治㉖。命与仇谋㉗，取败几时㉘。冬暖而儿号寒，年丰而妻啼饥。头童齿豁㉙，竟死何裨㉚？不知虑此，而反教人为㉛？"

[**注释**]①六艺：六经。指《诗》《书》《礼》《乐》《易》《春秋》。　②披：翻阅。　③膏：油脂，此处指灯油。晷：日光。此句意为：先生勤于学业，夜以继日。　④恒：常、经常。兀兀：勤奋不止的样子。穷年：穷尽终年。　⑤抵（dǐ）：同"觝"，以角抵触。排：排斥。异端：儒家之外的异端邪说。　⑥苴

(jū):鞋中草垫。补苴:缝补。刘向《新序·刺奢》:"衣敝不补,履决不苴。"罅:裂缝。补苴罅漏:弥补儒家学说尚未完备之处。　⑦张皇:张大,这里是发扬光大的意思。幽眇:幽微玄奥的道理。　⑧坠绪:失传的学说。　⑨障:筑堤设防。东之:使之东流。此句说:疏导百川、使之东流。意思是:疏导百家之说,使之一归于儒。　⑩回:挽回。狂澜既倒:指儒学中衰的颓势。　⑪醲:味道醇厚的美酒。郁:香草酿造的美酒。此句说:沉浸在美酒之中。意思是:深入在儒家典籍之中。　⑫含英咀华:咀嚼体味儒家学说的精华。　⑬规:效法。姚:虞舜、姚姓。姒:夏禹,姒姓。此句说:向上效法于《尚书》中虞舜大禹的经典。　⑭浑浑:深沉宽广。　⑮周《诰》:周书中《大诰》《康诰》《酒诰》等篇。殷《盘》:商书中《盘庚》等篇。　⑯佶屈聱牙:文字艰涩。　⑰奇而法:易经的内容,怪怪奇奇,却有一定的法则规律。　⑱正而葩:内容纯正,文辞华美。　⑲下逮:下及。庄:《庄子》。骚:《离骚》,这里泛指楚辞。太史所录:指《史记》。子云、相如:杨雄、司马相如。这里泛指汉赋。　⑳闳:高、大。《韩非子·难言》:"闳大广博,妙远不测。"闳其中:内在的思想深厚广博。肆其外:外在的文辞流畅奔放。　㉑方:礼法。　㉒跋前踬后:进退两难。《诗·豳风·狼跋》"狼跋其胡,载疐其尾"。毛传:"跋,躐。疐,跲也。老狼有胡,进则躐其胡,退则跲其尾,进退有难。"疐:三家诗作"踬"。　㉓贞元十九年(803),韩愈拜监察御史。　㉔贞元十九年冬,贬连州阳山令。阳山,今属广东省。　㉕为:本作"年",此据《旧唐书·韩愈传》改。韩愈贞元十八年为四门博士,元和元年至三年为国子博士。贞元七年再任国子博士。本篇作于元和八年(813),则再任国博,未满三年,以"三为"较为妥帖。　㉖冗:闲散。治:治绩、政绩。冗不见治:身为闲官,看不到什么治绩。　㉗命与仇谋:命运总是与仇敌为友。意思是命运老是和我过不去。　㉘几时:用不了多少时日。取败几时:自取其败,指日可待。　㉙头童:头发脱落如婴童。　㉚竟死:至死。从初生到死亡。裨:补益。　㉛为:语尾助词。《论语·颜渊》:"君子质而已矣,何以文为?"《庄子·逍遥游》:"奚以之九万里而南为?"

先生曰:"吁!子来前!夫大木为宋①,细木为桷,欂栌侏儒②,椳闑扂楔③,各得其宜,施以成室者,匠氏之工也；玉札丹砂④，赤箭青芝⑤，牛溲马勃⑥，败鼓之皮⑦，俱收并蓄，待用无遗者，医师之良也；登明选公⑧，杂进巧拙，纡余为妍⑨，卓荦为杰⑩，校短量长，惟器是适者⑪，宰相之方也。昔者孟轲好辩，孔道以明⑫，辙环天下，卒老于行⑬；荀卿守正，大论是弘，逃谗于楚，废死兰陵⑭。是二儒者，吐辞为经，举足为法，绝类离伦，优入圣域⑮，其遇于世何如也？今先生学虽勤而不由其统⑯，言虽多而不要其中⑰，文虽奇而不济于用，行虽修而不显于众。犹且月费俸钱，岁靡廪粟⑱，子不知耕，妇不知织。乘马从徒，安坐而食，踵常途之促促⑲，窥陈编以盗窃⑳。然而圣主不加诛，宰臣不见斥，兹非其幸欤？动而得谤，名亦随之㉑，投闲置散，乃分之宜。若夫商财贿之有亡㉒，计班资之崇庳㉓，忘己量之所称，指前人之瑕疵㉔，是所谓诘匠氏之不以杙为楹㉕，而訾医师以昌阳引年㉖，欲进其豨苓㉗也。”

［**注释**］①宋(máng)：屋梁。见《尔雅·释宫》。 ②欂(bó)栌：斗拱。侏儒：侏儒柱：小柱子。见《释名·释宫室》。 ③椳(wēi)：门枢，门斗。见《尔雅·释宫》。闑(niè)：门闩。见《说文》。扂(diàn)：门楗，锁门的木楗。见《广雅·释宫》。楔：枨木，立于门两边的竖木。见《尔雅·释宫》。 ④玉札：药名，又名玉泉，见《证类本草》卷三。丹砂：朱砂。 ⑤赤箭：天麻，见《本草纲目》卷十二。青芝：又名龙芝，见《证类本草》卷六。 ⑥牛溲：牛尿，可以入药。又一说：车前子的别名，见《证类本草》卷十二。马勃：马屎菌，见《证类本草》卷十一。 ⑦破鼓之皮可以入药，见《证类本草》卷十八。 ⑧登：升迁。选：录用。这句说：选拔人才，明白公正。 ⑨纡余：屈曲。 ⑩卓荦(luò)：出类拔萃。 ⑪惟器是适：量才录用，人尽其才。 ⑫孔道：孔子之道。 ⑬卒老于行：最终老死于途中。 ⑭荀子仕齐为祭酒，遭谗入楚，为兰陵令。后春申君死，荀子被罢官，老死兰陵。 ⑮优：有余。优入圣域：进入圣人的境

界绰绰有余。 ⑯不由其统：没有遵循儒家的道统。 ⑰要(yāo)：约束。不要其中：没有归结于中庸之道。按：以上两句为谦词。 ⑱廪粟：国库的粮食。 ⑲踵：追随。促促：局促。 ⑳陈编：古籍。以上二句说：追随世俗之士，拘拘束束地从古人的陈编里抄抄撮撮。 ㉑动而得谤，名亦随之：一举一动都会招致毁谤，但名声却也反而随之鹊起。 ㉒商：计算。有亡：得失。 ㉓班：官职地位。资：资历，品秩。崇庳：高低。庳：同"卑"。 ㉔以上四句说：如果只计较钱财的得失，职位的高低，忘记了自己能力是否与之相称，反而指责前人的毛病。 ㉕诘：责问。杙(yì)：短木。楹：大柱子。 ㉖訾：非议，诋毁。昌阳：菖蒲。久服可以益寿。见《证类本草》卷六。引年：延寿。 ㉗豨苓：药名，又名猪苓。利尿药。久服有损肾气。

本　　政①

[**注释**]①本篇为昌黎少作。

本政，追原治道之本。《新唐书·选举志》：肃宗宝应二年(763)，礼部侍郎杨绾上疏请停明经进士及道举，诏下庭议。栖筠等议曰："夏之政忠，商之政敬，周之政文。然则文与忠敬皆统人行。且谥号述行，莫美于文，文兴则忠敬存焉。故前代以文取士，本文行也，由辞观行，则及辞焉。宣父称颜子'不迁怒，不贰过'，谓之'好学'。今试学者以帖字为精通，不穷旨义，岂能知迁怒贰过之道乎？考文者以声病为是非，岂能知移风易俗化天下乎？是以上失其源，下袭其流，先王之道莫能行也。"此中唐本政议题之所由起。"化之不示其所以化之之道""易之不示其所以易之之道""伏文貌而尚忠质"，为本篇主旨，其思想渊源，应出自孔子"民可使由之不可使知之"(《论语·泰伯》)。

周之政文①。既其弊也，后世不知其承，大敷古先②，遂一时之术以明示民③;民始惑教,百氏之说以兴。其言曰:天下可为也。彼之政仁矣,反于谊④;此之政敬矣,戾于忠⑤。我其周从乎?曰:周不及殷。其殷从乎?曰夏,曰虞,曰陶唐,曰三皇氏,曰遂古之初。暴孽情,饰淫志,枝辞琢正⑥,纷紊纠射⑦,以僻民和⑧,以导民乱。呜呼!道之去世,其终不复矣乎?

[**注释**]①文,礼乐制度,谓周代政教的特征是礼乐制度高度完备。 ②敷:布列、陈列。 ③《史记·高祖本纪》:"夏之政忠,忠之敝,小人以野,故殷人承之以敬。敬之敝,小人以鬼,故周人承之以文。文之敝,小人以僿,故救僿莫若以忠。" ④仁矣,反于谊:谓夏之政。 ⑤敬矣,戾于忠:谓商之政。 ⑥枝辞:不正之辞。 ⑦纷紊:同义并列,表纷纭杂乱。纷:杂乱。 ⑧僻:邪僻。此处为使动用法,使之邪僻。民和:社会和谐。

长民者发一号,施一令,民莫不悱然非矣①。谓不可守,遽变而从之。譬将适千里,及门而复,后虽矻矻②,决不可暨③。原其始,固有启之者也。闻于师曰:古之君天下者,化之不示其所以化之之道。及其弊也,易之不示其所以易之之道④。政以是得,民以是淳。其有作者,知教化之所由废,抑诡怪而畅皇极,伏文貌而尚忠质⑤,茫乎天运⑥,窅尔神化⑦,道之行也,其庶已乎⑧!

[**注释**]①悱(fěi):怨也。非:非议。 ②矻矻(kū):勤劳不懈貌。③暨(jì):至、到。 ④化之不示其所以化之之道,易之不示其所以易之之道:即孔子"民可使由之不可使知之"(《论语·泰伯》)。 ⑤周之政文,其弊在于"僿"。《史记·高祖本纪》裴骃《集解》引徐广曰:"僿,一作'薄'。"《集解》又引郑玄曰:"文,尊卑之差也。薄,苟习文法,无悃诚也。"是"僿""薄"即《韩非子·五蠹》所谓"儒以文乱法"。司马迁以为"救僿莫若以忠",《史记·高祖本纪》裴

骃集解引郑玄曰："忠，质厚也。"是"伏文貌而尚忠质"一语，当本于司马迁。⑥天运：犹天命。此句谓天命微茫，难以确知，则任其茫然可矣。　⑦神化：教化。此句谓教化微妙，难以究诘，则任其窅然可矣。　⑧庶：差不多。

守　戒①

［注释］①此篇作年，诸谱失考。何焯推测此篇为董晋镇宣武而作，则当在贞元十二年(796)七月至十五年(799)二月之间，可备一说。

戒，用于告诫的文体。梁萧统《文选序》："箴兴于补阙，戒出于弼匡。"明徐师曾《文体明辨序说·戒》："戒者，警敕之辞，字本作诫。"守戒，对有守土之责者的告诫。此篇的主旨，在有备无备；而有备无备的关键，在得人。安不忘危，治不忘乱，可以为万世人君告。(明湛若水《儆戒三》)

《诗》曰："大邦维翰。"①《书》曰："以蕃王室。"② 诸侯之于天子，不惟守土地奉职贡而已，固将有以翰蕃之也③。

［注释］①翰：垣干、桢干，谓辅弼。　②蕃(fān)：篱落、屏障、蕃屏。③翰蕃：扞御、蕃屏。

今人有宅于山者，知猛兽之为害，则必高其柴援①，而外施窞穽以待之；宅于都者，知穿窬之为盗②，则必峻其垣墙③，而内固扃镝以防之④。此野人鄙夫之所及，非有过人之智而后能也。今之通都大邑，介于屈强之间⑤，而不知为之备。噫，亦惑矣！野人鄙夫能之，而王公大人反不能焉。岂材力有所不足欤？盖以为不足为而不为耳。

［注释］①柴援(yuán)：树木棘刺围成的篱笆。　②穿：挖墙洞。窬：爬

墙头。 ③峻：高。此处用作动词，提高、抬高。 ④扃(jiōng)：门闩。镝(jué)：锁。 ⑤屈(jué)强(jiàng)：固执强横。这里指不服从中央政府的河南、河北藩镇，即何焯所谓“淄青淮蔡”“南北二寇”。

天下之祸莫大于不足为而不为，材力不足者次之。不足为者，敌至而不知；材力不足者，先事而思，则其于祸也有间矣①。彼之屈强者，带甲荷戈，不知其多少。其绵地则千里②，而与我壤地相错③，无有丘陵江河洞庭孟门之关④。其间又自知其不得与天下齿⑤，朝夕举踵引颈⑥，冀天下之有事，以乘吾之便。此其暴于猛兽穿窬也甚矣！呜呼，胡知而不为之备乎哉！贲育之不戒⑦，童子之不抗；鲁鸡之不期⑧，越鸡之不支⑨。今夫鹿之于豹，非不巍然大矣。然而卒为之禽者⑩，爪牙之材不同，猛怯之资殊也。

[注释]①有间：有差别。 ②绵地则千里：谓土地绵延千里。 ③壤地：土地。错：交错。 ④关：城门、关塞。 ⑤齿：列、并列、相提并论。 ⑥举踵：踮起脚跟。引颈：伸长颈项。形容企盼殷切。 ⑦贲育：古代勇士。⑧鲁鸡：大鸡。不期：未经约定，不期而遇。这里指没有准备。 ⑨越鸡：小鸡。不支：力量不足，不能支撑。 ⑩禽：“擒”，古今字，俘获。

曰：“然则如之何而备之？”曰：“在得人。”①

[注释]①清林云铭《韩文起》：“末以得人为设备要着，诚经济名篇，后人无推贾、晁矣。”

圬者王承福传①

[注释]①此篇作于贞元十七年(801)至十九年(803)之间，时为四门博

士。

此篇与柳宗元《梓人传》《宋清传》《种树郭橐驼传》皆为社会下层普通工匠作传，颇堪注意。现代学术界高度推崇其关心民生的人文情怀，这样的判断完全正确，但这批作品的价值与意义绝不仅限于此。中唐为华夏民族社会由中世纪走向近现代的转捩点，其物质文化标志是人口的城市化。失去土地的农民大规模进入城市，成为自主出卖劳动力的自由民。这样的社会经济地位，一方面让他们摆脱了对土地、宗法乃至传统礼教的束缚，催生了其自我意识、独立人格的觉醒；另一方面，劳动力成为可以自由出卖的商品，也推动自由竞争的市场法则日渐走向成熟的道路。本篇的王承福，韩愈以之为“学杨朱之道者”，就“全真保性，轻物贵己”而言，确乎近似：不敢一日舍镘以嬉，即民焉而事其事；舍于市之主人，而归其屋食之当，即不损天下一毫以利己；不肯一动其心以蓄其妻子，即不损自己一毫以利天下；知人不可遍为则择其易为而无愧者，即贵己而轻物；知吾能薄而功小则不有之可也，即全真以保性。但其人能以有余扶助道路之废疾，又不仅仅是独善其身者。实际上，王承福应该是一个清醒的自我中心主义者：弃官勋而手镘衣食，色若自得，虽劳无愧，吾心安焉，可见其自食其力，自尊自信；上下其杇之佣以归其屋食之当，其权利意识与责任意识都清晰明确。从现代学术的高度看问题，自我解放、人格独立的理性意识与自我完善、泛爱亲仁的社会关怀，在王承福的身上都已经初步具备。由这样的个体构成的社会，才能发展为完善的现代社会。人的现代化是社会现代化的基础，优胜劣汰、公平竞争的现代社会机制是科学技术现代化的基础。没有人的现代化，就不会有社会乃至科技的现代化，这才是王承福、郭橐驼、宋清、杨潜的价值所在。

杇之为技①，贱且劳者也。有业之其色若自得者，听其言,约而尽②。问之,王其姓,承福其名,世为京兆长安农夫。天宝之乱,发人为兵,持弓矢十三年③,有官勋④。弃之来归,丧其土田,手镘衣食⑤,余三十年。舍于市之主人⑥,而归其屋食之当焉⑦。视时屋食之贵贱而上下其杇之佣以偿之⑧。有余,则以与道路之废疾饿者焉⑨。

[**注释**]①杇(wū):泥抹子、涂墙的工具。杇者:泥瓦匠。"伎":通"技"。②约:简约、省约。言约而尽:谓语言精练而说理透辟。③自"天宝之乱发人为兵",至"持弓矢十三年"然后"来归",则王承福归长安,当在大历三年(768)。④勋:功勋、功劳。官勋:授给有功人员的一种荣誉称号,用以奖励有功的战士,凡十二等。起正二品,至从七品。⑤手镘:以手持镘,谓作泥瓦匠。衣食:穿衣饮食,谓赖以为生。⑥舍:住宿。市:商业区,唐长安有三市:东市、西市、南市。此谓寄居,盖其人不置房产。⑦归(kuì):通"馈",偿付。当(dāng):直、价值。屋食之当:房租与食物的价值。⑧上下:变更、增减。视时屋食之贵贱而上下其杇之佣以偿之:谓增减其劳作以偿付房租、食物价格的变化。⑨废疾:使人生活不能自理的疾病。

又曰:粟,稼而生者也;若布与帛,必蚕绩而后成者也①;其他所以养生之具,皆待人力而后完也。吾皆赖之。然人不可遍为,宜乎各致其能以相生也。故君者,理我所以生者也,而百官者,承君之化者也。任有小大,惟其所能,若器皿焉。食焉而怠其事,必有天殃,故吾不敢一日舍镘以嬉②。夫镘,易能可力焉,又诚有功,取其直③,虽劳无愧,吾心安焉。夫力,易强而有功也;心,难强而有智也。用力者使于人,用心者使人,亦其宜也④。吾特择其易为而无愧者取焉。

[**注释**]①稼:耕种。②嬉:逸乐。③直:工钱、报酬。④《左传》襄

公九年:“君子劳心,小人劳力,先王之制也。”《孟子·滕文公上》:“劳心者治人,劳力者治于人。”

嘻!吾操镘以入贵富之家有年矣。有一至者焉,又往过之,则为墟矣①;有再至三至者焉,而往过之,则为墟矣。问之其邻,或曰:噫!刑戮也。或曰:身既死,而其子孙不能有也。或曰:死而归之官也。吾以是观之,非所谓食焉怠其事,而得天殃者邪②?非强心以智而不足,不择其才之称否而冒之者邪?非多行可愧,知其不可而强为之者邪?将贵富难守,薄功而厚飨者邪?抑丰悴有时③,一去一来,而不可常者邪?吾之心悯焉,是故择其力之可能者行焉。乐富贵而悲贫贱,我岂异于人哉!

[**注释**]①墟:丘墟、废墟。 ②天殃:天降的祸殃。 ③丰悴:犹荣枯,草木茂盛与枯萎。引申为穷达、盛衰。

又曰:功大者,其所以自奉也博,妻与子皆养于我者也。吾能薄而功小,不有之可也。又,吾所谓劳力者,若立吾家而力不足,则心又劳也。一身而二任焉,虽圣者不可能也。

愈始闻而惑之,又从而思之,盖贤者也,盖所谓独善其身者也。然吾有讥焉:谓其自为也过多,其为人也过少,其学杨朱之道者邪①?杨之道,不肯拔我一毛而利天下②。而夫人以有家为劳心,不肯一动其心以蓄其妻子,其肯劳其心以为人乎哉?虽然,其贤于世之患不得之而患失之者,以济其生之欲、贪邪而亡道以丧其身者,其亦远矣！又其言有可以警余者，故余为之传，而自鉴焉③。

［注释］①杨朱：字子居，战国时期魏国人。先秦思想家，道家杨朱学说派创始人，主张全真保性，轻物贵己。　②《列子·杨朱》："古之人，损一毫利天下，不与也；悉天下奉一身，不取也。人人不损一毫，人人不利天下，天下治矣。夫善治外者，物未必治，而身交苦；善治内者，物未必乱，而性交逸。以若之治外，其法可暂行于一国，未合于人心；以我之治内，可推之于天下，君臣之道息矣。"　③自鉴：自诫、自我鉴戒。

五箴并序①

［注释］①此篇作于永贞元年(805)，时为江陵法曹参军。

永贞元年为江陵法曹参军，是韩愈仕宦生涯的一个转折点。此篇反思前半生三十八年之过，自讼其恶，对理解韩愈的人生态度，颇具参考价值。

人患不知其过，既知之，不能改，是无勇也。余生三十有八年，发之短者日益白，齿之摇者日益脱。聪明不及于前时，道德日负于初心，其不至于君子而卒为小人也昭昭矣①。作五箴以讼其恶云②。

［注释］①昭昭：明白显著。　②讼：责备。以讼其恶：自责己过。

游　箴

余少之时，将求多能，蚤夜以孜孜①；余今之时，既饱而嬉，蚤夜以无为②。呜呼！余乎其无知乎？君子之弃而小人之归乎？

[注释]①蚤夜：早暮。孜孜：勤勉不怠貌。 ②无为：无所事事。

言 箴

不知言之人，乌可与言？知言之人默然，而其意已传。幕中之辩①，人反以汝为叛；台中之评②，人反以汝为倾③。汝不惩邪④？而呶呶以害其生邪⑤？

[注释]①幕中之辩：谓佐董晋、张建封于汴、徐二州时。 ②台中之评：谓为御史时。 ③倾：不正派。 ④惩：制止。 ⑤呶呶（náo）：多言、喋喋不休。

行 箴

行与义乖①，言与法违，后虽无害，汝可以悔。行也无邪，言也无颇②，死而不死，汝悔而何？宜悔而休，汝恶曷瘳③？宜休而悔，汝善安在？悔不可追，悔不可为，思而斯得，汝则弗思。

[注释]①乖：背离、违背。 ②颇：偏颇、不公正。 ③瘳（chōu）：病愈。

好 恶 箴

无悖而好①，不观其道；无悖而恶，不详其故。前之所好，今见其尤②，从也为比③，舍也为雠；前之所恶，今见其臧④，从也为愧，舍也为狂。维雠维比，维狂维愧，于身不祥，于德不义。不义不祥，维恶之大，几如是为，而不颠沛⑤？齿之尚少⑥，庸有不思⑦，今其老矣，不慎胡为！

［注释］①悖（bèi）：惑乱。　②尤：过失、罪愆。　③比：勾结、偏党、阿党、拉帮结派。　④臧：善也。　⑤颠沛：困顿挫折。　⑥齿：年龄。　⑦庸：或许。

知名箴

内不足者，急于人知，霈焉有余①，厥闻四驰②。今日告汝，知名之法，勿病无闻③，病其晔晔④。昔者子路，惟恐有闻⑤，赫然千载，德誉愈尊。矜汝文章，负汝言语，乘人不能，掩以自取⑥。汝非其父，汝非其师，不请而教，谁云不欺？欺以贾憎⑦，掩以媒怨⑧，汝曾不寤⑨，以及于难⑩。小人在辱，亦克知悔，及其既宁，终莫能戒。既出汝心，又铭汝前，汝如不顾，祸亦宜然。

［注释］①霈：绰有余裕。　②闻（wèn）：声誉、声望。　③无闻：无名。　④晔晔：美盛貌。此处引申为才华外露。　⑤《论语》："子路有闻，未之能行，惟恐有闻。"东坡《论语解》："闻，声闻也，未能行其实而得其声，故不欲其有闻也。"　⑥掩（yǎn）：夺取。　⑦贾（gǔ）：招致。　⑧媒：导致。　⑨寤：醒悟、觉醒。　⑩难（nàn）：危难、祸患。

伯夷颂①

［注释］①此篇作年，诸谱失考。

伯夷，姓墨名允，字公信。叔齐，名智，字公达。孤竹君之二子，兄弟相互让位，往归西伯。武王伐纣，伯夷、叔齐叩马而谏。天下宗周，伯夷、叔齐耻之，义不食周粟，隐于首阳山，采薇而食之，遂饿死于首阳山。

武王、周公，儒家以为大圣人；武王伐纣，孟子以为“诛一夫”。而韩愈此篇非之，与伯夷、叔齐一样“不顾人之是非”，“穷天地亘万世而不顾”，同属特立独行。篇末“微二子，乱臣贼子接迹于后世”一语，为万世立纲常，乃一篇主旨。而反对“以暴易暴”的非暴力主张，同样隐约其间。

士之特立独行①，适于义而已，不顾人之是非②，皆豪杰之士，信道笃而自知明者也③。

[**注释**]①特立独行：志行高洁、不随波逐流。　②是非：褒贬、评论。　③笃：诚笃、真诚厚道。

一家非之，力行而不惑者寡矣①；至于一国一州非之，力行而不惑者，盖天下一人而已矣；若至于举世非之，力行而不惑者，则千百年乃一人而已耳。若伯夷者，穷天地亘万世而不顾者也②。昭乎日月不足为明③，崒乎泰山不足为高④，巍乎天地不足为容也⑤。

[**注释**]①力行：竭力而行。　②亘(gèn)：穷尽、终极。　③昭乎：昭然、光明貌。　④崒乎：险峻貌。　⑤巍乎：高大貌。

当殷之亡，周之兴。微子贤也，抱祭器而去之①；武王、周公圣也，率天下之贤士与天下之诸侯而往攻之②。未尝闻有非之者也。彼伯夷、叔齐者，乃独以为不可③。殷既灭矣，天下宗周④。彼二子乃独耻食其粟，饿死而不顾⑤。由是而言，夫岂有求而为哉？信道笃而自知明也。

［注释］①微子启：殷帝乙长子，纣庶兄。纣淫乱于政，微子数谏纣不听。太师、少师劝微子去，遂行。　②武王伐纣，戎车三百乘，虎贲三千人，甲士四万五千人，诸侯兵会者车四千乘。纣闻武王来，亦发兵七十万人距武王。纣师皆倒兵以战，以迎武王。纣走，反入登于鹿台之上，蒙衣其珠玉，自燔于火而死。　③武王伐纣，伯夷、叔齐叩马而谏："父死不葬，爰及干戈，可谓孝乎？以臣弑君，可谓仁乎？"　④宗周：推尊大周。　⑤伯夷、叔齐及饿且死，作歌，其辞曰："登彼西山兮，采其薇矣。以暴易暴兮，不知其非矣。神农虞夏忽焉没兮，我安适归矣。于嗟徂兮，命之衰矣。"遂饿死于首阳山。

今世之所谓士者，一凡人誉之，则自以为有余；一凡人沮之[①]，则自以为不足。彼独非圣人而自是如此。夫圣人，乃万世之标准也[②]。余故曰：若伯夷者，特立独行，穷天地亘万世而不顾者也。

［注释］①沮（jǔ）：诋毁、诽谤。　②标准：标格、准绳。

虽然，微二子[①]，乱臣贼子接迹于后世矣[②]。

［注释］①微：无。　②接迹：一个接着一个，接踵而至。

子产不毁乡校颂[①]

［注释］①此篇作于贞元十五年（799）冬，时韩愈为徐州从事朝正京师。

乡校，古代地方学校。《左传》襄公三十一年："郑人游于乡校以论执政。然明谓子产曰：'毁乡校，何如？'子产曰：'何为？夫人朝夕退而游焉，以议执政之善否。其所善者，吾则行之；其所恶者，吾则改之。是吾师也，若之何毁之？我闻忠善以损怨，不闻作威以防怨。岂不遽止？然犹防川，大决所犯，伤人必多，吾不克救也。

不如小决使道，不如吾闻而药之也。'然明曰：'蔑也今而后知吾子之信可事也，小人实不才。若果行此，其郑国实赖之，岂唯二三臣？'仲尼闻是语也，曰：'以是观之，人谓子产不仁，吾不信也。'"

贞元十五年冬，国子司业阳城贬道州刺史，太学生何蕃、王鲁卿、李说等二百人诣阙乞留，经数日，吏遮止之，疏不得上（韩愈《顺宗实录》）。"会监有狱"（韩愈《欧阳生哀辞》），暗示了这一事件的处置结果。此篇当为其事而发，古今对比，韩愈的态度不言自明。

我思古人，伊郑之侨①。以礼相国，人未安其教。游于乡之校，众口嚣嚣②。或谓子产："毁乡校则止。"曰："何患焉，可以成美。夫岂多言，亦各其志。善也吾行，不善吾避。维善维否③，我于此视。川不可防④，言不可弭⑤。下塞上聋。邦其倾矣。"既乡校不毁⑥，而郑国以理⑦。在周之兴，养老乞言⑧。及其已衰，谤者使监⑨。成败之迹，昭哉可观。维是子产，执政之式⑩。维其不遇，化止一国。诚率是道，相天下君。交畅旁达⑪，施及无垠⑫。于乎⑬，四海所以不理者，有君无臣。谁其嗣之？我思古人。

[**注释**]①伊：惟。侨：子产名。　②嚣嚣（áo）：七嘴八舌的声音。　③否（pǐ）：恶。　④防：堵塞。　⑤弭（mǐ）：止息。　⑥既：已而、后来。　⑦理：治。　⑧《礼记·文王世子》："凡祭与养老乞言，合语之礼，皆小学正诏之于东序。"郑注："养老人之贤者，因从乞善言可行者也。"　⑨谤（bàng）：指责过失。《国语·周语上》："厉王虐，国人谤王。王怒，得卫巫使监谤者。"　⑩式：模范、典范。　⑪交畅旁达：上下左右交相畅达。　⑫无垠（yín）：无边无际。　⑬于乎：同"呜呼"。

蓝田县丞厅壁记[①]

[注释]①本篇作于元和十年(815),时为考功郎中知诰。

官场的争权夺利是封建专制制度的必然产物。小小一个县衙门,县官为了专权就必然会警惕县丞的干预,“例以嫌不可否事”,一个“例”字,揭示了封建官场的先天性弊端。由小及大,封建官场钩心斗角的普遍现象原因何在,就很能发人深思。

丞之职,所以贰令[①],于一邑无所不当问。其下主簿、尉[②],主簿、尉乃有分职。丞位高而偪[③],例以嫌,不可否事[④]。文书行[⑤],吏抱成案诣丞[⑥],卷其前,钳以左手[⑦],右手摘纸尾,雁鹜行以进[⑧]。平立睨丞[⑨],曰:“当署。”丞涉笔占位[⑩],署惟谨。目吏问:“可不可?”吏曰:“得。”则退,不敢略省[⑪],漫不知何事[⑫]。官虽尊,力势反出主簿、尉下。谚数慢[⑬],必曰丞,至以相訾謷[⑭]。丞之设,岂端使然哉[⑮]?

[注释]①贰:佐贰。贰令:当县令的副手。 ②主簿:掌管文书册籍印信的官员。尉:掌管地方治安的官员。 ③偪:同“逼”,侵迫。县丞的地位较高,逼近县令。(所以有侵犯县令职权之嫌)。 ④例:旧例、惯例。以嫌:因为上述的嫌疑。不可否事:对公事不置可否,不发表意见。 ⑤行:颁发。⑥成案:已经写好的案卷。 ⑦钳:挟持。“钳”字之下承上省一“之”字。钳以左手:用左手夹住卷起来的部分。 ⑧雁鹜行:像大雁排着队。 ⑨睨:斜视,表示轻蔑。 ⑩占位:估量好签名的位置。 ⑪省:察看。此处指察看文书的内容。 ⑫漫:茫然。 ⑬谚:俗语。数:数说。慢:懒慢、闲散。此上二句说,人们谈论起闲散的官职,一定会说是县丞。 ⑭訾(zǐ)謷(áo):诋毁、讥刺。 ⑮端:开端、本来。以上叙述县丞有职无权上下受夹的窘境。

博陵崔斯立①，种学绩文，以蓄其有。泓涵演迤②，日大以肆③。贞元初，挟其能战艺于京师④，再进屈千人⑤。元和初，以前大理评事言得失黜官⑥，再转而为丞兹邑⑦。始至，喟然曰："官无卑，顾材不足塞职⑧。"既噤不得施用⑨，又喟然曰："丞哉！丞哉！余不负丞，而丞负余。"则尽枿去牙角⑩，一蹑故迹⑪，破崖岸而为文⑫。

[**注释**]①崔斯立：字立之。博陵（今河北定县）人。贞元四年进士，六年登博学鸿词科。但名位不显，沉迹下僚。　②泓：深沉。涵：沉潜。演迤：延伸流布。这里说崔立之的学问沉深广博。　③日大以肆：一天天博大而恣肆。　④战：竞争。战艺于京师：以才学入京参加竞争。指入京应试。　⑤此句意思说：两次应试，两次压倒上千的人。崔立之贞元四年(788)中进士，贞元六年(790)又中博学宏词科。　⑥此句说，因为过去担任大理评事时议论朝政得失而被贬官。　⑦再转：再次迁转。这里说，贬官之后第二次迁官，来到蓝田县担任县丞。　⑧此句说，官职没有大小尊卑，只不过自己没有才能，不能恪尽职守。　⑨噤：闭口不言。即上段所说县丞有职无权的状况。　⑩枿(niè)：同"蘖"，砍断。《诗·商颂·长发》："苞有三蘖。"《释文》引《韩诗》："蘖，绝也。"此句说，放弃了自己的锋芒头角。　⑪蹑(niè)：追随，紧跟。故迹：过去县丞们的老规矩。　⑫崖岸：即头角。破崖岸：即去头角。以上叙崔立之为县丞，意欲有所作为而终于无为力的处境。

丞厅故有记，坏陋污不可读。斯立易桷与瓦①墁，治壁②，悉书前任人名氏。庭有老槐四行，南墙巨竹千挺③，俨立若相持，水㶁㶁循除鸣④。斯立痛扫溉⑤，对树二松，日吟哦其间。有问者，辄对曰："余方有公事，子姑去。"

考功郎中知制诰韩愈记⑥。

［注释］①桷（jué 决）：方形的椽子。 ②墁（màn）：用泥粉涂抹。《庄子·徐无鬼》："郢人恶墁其鼻端。" ③挺：通"梃"。 ④漷漷（guó）：流水声。除：台阶。 ⑤痡：彻底。溉：洗涤。 ⑥考功郎中：吏部属官，主管考核官员们的政绩。知制诰：为朝廷起草诰命文书的官员。以上记崔立之无所事事的痛苦，以见时政之弊端。

进士策问十三首[①]

［注释］①以下诸篇，当作于贞元十四年（798）。时为汴州观察推官，主持汴州乡试。

第二首

问：古之人有云："夏之政尚忠，殷之政尚敬，而周之政尚文。"[①]是三者相循环终始，若五行之与四时焉[②]。原其所以为心，皆非故立殊而求异也，各适于时救其敝而已矣。夏殷之书，存者可见矣。至周之典籍咸在，考其文章，其所尚若不相远，焉所谓三者之异云乎？抑其道深微不可究欤？将其词隐而难知也？不然，则是说为谬矣。周之后，秦汉蜀吴魏晋之兴与霸，亦有尚乎无也？观其所为，其亦有意云尔？循环之说安在？吾子其无所隐焉[③]。

［注释］①《史记·高祖本纪》："太史公曰：夏之政忠，忠之敝，小人以野，故殷人承之以敬。敬之敝，小人以鬼，故周人承之以文。文之敝，小人以僿，故救僿莫若以忠。" ②五行，金、木、水、火、土谓之五行。四时，春、夏、秋、冬谓之四时。 ③《论语·季氏》："言及之而不言谓之隐。"

第　四　首

问：夫子既没①，圣人之道不明，盖有杨、墨者始侵而乱之。其时天下咸化而从焉，孟子辞而辟之②，则既廓如也③。今其书尚有存者，其道可推而知不可乎？其所守者何事？其不合于道者几何？孟子之所以辞而辟之者何说？今之学者有学于彼者乎？有近于彼者乎？其已无传乎？其无乃化而不自知乎？其无传也则善矣，如其尚在，将何以救之乎？诸生学圣人之道，必有能言是者，其无所为让④。

［**注释**］①夫子：指孔子。　②杨雄《法言·吾子》："古者杨墨塞路，孟子辞而辟之，廓如也。"　③廓：清除。廓如：廓然，清除貌。《法言·吾子》吴秘注："杨朱、墨翟之横议充塞圣人之正路，孟子辩而开之，廓然无复塞矣。"　④无所为让：谓不必推诿。此篇主旨，参见张籍《与韩愈书》及韩愈《原道》。

第　五　首

问：所贵乎道者，不以其便于人而得于己乎？当周之衰，管夷吾以其君霸。九合诸侯，一匡天下①，戎狄以微，京师以尊，四海之内无不受其赐者②。天下诸侯奔走其政令之不暇③，而谁与为敌？此岂非便于人而得于己乎？秦用商君之法，人以富，国以强，诸侯不敢抗④，及七君而天下为秦⑤。使天下为秦者，商君也。而后代之称道者咸羞言管商氏，何哉⑥？庸非求其名而不责其实欤⑦？愿与诸生论之，无惑于旧说焉。

[注释]①《论语·宪问》："管仲相桓公，霸诸侯，一匡天下。"何晏集解引马融曰："匡，正也。天子微弱，桓公率诸侯以尊周室，一正天下也。"　②赐：恩惠。　③奔走：趋竞、趋附。　④商君：商鞅。好刑名之学，变法令，废井田阡陌，定赋税之法，相秦孝公。　⑤自秦孝公至秦始皇，历经七君，天下归秦。　⑥樊汝霖注："以管、商所学不纯于王道也。故管仲功烈，如彼其卑；秦用商鞅，二世而亡。"谨按：据下文"庸非"一问，知昌黎不卑管、商。唐人胸襟，非宋人所知。　⑦庸非：岂非，反诘副词。

第十首

问：人之仰而生者在谷帛①。谷帛既丰，无饥寒之患，然后可以行之于仁义之途，措之于安平之地，此愚智所同识也。今天下谷愈多而帛益贱，人愈困者，何也②？耕者不多而谷有余，蚕者不多而帛有余。有余宜足，而反不足，此其故又何也？将以救之，其说如何③？

[注释]①仰：仗恃、依赖。　②唐陆贽论两税之弊，《均节赋税恤百姓第一条》："定税之数皆计缗钱，纳税之时多配绫绢。往者纳绢一匹当钱三千二三百文，今者纳绢一匹当钱一千五六百文。往输其一者，今过于二矣。虽官非增赋，而私已倍输，此则人益困穷。"　③此篇论价格双轨制弊端，详见《钱重物轻状》。

谏臣论①

[注释]①此篇作于贞元九年(793)。此年试博学宏词，未中。

《原道》云："臣者，行君之令而致之民者也""臣不行君之令而致之民，则失其所以为臣"。此篇云："有官守者，不得其职则去；有言责者，不得其言则去。”即《原道》义疏。此篇主旨，尽在于此。

或问谏议大夫阳城于愈[1]：“可以为有道之士乎哉？学广而闻多，不求闻于人也。行古人之道，居于晋之鄙，晋之鄙人熏其德而善良者几千人[2]。大臣闻而荐之，天子以为谏议大夫，人皆以为华[3]，阳子不色喜[4]。居于位五年矣，视其德如在草野，彼岂以富贵移易其心哉！”愈应之曰：“是《易》所谓‘恒其德、贞，而夫子凶’者也[5]，恶得为有道之士乎哉！在《易·蛊》之上九云：‘不事王侯，高尚其事。’《蹇》之六二则曰：‘王臣蹇蹇，匪躬之故。’[6]夫不以所居之时不一，而所蹈之德不同也。若《蛊》之上九，居无用之地，而致匪躬之节；《蹇》之六二，在王臣之位，而高不事之心。则冒进之患生，旷官之刺兴[7]，志不可则，而尤不终无也。今阳子在位不为不久矣，闻天下之得失不为不熟矣，天子待之不为不加矣，而未尝一言及政。视政之得失，若越人视秦人之肥瘠[8]，忽焉不加喜戚于其心。问其官，则曰‘谏议’也；问其禄，则曰‘下大夫之秩’也；问其政，则曰‘我不知’也。有道之士固如是乎哉？且吾闻之，有官守者，不得其职则去；有言责者，不得其言则去。今阳子以为得其言乎哉？得其言而不言，与不得其言而不去，无一可者也。阳子将为禄仕乎[9]？古之人有云：‘仕不为贫，而有时乎为贫。’[10]谓禄仕者也。宜乎辞尊而居卑，辞富而居贫，若抱关击柝者可也[11]。盖孔子尝为委吏矣[12]，尝为乘田矣[13]。亦不敢旷其职，必曰：‘会计当而已矣。’必曰：‘牛羊遂而已矣。’[14]若阳子之秩禄不为卑且贫，章章明矣⑮。而如此,其可乎哉?"

[**注释**]①阳城:字亢宗,北平人。贞元初隐居陕州夏县中条山,贞元四年(788)五月征召入京,迁谏议大夫。贞元十一年(795)四月壬戌伏阁上疏,论延龄奸佞、陆贽无罪。其年七月丙寅坐改国子司业。贞元十五年(799)出为道州刺史。顺宗即位诏征之,而城已卒,年七十。 ②鄙(bǐ):边鄙、边邑、边境。 ③华:荣华、光彩。 ④色喜:喜形于色。 ⑤《易·恒》王弼注:"居得尊位,为恒之主,不能制义。而五应在二,用心专贞,从唱而已。此妇人之吉,夫子之凶也。" ⑥《易·蹇》王弼注:"处难之时,履当其位,居不失中,以应于五。不以五在难中,私身远害。执心不回,志匡王室者也。" ⑦旷官:空居官位,不称职守。 ⑧肥瘠(jí):肥瘦。 ⑨禄仕:为养亲而求仕。 ⑩《孟子·万章下》:"孟子曰:仕非为贫也,而有时乎为贫;娶妻非为养也,而有时乎为养。"赵注:"仕本为行道济民也,而有以居贫亲老而仕者;娶妻本为继嗣也,而有以亲执釜灶不择妻而娶者。" ⑪抱关击柝:守门打更的小吏。 ⑫委吏:古代管理粮仓的小官。 ⑬乘(shèng)田:春秋时鲁国主管畜牧的小吏。 ⑭遂:生长。 ⑮章章:显明昭著貌。

或曰:"否,非若此也!夫阳子恶讪上者①,恶为人臣招其君之过而以为名者②。故虽谏且议,使人不得而知焉。《书》曰:'尔有嘉谟嘉猷,则入告尔后于内,尔乃顺之于外。曰:斯谟斯猷,惟我后之德。'夫阳子之用心亦若此者。"愈应之曰:"若阳子之用心如此,滋所谓惑者矣。入则谏其君,出不使人知者,大臣、宰相者之事,非阳子之所宜行也。夫阳子本以布衣隐于蓬蒿之下,主上嘉其行谊,擢在此位,官以'谏'为名,诚宜有以奉其职,使四方后代知朝廷有直言骨鲠之臣③,天子有不僭赏、从谏如流之美④。庶岩穴之士闻而慕之,束带结发,愿进于阙下,而伸其辞说,致吾君于尧、舜,熙鸿号于无穷也⑤。若《书》所谓，则大臣、宰相之事，非阳子之所宜行也。且阳子之心，将使君人者恶闻其过乎？是启之也。”

[注释]①讪（shàn）：谤毁。　②招（qiáo）：举。　③鲠：本义为鱼骨，见《说文》，引申指骨干。　④僭赏：滥赏。　⑤熙：发扬光大。鸿号：大名、美名。

或曰：“阳子之不求闻而人闻之，不求用而君用之，不得已而起，守其道而不变，何子过之深也？”愈曰：“自古圣人贤士皆非有心求于闻用也。闵其时之不平，人之不乂①，得其道，不敢独善其身，而必以兼济天下也。孜孜矻矻②，死而后已。故禹过家门不入，孔席不暇暖，而墨突不得黔③。彼二圣一贤者，岂不知自安佚之为乐哉？诚畏天命而悲人穷也。夫天授人以贤圣才能，岂使自有余而已？诚欲以补其不足者也。耳目之于身也，耳司闻而目司见，听其是非，视其险易，然后身得安焉。圣贤者，时人之耳目也；时人者，圣贤之身也。且阳子之不贤，则将役于身以奉其上矣；若果贤，则固畏天命而闵人穷也。恶得以自暇逸乎哉？”

[注释]①乂：治理。　②孜孜：勤勉、不懈怠。矻矻（kū）：勤劳不懈貌。③孔席、墨突：互文见义。志在明道，不暇安居，孔、墨皆然。

或曰：“吾闻君子不欲加诸人，而恶讦以为直者①。若吾子之论，直则直矣，无乃伤于德而费于辞乎？好尽言以招人过②，国武子之所以见杀于齐也③，吾子其亦闻乎？”愈曰：“君子居其位，则思死其官；未得位，则思修其辞以明其道。我将以明道也④,非以为直而加诸人也。且国武子不能得善人,而好尽言于乱国,是以见杀。传曰:'惟善人能受尽言。'谓其闻而能改之也。子告我曰:'阳子可以为有道之士也。'今虽不能及已,阳子将不得为善人乎哉?"

[**注释**]①恶(wù):厌恶、憎恨。讦(jié):揭发、攻击他人隐私。 ②尽言:直言、畅所欲言。 ③国武子:名佐,春秋齐上卿。柯陵之会,单襄公见国武子,其言尽。鲁成公十八年,齐人杀武子。 ④明道:阐明道理,此处引申为彰显大道。

省试颜子不贰过论①

[**注释**]①省:尚书省。唐代省试分两类:礼部试、吏部试。此篇所应省试为吏部试,即贞元九年(793)博学宏词科考试。

所谓"不贰过",韩康伯、虞翻谓"失之于几不远而复";皇侃《义疏》、孔颖达疏、邢昺疏谓"有不善未尝复行"。韩愈"绝之于未形,不贰之于言行"之说,出于韩康伯、虞翻。宋人修心之法,已形、未形,已发、未发之辩,即出于此。

论曰:登孔氏之门者众矣。三千之徒,四科之目,孰非由圣人之道为君子之儒者乎①?其于过行过言,亦云鲜矣。而夫子举不贰过,惟颜氏之子②,其故何哉?请试论之。

[**注释**]①《论语·雍也》:"子谓子夏曰:女为君子儒,无为小人儒。"何晏《集解》:"孔曰:君子为儒,将以明道;小人为儒,则矜其名。" ②《论语·雍也》:"哀公问弟子孰为好学。孔子对曰:有颜回者好学,不迁怒,不贰过。"何

晏集解："不贰过者，有不善未尝复行。"皇侃义疏："云不贰过者，但不能照机。机非己所得，故于己成过。凡情有过必文，是为再过。而回当机时不见己乃有过，机后即知，知则不复文饰以行之，是不贰也。"邢昺疏："人皆有过惮改，颜回有不善未尝不知，知之未尝复行，不贰过也。"

夫圣人抱诚明之正性①，根中庸之至德②。苟发诸中形诸外者，不由思虑，莫匪规矩。不善之心无自入焉，可择之行无自加焉。故惟圣人无过。所谓过者，非谓发于行、彰于言，人皆谓之过而后为过也，生于其心则为过矣。故颜子之过，此类也。不贰者，盖能止之于始萌，绝之于未形，不贰之于言行也③。《中庸》曰："自诚明谓之性，自明诚谓之教。"④自诚明者，不勉而中，不思而得，从容中道，圣人也，无过者也。自明诚者，择善而固执之者也。不勉则不中，不思则不得，不贰过者也。故夫子之言曰："回之为人也，择乎中庸。得一善则拳拳服膺而不失之矣。"⑤又曰："颜氏之子，其殆庶几乎？"⑥言犹未至也。而孟子亦云："颜子具圣人之体而微者。"⑦皆谓不能无生于其心，而亦不暴之于外。考之于圣人之道，差为过耳。颜子自惟其若是也，于是居陋巷以致其诚，饮一瓢以求其志⑧。不以富贵妨其道，不以隐约易其心⑨。确乎不拔，浩然自守。知高坚之可尚，忘钻仰之为劳⑩。任重道远⑪，竟莫之致。是以夫子叹其不幸短命，今也则亡。谓其不能与己并立于至圣之域，观教化之大行也。不然，行发于身，加于人；言发乎迩⑫，见乎远。苟不慎也，败辱随之。而后思欲不贰过，其于圣人之道不亦远乎！而夫子尚肯谓之“其殆庶几”，孟子尚复谓之“具体而微者”哉？则颜子之不贰过者，尽在是矣。谨论。

[**注释**]①《礼记·中庸》：“自诚明谓之性。” ②《论语·雍也》：“子曰：中庸之为德也，其至矣乎？”何晏集解：“庸，常也，中和可常行之德也。世乱，先王之道废，民鲜能行此道久矣。” ③《易·系辞下》：“子曰：颜氏之子，其殆庶几乎？有不善未尝不知，知之未尝复行也。”韩康伯注：“在理则昧，造形而悟，颜子之分也。失之于几，故有不善；得之于二，不远而复。故知之未尝复行也。”《周易集解》引虞翻曰：“几者，神妙也。颜子知微，故殆庶几。”皇侃《义疏》：“云不贰过者，但不能照机。机非己所得，故于己成过。凡情有过必文，是为再过。而回当机时不见己乃有过，机后即知，知则不复文饰以行之，是不贰也。”邢昺疏：“人皆有过惮改，颜回有不善未尝不知，知之未尝复行，不贰过也。”孔颖达疏：“其殆庶几乎者，言圣人知几，颜子亚圣，未能知几，但殆近庶慕而已。故云其殆庶几乎。又以殆为辞，有不善未尝不知者，若知几之人，本无不善。以颜子未能知几，故有不善。不近于几之人，既有不善，不能自知于恶，此颜子以其近几，若有不善，未尝不自知也。知之未尝复行者，以颜子通几，既知不善之事，见过则改，未尝复更行之。但颜子于几理暗昧，故有不善之事，于形器显著乃自觉悟。所有不善，未尝复行。” ④《礼记·中庸》：“自诚明谓之性，自明诚谓之教。诚则明矣，明则诚矣。”郑玄注：“自，由也。由至诚而有明德，是圣人之性者也；由明德而有至诚，是贤人学以成之也。有至诚则必有明德，有明德则必有至诚。” ⑤拳拳：忠谨诚挚貌。 ⑥庶几：几乎、近乎。引申指贤才。 ⑦《孟子·公孙丑上》：“子夏、子游、子张皆有圣人之一体，冉牛、闵子、颜渊则具体而微。”赵岐注：“体者，四肢股肱也。一体者，得一肢也；具体者，四肢皆具。微，小也。比圣人之体微小耳。体以喻德也。” ⑧《论语·雍也》：“子曰：贤哉回也！一箪食，一瓢饮，在陋巷，人不堪其忧，回也不改其乐。贤哉回也！” ⑨隐约：即隐身江湖，自守俭约。 ⑩钻(zuān)仰：深入钻研。 ⑪《论语·泰伯》：“士不可以不弘毅，任重而道远。仁以为己任，不亦重乎！死而后已，不亦远乎！” ⑫迩(ěr)：近。

重答张籍书①

[注释]①此篇作于贞元十四年(798),时为汴州观察推官,主持汴州乡试,张籍为考生之一。

此篇是韩愈最早思考儒学传承统绪的代表作。"文王、武王、周公、成、康、夫子、孟子、杨雄",《原道》展现的学统此处已初现端倪。"己之道乃夫子、孟轲、杨雄所传之道",道路的选择已经明确。

吾子不以愈无似①,意欲推而纳诸圣贤之域,拂其邪心,增其所未高,谓愈之质有可以至于道者。浚其源②,导其所归;溉其根③,将食其实。此盛德者之所辞让,况于愈者哉!抑其中有宜复者,故不可遂已。

[注释]①无似:犹言不肖,谦辞也。　②浚(jùn):疏浚、深挖。　③溉(gài):灌溉、浇灌。

昔者圣人之作《春秋》也,既深其文辞矣,然犹不敢公传道之。口授弟子,至于后世,然后其书出焉,其所以虑患之道微也。今夫二氏之所宗而事之者①,下乃公卿辅相②,吾岂敢昌言排之哉③?择其可语者诲之,犹时与吾悖,其声哓哓④。若遂成其书,则见而怒之者必多矣,必且以我为狂为惑。其身之不能恤⑤,书于吾何有?夫子,圣人也,且曰:"自吾得子路,而恶声不入于耳。"其余辅而相者周天下,犹且绝粮于陈,畏于匡,毁于叔孙,奔走于齐、鲁、宋、卫之郊,其道虽尊,其穷也亦甚矣。赖其徒相与守之,卒有立于天下。向使独言之而独书之,其存也可冀乎？今夫二氏行乎中土也⑥，盖六百年有余矣，其植根固，其流波漫，非所以朝令而夕禁也。自文王没，武王、周公、成、康相与守之，礼乐皆在，至乎夫子，未久也；自夫子而至乎孟子，未久也；自孟子而至乎杨雄，亦未久也。然犹其勤若此，其困若此，而后能有所立，吾其可易而为之哉？其为也易，则其传也不远，故余所以不敢也。然观古人，得其时，行其道，则无所为书。书者，皆所为不行乎今而行乎后世者也。今吾之得吾志、失吾志未可知，俟五六十为之未失也。天不欲使兹人有知乎，则吾之命不可期；如使兹人有知乎，非我其谁哉！其行道，其为书，其化今，其传后，必有在矣。吾子其何遽戚戚于吾所为哉⑦！

[**注释**]①二氏：佛、道二家。　②此言其下者犹是公卿辅相，知天子亦宗事二氏。　③昌(chàng)言：犹倡言。　④哓哓(xiāo)：因恐惧而发出的呼叫声。　⑤恤(xù)：顾念、顾及。　⑥中土：谓中国。　⑦戚戚：忧惧、忧伤貌。

前书谓吾与人商论不能下气①，若好胜者然。虽诚有之，抑非好己胜也，好己之道胜也。非好己之道胜也，己之道乃夫子、孟轲、杨雄所传之道也。若不胜，则无所为道，吾岂敢避是名哉！夫子之言曰："吾与回言终日，不违如愚。"则其与众人辩也有矣。驳杂之讥，前书尽之，吾子其复之。昔者夫子犹有所戏，《诗》不云乎："善戏谑兮②，不为虐兮。"《记》曰："张而不弛③，文武不能也④。"恶害于道哉！吾子其未之思乎？

[**注释**]①商论：磋商讨论。下气：放下身段、低眉顺气。　②戏谑：开玩

笑。　③张谓张弦，弛谓落弦。若弓张久而不落弦，则绝其弓力，喻民久劳而不息则亦损民之力也。　④文武不能也：言若使民如此，纵令文王、武王之治，不能使人之得所。以言其苦，故称其不能。

孟君将有所适，思与吾子别，庶几一来①。愈再拜。

［**注释**］①庶几：希望、但愿。

上兵部李巽侍郎书①

［**注释**］①此篇作于贞元二十一年(805)十二月，时为江陵府法曹参军。

此篇主旨，在扶树教道，有所明白；舒忧娱悲，自鸣不幸。韩愈的文学思想，大致不出此两端。

十二月九日，将仕郎守江陵府法曹参军韩愈，谨上书侍郎阁下①：

［**注释**］①李巽(747－809)：字令叔，赵州赞皇人。贞元二十一年(805)十一月甲申，入为兵部侍郎。在涂，加度支盐铁副使。至止逾月，元和元年(806)四月丁未，领度支盐铁使。四年(809)五月丁卯卒，年六十三。

愈少鄙钝①，于时事都不通晓，家贫不足以自活，应举觅官，凡二十年矣。薄命不幸，动遭谗谤②，进寸退尺，卒无所成。性本好文学，因困厄悲愁无所告语，遂得究穷于经传史记百家之说，沉潜乎训义③，反复乎句读④，砻磨乎事业⑤，而奋发乎文章。凡自唐虞已来，编简所存，大之为河海，高之为山岳，明之为日月，幽之为鬼神，纤之为珠玑华实，变之为雷霆风雨。奇辞奥旨，靡不通达。惟是鄙钝不通晓于时事，学成而道益穷，年老而身益困，私自怜悼，悔其初心，发秃齿豁⑥，不见知己。夫牛角之歌辞鄙而义拙⑦，堂下之言不书于传记⑧，齐桓举以相国，叔向携手以上。然则非言之难，其听而识之者难遇也。

［注释］①鄙钝：鄙陋愚钝，自谦之词。 ②谗谤：谗毁、诽谤。 ③沉潜：沉浸其中，反复探究。训义：训释文辞字义。 ④句读(dòu)：语言中的断句与停顿。语意已尽处称为句，语意未尽而须停顿处称为读。 ⑤砻(lóng)磨：磨炼。 ⑥发秃齿豁：头发稀疏，牙齿脱落，形容衰老之态。 ⑦《琴操》："宁戚饭牛车下，叩牛角而歌。齐桓公闻之，举以为相。" ⑧《左传》昭公二十八年："昔叔向适郑，鬷蔑恶，欲观叔向，从使之收器者而往。立于堂下，一言而善。叔向将饮酒，闻之曰：'必鬷明也。'下执其手以上。曰：'子若无言，吾几失子矣。'"

伏以阁下内仁而外义，行高而德巨，尚贤而与能，哀穷而悼屈。自江而西，既化而行矣。今者入守内职，为朝廷大臣。当天子新即位，汲汲于理化之日①，出言举事，宜必施设②。既有听之之明，又有振之之力。宁戚之歌，鬷明之言，不发于左右，则后而失其时矣。谨献旧文一卷③，扶树教道④，有所明白；南行诗一卷⑤，舒忧娱悲，杂以瑰怪之言⑥，时俗之好，所以讽于口而听于耳也。如赐览观，亦有可采。干黩严尊⑦，伏增惶恐。愈再拜。

［注释］①理化：即治化，唐人避高宗讳改字。指治理国家、教化人民。 ②施设：犹设施、设计、实施。 ③方崧卿《举正》："旧文一卷，当指《原道》等文也。" ④扶树：扶持、树立。教道：孔子之教、儒家之道。 ⑤南行诗一卷，谓迁阳山令时所作。 ⑥瑰怪：珍贵、珍奇。 ⑦干黩(dú)：干犯、玷污。

为分司郎官上郑余庆尚书相公启①

[**注释**]①此篇作于元和五年(810)冬改河南令之前,时以都官员外郎分司东都。

"日与宦者为敌,相伺候罪过",可与《顺宗实录》相互印证。中唐宦官势力之猖獗,亘古所无,远超汉、明。南、北司之争,无人可以置身事外。此篇与《顺宗实录》《董府君墓志铭》等,对考察韩愈对宦官的态度,都是不可多得的第一手资料。

愈启:伏蒙仁恩,猥赐示问①,感戴战栗②,若无所容措③。然尚有厥诚须尽露于左右者,敢避其烦渎④,怀不满之意于受恩之地哉?愈幸甚,三得为属吏,朝夕不离门下,出入五年。窃自计较受与报不宜在门下诸从事后,故事有当言,未尝敢不言,有不便于己,辄吐私情,阁下所宜怜也。分司郎官职事惟祠部为烦且重,愈独判二年,日与宦者为敌⑤,相伺候罪过⑥,恶言詈辞,狼藉公牒,不敢为耻,实虑陷祸。故前者怀状,乞与诸郎官更判。意虽甚专,事似率尔,言语精神,不能自明。不蒙察允,遽以惭归,僶俛日日⑦,遂逾累旬。私图具宜,敢以病告。《鸤鸠》平均,歌于《国风》⑧;从事独贤,《雅》以怨刺⑨。伏惟俯加怜察,幸甚,幸甚。愈再拜。

[**注释**]①猥:谦辞。示问:问候性质的简札书启。　②战栗:恐惧貌。　③容错:措置、安放。　④烦渎:同"烦黩",冒犯、亵渎。　⑤皇甫湜《韩文公神道碑》:"除尚书都官郎中,分司判祠部。中官号功德使,司京城观寺,尚书敛手就职。先生按《六典》,尽索之以归,诛其无良,时其出入。"　⑥伺候:

窥伺、窥测。　⑦僶俛：勉强。　⑧《诗·曹风·鸤鸠》："刺不壹也。"　⑨《诗·小雅·北山》，刺幽王役使不均。

答侯继书①

[注释]①此篇作于贞元十一年(795)。是年上宰相书不报，五月东归。此篇作于东归前。

侯继，贞元八年(792)进士，韩愈同年。元和四年(809)，为太学助教分司东都。其年冬，河中节度使王锷辟为参谋。太和二年(828)为河南少尹。

韩愈之学，五经之外，百氏之书，未有闻而不求，得而不观者；礼乐之名数之外，阴阳、土地、星辰、方药之书，亦将试学。韩学"驳杂"，于此可见。

裴子自城来①，得足下一书。明日，又于崔大处得足下陕州所留书②。玩而复之，不能自休。寻知足下不得留，仆又为考官所辱③，欲致一书开足下④，并自舒其所怀，含意连辞，将发复已，卒不能成就其说。及得足下二书，凡仆之所欲进于左右者，足下皆以自得之，仆虽欲重累其辞，谅无居足下之意外者，故绝意不为。行亦自念方将远去，潜深伏隩⑤，与时世不相闻。虽足下之思我，无所窥寻其声光⑥，故不得不有书为别，非复有所感发也。

[注释]①裴子：韩愈同年裴光辅。　②崔大：韩愈同年崔群。　③时韩愈以宏词三试于吏部不售，故云。　④开：开导、宽解。　⑤潜深伏隩(ào)：隐藏在深奥幽微之处。　⑥声光：音容笑貌。

仆少好学问，自五经之外，百氏之书，未有闻而不求，得而不观者。然其所志，惟在其意义所归。至于礼乐之名数①，阴阳、土地、星辰、方药之书，未尝一得其门户。虽今之仕进者不要此道，然古之人未有不通此而能为大贤君子者。仆虽庸愚，每读书，辄用自愧，今幸不为时所用，无朝夕役役之劳②，将试学焉。力不足而后止，犹将愈于汲汲于时俗之所争③，既不得而怨天尤人者④，此吾今之志也。惧足下以吾退归，因谓我不复能自强不息，故因书奉晓，冀足下知吾之退，未始不为进；而众人之进，未始不为退也。

[**注释**]①名数：名位礼数。　②役役：疲役、疲于劳作、劳苦不息貌。③汲汲：心情急切貌。　④《论语・宪问》："君子不怨天，不尤人。"何晏《集解》："孔子不用于世，而不怨天；人不知己，亦不尤人。"

既货马①，即求船东下，二事皆不过后月旬日。有相问者，为我谢焉②。愈再拜。

[**注释**]①货：卖。　②谢：致歉。

答崔立之书①

[**注释**]①此篇作于贞元十年(794)再试吏部不利之后。

崔群，字敦诗，清河武城人。贞元八年登进士第。十年十二月，登贤良方正能直言极谏科，授秘书省校书郎，累迁右补阙。元和二年十一月六日自左补阙充翰林学士，三年四月二十八日加库部员外郎，六年二月四日加库部郎中知制诰，七年四月二十九日迁中书舍人。九年六月二十六日迁礼部侍郎。十年，转户部侍郎。十二年七月丙辰，拜中书侍郎同中书门下平章事。十四年十二月乙卯，出为湖南观察都团练使。十五年穆宗即位，征拜吏部侍郎。九月己酉，拜御史大夫。丙寅，授检校兵部尚书兼徐州刺史武宁军节度徐泗濠观察等使。长庆二年三月癸丑，为其副使王智兴所逐，四月癸未，授秘书监分司东都。未几，改华州刺史兼御史大夫。三年，为宣州刺史歙池等州都团练观察等使。太和元年正月戊寅，征拜兵部尚书。三年二月辛亥，改检校吏部尚书江陵尹荆南节度观察使。四年三月甲辰，入为检校右仆射兼太常卿。五年十月甲寅，拜检校左仆射兼吏部尚书。六年八月辛酉卒，年六十一，册赠司空。

斯立足下：仆见险不能止，动不得时，颠顿狼狈①，失其所操持②。困不知变，以至辱于再三，君子小人之所悯笑，天下之所背而驰者也。足下犹复以为可教，贬损道德，乃至手笔以问之，扳援古昔③，辞义高远，且进且劝，足下之于故旧之道得之矣。虽仆亦固望于吾子，不敢望于他人者耳。然尚有似不相晓者，非故欲发余乎④？不然，何子不以丈夫期我也？不能默默，聊复自明。

［**注释**］①颠顿：颠沛困顿。　②操持：所操所持，指操守。　③扳援：同“攀援”。引申为“援引”“征引”。　④发：启发、开发。

仆始年十六七时，未知人事。读圣人之书，以为人之仕者皆为人耳，非有利乎己也。及年二十时，苦家贫，衣食不足，谋于所亲，然后知仕之不唯为人耳。及来京师，见有举进士者，人多贵之。仆诚乐之，就求其术，或出礼部所试诗、赋、策等以相示，仆以为可无学而能，因诣州县求举。有司者好恶出于其心，四举而后有成①，亦未即得仕。闻吏部有以博学宏辞选者，人尤谓之才，且得美仕。就求其术，或出所试文章，亦礼部之类。私怪其故，然犹乐其名，因又诣州府求举。凡二试于吏部，一既得之，而又黜于中书③。虽不得仕，人或谓之能焉。退自取所试读之，乃类乎俳优者之辞④，颜忸怩而心不宁者数月⑤。既已为之，则欲有所成就，《书》所谓耻过作非者也⑥。因复求举，亦无幸焉。乃复自疑，以为所试与得之者不同其程度⑦，及得观之，余亦无甚愧焉。夫所谓博学者，岂今之所谓者乎？夫所谓宏辞者，岂今之所谓者乎？诚使古之豪杰之士若屈原、孟轲、司马迁、相如、杨雄之徒进于是选，仆必知其怀惭。乃不自进而已耳，设使与夫今之善进取者竞于蒙昧之中⑧，仆必知其辱焉。

［**注释**］①四举：在贞元三年至八年之间。　②二试：贞元八年、九年。　③九年为考官崔虞部所举，又为中书覆落。　④俳优：杂戏演员。　⑤忸怩：羞愧貌。　⑥《尚书·说命中》："无启宠纳侮，无耻过作非。"孔传："耻过误而文之，遂成大非。"　⑦程度：程序法度。此处引申为水平。　⑧蒙昧：昏昧、愚昧。

然彼五子者且使生于今之世，其道虽不显于天下，其自负何如哉？肯与夫斗筲者决得失于一夫之目①，而为之忧乐哉？故凡仆之汲汲于进者，其小得盖欲以具裘葛、养孤穷②，其大得盖欲以同吾之所乐于人耳。其他可否，自计已熟，诚不待人而后知。今足下乃复比之献玉者，以为必俟良工之剖，然后见知于天下，虽两刖足不为病③，且无使勍者再克[④]，诚足下相勉之意厚也。然仕进者岂舍此而无门哉？足下谓我必待是而后振者，尤非相悉之辞也[⑤]。仆之玉固未尝献，而足固未尝刖，足下无为我戚戚也[⑥]。方今天下风俗尚有未及于古者，边境尚有被甲执兵者，主上不得怡，而宰相以为忧。仆虽不贤，亦且潜究其得失，致之乎吾相，荐之乎吾君，上希卿大夫之位，下犹取一障而乘之[⑦]；若都不可得，犹将耕于宽闲之野，钓于寂寞之滨，求国家之遗事，考贤人哲士之终始，作唐之一经[⑧]，垂之于无穷，诛奸谀于既死，发潜德之幽光。二者将必有一可。足下以为仆之玉凡几献？而足凡几刖也？又所谓勍者果谁哉？再克之刑信如何也[⑨]？士固伸于知己，微足下无以发吾之狂言。愈再拜。

[**注释**]①斗筲：量小的容器，引申为气量狭小。　②裘：冬衣。葛：夏衣。裘葛：泛指四时衣服。　③《汉书·邹阳传》颜师古注引："卞和得玉璞，献之武王。王示玉人，曰：'石也。'刖其右足。武王殁，复献文王。玉人复曰：'石也。'则刖其左足。至成王时，抱其璞哭于郊。乃使玉人攻之，果得宝玉也。"　④勍（qíng）者：竞争者。克：战胜。　⑤相悉：相知。　⑥无为：无须。戚戚：忧惧、忧伤貌。　⑦障：古代边境险要之处用于戍守的小城。此指建功边陲。　⑧作唐之一经：指修史。　⑨刑：处罚、惩罚。信：果真、确实。再克之刑信如何也：此昌黎自信之辞，谓自己上有立功之望，下有立言之能，所谓"勍者再克"，又能如何？

答李翊书[①]

[**注释**]①此篇作于贞元十七年（801）六月二十六日，时调选不成，闲居洛阳。

李翊，一作“珝”，湖州人。韩文公荐于陆参，贞元十八年登进士第。元和间为监察御史里行。丁忧去职，丧满，元和十四年再为监察御史。历官户部员外郎、主客员外郎。太和三年为许州宣慰使。八年为谏议大夫。九年十一月戊辰，自给事中为御史中丞。开成元年仍在御史中丞任。开成二年六月丁亥，自给事中为湖南观察使。

养气之说，发自孟子。《孟子·公孙丑上》：“我知言，我善养吾浩然之气。”孟子之气，“配义与道”，“至大至刚”，集天地正气于一体。所谓养气，即涵养德行情性。魏文帝曹丕以气论文，谓“文以气为主”，气有清浊，才有巧拙，虽在父兄，不能以移子弟。所谓养气，即涵养气质材性。韩愈的气，合孟子、曹丕二者为一，既包括德行情性，也包括气质材性。具体方法，即“行之乎仁义之途，游之乎《诗》《书》之源”“养其根而俟其实，加其膏而希其光”，最终达到“仁义之人，其言蔼如”的境界。

六月二十六日，愈白李生足下：生之书，辞甚高，而其问何下而恭也？能如是，谁不欲告生以其道？道德之归也有日矣，况其外之文乎？抑愈所谓望孔子之门墙而不入于其宫者①，乌足以知是且非邪？虽然，不可不为生言之。

［**注释**］①《论语·子张》：“子贡曰：譬之宫墙，夫子之墙数仞，不得其门而入，不见宗庙之美，百官之富。”

生所谓立言者是也①。生所为者与所期者，甚似而几矣②。抑不知生之志，蕲胜于人而取于人邪③？将蕲至于古之立言者邪？蕲胜于人而取于人，则固胜于人而可取于人矣；将蕲至于古之立言者，则无望其速成，无诱于势利④。养其根而俟其实，加其膏而希其光⑤。根之茂者其实遂⑥，膏之沃者其光晔⑦。仁义之人，其言蔼如也⑧。抑又有难者，愈之所为，不自知其至犹未也。虽然，学之二十余年矣。始者非三代两汉之书不敢观，非圣人之志不敢存。处若忘，行若遗，俨乎其若思⑨，茫乎其若迷。当其取于心而注于手也，惟陈言之务去，戛戛乎其难哉⑩！其观于人也，不知其非笑之为非笑也。如是者亦有年，犹不改，然后识古书之正伪，与虽正而不至焉者，昭昭然白黑分矣⑪。而务去之，乃徐有得也。当其取于心而注于手也，汩汩然来矣⑫。其观于人也，笑之则以为喜，誉之则以为忧，以其犹有人之说者存也。如是者亦有年，然后浩乎其沛然矣⑬。吾又惧其杂也，迎而距之，平心而察之，其皆醇也，然后肆焉。虽然，不可以不养也⑭。行之乎仁义之途，游之乎《诗》《书》之源，无迷其途，无绝其源，终吾身而已矣。

［**注释**］①《左传》襄公二十四年："太上有立德，其次有立功，其次有立言。虽久不废，此之谓不朽。"　②几：近。　③蕲：求。　④势利：权势财利。　⑤膏：灯油。　⑥遂：生长、发育。　⑦晔：盛美貌。　⑧蔼如：犹蔼然，温和、和善貌。　⑨俨：恭敬庄重貌。　⑩戛（jiá）：同"扴"，摩擦。戛戛：龃龉貌。　⑪昭昭：明白、显著。　⑫汩汩（yù）：水流急速貌。　⑬沛然：充盛貌。　⑭养：谓养气。养气之法，即"行之乎仁义之途，游之乎《诗》《书》之源"。

气，水也；言，浮物也。水大而物之浮者大小毕浮，气之与言犹是也。气盛，则言之短长与声之高下者皆宜。

虽如是，其敢自谓几于成乎？虽几于成，其用于人也奚取焉？虽然，待用于人者，其肖于器邪？用与舍属诸人。君子则不然，处心有道，行己有方，用则施诸人，舍则传诸其徒，垂诸文而为后世法①。如是者，其亦足乐乎？其无足乐也！有志乎古者希矣，志乎古必遗乎今，吾诚乐而悲之。亟称其人，所以劝之，敢褒其可褒而贬其可贬也。问于愈者多矣，念生之言不志乎利，聊相为言之。愈白。

[**注释**]①垂：留存、流传。

答陈生师锡书①

[**注释**]①此篇作于贞元十七年(801)秋为四门博士之后，贞元十九年(803)秋拜监察御史之前。

此篇谈成才之道。陈生所谓成才，在负名誉享显荣；昌黎所谓成才，在病乎在己而顺乎在天、待己以信而事亲以诚。仁义存乎内，贵贱穷通顺乎在天。信者，信乎己。诚者，不欺。此篇主旨，尽在于此。

愈白陈生足下：今之负名誉、享显荣者，在上位几人①。足下求速化之术，不于其人，乃以访愈，是所谓借听于聋，求道于盲②。虽其请之勤勤③，教之云云④，未有见其得者也。愈之志在古道，又甚好其言辞。观足下之书及十四篇之诗，亦云有志于是矣。而其所问则名，所慕则科⑤，故愈疑于其对焉。虽然，厚意不可虚辱⑥，聊为足下诵其所闻。

［注释］①上位：高位。　②借听于聋，求道于盲：谓求教于无知者。③勤勤：勤苦努力。　④云云：言多貌，犹纷纭、纷杂。　⑤科：科目等第。⑥虚辱：空承美意。

盖君子病乎在己而顺乎在天，待己以信而事亲以诚。所谓病乎在己者①，仁义存乎内，彼圣贤者能推而广之，而我蠢然为众人。所谓顺乎在天者②，贵贱穷通之来，平吾心而随顺之，不以累于其初。所谓待己以信者③，己果能之，人曰不能，勿信也；己果不能，人曰能之，勿信也。孰信哉？信乎己而已矣。所谓事亲以诚者④，尽其心不夸于外，先乎其质，而后乎其文者也。尽其心不夸于外者，不以己之得于外者为父母荣也，名与位之谓也；先乎其质者，行也；后乎其文者，饮食旨甘，以其外物供养之道也。诚者，不欺之名也。待于外而后为养，薄于质而厚于文，斯其不类于欺欤？果若是，子之汲汲于科名，以不得进为亲之羞者，惑也！速化之术⑤，如是而已。

［注释］①病乎在己："舜为法于天下，我犹未免为乡人，是则可忧"是也。②顺乎在天："知其无可奈何而安之若命"是也。　③待己以信者："信道笃而自知明"是也。　④事亲以诚者："啜菽饮水尽其欢"是也。　⑤化：教育、教化、改变世道人心。速化：快速成才。陈生所谓成才，在负名誉、享显荣；昌黎所谓成才，在病乎在己而顺乎在天、待己以信而事亲以诚。

古之学者惟义之问，诚将学于太学①，愈犹守是说而俟见焉。愈白。

［注释］①此"太学"泛指国子监。

与崔群书①

[注释]①此篇作于贞元十八年(802)始授四门博士时。

“天之与人当必异其所好恶”,这是韩愈天人相悖观念的早期表述,非常值得注意。

自足下离东都,凡两度枉问①。寻承已达宣州②,主人仁贤,同列皆君子。虽抱羁旅之念③,亦且可以度日④,无入而不自得⑤。乐天知命者,固前修之所以御外物者也⑥。况足下度越此等百千辈⑦,岂以出处近远累其灵台邪⑧?宣州虽称清凉高爽,然皆大江之南,风土不并以北。将息之道⑨,当先理其心。心闲无事,然后外患不入。风气所宜,可以审备⑩,小小者亦当自不至矣⑪。足下之贤,虽在穷约⑫,犹能不改其乐,况地至近,官荣禄厚,亲爱尽在左右者邪⑬?所以如此云云者,以为足下贤者,宜在上位,托于幕府则不为得其所,是以及之。乃相亲重之道耳⑭,非所以待足下也。

[注释]①枉问:敬辞,犹言承蒙问候。　②寻:后来。承:知道。　③羁旅:游客。　④度日:过日子。　⑤无入:无往。　⑥前修:前贤。　⑦度越:超越。　⑧灵台:心。　⑨将息:将养休息。　⑩审备:充分准备。　⑪小小者:弊病、疾病。　⑫穷约:穷困、贫困。　⑬亲爱:所亲所爱。　⑭亲重:亲近器重。

仆自少至今,从事于往还朋友间①,一十七年矣,日月不为不久;所与交往相识者千百,人非不多,其相与如骨肉兄弟者亦宜不少。或以事同，或以艺取，或慕其一善，或以其久故。或初不甚知而与之已密，其后无大恶，因不复决舍②；或其人虽不皆入于善，而于己已厚，虽欲悔之亦不可。凡诸浅者，固不足道，深者止如此。至于心所仰服，考之言行，而无瑕尤③；窥之阃奥④，而不见畛域⑤。明白淳粹⑥，辉光日新者，惟吾崔君一人。仆愚陋无所知晓，然圣人之书无所不读。其精粗巨细，出入明晦，虽不尽识，抑不可谓不涉其流者也。以此而推之，以此而度之，诚知足下出群拔萃⑦。无谓仆何从而得之也，与足下情义，宁须言而后自明邪？所以言者，惧足下以为吾所与深者多，不置白黑于胸中耳。既谓能粗知足下，而复惧足下之不我知，亦过也。比亦有人说足下诚尽善尽美⑧，抑犹有可疑者。仆谓之曰："何疑？"疑者曰："君子当有所好恶，好恶不可不明。如清河者，人无贤愚，无所不说其善，服其为人，以是而疑之耳。"仆应之曰："凤凰芝草，贤愚皆以为美瑞；青天白日，奴隶亦知其清明⑨。譬之于食物，至于遐方异味⑩，则有嗜者，有不嗜者；至于稻也，粱也，脍也，炙也，岂闻有不嗜者哉？"疑者乃解。解不解，于吾崔君无所损益也。

［**注释**］①往还：交往。　②决舍：弃绝割舍。　③瑕尤：缺点、过失。　④阃奥：内室深邃处，引申为精微所在。　⑤畛域：界限、范畴。　⑥淳粹：淳厚精粹。　⑦出群拔萃：即出类拔萃。　⑧比：近。　⑨清明：清澈明朗。　⑩遐方：远方。

自古贤者少，不肖者多①。自省事已来②，又见贤者恒不遇，不贤者比肩青紫③；贤者恒无以自存，不贤者志满气得；贤者虽得卑位则旋而死，不贤者或至眉寿④。不知造物者意竟如何！无乃所好恶与人异心哉？又不知无乃都不省记，任其死生寿夭邪？未可知也。人固有薄卿相之官千乘之位而甘陋巷菜羹者，同是人也，犹有好恶如此之异者，况天之与人当必异其所好恶无疑也。合于天而乖于人，何害？况又时有兼得者邪？崔君无怠！崔君无怠⑤！

[注释]①不肖：不贤、不成材。　②省（xǐng）事：懂事、明白事理。③比肩，排着队，形容众多。　④眉寿：长寿。　⑤怠：通“殆”，疑惑。

仆无以自全活者，从一官于此①，转困穷甚。思自放于伊颍之上，当亦终得之。近者尤衰惫，左车第二牙无故动摇脱去②。目视昏花，寻常间便不分人颜色③。两鬓半白，头发五分亦白其一，须亦有一茎两茎白者。仆家不幸，诸父诸兄皆康强早世，如仆者又可以图于久长哉？以此忽忽④，思与足下相见，一道其怀。小儿女满前，能不顾念！足下何由得归北来？仆不乐江南，官满便终老嵩下，足下可相就⑤，仆不可去矣。珍重自爱，慎饮食，少思虑，惟此之望。愈再拜。

[注释]①一官：指四门博士。　②车：牙床。　③寻常：长度单位。此处指尺丈之间，谓距离短小。　④忽忽：迷乱、恍惚。　⑤相就：相亲相近、主动靠近。

与卫中行书①

[注释]①此篇作于贞元十六年（800），方脱徐州兵难居洛时。

此前一年间，韩愈先后依附于董晋、张建封幕府。贞元十五年二月三日董晋卒，仅四日而汴州军乱，韩愈因为送丧离汴而得免其难；十六年五月十三日张建封卒，仅二日而徐州军乱，韩愈因先至下邳而得脱其难。两次脱难，皆在旦夕之间，所以卫中行致书慰问。“君子则吉，小人则凶”云云，即是卫书之说。但韩愈此书并不赞同卫中行之说，两个“似”字，即微露其意。盖汴州之乱，陆长源、孟叔度等被杀，徐州之乱，郑通诚、段伯熊等被杀。此辈均为韩愈同僚，且均为严肃军纪约束部伍而遇害，所谓“君子得祸”云云，应属有感而发。同时，乱兵拥立的张愔得到了徐州团练使，觊觎节钺的杜兼得到了濠州留后，所谓“小人得福”云云，也不是无的放矢。所以韩愈最终认定：“必曰‘君子则吉，小人则凶’者，不可也。”所“不可”者，重点在“必”字。这是韩愈天人相悖观念的最早表述，非常值得注意。

大受足下：辱书，为赐甚大。然所称道过盛，岂所谓诱之而欲其至于是欤？不敢当！不敢当！其中择其一二近似者而窃取之，则于“交友忠而不反于背面”者少似近焉。亦其心之所好耳，行之不倦，则未敢自谓能尔也。至于“汲汲于富贵①，以救世为事”者，皆圣贤之事业，知其智能谋力能任者也。如愈者，又焉能之？始相识时，方甚贫，衣食于人②。其后相见于汴、徐二州，仆皆为之从事。日月有所入，比之前时，丰约百倍③。足下视吾饮食衣服亦有异乎？然则仆之心或不为此汲汲也。其所不忘于仕进者，亦将小行乎其志耳，此未易遽言也。

［**注释**］①汲汲：心情急切貌。　②衣(yì)食：穿衣与吃饭。衣食于人：穿衣与吃饭仰赖于人。　③丰约：富足与贫穷。

凡祸福吉凶之来，似不在我。惟君子得祸为不幸，而小人得祸为恒；君子得福为恒，而小人得福为不幸。以其所为，似有以取之也。必曰“君子则吉，小人则凶”者，不可也。贤、不肖存乎己[1]，贵与贱、祸与福存乎天[2]，名声善恶存乎人。存乎己者，吾将勉之；存乎天、存乎人者，吾将任彼而不用吾力焉。其所守者，岂不约而易行哉？足下曰：“命之穷通，自我为之。”吾恐未合于道，足下征前世而言之则知矣。若曰：“以道德为己任，穷通之来，不接吾心。”则可也。

［**注释**］①《孟子·公孙丑上》：“祸福无不自己求之者。”　②存乎天：指一时之祸福，所谓天作孽者是也。

穷居荒凉，草树茂密。出无驴马，因与人绝。一室之内，有以自娱。足下喜吾复脱祸乱，不当安安而居[1]，迟迟而来也[2]。愈再拜。

［**注释**］①安安：安于所安。　②迟迟：行路舒徐貌。

与冯宿论文书[1]

［**注释**］①此篇作于贞元十四年(798)冬佐汴时。

此篇高度评价杨雄《太玄》，许其胜《老子》、胜《周易》，“直百世以俟圣人而不惑，质诸鬼神而不疑”，颇堪注意。

辱示《初筮赋》[1]，实有意思[2]。但力为之，古人不难到。但不知直似古人，亦何有于今人也？仆为文久，每自则，意中以为好，即人必以为恶矣。小称意③，即人亦小怪之；大称意，即人必大怪之也。时时应事作俗下文字④，下笔令人惭。及示人，人以为好矣。小惭者亦蒙谓之小好，大惭者即必以为大好矣。不知古文直何用于今世也，然以俟知者知耳。

[**注释**]①辱示：垂示。初筮：初入仕。　②意思：文意、文思。　③称意：合意。　④时时：不时、常常。

昔杨子云著《太玄》①，人皆笑之。子云之言曰："世不我知，无害也。后世复有杨子云，必好之矣。"子云死近千载，竟未有杨子云，可叹也！其时桓谭亦以雄书胜老子②。老子未足道也，子云岂止与老子争强而已乎，此不为知雄者。其弟子侯芭颇知之，以为其师之书胜《周易》③。然侯之他文不见于世，不知其人果如何耳。以此而言，作者不祈人之知也明矣。直百世以俟圣人而不惑，质诸鬼神而不疑耳④。足下岂不谓然乎？

[**注释**]①杨雄：字子云，成都人。西汉思想家、文学家，有《法言》《太玄》《羽猎赋》《长杨赋》等传世，王莽时官至大夫。　②《颜氏家训》卷上："杨雄著《剧秦美新》，妄投于阁，周章怖慑，不达天命，童子之为耳。桓谭以胜老子，葛洪以方仲尼，使人叹息。此人直以晓算术、解阴阳，故著《太玄经》，为数子所惑耳。"　③《汉书·杨雄传下》："桓谭曰：'昔老聃著虚无之言两篇，薄仁义、非礼学，然后世好之者尚以为过于五经，自汉文、景之君及司马迁皆有是言。今杨子之书，文义至深，而论不诡于圣人。若使遭遇时君，更阅贤知，为所称善，则必度越诸子矣。'"　④《礼记·中庸》："故君子之道本诸身，征诸庶民、考诸三王而不缪，建诸天地而不悖，质诸鬼神而无疑，百世以俟圣人而不惑。质诸鬼神而无疑，知天也；百世以俟圣人而不惑，知人也。"

近李翱从仆学文，颇有所得。然其人家贫多事，未能卒其业。有张籍者，年长于翱，而亦学于仆。其文与翱相上下，一二年业之，庶几至乎至也。然闵其弃俗尚而从于寂寞之道，以之争名于时也。久不谈，聊感足下能自进于此，故复发愤一道①。愈再拜。

[**注释**]①发愤：发泄愤懑。

答刘岩夫书①

[**注释**]①此篇作于韩愈元和六年(811)秋入为职方员外郎之后，元和七年(812)六月癸丑刘伯刍出为虢州刺史之前。

刘岩夫，字子耕。洛州广平人，刑部侍郎刘伯刍子。元和十年(815)登第，约卒于元和十三年(818)，享年二十余岁。

此篇答后辈问："为文宜何师？"昌黎的回答是："师其意，不师其辞。"其总体原则，是"能自树立不因循"。先有独立人格而后才有独立思考，其意义就不仅限于作文了。

愈白进士刘君足下①：

辱笺教以所不及。既荷厚赐，且愧其诚然。幸甚！幸甚！举进士于先进之门②，何所不往；先进之于后辈，苟见其至，宁可以不答其意邪？来者则接之，举城士大夫莫不皆然。而愈不幸，独有接后辈名。名之所存，谤之所归也。

[**注释**]①唐人习称乡试得贡者为进士，省试及第则称为"前进士"，见《唐国史补》卷下。此称"进士"，当作于岩夫进士及第之前。　②先进：犹言先辈也。

有来问者，不敢不以诚答。或问：为文宜何师？必谨对曰：宜师古圣贤人。曰：古圣贤人所为书具存，辞皆不同。宜何师？必谨对曰：师其意，不师其辞。又问曰：文宜易宜难？必谨对曰：无难易，惟其是而已矣。非固开其为此而禁其为彼也。夫百物朝夕所见者，人皆不注视也。及睹其异者，则共观而言之。夫文岂异于是乎？汉朝人莫不能为文，独司马相如、太史公、刘向、杨雄为之最。然则用功深者其收名也远，若皆与世沈浮①，不自树立②，虽不为当时所怪，亦必无后世之传也。

［**注释**］①沈浮：谓趋时随俗。　②树立：所树所立，谓自我建树。

足下家中，百物皆赖而用也。然其所珍爱者，必非常物。夫君子之于文，岂异于是乎？今后进之为文，能深探而力取之，以古圣贤人为法者，虽未必皆是，要若有司马相如、太史公、刘向、杨雄之徒出，必自于此，不于循常之徒也。若圣人之道不用文则已，用则必尚其能者。能者非他，能自树立不因循者是也①。有文字来，谁不为文？然其存于今者，必其能者也。顾常以此为说耳。

［**注释**］①因循：沿袭、承袭。

愈于足下忝同道而先进者①，又常从游于贤尊给事②。既辱厚赐，又安得不进其所有以为答也。足下以为何如？愈白。

［**注释**］①同道：志同道合者。　②贤尊给事：指岩夫之父伯刍。伯刍：

字素芝，洛州广平人，兵部侍郎刘乃子。登进士第，杜佑奏署淮南节度判官。元和六年正月丙申，为给事中。七年六月癸丑，出为虢州刺史。十年十月为刑部侍郎，俄知吏部选事。以左散骑常侍致仕，十三年卒，年六十一。

答陈商书①

[**注释**]①此篇作于元和九年(814)陈商进士及第之前，韩愈为国子博士时，约在元和元年(806)六月至八年(813)三月乙亥之间。

陈商，字述圣。陈宣帝五世孙，散骑常侍彝之子。贞元年间，与王冲霄同隐太平府繁昌县马仁山，江表从学者甚众。元和九年登进士第。历户部员外郎、司封郎中。会昌元年为司门郎中、史馆修撰。会昌三年十一月十九日，以谏议大夫守本官权知贡举。后因奏对不称旨，十二月十七日宰臣遂奏依前命左仆射兼太常卿王起主文。转刑部郎中。会昌五年，以谏议大夫权知礼部侍郎主贡举。六年再知贡举。大中元年，自礼部侍郎出为陕州刺史。官至银青光禄大夫秘书监、许昌县开国男。九年正月辛巳卒，赠工部尚书。

举进士的目的，既在于行道，也在于求禄利。对于这一点，韩愈从来都没有讳言过。既然如此，为文必使一世人不好，则所谓操瑟立于齐门，与自己的目的背道而驰了。韩愈为人为文，力主特立独行、能自树立不因循。此处所言，似有媚俗之嫌。但应用之文，力求实用，与行道之文分途而趋，也在情理之中。明白了这一点，才算是真正了解了韩愈。

愈白：

辱惠书，语高而旨深，三四读尚不能通晓，茫然增愧赧①。又不以其浅弊②，无过人知识③，且喻以所守，幸甚。愈敢不吐情实④，然自识其不足补吾子之所须也⑤。

[**注释**]①愧赧(nǎn):因羞惭而面红耳赤。　②浅弊:犹浅陋。　③知识:了解、辨识。　④情实:真心。　⑤陶渊明《和刘柴桑》:“耕织称其用,过此奚所须。”

齐王好竽①,有求仕于齐者,操瑟而往②,立王之门,三年不得入。叱曰:“吾瑟鼓之,能使鬼神上下。吾鼓瑟,合轩辕氏之宫③。”客骂之曰:“王好竽而子鼓瑟④,瑟虽工⑤,如王不好何?”是所谓工于瑟,而不工于求齐也。

[**注释**]①竽:管乐,竹制簧管乐器,似笙相而略大。齐王好竽,见《韩非子·内储说上七术·挟智六》。　②瑟:弦乐,形似古琴,但无徽位,有五十弦、二十五弦、十五弦等种。今瑟有二十五弦、十六弦二种。每弦有一柱,上下移动以定音。　③《国语·周语》:“琴瑟尚宫,钟尚羽。重者从细,轻者从大。”所谓“琴瑟尚宫”云云,指琴瑟适宜于演奏宫调乐曲。　④好(hào):喜爱、喜好。下文同。　⑤工:巧妙、精妙。

今举进士于此世①,求禄利②、行道于此世③,而为文必使一世人不好,得无与操瑟立齐门者比欤?文虽工,不利于求,求不得,则怒且怨,不知君子必尔为不也?故区区之心④,每有来访者,皆有意于不肖者也⑤,略不辞让,遂尽言之,惟吾子谅察。愈白。

[**注释**]①举进士:参加进士科考试。　②禄利:爵禄、利益。　③行道:践行自己的理想。　④区区:自称,此为谦辞。　⑤不肖:自谦之称。

与孟简尚书书①

[**注释**]①此篇作于元和十五年(820)秋,时任袁州刺史。

此篇有两点值得注意：其一，韩愈反佛老，主要目的在于为儒学争夺意识形态领导权，兼为社会减轻经济负担，并非与和尚、道士个人为敌。韩愈本人与高僧大德的交往，并不影响其反佛老的思想主张。具体到大颠，除“颇聪明，识道理”“外形骸，以理自胜，不为事物侵乱”之外，“传法者千余人”，对于守土有责的潮州刺史而言，绝对不是一支可以忽略的力量。其二，此篇“推尊孟氏，以为功不在禹下”。将孟子抬高到大禹之上，远远超过了时人的认识高度。同时，此篇正面陈述自己上承孟子兴灭继绝的担当精神与献身精神：“释老之害过于杨、墨，韩愈之贤不及孟子。孟子不能救之于未亡之前，而韩愈乃欲全之于已坏之后。呜呼！其亦不量其力，且见其身之危，莫之救以死也！虽然，使其道由愈而粗传，虽灭死万万无恨。天地鬼神，临之在上，质之在傍。”韩愈所主动担当的，既包括时局的危难，也包括华夏民族生存发展的历史重任：“夫杨、墨行，正道废，且将数百年，以至于秦，卒灭先王之法，烧除其经，坑杀学士，天下遂大乱。及秦灭，汉兴且百年，尚未知修明先王之道。其后始除挟书之律，稍求亡书，招学士，经虽少得，尚皆残缺，十亡二三。故学士多老死，新者不见全经，不能尽知先王之事，各以所见为守，分离乖隔，不合不公，二帝三王群圣人之道于是大坏。后之学者无所寻逐，以至于今泯泯也。”这是韩愈道统思想发展完善的标志，值得加以特别注意。

愈白：

行官自南回①，过吉州，获吾兄二十四日手示②。披读数番，欣悚兼至③。未审入秋来眠食何似④？伏惟万福。

［注释］①行官：地方政府出使四方的使者。　②手示：手书、亲笔信。

③欣悚：欣喜、惶恐、又惊又喜。 ④何似：如何、怎样。

来示云：有人传愈近少信奉释氏者。此传者之妄也。潮州时，有一老僧号大颠①，颇聪明，识道理。远地无可与语者，故自山召至州郭，留十数日。实能外形骸②，以理自胜，不为事物侵乱。与之语，虽不尽解，要且自胸中无滞碍③。以为难得，因与来往。及祭神至海上，遂造其庐。及来袁州，留衣服为别。乃人之情，非崇信其法，求福田利益也④。

[**注释**]①潮州灵山大颠禅师讳宝通，潮州杨氏子。初参石头，后辞往潮州灵山隐居，门人传法者千余人，自号为大颠和尚。 ②形骸：躯体。外形骸：脱略形骸之外。 ③滞碍：阻碍、障碍。 ④福田：修善积德，以求福报。

孔子曰："丘之祷久矣。"①凡君子行己立身，自有法度。圣贤事业，具在方册②。可效可师。仰不愧天，俯不愧人，内不愧心。积善积恶，殃庆自各以其类至③。何有去圣人之道④，舍先王之法，而从夷狄之教以求福利也？《诗》不云乎："恺悌君子，求福不回。"⑤《传》又曰："不为威惕，不为利疚。"⑥假如释氏能与人为祸祟⑦，非守道君子之所惧也，况万万无此理。且彼佛者果何人哉？其行事类君子邪？小人邪？若君子也，必不妄加祸于守道之人；如小人也，其身已死，其鬼不灵。天地神祇⑧，昭布森列⑨，非可诬也。又肯令其鬼行胸臆作威福于其间哉？进退无所据而信奉之，亦且惑矣！

[**注释**]①《论语·述而》："子疾病，子路请祷。子曰：'有诸？'子路对曰：

‘有之。诔曰：祷尔于上下神祇。’子曰：‘丘之祷久矣。’”何晏《集解》：“孔曰：孔子素行合于神明，故曰：丘之祷久矣。”　②方册：典籍文献。　③《易·坤·文言》：“积善之家必有余庆，积不善之家必有余殃。”　④何有：岂有。　⑤《左传》僖公十二年：“《诗》曰：‘恺悌君子，神所劳矣。’”杜预注：“恺，乐也；悌，易也。”　⑥《诗·大雅·旱麓》郑笺：“不回者，不违先祖之道。”　⑦祸祟：鬼神所降灾祸。　⑧天曰神：地曰祇。　⑨昭布：昭然列布。森列：森然排列。

且愈不助释氏而排之者，其亦有说。孟子有云：“今天下不之杨，则之墨。”杨墨交乱，而圣贤之道不明。圣贤之道不明，则三纲沦而九法斁①，礼乐崩而夷狄横，几何其不为禽兽也！故曰：“能言距杨墨者，皆圣人之徒也。”杨子云曰：“古者杨墨塞路，孟子辞而辟之，廓如也。”②夫杨墨行，正道废，且将数百年。以至于秦，卒灭先王之法，烧除经书，坑杀学士，天下遂大乱。及秦灭，汉兴且百年，尚未知修明先王之道。其后始除挟书之律③，稍求亡书，招学士。经虽少得，尚皆残缺，十亡二三。故学士多老死，新者不见全经，不能尽知先王之事。各以所见为守，分离乖隔，不合不公，二帝三王群圣人之道于是大坏。后之学者无所寻逐，以至于今，泯泯也④。其祸出于杨墨肆行而莫之禁故也。孟子虽贤圣，不得位，空言无施，虽切何补？然赖其言而今学者尚知宗孔氏、崇仁义，贵王贱霸而已。其大经大法皆亡灭而不救，坏烂而不收，所谓存十一于千百，安在其能廓如也？然向无孟氏，则皆服左衽而言侏离矣⑤。故愈尝推尊孟氏，以为功不在禹下者，为此也。

[**注释**]①沦：沉沦。三纲：指君臣、父子、夫妇，社会秩序的基础。九法：九畴之法，治理天下的九类大法。斁（dù）：败坏。　②廓：开拓、开辟。廓如：

犹廓然，张而大之。 ③挟：藏。秦律，敢有挟书者族诛。 ④泯泯：茫然无可寻觅貌。 ⑤左衽：衣襟向左，夷狄的服装。侏离：蛮夷的语音。

汉氏已来，群儒区区修补，百孔千疮①，随乱随失，其危如一发引千钧。绵绵延延②，浸以微灭③。于是时也，而唱释老于其间，鼓天下之众而从之。呜呼，其亦不仁甚矣！释老之害过于杨墨，韩愈之贤不及孟子。孟子不能救之于未亡之前，而韩愈乃欲全之于已坏之后。呜呼！其亦不量其力，且见其身之危，莫之救以死也！虽然，使其道由愈而粗传，虽灭死万万无恨！天地鬼神，临之在上，质之在旁。又安得因一摧折，自毁其道以从于邪也？

[**注释**]①百孔千疮：比喻残缺不全、破坏严重。 ②绵绵延延：绵延、延续。 ③浸：渐。微灭：衰败灭绝。

籍、湜辈虽屡指教，不知果能不叛去否。辱吾兄眷厚，而不获承命，惟增惭惧。死罪！死罪！愈再拜。

[**注释**]①籍、湜：张籍、皇甫湜，均为韩门弟子。皇甫湜，字持正，睦州人。元和元年擢进士第，元和三年登贤良方正科第三等，策语太切，权幸恶之，授陆浑尉。元和八年四月，南归睦州。

送孟东野序①

[**注释**]①此篇作于贞元十七年(801)三月前，时在京师从调选。

韩愈的“不平则鸣”，前人往往理解为愤激不平，以为“自鸣其不幸”可以称为不平，“鸣国家之盛”则难以称为不平。实际上，平有静义，故词有平静；平有凡义，故词有平凡。就本篇而言，挠之、荡之、激之、梗之、击之、推夺，均就动静而言，则“不平”云者，谓“郁于中而泄于外”，即情动于中而形于言；此外，善鸣者声大而远、荒唐其辞，其下者清以浮、数以急、淫以哀、弛以肆、乱杂而无章，均就文辞精粗而言，则“平”与“不平”的差别，在于凡庸与不凡。归纳起来，韩愈的“不平”，指不平静、不平凡。前者要求“歌也有思”“哭也有怀”，重在作品的真情至性；后者追求“人声之精者”“文辞之精者”，重在作品的艺术独创性。宋汤汉《妙绝古今》引赵南塘云：“凡有怀而欲吐者，皆为不得其平，非必有所愤激也。”得之。

大凡物不得其平则鸣。草木之无声，风挠之鸣；水之无声，风荡之鸣。其跃也或激之，其趋也或梗之①，其沸也或炙之②。金石之无声，或击之鸣。人之于言也亦然，有不得已者而后言。其歌也有思，有哭也有怀。凡出乎口而为声者，其皆有弗平者乎！

[**注释**]①趋：急行貌。梗：阻塞。　②炙（zhì）：烘烤。

乐也者，郁于中而泄于外者也，择其善鸣者而假之鸣。金、石、丝、竹、匏、土、革、木八者，物之善鸣者也。维天之于时也亦然，择其善鸣者而假之鸣。是故以鸟鸣春，以雷鸣夏，以虫鸣秋，以风鸣冬。四时之相推夺①，其必有不得其平者乎！其于人也亦然：人声之精者为言，文辞之于言，又其精也，尤择其善鸣者而假之鸣。

[**注释**]①推夺（duó）：推移代换。

其在唐、虞，咎陶、禹，其善鸣者也，而假之以鸣①。夔不以文辞鸣，又自假于《韶》以鸣②。夏之时，五子以其歌鸣③。伊尹鸣殷④，周公鸣周⑤。凡载于《诗》《书》六艺⑥，皆鸣之善者也。周之衰，孔子之徒鸣之，其声大而远。传曰："天将以夫子为木铎。"⑦其弗信矣乎？其末也，庄周以其荒唐之辞鸣。楚，大国也。其亡也，以屈原鸣。臧孙辰、孟轲、荀卿⑧，以道鸣者也。杨朱、墨翟、管夷吾、晏婴、老聃、申不害、韩非、昚到、田骈、邹衍、尸佼、孙武、张仪、苏秦之属，皆以其术鸣。秦之兴，李斯鸣之。汉之时，司马迁、相如、杨雄，最其善鸣者也。其下魏晋氏，鸣者不及于古，然亦未尝绝也。就其善鸣者，其声清以浮，其节数以急⑨，其辞淫以哀⑩，其志弛以肆⑪。其为言也，乱杂而无章。将天丑其德莫之顾邪⑫？何为乎不鸣其善鸣者也？

[**注释**]①虞书有《大禹谟》《皋陶谟》《禹贡》。　②《韶》：虞舜时乐名。　③《尚书·五子之歌序》："太康失邦，盘于游田，不恤民事，为羿所逐，不得反国。昆弟五人须于洛汭，作《五子之歌》。"　④《尚书·伊训序》："成汤既没，太甲元年，伊尹作《伊训》，肆命徂后。"　⑤《尚书·金縢序》："武王有疾，周公作《金縢》。"　⑥六艺：指儒家的六经，即《礼》《乐》《书》《诗》《易》《春秋》。　⑦《论语·八佾》："仪封人曰：二三子何患于丧乎？天下之无道也久矣，天将以夫子为木铎。"何晏集解引孔安国曰："木铎，施政教时所振也。言天将命孔子制作法度，以号令于天下也。"　⑧臧孙辰：鲁大夫臧文仲。《左传》："穆叔曰：'鲁有先大夫曰臧文仲，既没，其言立。'豹闻之：'太上有立德，其次有立功，其次有立言。'"杜注："立，谓不废绝。立言，史佚、周任、臧文仲。"　⑨数（shuò）：疾速。　⑩淫：过度、无节制。　⑪弛：松懈、放纵。肆：放纵、恣肆。　⑫厌恶：憎恨。

唐之有天下，陈子昂、苏源明、元结、李白、杜甫、李观，皆以其所能鸣。其存而在下者孟郊。东野始以其诗鸣。其高出魏晋,不懈而及于古,其他浸淫乎汉氏矣。从吾游者,李翱、张籍其尤也。三子者之鸣,信善鸣矣。抑不知天将和其声①,而使鸣国家之盛邪?将穷饿其身,思愁其心肠,而使自鸣其不幸邪?三子者之命则悬乎天矣!其在上也奚以喜?其在下也奚以悲?

[注释]①和:和谐、协调。

东野之役于江南也,有若不怿者然①,故吾道其命于天者以解之。

[注释]①怿(yì):同“释”,喜悦、快乐。不怿:不悦、不快。

送许郢州序①

[注释]①此篇作于贞元十八年(802)二月,时为四门博士。

许仲舆,字叔载,京兆长安人。以献赋射策取甲科,历佐诸藩,由外台监察御史入为著作佐郎,迁水部员外郎。贞元十八年,出为郢州刺史。元和七年前,官至国子司业。

中唐社会转型时期最突出的社会矛盾,是中央政府需要确保自己权归一家、利出一孔的大一统,而刚刚获得土地买卖自由与户口迁徙自由的劳动者却要首先确保自己的生存权利。前者强调效率,后者强调公平。夹在中间的各级官员则左右为难:负责财务的监司官员必然注重聚敛,而守土有责的基层官员为了留住用脚投票的劳动者,又不得不在一定程度上注意民生。这就是王安石与欧、苏、司马,秦桧与郑刚中,张居正与东林党人之间解不开的死结。于頔与下属官员的矛盾正是如此。韩愈为他开出的药方,真正的要害不是“刺史不私于其民”“观察使不急于其赋”，而是“人已穷而赋愈急，其不去为盗也亦幸矣”。百姓的生存需求才是各级政府得以存在的合法性依据，这才是韩愈最深刻的认识。

愈尝以书自通于于公頔①，累数百言。其大要也，言先达之士得人而托之，则道德彰而名问流②；后进之士得人而托之，则事业显而爵位通。下有矜乎能③，上有矜乎位，虽恒相求而不相遇。于公不以其言为不可，复书曰：“足下之言是也。”于公身居方伯之尊④，蓄不世之才，而能与卑鄙庸陋相应答如影响⑤，是非忠乎君而乐乎善，以国家之务为己任者乎？愈虽不敢私其大恩，抑不可不谓之知己，恒矜而诵之。情已至而事不从，小人之所不为也。故于使君之行，道刺史之事，以为于公赠。

［**注释**］①于頔：字允先，河南人。始以荫补千牛，调授华阴尉。贞元十四年九月丙辰，为襄州刺史山南东道节度使。永贞元年十二月甲辰，加左仆射平章事。元和二年八月辛巳，封燕国公。三年九月入觐，庚寅，册拜司空平章事。元和八年二月丁酉，贬恩王傅。九月壬申，贬太子宾客。十年十月壬子，为户部尚书。十三年表求致仕，授太子宾客。其年八月卒。　②名问：同“名闻”，名声、名望。　③矜：自夸、自恃。　④方伯：一方诸侯之长。　⑤影响：影子与回声，形容反应迅捷。

凡天下之事，成于自同，而败于自异。为刺史者，恒私于其民，不以实应乎府；为观察使者，恒急于其赋①，不以情信乎州。由是刺史不安其官②，观察使不得其政。财已竭而敛不休，人已穷而赋愈急，其不去为盗也亦幸矣！诚使刺史不私于其民，观察使不急于其赋。刺史曰：“吾州之民，天下之民也。惠不可以独厚。”观察使亦曰：“某州之民，天下之民也，敛不可以独急。”如是而政不均、令不行者，未之有也。

[**注释**]①唐史载于頔虽为政有绩，然横暴已甚，公然聚敛，贿赂公行。②唐史载于頔威虐下属官吏，日加科罚，其惴恐重足一迹，专以凌上威下为务。

其前之言者，于公既已信而行之矣，今之言者，其有不信乎？县之于州，犹州之于府也。有以事乎上，有以临乎下。同则成，异则败者，皆然也。非使君之贤，其谁能从之？愈于使君，非燕游一朝之好也①。故其赠行，不以颂而以规。

[**注释**]①燕游：宴饮游乐。

送李愿归盘谷序①

[**注释**]①本篇作于贞元十七(801)年，作者离开徐州幕府闲居洛阳时。

本篇的内容，主要是转述李愿本人的话，这种写法，在赠序中是别开生面的。文章借李愿之口，讽刺了那些志骄意满的官僚和奔走权门的帮闲，赞扬了清高穷处、自由自在的隐士生活。“利泽施于人，名声昭于时”一段，显然从庄子《逍遥游》“知效一官，行比一乡，德合一君，而征一国”化出，其讽刺的辛辣，也和庄子如出一辙。后来蒲松龄在《聊斋志异》里讽刺那些作威作福的官僚：“出则舆马，入则高堂，堂上一呼，而下百诺，见者侧目视，侧足立，此名为官。”明显地受到本篇的影响。

学成文武艺，货与帝王家。传统的中国读书人坚守着读书做官的老路，等而下之者也决不离开幕僚一途。唐宋社会转型时期最重要的社会现象，是出现了一批脱离了对官方的依附地位，开始寻求自身独立存在价值的知识分子。韩愈交游中，隐居盘谷的李愿、试大理评事王适以及韩门弟子孟郊都是这类人物。尽管这些人物最终都涉足仕途，但他们与官场的距离是显而易见的。就本篇而言，对大丈夫之遇知于天子、用力于当世者的鄙夷与对大丈夫不遇于时者的赞美，透露出与传统的中国读书人完全不同的人生价值观，这才是这篇文章最重要的价值所在。

太行之阳有盘谷①。盘谷之间，泉甘而土肥，草木丛茂，居民鲜少。或曰：谓其环两山之间，故曰盘。或曰：是谷也，宅幽而势阻，隐者之所盘旋。友人李愿居之②。

[**注释**]①阳：山南。盘谷：地名，在孟州济源县(今属河南省)。 ②李愿：生平不详。据本篇，当为一隐者，与李晟之子李愿并非一人。

愿之言曰：人之称大丈夫者，我知之矣！利泽施于人①，名声昭于时②。坐于庙朝③，进退百官，而佐天子出令。其在外，则树旗旄，罗弓矢。武夫前呵，从者塞途。供给之人，各执其物，夹道而疾驰。喜有赏，怒有刑。才畯满前④，道古今而誉盛德，入耳而不烦。曲眉丰颊，清声而便体，秀外而惠中。飘轻裾⑤，翳长袖⑥，粉白黛绿者，列屋而闲居⑦，妒宠而负恃，争妍而取怜⑧。大丈夫之遇知于天子，用力于当世者之所为也。吾非恶此而逃之，是有命焉，不可幸而致也。

[**注释**]①利泽：利益、恩泽。 ②昭：昭示、彰明显示。 ③庙朝：宗庙、

朝廷。 ④才畯:才能卓越的人。畯:通“俊”。 ⑤裾:衣襟。 ⑥翳(yì):掩、遮掩。翳长袖:长袖掩面。 ⑦列屋:并屋、一排排的房屋。闲居:无所事事。此句说:后房美女多得一屋一屋的,无事可干。 ⑧争妍:比美。取怜:争宠、获取怜爱。

穷居而野处,升高而远望。坐茂树以终日,濯清泉以自洁。采于山,美可茹①;钓于水,鲜可食。起居无时,惟适之安。与其誉于前,孰若无毁于其后;与其乐于身,孰若无忧于其心。车服不维②,刀锯不加③,理乱不知④,黜陟不闻⑤。大丈夫不遇于时者之所为也,我则行之。

[**注释**]①茹:吃。 ②车服:车马服饰。维:系。 ③刀锯:刑罚。以上两句说:既没有高官显爵的荣华,也不会遭到刑法的诛戮。 ④理:治。唐人避高宗李治名讳而改字。 ⑤黜:贬黜。陟(zhì):升迁。以上二句意思说:既不关心国家是治是乱,也没听说过什么升官贬官。

伺候于公卿之门,奔走于形势之途①。足将进而趑趄②,口将言而嗫嚅③。处污秽而不羞,触刑辟而诛戮。侥幸于万一,老死而后止者,其于为人④,贤不肖何如也⑤?

[**注释**]①形势:权力地位。《荀子·正论》:“爵列尊禄厚,形势胜。”注:“形势,谓势位也。” ②趑(zī)趄(jū):欲进不进的样子。张载《剑阁赋》:“万夫趑趄。” ③嗫(niè)嚅(rú):欲言又止的样子。 ④其:代词。指伺候于公卿之门者。其于为人,他们在为人这个问题上。 ⑤不肖:不贤。贤不肖何如也:其品格的贤与不贤到底怎么样呢?

昌黎韩愈闻其言而壮之,与之酒而为之歌曰:

盘之中，维子之宫①。盘之土，维子之稼。盘之泉，可濯可沿②。盘之阻，谁争子所？窈而深③，廓其有容④；缭而曲⑤，如往而复⑥。嗟盘之乐兮，乐且无央⑦。虎豹远迹兮，蛟龙遁藏。鬼神守护兮，呵禁不祥⑧。饮且食兮寿而康，无不足兮奚所望。膏吾车兮秣吾马⑨，从子于盘兮，终吾生以徜徉⑩。

[**注释**]①维：语首助词，无义。子：你。宫：居室、住所。 ②可濯：可以洗涤。《孟子·离娄》上："沧浪之水清兮，可以濯我缨；沧浪之水浊兮，可以濯我足。"可沿：可以沿河散步。方崧卿引韩愈《论语笔解》，以"浴于沂"作"沿于沂"，以为此句中"沿"字与之同义。 ③窈：深远、幽静。 ④廓：广阔。廓其有容：宽广而别有天地。 ⑤缭：缭绕、迂回曲折。 ⑥复：返。如往而复：写其曲折往复。 ⑦央：穷尽。 ⑧呵禁：呵斥、禁止。《晋书·石季龙载记》："持法呵禁。" ⑨膏：油脂。此处用作动词，用油涂车。秣(mò)：饲料。此处用作动词，喂养。《诗·周南·汉广》："言秣其马。" ⑩徜徉：漫游、往来徘徊。《淮南子·人间》："鸿鹄翔乎忽荒之上，徜徉乎虹蜺之间。"

赠崔复州序①

[**注释**]①此篇作于贞元十八年(802)，时为四门博士。

复州，今湖北天门，与郢州同属山南东道，则崔复州与许郢州同为于頔下属。本篇主旨与《送许郢州序》相同，"民就穷而敛愈急""连帅不以信"，于頔态度于此可见。如果刺史也"乐则一境之人喜，不乐则一境之人惧"，则"难为"的就不是"刺史"，而是"小民"了。规讽连帅同时也规劝刺史，这是本篇与《送许郢州序》不同的地方。

有地数百里，趋走之吏自长史、司马已下数十人①，其禄足以仁其三族及其朋友故旧②。乐乎心，则一境之人喜；不乐乎心，则一境之人惧。大丈夫官至刺史亦荣矣！虽然，幽远之小民，其足迹未尝至城邑。苟有不得其所，能自直于乡里之吏者鲜矣③，况能自辩于县吏乎？能自辩于县吏者鲜矣，况能自辩于刺史之庭乎？由是刺史有所不闻，小民有所不宣④。赋有常，而民产无恒。水旱疠疫之不期⑤，民之丰约悬于州县。县令不以言，连帅不以信。民就穷而敛愈急，吾见刺史之难为也！

［**注释**］①长史、司马：刺史之佐。 ②仁：保养。三族：父族、母族、妻族。 ③自直：自行申诉。 ④不宣：不得自行宣达。 ⑤疠疫：瘟疫。

崔君为复州①，其连帅则于公②。愈以为崔君之仁，足以苏复人；于公之贤，足以庸崔君。有刺史之荣而无其难为者，将在于此乎？愈尝辱于公之知，而旧游于崔君。庆复人之将蒙其休泽也③，于是乎言。

［**注释**］①崔君：名吁，生平不详。为复州：治理复州。 ②于公：于頔。 ③休泽：恩惠。

送董邵南游河北序①

［**注释**］①此篇作于贞元十五年(799)、十六年(800)之间，时为徐州节度推官。

董邵南，寿州安丰人，贞元间举进士不第，余不详。韩诗《嗟哉董生行》：“寿州属县有安丰。唐贞元时，县人董生邵南隐居行义于其中，刺史不能荐，天子不闻名声，爵禄不及门。门外惟有吏，日来征租更索钱。”末段以“明天子在上”，呼唤效力燕国的望诸君、屠狗者流皆“可以出而仕”于朝，则董邵南自然没有必要远走河北。有志者当报效朝廷，不宜效命藩镇，为一篇主题。

燕赵古称多感慨悲歌之士[①]。董生举进士[②]，连不得志于有司[③]。怀抱利器[④]，郁郁适兹土。吾知其必有合也，董生勉乎哉！

[**注释**]①感慨悲歌之士：指荆轲、高渐离之属。《汉书·地理志》：“赵、中山地薄人众，丈夫相聚游戏，悲歌忼慨。” ②举进士：参加地方政府的选拔考试。考中者成为乡贡进士，获得参加礼部科举考试的资格。 ③有司：政府部门。古代设官分职，各有专司，故称有司。《书·大禹谟》：“好生之德，洽于民心，兹用不犯于有司。”这里指主持考试的寿州主管部门。 ④利器：杰出的才能。《三国志·吴志·陈思王植传》：“植常自愤怨，抱利器而无所施。”

夫以子之不遇时，苟慕义强仁者皆爱惜焉[①]，矧燕赵之士出乎其性者哉[②]？然吾尝闻风俗与化移易[③]。吾恶知其今不异于古所云邪[④]？聊以吾子之行卜之也[⑤]，董生勉乎哉！

[**注释**]①慕义：《文选》卷三十九邹阳《于狱中上书自明》：“行合于志，慕义无穷也。”强仁：勉力行仁。《礼记·表记》：“仁者安仁，知者利仁，畏罪者强仁。” ②矧：况。《诗·小雅·伐木》：“矧伊人矣，不求友生。”毛传：“矧，况也。” ③化：教化。 ④高步瀛《唐宋文举要》甲编卷二：“古也感慨悲歌，今也犯上作乱，风化不同，故古今亦异，讽意昭然可知。乃有妄解悲歌之士即隐喻犯上作乱者，则望诸君一语不可通矣。因泥定风俗与化移易，专就好一面说，遂生此谬解耳。” ⑤卜：估量。

吾因子有所感矣：为我吊望诸君之墓[①]。而观于其市，复有昔时屠狗者乎②？为我谢曰："明天子在上，可以出而仕矣③。"

［**注释**］①《史记·乐毅传》："赵封乐毅于观津，号曰望诸君。"《集解》引张华云："望诸君冢在邯郸西数里。"《元和郡县志》卷十五："磁州邯郸县：乐毅墓在县西南十八里。" ②《史记·刺客列传》："荆轲既至燕，爱燕之狗屠及善击筑者高渐离。荆轲嗜酒，日与狗屠及高渐离饮于燕市，酒酣以往，高渐离击筑，荆轲和而歌于市中，相乐也，已而相泣，旁若无人者。" ③此句点明主题：当报效王朝，不宜效命藩镇。

送浮屠文畅师序①

［**注释**］①此篇作于贞元十九年(803)春，时为四门博士。

韩愈《原人》"夷狄禽兽皆人也"，将倮虫类动物的人区分为三类：人、夷狄、禽兽。就生物学的意义而言，他们都是人；从人类文明发展高度而言，他们又分别处于人类文明不同的发展阶段：禽兽，指原始状态的生物人；夷狄，指蒙昧时期的野蛮人；人，指礼仪完备的文明人。这就是"夷狄禽兽皆人也"的真实含义。在中国思想史上，韩愈首发此说。伊川谓"礼一失则为夷狄，再失则为禽兽"(《二程遗书》卷二上)，其思想渊源显然出自韩愈。此说以为华夏文明高于蛮夷文明，其民族优越感或大汉族主义倾向应该批判。但排除掉这层含义之后，上述说法仍然存在合理的因素：按现代文化人类学的观点，人类文明的发展历程中，确实经历过不识母子的血亲杂交阶段、知母而不知父的母姓族群阶段、以父系传承为依据的氏族部落阶段。按韩、程的说法：人类文明发展初期，人知母而不知父，事实上与禽兽没有区别，属于动物人；即便是夷狄戎蛮能识父母，能立君长，但缺乏礼仪，仍然属于野蛮人；只有礼仪完备，上下有序，才能算得上文明人。动物人、野蛮人、文明人，其差异不在种族优劣，而在文明程度。这才是“禽兽”“夷狄”“人”三分法的真谛。本篇从人类社会生存发展的高度论证职业分工、阶层分化的必然性与合理性，以此批驳佛、老“外天下国家”的荒唐，是很有说服力的。

人固有儒名而墨行者：问其名则是，校其行则非。可以与之游乎？如有墨名而儒行者：问其名则非，校其行则是。可以与之游乎？杨子云称在门墙则挥之，在夷狄则进之①。吾取以为法焉。

［**注释**］①《法言·修身》：“或问：人有倚孔子之墙，弦郑、卫之声，诵韩、庄之书，则引诸门乎？曰：在夷狄则引之，倚门墙则麾之。”

文畅喜文章。其周游天下，凡有行，必请于搢绅先生①，以求咏歌其所志。贞元十九年春，将行东南，柳君宗元为之请。解其装②，得所得叙诗累百余篇。非至笃好，其何能致多如是邪？惜其无以圣人之道告之者，而徒举浮屠之说赠焉③。夫文畅，浮屠也。如欲闻浮屠之说，当自就其师而问之，何故谒吾徒而来请也？彼见吾君臣父子之懿④，文物礼乐之盛，其心必有慕焉。拘其法而未能入，故乐闻其说而请之。如吾徒者，宜当告之以二帝三王之道，日月星辰之所以行，天地之所以著，鬼神之所以幽，人物之所以蕃，江河之所以流而语之。不当又为浮屠之说，而渎告之也⑤。

［**注释**］①搢绅：仕宦者。　②装：行囊。　③浮屠：梵语 Buddha 音译。又作“浮图”“佛陀”“佛”。　④懿：美。　⑤渎：亵渎、轻慢。渎告：谦辞，未经

思考，轻率而告之。

民之初生，固若禽兽夷狄然①。圣人者立，然后知宫居而粒食②，亲亲而尊尊，生者养而死者藏③。是故道莫大乎仁义，教莫正乎礼乐刑政。施之于天下，万物得其宜；措之于其躬，体安而气平。尧以是传之舜，舜以是传之禹，禹以是传之汤，汤以是传之文、武，文、武以是传之周公。孔子书之于册④，中国之人世守之。今浮屠者，孰为而孰传之邪？

[**注释**]①禽兽：鸟类动物与兽类动物，这里特指倮虫类动物。夷狄：夷狄戎蛮之省称，概指中土华夏之外四方诸族。　②宫居：以房屋为居所。粒食：以五谷为食物。　③藏：葬。　④册：谓六经。

夫鸟，俯而啄，仰而四顾①；夫兽，深居而简出。惧物之为己害也，犹且不脱焉。弱之肉，强之食。今吾与文畅安居而暇食，优游以生死，与禽兽异者，宁可不知其所自邪？夫不知者，非其人之罪也；知而不为者，惑也。悦乎故不能即乎新者，溺也。知而不以告之者，不仁也；告而不以实者，不信也。余既重柳请，又嘉浮屠能喜文辞，于是乎言。

[**注释**]①四顾：东张西望，此写惊恐之态。

送王埙秀才序①

[**注释**]①此篇作年失考。

“自孔子没，群弟子莫不有书，独孟轲氏之传得其宗，故求观圣人之道者必自孟子始。”此一篇主旨，亦韩愈一生宗旨。其影响宋学乃至一千二百年华夏民族文化传统者，亦在此一语。

吾常以为孔子之道，大而能博。门弟子不能遍观而尽识也，故学焉而皆得其性之所近。其后离散分处诸侯之国，又各以其所能授弟子，原远而末益分①。盖子夏之学，其后有田子方②。子方之后，流而为庄周。故周之书喜称子方之为人。荀卿之书，语圣人必曰孔子、子弓③。子弓之事业不传，惟太史公书《弟子传》有姓名字，曰馯臂子弓，子弓受《易》于商瞿。孟轲师子思④。子思之学，盖出曾子⑤。自孔子没，群弟子莫不有书，独孟轲氏之传得其宗⑥，故余少而乐观焉。

[**注释**]①原：谓源流。　②《史记·儒林列传》：“如田子方、段干木、吴起、禽滑厘之属，皆受业于子夏之伦，为王者师。”田子方：魏文侯师，名无择。　③《荀子·非十二子篇》：“圣人之不得势者也，仲尼、子弓是也。”《儒效篇》：“非大儒莫之能立，仲尼、子弓是也。”　④晋王肃《孔子家语·后序》：“孔子生伯鱼，鱼生子思，名伋。伋常遭困于宋，作《中庸》之书四十七篇以述圣祖之业，授弟子孟轲之徒数百人，年六十二而卒。”　⑤汉孔鲋《孔丛子·居卫第七》：“曾子谓子思曰：‘昔者吾从夫子巡守于诸侯，夫子未尝失人臣之礼，而犹圣道不行。今吾观子有傲世主之心，无乃不容乎？’子思曰：‘时移世异，人有宜也。当吾先君，周制虽毁，君臣固位，上下相持若一体然。夫欲行其道，不执礼以求之则不能入也。今天下诸侯方欲力争，竞招英雄以自辅翼，此乃得士则昌，失士则亡之秋也。伋于此时不自高，人将下吾；不自贵，人将贱吾。舜禹揖让，汤武用师，非故相诡，乃各时也。’”　⑥宗：宗本、根本、主旨。

太原王埙示予所为文，好举孟子之所道者①。与之言，信悦孟子而屡赞其文词。夫沿河而下②，苟不止，虽有疾迟，必至于海。如不得其道也③，虽疾不止，终莫幸而至焉。故学者必慎其所道④。道于杨墨老庄佛之学而欲之圣人之道⑤，犹航断港绝潢以望至于海也⑥。故求观圣人之道者必自孟子始。今埙之所由既几于知道，如又得其船与楫，知沿而不知止。呜呼，其可量哉！

［**注释**］①道：言说。 ②沿：顺流而下。 ③道：大道、正路、直路。 ④道：方向、趋向。 ⑤道于杨墨老庄佛之学：此“道”谓取道。之：往、至。圣人之道：此“道”谓政治主张或思想体系。 ⑥断港绝潢：死路、绝路。

送幽州李端公序①

［**注释**］①此篇作于元和四年(809)二月丁卯之后，元和五年(810)七月乙卯之前，时以都官员外郎守东都。

元和元年，李藩以吏部员外郎为告哀副使出使幽州，刘济时为幽州卢龙军府事为幽州长史兼御史大夫幽州卢龙节度观察押奚契丹两蕃等使兼侍中。二者身份相去悬殊。而后者以戎服俯立迎道左，及府又以其服即事。上堂，即客阶。即客，座必东向。如此谦卑，与“安史之乱”后河北藩镇之跋扈截然不同。所载仪节是否属实并不重要，重要的是：地方强藩对朝廷使者卑躬屈膝的态度，体现了元和年间朝廷对藩镇用兵节节胜利之际形势转变的微妙变化。更重要的是：这篇文章，突出体现了韩愈尊崇中央集权、反对藩镇割据的政治态度。

元年①，今相国李公为吏部员外郎②，愈尝与偕朝③，道语幽州司徒公之贤④。曰：某前年被诏告礼幽州⑤。入其地，迓劳之使累至⑥，每进益恭。及郊，司徒公红帕首⑦，靴袴握刀⑧，左右杂佩，弓韔服⑨，矢插房⑩，俯立迎道左。某礼辞曰："公天子之宰，礼不可如是。"及府，又以其服即事。某又曰："公三公，不可以将服承命。"⑪及馆又如之。卒不得辞。上堂，即客阶⑫。即客，座必东向⑬。

［**注释**］①元年：元和元年。　②李藩：字叔翰，赵郡人。宪宗即位，改吏部员外郎。元和初，迁吏部郎中掌曹事。四年二月丁卯，拜门下侍郎同平章事。六年二月壬申，罢为太子詹事。十月戊辰，出为华州刺史兼御史大夫。未行，十一月癸巳卒，年五十八。　③偕朝：一同上朝。　④刘济，字济，幽州昌平人，幽州卢龙节度使刘怦长子。贞元元年九月怦卒，辛巳，自权知幽州卢龙军府事为幽州长史兼御史大夫幽州卢龙节度观察押奚契丹两蕃等使。元和元年六月丁酉，加兼侍中。五年七月丁未，加中书令。七月乙卯，为其子总鸩死。　⑤贞元二十一年正月德宗崩，李藩为告哀副使至幽州。幽州大都督府，治所蓟县，今北京。　⑥迓劳：迎接慰劳。　⑦帕：通"帓"，又称抹额，即束额头巾。红帕首，以红帕首。　⑧靴袴：指军服。　⑨韔（chàng）：动词，指装弓于袋。服：通"箙"，盛弓之器。弓韔服：弓装入弓袋。　⑩房：箭舍、箭筒。　⑪将服：武士之服。　⑫即：至、到。客阶：堂前西阶。　⑬即：就。即客：延客就座。唐人以东向为尊，延客就座东向，尊之也。以上两句，写主人上堂时亲自延引客人至堂前西阶，上堂后又亲自延请客人东向就座，极写其恭顺之态。

愈曰：国家失太平，于今六十年①。夫十日十二子相配，数穷六十，其将复平乎？平必自幽州始，乱之所出也。今天子大圣，司徒公勤于礼。庶几帅先河南北之将，来觐奉职如开元时乎②？李公曰：然。今李公既朝夕左右③，必数数为上言④，元年之言殆合矣。端公岁时来寿其亲东都，东都之士大夫莫不拜于门。其为人佐甚忠，意欲司徒公功名流千万岁，请以愈言为使归之献。

[注释]①天宝十四年，范阳节度使安禄山反于幽州。至元和九年，整六十年。　②来觐(jìn)：朝见天子。奉职：谓奉行职事。　③朝夕左右：谓为相。　④数数(shuò)：屡屡。

送温造处士赴河阳军序①

[注释]①此篇作于元和五年(冬)或元和六年(春)，时任河南令。

《送董邵南游河北序》以为董邵南不宜效命节镇，《送幽州李端公序》敦促李端公献言节镇，使其"帅先河南北之将来觐奉职如开元时"，《送石处士序》与此篇则高度认同石生、温生效力河阳军幕。其间的差别，在"相为天子得人于朝廷，将为天子得文武士于幕下"一语。"为天子"还是为节镇，这是二者的根本区别。尊崇中央集权、反对藩镇割据，韩愈的政治态度始终一致。

伯乐一过冀北之野①，而马群遂空。夫冀北马多于天下，伯乐虽善知马，安能空其群邪？解之者曰："吾所谓空，非无马也，无良马也。伯乐知马，遇其良辄取之群，无留良焉。苟无留其良，虽谓无马，不为虚语矣。"

[注释]①伯乐：古之善相马者。

东都，固士大夫之冀北也。恃才能深藏而不市者，洛之北涯曰石生①，其南涯曰温生②。大夫乌公以铁钺镇河阳之三月③，以石生为才，以礼为罗，罗而致之幕下。未数月也，以温生为才，于是以石生为媒，以礼为罗，又罗而致之幕下。东都虽信多才士，朝取一人焉，拔其尤；暮取一人焉，拔其尤。自居守、河南尹以及百司之执事，与吾辈二县之大夫，政有所不通，事有所可疑，奚所咨而取焉？士大夫之去位而巷处者，谁与嬉游？小子后生，于何考德而问业焉？搢绅之东西行过是都者，无所礼于其庐。若是而称曰：大夫乌公一镇河阳而东都处士之庐无人焉，岂不可也？

［**注释**］①石生：石洪，字浚川，河南人。明经出身，罢黄州录事参军，退处东都洛上十余年。元和五年六月，为乌重胤河阳节度参谋。元和六年，诏下河南，征拜京兆昭应尉、校理集贤御书。元和七年六月甲午疾卒，年四十二。　②温生：温造，字简舆，河内人。隐居王屋，以渔钓逍遥为事。寿州刺史张建封闻风，致书币招延，以兄女妻之。贞元四年建封镇徐州，署节度参谋使范阳刘济。元和五年，乌重胤镇河阳，署节度参谋。大和九年五月戊午，为礼部尚书。其年六月丁酉病卒，时年七十。　③铁钺：刀斧。引申指帝王赐予的专征专杀之权。

夫南面而听天下①，其所托重而恃力者，唯将与相耳。相为天子得人于朝廷，将为天子得文武士于幕下。求内外无治，不可得也。愈縻于兹，不能自引去，资二生以待老。今皆为有力者夺之，其何能无介然于怀邪②？生既至，拜公于军门，其为吾以前所称为天下贺，以后所称为吾致私怨于尽取也。

［**注释**］①南面：古人以坐北朝南为尊，故帝王、诸侯见群臣，皆向南而坐，引申指天子诸侯之位。听：治理。　②介然：耿耿于怀。

留守相公首为四韵诗歌其事①，愈因推其意而序焉。

[**注释**]①留守相公：指郑余庆。郑余庆，字居业，荥阳人。大历中举进士。建中末，山南节度使严震辟为从事。元和元年十一月庚戌，拜河南尹。三年六月甲戌，兼东都留守。六年十月戊辰，入为吏部尚书。元和十五年十一月癸亥卒，时年七十五。

衢州徐偃王庙碑①

[**注释**]①此篇作于元和九年(814)，时为考功郎中、史馆修撰、知制诰。

此篇处处以秦、徐对比：秦专用武胜，得以统一天下；徐专行仁义，终以失国。秦以惨刻，二世而亡，宗族灭绝；徐以仁厚，子孙繁衍，人才辈出。秦以暴虐，宗庙隳坏，社稷丧亡，祖宗不得血食；徐以善待其民，百姓随而从之万有余家，且凿石为室以祠，世世不替。秦杰以颠，徐由逊绵；秦鬼久饥，徐有庙存。天于柏翳之绪非偏有厚薄，施仁与暴之报，自然异也。由仁义之道发展为非暴力主义，韩愈的主张值得注意。

徐与秦俱出柏翳①，为嬴姓。国于夏、殷、周世，咸有大功。秦处西偏，专用武胜。遭世衰，无明天子，遂虎吞诸国为雄。诸国既皆入秦为臣属，秦无所取利，上下相贼害，卒偾其国而沈其宗②。徐处得地中，文德为治。及偃王诞当国③，益除去刑争末事。凡所以君国子民待四方④，一出于仁义。当此之时，周天子穆王无道，意不在天下。好道士说，得八龙骑之西游⑤，同王母宴于瑶池之上，歌讴忘归⑥。四方诸侯之争辩者无所质正，咸宾祭于徐⑦，贽玉帛死生之物于徐之庭者三十六国⑧，得朱弓赤矢之瑞⑨。穆王闻之，恐遂称受命⑩，命造父御，长驱而归[11]，与楚连谋伐徐[12]。徐不忍斗其民，北走彭城武原山下，百姓随而从之万有余家。偃王死，民号其山为徐山[13]，凿石为室，以祠偃王。偃王虽走死失国，民戴其嗣[14]，为君如初。驹王、章禹，祖孙相望[15]。自秦至今，名公巨人，继迹史书。徐氏十望，其九皆本于偃王[16]。而秦后迄兹无闻家。天于柏翳之绪非偏有厚薄[17]，施仁与暴之报，自然异也。

［**注释**］①柏翳：一作“伯翳”，即伯益。 ②偾（fèn）：覆败。沈：灭绝。宗：宗族。 ③诞，偃王名。《竹书纪年》卷八：“穆王六年春，徐子诞来朝，锡命为伯。” ④此处“君”“子”二字用作动词，谓君临天下、子养万民。 ⑤八龙：八骏。 ⑥《穆天子传》：“穆王见西王母，觞于瑶池之上。母为天子谣曰：‘白云在天，山陵自出。道理悠远，山川间之。将子无死，尚能一来。’天子答曰：‘予归东土，和理诸夏，万民均平，吾顾见汝。比及三年，将复而野。’” ⑦宾祭：招待贵宾和举行大祭。 ⑧贽（zhì）：见面礼。引申为执物以求见。 ⑨《博物志》：“偃王既治其国，仁义着闻，欲舟行上国，乃通沟陈蔡之间，得朱弓赤矢以为得天瑞，遂因名为弓，自称偃王。江淮诸侯服从者三十六国。” ⑩受命：接受天命，接受上天的托付。古代帝王自称接受上天的托付以管理天下。 ⑪造父：古善御者。《史记·赵世家》：“王使造父御，西巡狩，见西王母，乐而忘归。而徐偃王反，穆王日驰千里马攻徐偃王，大破之。” ⑫《竹书纪年》：“穆王十四年，王帅楚子伐徐戎，克之。” ⑬张华《博物志》：“偃王仁，不忍斗害其民，为楚所败，逃走彭城武原县东山下。百姓随之者以万数，后遂名其山为徐山，山上立石室以祠。” ⑭戴：拥戴。 ⑮《礼记·檀弓下》：“邾娄考公之丧，徐君使容居来吊含。曰：先君驹王西讨。”郑注：“驹王，徐先君僭号。”章禹：偃王十二世孙。 ⑯唐林宝《元和姓纂》卷二载徐氏十望，除“东莞姑幕”一望出汉费封，其余均为偃王之后。 ⑰绪：统系、世系。

衢州，故会稽太末也①，民多姓徐氏。支县龙丘有偃王遗庙。或曰：偃王之逃战，不之彭城，之越城之隅，弃玉几研于会稽之水②。或曰：徐子章禹既执于吴③，徐之公族子弟散之徐、扬二州间，即其居立先王庙云。开元初，徐姓二人相属为刺史④。帅其部之同姓改作庙屋，载事于碑⑤。后九十年，当元和九年，而徐氏放复为刺史⑥。放字达夫，前碑所谓"今户部侍郎"，其大父也⑦。春行视农，至于龙丘，有事于庙，思惟本原。曰：故制粗朴下窄⑧，不足以揭虔妥灵⑨。而又梁桷赤白⑩，陊剥不治⑪，图像之威，�昧就灭⑫。藩拔级夷⑬，庭木秃缺。祈甿日慢⑭，祥庆弗下。州之群支，不获荫庥⑮。余惟遗绍⑯，而尸其土⑰，不即不图，以有资聚，罚其可辞！乃命因故为新，众工齐事，惟月若日，工告讫功。大祠于庙，宗乡咸序。是岁，州无怪风剧雨，民不夭厉，谷果完实。民皆曰：耿耿祉哉⑱！其不可诬。乃相与请辞京师，归而镵之于石⑲。辞曰：

［注释］①太(tà)末：春秋时姑蔑，《汉书·地理志》作"大末"，《后汉书·郡国志》作"太末"，今浙江龙游县。　②玉几：玉质小桌。研：同"砚"。几砚：公事之重器。　③《左传》昭公三十二年："冬十二月，吴子执钟吾子，遂伐徐，防山以水之。己卯，灭徐，徐子章禹断其发。"　④开元十年前后，徐坚、徐峤之相继为衢州刺史。　⑤开元十二年(724)或十三年(725)，衢州刺史徐峤之改作庙屋。　⑥徐放：字达夫，望属高平，世居柳城，户部侍郎知仁之孙，检校员外揖之子。元和初为武元衡剑南西川节度幕僚，历祠部、屯田员外郎，元和六年为台州刺史，元和九年为衢州刺史。　⑦徐放祖父徐知仁，睿宗年间官监察御史，历殿中侍御史，开元初为侍御史。开元十二年十一月在华州刺史任，官至户部侍郎。　⑧粗朴：粗陋简朴。下窄：低矮狭窄。　⑨揭：显露、揭示。虔：恭敬、诚心。妥：安神于座。灵：神灵。　⑩梁桷(jué)：屋梁与椽子。

⑪陊(duò)剥：隳坏、剥落。　⑫黓(yì)：深黑。黓昧：黯昧。　⑬藩拔级夷：篱笆被拔起，台阶被夷平。　⑭祈畛：前来拜神祈福的农夫。　⑮荫庥：荫庇。　⑯绍：继。　⑰尸：主。　⑱耿耿：明貌。祉：福。　⑲镵(chán)：錾刻、雕刻。

秦杰以颠①，徐由逊绵②。秦鬼久饥，徐有庙存。婉婉偃王③，惟道之耽④。以国易仁，为笑于顽⑤。自初擅命⑥，其实几姓⑦？历短詈长⑧，有不偿亡。课其利害⑨，孰与王当？姑蔑之墟，太末之里，谁思王恩，立庙以祀。王之闻孙，世世多有。唯临兹邦，庙土实守。坚峤之后，达夫廓之。王殁万年，如始祔时⑩。王孙多孝，世奉王庙。达夫之来，先慎诏教。尽惠庙民，不主于神。维是达夫，知孝之元。太末之里，姑蔑之城。庙事时修，仁孝振声。宜宠其人，以及后生。嗟嗟维王，虽死谁亢⑪。王死于仁，彼以暴丧。文追作诔，刻示茫茫⑫。

[注释]①杰：通“桀”，凶暴。　②逊：谦恭、柔顺。　③婉婉：柔顺貌。　④耽：乐。　⑤言去国避乱，以存仁道，当时顽暴者莫不笑之。　⑥擅命：妄称天命，自立为王。　⑦指战国群雄割据。　⑧历：历数，指帝王继位的次序。詈(lì)：责骂、责备。历短詈长：国祚短暂，骂名长存。　⑨课：评判。　⑩祔：后死者合食于先祖。　⑪亢(kàng)：通“伉”，当也，敌也。　⑫茫茫：通“芒芒”，广大貌，引申为久远。

试大理评事王君墓志铭

[注释]①此篇作于元和九年(814)，时任考功郎中。

王适，元和三年，举贤良方正能直言极谏科，不中。乃踵门求见金吾卫大将军李惟简，一见，语合意，遂往来门下。卢从史遣客钩致，君以狂子不足以共事，立谢客。李惟简奏为其卫胄曹参军，充引驾仗判官。六年，李惟简拜凤翔陇右节度使。君随往，改试大理评事，摄监察御史、观察判官。居岁余，如有所不乐。一旦，载妻子入阌乡南山。元和九年九月卒。

王适“怀奇负气”，“对语惊人”，且敢于伪造告身以欺妇翁。居官“有所不乐”，则径去不顾。侯高“自方阿衡、太师”，“再试吏，再怒去，发狂投江水”。其“性刚劲”，“自侪周昌、王陵”，且“作《吊汴州文》，投之大川以诉”汴州之乱（李翱《故处士侯君墓志》）。凡此，均见其超卓不凡。从个性解放的角度考虑，这两翁婿应该是惺惺相惜的一对。韩愈对这翁婿二人的欣赏，应该和中唐思想解放个性张扬的时代风气密切相关。

君讳适，姓王氏。好读书，怀奇负气①，不肯随人后举选②。见功业有道路可指取③，而名节可以戾契致④。困于无资地⑤，不能自出，乃以干诸公贵人，借助声势。诸公贵人既志得，皆乐熟软媚耳目者⑥，不喜闻生语，一见辄戒门以绝。上初即位⑦，以四科募天下士⑧。君笑曰：“此非吾时耶？”即提所作书，缘道歌吟，趋直言试。既至，对语惊人。不中第，益困。

［**注释**］①怀奇：身怀奇才。负气：自负意气。　②举选：推荐参选，指参加科举考试。　③指取：用指头拈取，形容极其轻松。　④戾（liè）契（jié）：同“㸚㸚”，头不正之貌，以喻奇衺不正之行。　⑤资地：资望门第。　⑥熟软：圆滑谄媚。　⑦上：指宪宗。　⑧元和三年四月有贤良方正能直言极谏科、博通坟典达于教化科、军谋宏达材任将帅科、达于吏理可使从政科。参见《唐会要》卷七十六。

久之，闻金吾李将军年少喜士①，可撼。乃踵门告曰②："天下奇男子王适，愿见将军白事。"一见，语合意，往来门下。卢从史既节度昭义军③，张甚，奴视法度士，欲闻无顾忌大语。有以君生平告者，即遣客钩致。君曰："狂子不足以共事。"立谢客。李将军由是待益厚，奏为其卫胄曹参军④，充引驾仗判官，尽用其言。将军迁帅凤翔⑤，君随往，改试大理评事，摄监察御史、观察判官⑥。栉垢爬痒⑦，民获苏醒。

[**注释**]①李惟简，元和初为左金吾卫大将军。 ②踵门：径直登门。以下谒上，无诏无命，无绍无介，径直登门，正所谓"怀奇负气"情状。 ③贞元二十年八月己未，以昭义兵马使卢从史为检校工部尚书，兼潞州长史、昭义军节度、泽潞磁邢洺观察使。 ④《新唐书·百官志四上》左右卫："胄曹参军事各一人，正八品下，掌兵械、公廨兴缮、罚谪。大朝会行从，则受黄质甲铠、弓矢于卫尉。" ⑤元和六年五月庚子，以左金吾卫将军李惟简检校户部尚书、凤翔尹、陇右节度使。 ⑥《新唐书·百官志四下》："观察处置使，掌察所部善恶，举大纲。凡奏请，皆属于州。节度使兼观察使，又有判官、支使、推官、巡官、衙推各一人。" ⑦栉（zhì）：清除。栉垢：清除污垢，引申为清除邪恶。爬痒：搔痒，引申为关心民瘼。

居岁余，如有所不乐。一旦，载妻子入阌乡南山不顾①。中书舍人王涯②、独孤郁③，吏部郎中张惟素④，比部郎中韩愈日发书问讯，顾不可强起，不即荐。明年九月病，舆医京师。其月某日卒，年四十四。十一月某日，即葬京城西南长安县界中。曾祖爽，洪州武宁令。祖微，右卫骑曹参军。父嵩，苏州昆山丞。妻上谷侯氏，处士高女。

[**注释**]①河南道虢州阌乡县，治所在今河南灵宝西北。 ②王涯：字广

津，太原人。贞元八年进士擢第。元和七年七月丁亥，改兵部员外郎知制诰。九年八月壬戌，正拜舍人，兼皇太子诸王侍读。十一年正月十八日，以中舍充翰林学士。十月十七日，转工部侍郎知制诰。　③独孤郁：字古风，河南人。贞元十四年登进士第，选授奉礼郎。六年四月，以考功员外郎充史馆修撰判馆事（《唐会要》卷六十四）。七年，以本官复知制诰。八年，转司勋郎中（白居易《授独孤郁转司勋郎中知制诰制》），其年十二月二十二日复充翰林学士（《重修承旨学士壁记》）。九年，以疾罢，十月改秘书少监。　④张惟素：元和八年为吏部郎中。元和九年为吏部侍郎。十一年，出为华州刺史镇国军使。

高固奇士①，自方阿衡、太师②，世莫能用吾言。再试吏，再怒去，发狂投江水。初，处士将嫁其女，懲曰③："吾以龃龉穷痒④，一女怜之，必嫁官人，不以与凡子。"君曰："吾求妇氏久矣，唯此公可人意。且闻其女贤，不可以失。"即谩谓媒妪⑤："吾明经及第⑥，且选⑦，即官人。侯翁女幸嫁，若能令翁许我，请进百金为妪谢。"诺，许白翁⑧，翁曰："诚官人耶？取文书来。"君计穷吐实。妪曰："无苦！翁大人⑨，不疑人欺我。得一卷书粗若告身者⑩，我袖以往，翁见，未必取视。幸而听，我行其谋。"翁望见文书衔袖，果信不疑，曰："足矣。"以女与王氏。生三子，一男二女。男三岁夭死，长女嫁亳州永城尉姚侹，其季始十岁。铭曰：

［**注释**］①侯高：字玄览，上谷人，少为道士，学黄老炼气保形之术。居庐山，号华阳居士。与平昌孟郊东野、昌黎韩愈退之、陇西李渤浚之、河南独孤朗用晦、陇西李翱习之相往来。汴州乱，兵士杀留后陆长源，东取刘逸淮，乃作《吊汴州文》，投之大川以欣。贞元末，摄楚州盱眙县。元和初，治衢州信安县。元和五年，宰越州剡县。不幸得心疾，乃归庐山，未至。元和八、九年间，

卒于江西。　②阿衡：伊尹。太师：周公。　③惩：告诫。　④龃(jǔ)龉(yǔ)：不投合。穷瘁：困顿。　⑤妪(yù)：老太婆。媒妪：媒婆。谩：欺谩、欺骗。　⑥明经：唐代科举考试科目之一，所试九经，文注精熟，辨明义理，然后为通。　⑦且选：即将参加吏部铨选。　⑧白：表白、告白。　⑨大人：宽大之人。　⑩告身：委任状、授官的文凭。《通典·选举三》："凡吏部铨选，上于三省；三省既审，然后给以符而印其上，谓之告身。"

鼎也不可以柱车①，马也不可以守闾②。佩玉长裾，不利走趋③。秖系其逢④，不系巧愚⑤。不谐其须，有衔不祛⑥。钻石埋辞，以列幽墟⑦。

[**注释**]①鼎：礼器，象征国家政权的重要法器。柱(zhǔ)：支撑、拄持。柱车：支撑车轮，防止滑动。　②闾(lǘ)：里巷的大门。守闾：守门。　③走趋：奔走趋奉。　④秖(zhī)：助词，只、但。　⑤巧愚：聪明与愚蠢。　⑥衔：本义为马勒口，引申为怀恨、遗憾。祛：除去、去除。有衔不祛：言有所遗憾而未能去除。　⑦幽墟：犹泉壤，指墓穴。

唐故朝散大夫商州刺史除名徙封州董府君墓志铭①

[**注释**]①此篇作于元和八年(813)，时任比部郎中史馆修撰。

董溪获罪，其为冤案，至为显然。此役征讨王承宗，始于元和四年十月，终于元和五年七月，历时不到两年，居然三换粮料使。《旧唐书·宪宗纪上》："元和四年冬十月癸未，以神策左军中尉吐突承璀为镇州行营招讨处置等使，以龙武将军赵万敌为神策先锋将，内官宋惟澄、曹进玉、马朝江等为行营馆驿粮料等使。"可知兵发之初，馆驿粮料等使由宦官担任。从《册府元龟》"前粮料使"的提法可以知道，此后董溪、于皋謩又先后担任此职。中唐阉宦势焰嚣张，吐突承璀尤为恶劣。此次出师以宦官为统帅，朝议抨击至为激烈，宪宗不得不在发命五天之后，改“招讨处置使”为“招讨宣慰使”，即是明证。粮料使换任频繁，显然也是权力斗争的结果。董溪接替宦官担任此职，无异于虎口夺食。盖中唐时期，神策军已经成为宦官控制下无所不在同时具有垄断性质的一个巨大的官商利益集团，内官出任粮料使，正是其利益所在，势所必争。董溪、于皋謩成为吐突承璀的眼中钉，应该是意料中事。《隋唐五代墓志汇编》河南卷第一册崔雍《唐故鄂州员外司户薛君（巽）墓志铭》载："元和五年，兵诛恒州，□粮料使董溪。溪素知之，留参幕府，倚以出纳。兵乱，触粮料府，府使与其佐惧逼迸去，军食万计，委弃不顾。"威逼粮料府的“盗”，正是吐突承璀麾下的“乱兵”，其中蹊跷，一目了然。就《册府元龟》的记载分析，于皋謩“犯诸色赃计钱四千二百贯”，然后再加上“前粮料使董溪犯诸色赃”，总计也不过“四千三百贯”。那么董溪的赃罪，充其量也不过一百贯。区区百贯的亏空，即便完全属实，在数以巨亿的军费中也不过九牛一毛；对于出身于宰相门第的世家子弟董溪而言，更是不值一提。但就是这样一个莫须有的罪名，流放封州，已嫌过当。当局尚“悔其轻”，居然“诏中使半道杀之”（《旧唐书·权德舆传》）。这样的世道，还有什么公理可言？董溪当庭，“不与吏辩”，良有以也。“其谁使然”一问，发人深思。

公讳溪，字惟深[①]，丞相赠太师陇西恭惠公第二子[②]。十九岁明两经，获第有司。沈厚精敏，未尝有子弟之过[③]。宾接门下[④]，推举人士，侍侧无虚口。退而见其人，淡若与之无情者。太师贤而爱之，父子间自为知己，诸子虽贤，莫敢望之。太师累践大官，臻宰相[⑤]，致平治[⑥]，终始以礼，号称名臣。晨昏之助，盖有赖云。太师之平汴州，年考益高⑦，挈持维纲⑧，锄削荒颣⑨，纳之大和而已⑩。其囊箧细碎⑪，无所遗漏，繄公之功⑫。上介尚书左仆射陆公长源⑬，齿差太师⑭，标望绝人⑮。闻其所为，每称举以戒其子。杨凝、孟叔度以材德显名朝廷⑯，及来佐幕府，诣门请交，屏所挟为⑰。

[**注释**]①董溪：河中虞乡人，董晋之子。建中二年年十九岁，以明两经登第。贞元十五年，以秘书郎选京兆府法曹参军。岁中，奏为司录参军。迁尚书度支员外郎、迁仓部郎中、万年令。元和四年兵诛恒州，改度支郎中摄御史中丞，为粮料使。五年七月兵罢。六年二月，粮料吏有忿争相告言。五月，坐赃贷死，迁商州刺史，除名流封州。五月十二日行至潭州，遣中使赐死。年四十九。　②陇西公：董晋。董晋，字混成，河中虞乡人。明经及第。贞元五年二月庚子，自大理卿为门下侍郎同中书门下平章事。十二年三月戊申，自兵部尚书为东都留守判东都尚书省东畿汝州都防御使。会汴州节度李万荣疾甚，其子乃为乱。七月乙未，检校左仆射同中书门下平章事汴州刺史宣武军节度使宋亳颍观察使。十五年二月丁丑卒，年七十六。　③子弟之过：官二代纨绔习气。　④宾接：以宾客之礼接待客人。　⑤臻：达到。　⑥平治："治平"的倒语，治国平天下。　⑦年考：年寿。贞元十二年七月董晋帅汴州，时年七十二。　⑧挈(qiè)持：提挈、掌握。维纲：纲纪、法度。　⑨锄削：划除、削除。荒颣(lèi)：芜杂瑕疵，引申指草莽寇盗。　⑩大和：极其和谐。⑪囊箧：袋子与箱子，引申指书箱。此处指衙门文案等行政事务。　⑫繄(yī)：惟。　⑬上介：副使。陆长源，字泳之，吴郡吴县人。贞元十二年八月丙子，授检校礼部尚书、宣武军行军司马。十五年二月丁丑，宣武军节度使董晋卒。乙酉，以长源检校礼部尚书汴州刺史御史大夫宣武军节度度支营田汴宋亳颍节察等使。是日汴州军乱，被杀。　⑭齿：年齿。差：次。　⑮标望：标格名望。　⑯杨凝：字懋功，虢州弘农人，杨凭之弟。大历十三年进士擢第。贞元十二年八月，自左司郎中检校吏部郎中，充宣武观察判官，行亳州刺史事。十四年冬朝正京师。十五年使还次于汴郊，帅丧卒乱不可以入，走还

京师。十八年,拜兵部郎中。十九年正月以痼疾卒。孟叔度:贞元十二年八月自殿中侍御史为检校金部员外郎充宣武支度营田判官。十五年二月为侍御史。其月乙酉,军乱被杀。材德:才干与德行。　⑰屏所挟为:摒弃自己年龄较长、地位较高的优势,相友以德。为:语尾助词。

太师薨,始以秘书郎选参军京兆府法曹①,日伏阶下与大尹争是非,大尹屡黜已见。岁中,奏为司录参军②,与一府政③。以能拜尚书度支员外郎④,迁仓部郎中⑤、万年令⑥。兵诛恒州⑦,改度支郎中,摄御史中丞,为粮料使⑧。兵罢,迁商州刺史⑨。粮料吏有忿争相牵告者,事及于公,因征下御史狱。公不与吏辩,一皆引伏。受垢除名,徙封州⑩。元和六年五月十二日死湘中,年四十有九。明年立皇太子,有赦令⑪,许归葬。其子居中始奉丧归。元和八年十一月甲寅,葬于河南河南县万安山下太师墓左⑫,夫人郑氏祔⑬。

[**注释**]①法曹参军事,正七品下,掌律令格式,鞫狱定刑,督捕盗贼,纠逖奸非之事。　②录事参军事,正七品上,掌付事、钩稽、省署抄目,纠正非违,监守符印。　③与:参预。　④度支郎中:从五品上。度支员外郎:从六品上。掌天下租赋、物产丰约之宜、水陆道涂之利,岁计所出而支调之,以近及远,与中书门下议定乃奏。　⑤仓部郎中,从五品上,掌天下库储,出纳租税、禄粮、仓廪之事。以木契百,合诸司出给之数,以义仓、常平仓备凶年,平谷价。　⑥京兆府万年县,今陕西西安。京县令,正五品上。县令掌导风化,察冤滞,听狱讼。凡民田收授,县令给之。每岁季冬,行乡饮酒礼。　⑦元和四年十月辛巳,成德军节度使王承宗反。癸未,左神策军护军中尉吐突承璀为左右神策、河阳、浙西、宣歙、镇州行营兵马招讨处置使以讨之。　⑧粮料使:中唐时期主管军需的专使。　⑨商州上洛郡,今陕西商县。　⑩岭南道封州,今广东封川县。　⑪元和七年七月乙亥,立遂王宥为太子,大赦天下。

⑫河南道河南府颍阳县大石山，一名万安山，在县西北四十五里。　⑬祔：合葬。

公凡再娶，皆郑氏女。生六子，四男二女。长曰全正，惠而早死。次曰居中，好学，善为诗，张籍称之。次曰从直，曰居敬，尚小。长女嫁吴郡陆畅，其季女，后夫人之子。公之母弟全素[1]，孝慈友弟，公坐事，弃同官令归。公殁，比葬三年，哭泣如始丧者。大臣高其行，白为太子中舍人[2]。将葬，中舍人与其季弟澥问铭于太史氏韩愈[3]。愈则为之铭，辞曰：

［**注释**］①董全素：河中虞乡人，董晋之子。贞元十五年为大理评事。元和六年弟溪坐事，弃同官令归。八年为太子中舍人。　②东宫右春坊：右庶子二人，正四品下。中舍人二人，正五品下。掌侍从、献纳、启奏，中舍人为之贰。　③时韩愈为比部郎中、史馆修撰。

物以久弊，或以轹毁[1]。考致要归[2]，孰有彼此？由我者吾，不我者天。斯而以然，其谁使然！

［**注释**］①轹(lì)：车轮辗轧，引申为欺凌、践踏。　②要归：要点、要旨。

唐故相权公墓碑[1]

［**注释**］①此篇作于元和十三年(818)。

中唐政治舞台，门阀与庶族之争最终酿成党争。权德舆以庶族出身而致身卿相，且没有明显地陷入党争漩涡，非常难得。“陪属升列，以至公宰”，“无党无雠，举世莫疵”，既是对权公的高度评价，也流露出韩愈自己的政治取向，非常值得注意。

上之元和六年①，其相曰权公，讳德舆，字载之。其本出自殷帝武丁，武丁之子降封于权②。权，江汉间国也③。周衰，入楚为权氏④。楚灭徙秦，而居天水略阳⑤。苻秦之王中国，其臣有安丘公翼者，有大臣之言。后六世至平凉公文诞，为唐上庸太守、荆州大都督长史，焯有声烈⑥。平凉曾孙讳倕，赠尚书礼部郎中，以艺学与苏源明相善，卒官羽林军录事参军，于公为王父⑦。郎中生赠太子太保讳皋，以忠孝致大名。去官，累以官征不起，追谥贞孝，是实生公⑧。公在相位三年⑨。其后以吏部尚书授节镇山南⑩，年六十以薨，赠尚书左仆射，谥文公。

［**注释**］①上：唐宪宗。　②权德舆《世德铭》："肃肃我祖，玄鸟自天，天乙革夏，武丁相贤。手文命子，开国于权，肇荒南荆，瓜瓞绵绵。"　③权：国名，南郡当阳县东南有权城。　④楚武王使斗缗尹权，其后以地为氏。　⑤秦灭楚，迁大姓于陇西，因居天水。　⑥十二代祖安丘敬公权翼，为前秦司徒。　⑦祖倕，与席豫、苏源明以艺文相友，终右羽林军录事参军，赠尚书礼部郎中。　⑧权皋：字士由，秦州略阳人，徙润州丹徒。既冠，进士及第，试临清尉。安禄山籍其名，表为蓟县尉，充判官。天宝十四载，皋度禄山且叛，乃诈死，扶亲涉江。禄山反，天下闻其名，争取以为属。高适表试大理评事，玄宗在蜀闻之，拜监察御史。浙西节度使颜真卿表为行军司马，召拜起居舍人，固辞。李季卿为江淮黜陟使，列其高行，以著作郎召，不就。大历二年四月十四日逝于丹徒，卒年四十六。诏赠秘书少监，元和中谥为贞孝。　⑨元和五年九月相，八年五月罢。　⑩元和十一年十月，以德舆检校吏部尚书，充山南西道节度使。

公生三岁知变四声①，四岁能为诗，九岁而贞孝公卒。来吊哭者见其颜色声容，皆相谓："权氏世有其人。"及长好学，孝敬祥顺。贞元八年，以前江西府监察御史征拜博士②，朝士以得人相庆。改左补阙③，章奏不绝，讥排奸幸，与阳城为助。转起居舍人，遂知制诰④。凡撰命词九年，以类集为五十卷，天下称其能。十八年，以中书舍人典贡士，拜尚书礼部侍郎⑤。荐士于公者，其言可信，不以其人布衣不用；即不可信，虽大官势人交言，一不以缀意。奏广岁所取进士⑥，明经在得人，不以员拘⑦。转户、兵、吏三曹侍郎⑧、太子宾客⑨，复为兵部，迁太常卿⑩，天下愈推为巨人长德⑪。时天子以为宰相宜参用道德人，因拜礼部尚书同中书门下平章事⑫。公既谢辞不许，其所设张举措⑬，必本于宽大，以几教化，多所助与。维匡调娱⑭，不失其正；中于和节，不为声章⑮；因善与贤，不务主己。以吏部尚书留守东都⑯，东方诸帅有利病不能自请者，公常与疏陈以布露。复拜太常⑰，转刑部尚书，考定新旧令式为三十编，举可长用⑱。其在山南、河南⑲，勤于选付⑳，治以和简，人以宁便。以疾求还，十三年某月甲子，道薨于洋之白草。奏至，天子恫伤㉑，为之不御朝，郎官致赠锡㉒。官居野处，上下吊哭。皆曰："善人死矣！"其年某月日，葬河南北山㉓，在贞孝东五里。

[**注释**]①变：通"辨"，辨析、明辨。　②贞元初，江西观察使李兼表德舆为判官，再迁监察御史。府罢，德宗雅闻其名，八年正月十七日，除太常博士。　③改左补阙，在贞元八年六月二十八日。　④转起居舍人，在贞元十年五月一日。　⑤贞元十七年冬，以本官知礼部贡举。十八年，拜礼部侍郎。　⑥奏广：奏言推广试额。　⑦德舆知举，取明经不限员额。　⑧贞元二十一年六月转户部侍郎，元和初历兵部、吏部侍郎。　⑨元和三年三月为兵部侍

郎,改太子宾客当在此前。　⑩元和四年五月,迁太常卿。　⑪巨人:大人、伟人。　⑫元和五年九月丙寅日拜相,八年正月辛未罢。　⑬设张:设置张施。　⑭维:护持。匡:扶助。调:协调。娱:游乐。　⑮声章:金鼓、旌旗。此处引申为炫耀声势。　⑯元和八年正月,罢相守本官。七月,以检校吏部尚书为东都留守。　⑰元和九年十月二十四日,除太常卿。　⑱元和十年十月庚子,刑部尚书权德舆奏请行用《新删定勅格》三十卷。　⑲谓为山南东道节度使及东都留守。　⑳选付:选择贤才,付托重任。　㉑恫(tōng):痛。恫伤:悲痛、伤心。　㉒锡(xī):通"赐",赐予。赠锡:赠官赐谥。　㉓河南:河南府,即今河南洛阳。北山:北邙山。

公由陪属升列①,年除岁迁,以至公宰。人皆喜闻,若己与有,无忌嫉者。于頔坐子杀人失位,自囚,亲戚莫敢过门省顾,在朝莫敢言者。公将留守东都,为上言曰:"于頔之罪既贳不竟②,宜因赐宽诏。"上曰:"然,公为吾行谕之。"頔以不忧死。前后考第进士及庭所策试士踵相蹑为宰相达官,与公相先后,其余布处台阁外府凡百余人。自始学至疾,未尝一日去书不观。公既以能为文辞擅声于朝,多铭卿大夫功德。然其为家不视簿书,未尝问有亡,费不偫余③。公娶清河崔氏女,其父造尝相德宗,号为名臣。既葬,其子监察御史璩④,累然服丧来有请。乃作铭。文曰:

[**注释**]①陪属:幕僚。升列:升入班列。　②贳(shì):赦免、宽纵。③偫(zhì):储蓄、积蓄。　④权璩:元和十二年前为监察御史,大和四年为考功员外郎,历主客员外郎、司勋郎中,大和九年八月,自中书舍人贬阆州刺史,未上,徙郑州。

权在商周，世次不存。灭楚徙秦，嬴刘之间[①]。甘泉始侯[②]，以及安丘。诋诃浮屠[③]，皇极之扶。贞孝之生，凤鸟不至。爵位岂多，半涂已税。寿考岂多，四十而逝。惟其不有，以惠厥后。是生相君，为朝德首。行世祖之，文世师之。流连六官[④]，出入屏毗[⑤]。无党无雠[⑥]，举世莫疵。人所惮为，公勇为之；人所竞驰，公绝不窥。孰克知之，德将在斯。刻诗墓碑，以永厥垂。

[**注释**]①谓灭于楚，徙于秦。　②《世德铭》："嬴吞四方，我邦用迁，乃宅陇坻，乃封甘泉。"　③《晋书·载记·苻坚下》："游于东苑，命沙门道安同辇。权翼谏曰：'臣闻天子法驾，侍中陪乘，清道而行，进止有度。三代末主或亏大伦，适一时之情，书恶来世。故班姬辞辇，垂美无穷。道安毁形贱士，不宜参秽神舆。'"诋诃浮屠指此。　④六官：谓吏、户、礼、兵、刑、工六官。德舆曾遍官六部。　⑤屏：屏扞，谓出为藩捍。毗：辅佐，谓入为辅弼。　⑥党：朋党。雠：仇敌。

处州孔子庙碑[①]

[**注释**]①此篇作于元和十五年(820)九月后、十六年(821)七月前，时任国子祭酒。

唐代祭孔之仪，贞观二年，升孔子为先圣，以颜回配。四年，诏州县学皆作孔子庙。二十一年，诏左丘明、卜子夏、公羊高、谷梁赤、伏胜、高堂生、戴圣、毛苌、孔安国、刘向、郑众、贾逵、杜子春、马融、卢植、郑康成、服虔、何休、王肃、王弼、杜预、范甯二十二人皆以配享。开元八年，诏十哲为坐像，悉豫祀。曾参特为之像，坐亚之。图七十子及二十二贤于庙壁。是祭孔之仪，开元时已经确立。至图孟轲、荀况、杨雄于壁，与七十子及二十二贤同列，应为中唐新增。《处州孔子庙碑》所载，与韩愈构建的儒学道统高度一致，绝不可等闲视之。

自天子至郡邑守长通得祀而遍天下者，唯社稷与孔子为然①。而社祭土，稷祭谷，句龙与弃，乃其佐享，非其专主。又其位所不屋而坛②，岂如孔子用王者礼，巍然当座，以门人为配③，自天子而下北面拜跪荐祭，进退诚敬礼如亲弟子者。句龙、弃以功，孔子以德，固自有次第哉！自古多有以功德得其位者不得常祀，句龙、弃、孔子皆不得位而得常祀，然其祀事皆不如孔子之盛。所谓“生民以来，未有如夫子者，其贤过于尧舜远者”④，此其效欤⑤？

[**注释**]①社：土神。稷：谷神。　②不屋而坛：露天祭祀。此处用以与“用王者礼巍然当座”相对，突出二者简陋与尊严的差别。　③开元二十七年八月，追谥孔子文宣王。南面而坐，以颜子配享。　④《孟子·公孙丑上》：“自有生民以来，未有孔子也。宰我曰：以予观于夫子，贤于尧舜远矣。”　⑤效：验证、证明。

郡邑皆有孔子庙，或不能修事，虽设博士弟子，或役于有司，名存实亡，失其所业。独处州刺史邺侯李繁至官①，能以为先。既新作孔子庙，又命工改为颜回至子夏十人像。其余六十子，及后大儒公羊高、左丘明、孟轲、荀况、伏生、毛公、韩生、董生、高堂生、杨雄、郑玄等数十人，皆图之壁。选博士弟子必皆其人，设讲堂教之，行礼肄习其中②。又为置本钱廪米③，令可继处以守。庙成，躬率群吏及博士弟子入学行释奠礼④。耆老叹嗟，其子弟皆兴于学⑤。郧侯尚文，其于古记无不贯达⑥，故其为政知所先后，可歌也已！乃作诗曰：

[**注释**]①李繁：郧侯泌之子，其先辽东襄平人，徙居京兆。元和十三年刺处州，长庆元年刺吉州，三年刺遂州，长庆末刺随州，大和元年出为亳州刺史。出兵捕斩州之剧贼，议者以为滥杀无辜。大和三年十一月丙戌，赐死。　②肄(yì)：学习、演习。　③本钱：即公廨本钱。此处指为孔庙设置庙产，收其息以供诸生廪米。廪米：公仓发放的粮食。　④释奠：古代学校设置牲牢币帛并用音乐祭祀先圣先师的一种典礼。《礼记·文王世子》："凡始立学者，必释奠于先圣先师。"　⑤兴(xìng)：喜欢。　⑥贯达：贯通。

惟此庙学，郧侯所作。厥初庳下①，神不以宇。生师所处，亦窘寒暑。乃新斯宫，神降其献。讲读有常，不诫用劝。揭揭元哲②，有师之尊。群圣严严③，大法以存。像图孔肖④，咸在斯堂。以瞻以仪⑤，俾不或忘。后之君子，无废成美。琢词碑石，以赞攸始⑥。

[**注释**]①庳(bì)：低矮。庳下：低矮、低下。　②揭揭：高大威严貌。元哲：圣哲，此处指孔子。　③严严(yǎn)：同"俨俨"，威严庄重貌。　④孔：甚。肖：似。　⑤以瞻以仪：以之为崇拜对象，以之为表率、准则。　⑥攸：所。

南阳樊绍述墓志铭①

[**注释**]①此篇作于长庆三年(823)五月十七日后、四年(824)十二月前。在此期间韩愈的任职，自二年九月庚寅为吏部侍郎，三年六月辛卯改京兆尹兼御史大夫，十月癸巳复为兵部侍郎，庚子复为吏部侍郎，四年八月以疾免。

此篇为韩愈文论的代表作，强调"词必己出""不袭蹈前人一言一句"，反对"剽贼""相袭"，所主张的，不仅仅是文学艺术的独创性原则，也体现了人类社会进入近现代历史阶段之后对创造性劳动实施知识产权保护的必然要求。“文从字顺各识职”“不烦于绳削而自合”，在强调独创性的同时也没有忘记通俗性与实用性。而高踞于二者之上的，则是“必出入仁义”。将以上三点要求融为一体，才算是真正理解了韩愈的文艺主张。当然，樊宗师本人的创作是否符合韩愈的推许，那是另外一个问题。毕竟樊氏的著作大多失传，仅凭现存作品很难做出准确评价。

樊绍述既卒，且葬，愈将铭之，从其家求书。得书号《魁纪公》者三十卷，曰《樊子》者又三十卷，《春秋集传》十五卷，表笺、状策、书序、传记、纪志、说论、今文赞铭凡二百九十一篇，道路所遇及器物门里杂铭二百二十，赋十，诗七百又十九①。曰：多矣哉！古未尝有也。然而必出于己，不袭蹈前人一言一句②，又何其难也！必出入仁义③，其富若生蓄④，万物必具，海含地负⑤，放恣横从⑥，无所统纪⑦，然而不烦于绳削而自合也⑧。呜呼！绍述于斯术，其可谓至于斯极者矣。

［**注释**］①樊宗师现存作品，仅《蜀绵州越王楼诗并序》一诗，《绛守居园池记》一文。　②袭蹈：因袭、亦步亦趋。　③出入仁义：文字的旨归不离仁义之道。　④生蓄：滋生、蓄养。　⑤海含地负：如大海包容万物，如大地负载万类，形容博大宽厚。　⑥从：通“纵”。放恣横从：纵横恣肆貌。　⑦统纪：纲纪。引申为羁束、规范。　⑧绳：修正。削：删削。绳削：修正、修改。

生而其家贵富，长而不有其藏一钱。妻子告不足，顾且笑曰：“我道盖是也。”①皆应曰：“然。”无不意满。尝以金部郎中告哀南方，还，言某帅不治，罢之②。以此出为绵州刺史③。一年，征拜左司郎中④，又出刺绛州⑤。绵、绛之人至今皆曰:"于我有德。"以为谏议大夫⑥,命且下,遂病以卒,年若干。

[**注释**]①韩愈《与袁相公书》:"窃见朝议郎前太子舍人樊宗师,孝友聪明,家故饶财,身居长嫡,悉推与诸弟,诸弟皆优赡有余,而宗师妻子常寒露饥馁。宗师怡然处之,无有难色。" ②元和十五年正月,宪宗崩,宗师以金部郎中告哀南方。 ③宗师以元和十五年正月为告哀使。使还,出刺绵州,均当在十五年之内。绵州:今四川绵阳。 ④宗师拜左司郎中,在长庆元年。左司郎中:从五品上。掌付诸司之务,举稽违,署符目,知宿直,为左丞之贰。⑤绛州:今山西新绛。 ⑥谏议大夫:正四品下,掌谏谕得失,侍从赞相。

绍述讳宗师,父讳泽,尝帅襄阳、江陵,官至右仆射,赠某官①。祖某官,讳泳②。自祖及绍述,三世皆以军谋堪将帅策上第以进。

[**注释**]①樊泽,字安时,河中人。长于河朔,相卫节度薛嵩奏为磁州司仓、尧山县令。建中元年举贤良对策,杨炎荐为补阙。历都官员外郎,三年十月兼御史中丞,充吐蕃计会使。寻从凤翔节度张镒与吐蕃会盟于清水,迁金部郎中、御史中丞、山南节度行军司马。时李希烈叛,诏以普王为行军元帅,征泽为谏议大夫、元帅行军右司马。属驾幸奉天,普王不行,泽改右庶子兼中丞,复为山南东道行军司马。兴元元年正月丙申,为襄州刺史兼御史大夫山南东道节度观察使。希烈既平,泽丁母忧,起复右卫大将军同正,余如故。贞元三年闰五月癸亥,为荆南节度观察等使江陵尹兼御史大夫。三岁,加检校礼部尚书。八年三月丙子,复为襄州刺史山南东道节度使。十二年,加检校右仆射,十四年九月己酉卒,年五十。赠司空。 ②樊泳,南阳湖阳人。祖弘,太中大夫、金州刺史。父元珍,太中大夫、摄左金吾将军、光州别驾。开元十五年举高才沉沦草泽自举科及第,授试大理评事、濮州鄄城县尉。历深州饶阳、太原祁县尉,天宝六年前后萧克济为黔中采访使,咨为采访判官。十一年七月卒于任,年四十七。

绍述无所不学，于辞于声①，天得也。在众若无能者。尝与观乐，问曰："何如？"曰："后当然。"已而果然。铭曰：

[**注释**]①辞：文辞。声：声乐。

惟古于词必己出，降而不能乃剽贼①，后皆指前公相袭②。从汉迄今用一律③，寥寥久哉莫觉属④，神徂圣伏道绝塞⑤。既极乃通发绍述，文从字顺各识职，有欲求之此其躅⑥。

[**注释**]①剽(piāo)贼：即剽夺、剽窃。 ②公相袭：公然相袭。 ③《闻见后录》卷十四："'从汉迄今用一律'，盖斥班固而下相袭者。"盖两司马、杨、刘为始发，自然"不袭蹈前人一言一句"，班固而下，延及崔、蔡，轨范已成，难免因袭。魏晋之后，千篇一律。"从汉迄今用一律"，所"用"即两司马、杨、刘之"律"。文章道弊，缘于因袭，先贤不当任其责。"从汉迄今用一律"，对事不对人，于两司马、杨、刘并无不敬。 ④寥寥：空旷高远貌，此处引申为时间久远。属：连也，此处引申为延续、承续。寥寥久哉莫觉属：谓历时久远，没有人意识到承续古人"词必己出"传统的历史责任。 ⑤徂(cú)：死亡、消逝。伏：隐退。神徂圣伏：前代圣贤都已经消逝、隐退。 ⑥躅(zhuó)：轨范。

唐故太学博士李君墓志铭①

[**注释**]①此篇作于长庆三年(823)正月五日后，其月二十六日前，时任吏部侍郎。

韩愈反对佛教，态度最为激烈的，是谏迎佛骨。韩愈反对道教，态度最激烈的，是批评服食。此篇连举自己八位亲属友好以服食致死的惨痛教训以为世诫，文中具体描绘其"狂痛号呼乞绝""肉痛不可忍，乞死乃绝"的细节，因为这些细节都来自自己的亲属友好，所以避免了披露隐私的指责，同时也增强了这些记载的可信性与说服力。不过，这篇文章最重要的价值，还不在对道家烧丹炼汞的批评，而是对李唐王朝历代君主从高宗到宪宗迷信丹药、希图长生所表现出的批判态度，更重要的则是体现了中唐社会转型时期科学理性精神的张扬。后人评判韩愈，大多注意到他强烈的人文关怀，而较为忽略他的理性意识。这篇文章，或许有助于人们从更全面的角度认识韩愈的思想。

太学博士顿丘李干①，余兄孙婿也②。年四十八，长庆三年正月五日卒。其月二十六日，穿其妻墓而合葬之，在某县某地。子三人，皆幼。

[**注释**]①李干：澶州顿丘人。元和十年登进士第。十一年，为李道古鄂岳观察使府众事。官至太学博士，长庆三年卒，年四十八。　②愈兄韩会以老成为嗣，老成有女二十九娘子，其婿即李干。

初，干以进士为鄂岳从事①，遇方士柳泌②，从受药法，服之往往下血。比四年，病益急，乃死。其法以铅满一鼎，以物按中为空，实以水银，盖封四际，烧为丹砂云③。余不知服食说自何世起④，杀人不可计，而世慕尚之益至此，其惑耶？在文书所记及耳相闻传者不说，今直取目见亲与之游而以药败者六七公，以为世诫⑤。

[**注释**]①元和十一年，李道古为鄂岳观察使，辟干为从事。　②柳泌：本名杨仁力，或作杨仁昼。少习医术，言多诞妄。李道古言之于皇甫镈，因征入禁中。自言天台山多灵草，愿为天台长吏，因以求之。元和十三年十一月丁亥，起徒步为台州刺史，仍赐金紫。泌到天台，驱役吏民于山谷间，声言采药，鞭笞躁急，岁余一无所得，惧诈发获罪，举家入山谷。浙东观察使追捕，送于京师。镈与李道古恳保证之，必能可致灵药，乃待诏翰林院。十四年十一

月丁酉，宪宗服柳泌金丹药，日益烦躁，喜怒不常。十五年春正月甲戌朔，上以饵金丹小不豫，罢元会。内官惧非罪见戮，遂为弑逆。庚子，宪宗崩于大明宫之中和殿。穆宗即位，闰月壬子，诏付京兆府决重杖一顿，处死。　③丹砂：即朱砂，含汞的矿物名，道教徒用以化汞炼丹。其制成品即铅丹，盖“以铅为鼎”，“实以丹砂”炼制而成。　④服食：服用丹药。　⑤诫：警诫、告诫。时主好方士，服金丹。公之为世诫者，微词也。

工部尚书归登①、殿中御史李虚中②、刑部尚书李逊③、逊弟刑部侍郎建④、襄阳节度使工部尚书孟简⑤、东川节度使御史大夫卢坦⑥、金吾将军李道古⑦。此其人皆有名位，世所共识。工部既食水银得病，自说若有烧铁杖自颠贯其下者⑧，摧而为火，射窍节以出⑨，狂痛号呼乞绝。其茵席尝得水银⑩，发且止，唾血十数年以毙⑪。殿中疽发其背死⑫。刑部且死，谓余曰：“我为药误。”其季建一旦无病死。襄阳黜为吉州司马，余自袁州还京师，襄阳乘舸邀我于萧洲⑬。屏人曰：“我得秘药，不可独不死。今遗子一器，可用枣肉为丸服之。”别一年而病。有家人至，讯之。曰：“前所服药误，方且下之，下则平矣。”病二岁，竟卒。卢大夫死时，溺出血肉，痛不可忍，乞死乃绝。金吾以柳泌得罪，食泌药，五十死海上。此可以为诫者也。

［**注释**］①归登：字冲之，苏州吴郡人。大历七年举孝廉高第，补四门助教。贞元元年登贤良方正直言极谏科，自美原尉拜右拾遗。转右补阙，起居舍人。迁兵部员外郎充皇子侍读，寻加史馆修撰。顺宗初，超拜给事中。元和四年十月癸巳，以工部侍郎为皇太子诸王侍读，改左常侍，转兵部侍郎，兼判国子祭酒事。十四年六月庚申，自户部侍郎迁工部尚书。累封长洲县男，元和十五年六月己丑卒(《旧唐书·穆宗纪》)，年六十七，赠太子太保。

②李虚中：字常容，陇西人，后魏李冲八世孙。贞元十年进士，试书判入等，补秘书正字。母丧去官，卒丧，选补太子校书。贞元十六年，河南尹水陆转运使张式奏为伊阙尉、佐水陆运事。元和元年十一月郑余庆代式，虚中为运佐如初。二年十月武元衡为西川节度使，辟为观察推官、监察御史里行。未几，诏为真御史。半岁，分部东都台，迁殿中侍御史。六年三月王播以刑部侍郎充诸道盐铁转运使，以虚中为副使。元和八年四月征为起居舍人。六月乙酉卒，年五十二。　③李逊：字友道，祖籍赵郡，世寓于荆州之石首。贞元五年登进士第，辟襄阳掌书记。复从事于湖南，主其留务。累拜池濠二州刺史。入拜虞部郎中。元和初，出为衢州刺史。五年八月乙巳，自常州刺史迁越州刺史兼御史大夫浙东都团练观察使。九年入为给事中，俄迁户部侍郎。十年十月庚子，出为襄州刺史充山南东道节度观察等使。左授太子宾客分司，又降为恩王傅。十三年，李师道效顺，逊为左散骑常侍驰赴东平谕之。还未几，除京兆尹，改国子祭酒。十四年九月癸未，拜检校礼部尚书许州刺史充忠武节度陈许溵蔡等州观察处置等使。长庆元年十二月戊寅，改凤翔节度使。行至京师，以疾陈乞，二年正月二十三日乙卯，改刑部尚书。二十七日己未卒，年六十三。赠尚书右仆射，谥曰贞。　④李建：字杓直，祖籍赵郡，世寓于荆州之石首。贞元十四年举进士，以第二人试校秘书郎、容州招讨判官，复调为本官。贞元二十年十二月二十二日充翰林学士，二十一年三月十七日迁左拾遗，仍充翰林学士。顺宗立，李师古以兵侵曹州，建作诏谕还之，词不假借。王叔文欲更之，建不可。出为詹事府司直。元和三年二月丙子路恕为鄜坊节度使，诏赐五品服供奉殿中，为鄜州防御副使、转运判官。会恕复取不宜为宾者，公罢去，归为殿中侍御史。寻为员外比部郎，转兵部、吏部，迁本曹郎，换兵部郎中知制诰。改京兆少尹。十一年冬，出为沣州刺史。征拜太常少卿，寻以本官知礼部贡举。明年，除礼部侍郎，改为刑部。阶中大夫，勋上柱国，爵陇西县开国男。长庆元年之二月二十三日卒，年五十八。赠工部尚书，谥曰元。　⑤孟简：字几道，德州平昌人。擢进士第，登宏辞科，永贞间为仓部员外郎，王叔文忌之，换刑部员外郎。历户部侍郎、司封郎中，元和四年正月使山南东道荆南湖南赈恤灾旱，赐绯袍银鱼。超拜谏议大夫知匭事，韩泰、韩晔之复刺史，吐突承璀为招讨使，简皆固争。七年，出为常州刺史。八年，就

加金紫光禄大夫，是岁征拜为给事中。九年九月戊戌，出为越州刺史兼御史中丞浙东观察使。十二年八月戊午，入为户部侍郎。十三年，代崔元略为御史中丞，仍兼户部侍郎。五月丙午，检校工部尚书襄州刺史山南东道节度使。十四年，左授太子宾客分司东都。十五年三月丁卯，贬吉州司马员外置同正员。长庆元年四月辛卯，量移睦州刺史。二年，移常州刺史。入为太子宾客分司东都。其年十二月癸丑卒。　⑥卢坦：字保衡，河南洛阳人。始为同州韩城、宣州宣城、巩县尉，贞元五年为河南县尉。十年三月乙亥李复为义成军节度使，表为判官。贞元十三年四月庚午李复卒，坦护丧归东都。历寿安令，王纬观察浙西，兼盐铁使，请坦为转运判官。及李锜代，请如初，转殿中侍御史。锜行多不循法，坦每争之。十七年六月，以屡谏不悛去之。顺宗皇帝寝疾，说宰相韦执谊速白立皇太子以树国本。执谊将以为殿中侍御史，王叔文将以为员外郎知杨子留后。坦不受，叔文不悦，故事皆不行。及王叔文贬，坦遂为殿中侍御史。权德舆为户部侍郎，请为本司员外郎，寻转库部兼侍御史知杂事。元和二年四月，自刑部郎中兼侍御史知杂事为御史中丞分司东都，未几归台。寻罢为右庶子。四年，出为宣歙池观察使。五年十二月丁卯，为刑部侍郎充诸道盐铁转运使。六年四月庚午，改户部侍郎判度支。八年八月辛丑，出为梓州刺史剑南东川节度使。十二年九月戊戌卒，年六十九，赠礼部尚书。　⑦李道古：曹王明裔孙，成王皋子。贞元五年登进士第，拜校书郎、集贤学士、宗正丞，宪宗即位，迁司门员外郎。元和初，历刺利、隋、唐三州。元和六年六月三日拜睦州刺史。七年，入为宗正少卿。元和八年十月己巳，自宗正卿出为黔中观察使。元和十一年，为鄂岳沔蕲安黄团练观察使。十二年，道古攻申州，克其罗城。元和十三年入为宗正卿。后为左金吾卫将军，荐山人柳泌以媚于上，宪宗服饵过当，暴成狂躁之疾，以至弃代。穆宗即位，责授循州司马。元和十五年九月三日，以服丹药呕血而卒，年五十三。　⑧颠：头顶。　⑨窍节：毛窍、关节。　⑩茵席：茵褥、茵垫。　⑪《旧唐书·归登传》："晚年颇好服食，有馈金石之药者，且云：'先尝之矣。'登服之不疑，药发毒，几死。"　⑫《李虚中墓志铭》："疽发背，六月乙酉卒。君亦好道士说，于蜀得秘方，能以水银为黄金，服之冀果不死。将疾，谓其友卫中行大受、韩愈退之曰：'吾梦大山裂，流出赤黄物如金。左人曰：是所谓大还者。今三矣。'君既殁，愈追占其梦曰：山者艮，艮为背。裂而流赤黄，疽象也。大还者，大归也。”　⑬舸：大舡。萧洲：在今江西清江县西四里。

蕲不死①，乃速得死，谓之智，可不可也？五谷三牲②，盐醯果蔬③，人所常御。人相厚勉，必曰：“强食。”今惑者皆曰：“五谷令人夭，不能无食，当务减节。”盐醯以济百味，豚、鱼、鸡三者，古以养老。反曰：“是皆杀人，不可食。”一筵之馔④，禁忌十常不食二三。不信常道而务鬼怪，临死乃悔。后之好者又曰：“彼死者皆不得其道也，我则不然。”始病，曰：“药动故病，病去药行，乃不死矣。”及且死，又悔。呜呼，可哀也已！可哀也已！

[**注释**]①蕲：通“祈”，祈求。　②五谷：谷物通称。三牲：俗以牛、羊、豚为大三牲，豚、鱼、鸡为小三牲。　③醯（xī）：醋。　④馔（zhuàn）：食物、菜肴。

毛　颖　传①

[**注释**]①此篇作于元和初年至元和四、五年之间，时为国子博士。

韩愈对历代昏君的批判，最突出的是对秦皇、汉武的。此篇虽游戏之作，但“秦真少恩哉”一语，对刻薄寡恩的法家统治而言，可谓诛心之论。

毛颖者，中山人也。其先明视①，佐禹治东方土。养万物有功，因封于卯地，死为十二神②。尝曰：“吾子孙神明之后，不可与物同，当吐而生。”已而果然。明视八世孙䨲③，世传当殷时居中山，得神仙之术，能匿光使物。窃恒娥，骑蟾蜍入月。其后代遂隐不仕云。居东郭者曰㕙[④]，狡而善走。与韩卢争能，卢不及[⑤]。卢怒，与宋猎谋而杀之[⑥]，醢其肉[⑦]。

［注释］①《礼记·曲礼下》："兔曰明视。"　②十二神：主持十二方位的神。《论衡·物势篇》："卯，兔也。"《论衡·四讳篇》："子之禽鼠，卯之兽兔。"　③䨲（fàn），同"娩""嬎"，小兔、兔子。　④㕙（jùn）：又作"逡"，狡兔。　⑤《战国策·齐策三》："韩子卢者，天下之疾犬也。东郭逡者，海内之狡兔也。卢逡，环山者三，腾山者五。兔极于前，犬废于后。"　⑥猎（què）：宋之良犬。韩卢、宋猎，皆猎狗名。　⑦醢（hǎi）：肉酱。

秦始皇时，蒙将军恬南伐楚[①]，次中山，将大猎以惧楚。召左庶长与军尉[②]，以连山筮之[③]，得天与人文之兆[④]。筮者贺曰："今日之获，不角不牙。衣褐之徒，缺口而长须，八窍而趺居[⑤]。独取其髦[⑥]，简牍是资[⑦]，天下其同书。秦其遂兼诸侯乎！"遂猎围毛氏之族，拔其毫，载颖而归，献俘于章台宫，聚其族而加束缚焉[⑧]。秦皇帝使恬赐之汤沐，而封诸管城，号管城子[⑨]，日见亲宠任事。

［注释］①蒙恬：秦时制笔者。　②军尉：军中尉史。左右庶长，左右偏裨。　③连山：伏羲易。其卦以纯艮为首，艮为山，山上山下是名连山。④兆：卦象，指占卜时烧灼甲骨所呈现的预示吉凶的裂纹。　⑤趺（fū）：脚背。趺居：踞坐、趺坐，盘腿而坐。　⑥髦（máo）：毛中长毫。　⑦简牍：书籍、书简。资：凭借、依靠。　⑧聚其族而加束缚：谓聚其毫而加束缚，写制笔过程。　⑨管城子：谓封于管城，为子爵。此韩愈谐语指笔，并非实有封爵。

颖为人强记而便敏，自结绳之代以及秦事，无不纂录[①]。阴阳、卜筮、占相、医方、族氏、山经、地志、字书、图画，九流百家天人之书，及至浮屠老子外国之说，皆所详悉。又通于当代之务，官府簿书②，市井货钱注记③，惟上所使。自秦始皇帝及太子扶苏、胡亥，丞相李斯、中车府令高④，下及国人，无不爱重。又善随人意，正直邪曲巧拙，一随其人。虽后见废弃，终默不泄。惟不喜武士，然见请亦时往。累拜中书令，与上益狎，上尝呼为中书君⑤。上亲决事，以衡石自程⑥，虽宫人不得立左右。独颖与执烛者常侍，上休乃罢。颖与绛人陈玄、弘农陶泓及会稽褚先生友善相推致⑦，其出处必偕。上召颖，三人者不待诏辄俱往，上未尝怪焉。

［注释］①纂录：编纂记载。 ②簿书：官署中的文书簿册。 ③注记：记录财物出纳的簿册。 ④中车府令赵高。 ⑤中书令：中书省长官，此韩愈谐语。中（zhòng）：适合。中书：适于书写。 ⑥衡：秤。石：古代重量单位，一百二十斤为一石。衡石：泛指称重量的器物。 ⑦陈玄：墨。陶泓：砚。褚先生：纸。

后因进见，上将有任使，拂拭之，因免冠谢。上见其发秃，又所摹书不能称上意①。上嘻笑曰："中书君老而秃，不任吾用。吾尝谓君中书，而今不中书耶？"②对曰："臣所谓尽心者。"因不复召，归封邑，终于管城。其子孙甚多，散处中国夷狄，皆冒管城，惟居中山者能继父祖业。

［注释］①发秃、摹书不能称意：指毛笔兔毫脱落，写字不能随心所欲。②不中书：不适合书写。

太史公曰：毛氏有两族，其一姬姓，文王之子封于毛，所谓鲁、卫、毛、聃者也①，战国时有毛公②、毛遂③。独中山之族不知其本所出，子孙最为蕃昌。《春秋》之成，见绝于孔子④，而非其罪。及蒙将军拔中山之毫，始皇封之管城，世遂有名，而姬姓之毛无闻。颖始以俘见，卒见任使，秦之灭诸侯，颖与有功。赏不酬劳，以老见疏，秦真少恩哉⑤！

[**注释**]①鲁、卫、毛、聃：四国名。毛：在今河南宜阳县界。　②大小毛公，战国时人。荀卿以《诗经》授鲁国毛亨，毛亨作《训诂传》以授赵国毛苌，时人谓亨为大毛公，苌为小毛公。　③毛遂：战国赵平原君门客，曾自荐于平原君合从于楚约。　④仲尼绝笔于获麟，见《左传》杜注。谓孔子作《春秋》至鲁哀公十四年西狩获麟而止。　⑤秦用法术，刻薄寡恩。“真少恩”一语，乃诛心之论。

送　穷　文①

[**注释**]①本篇作于元和六年(811)，韩愈任河南县令时。洪兴祖《韩子年谱》：“正月晦作《送穷文》：‘吾与子居，四十年余。’时年四十四。”

这是一篇愤世嫉俗的俳谐文章，文章借作者与穷鬼之间的往复难辨，将自己穷愁潦倒的满腹牢骚全盘端出。刚直正派、疾恶如仇，则随波逐流、投机取巧的“智术”不能不穷；傲视那些用世的权术和文字训诂的学问，追求高深玄妙的天人之理，则适应世俗需要的“学问”不能不穷；驰骋自己怪怪奇奇，只能自我欣赏的文风，文章没有实用价值，则代朝廷立言的应用“文章”不能不穷；勇于承担责任，事事敢于当先，羞于追名逐利，论功甘居人后，则官场的“命运”也不能不穷；赤心待人，毫无保留，最后被人出卖，为众人所仇视，则圆滑处世、钩心斗角的“交友”之道不能不穷。作品通过对自己四处碰壁、走投无路的处境的嘲弄，尖锐地讽刺了世风的浇薄，也把自己的道德操守、性格形象展现在世人面前。文章最后写“送穷”不成，反而延穷鬼为上宾，表达了自己坚持理想道德情操，决不向世俗低头的决心。

本篇的主旨，来源于传统的“君子固穷”。而本篇的表现形式，则模仿杨雄的《逐贫赋》。但杨雄赋结尾说：“长于汝居，终无厌极，贫遂不去，与我游息。”情绪平和，表现的是一个隐士安贫乐道的心境。本篇结语说：“上手称谢，烧船与车，延之上座。”表现的是一个刚直骨鲠之士坚定不移的决心。后来段成式有《逐贫辞》《留贫辞》，就是本篇影响下的产物。

元和六年正月乙丑晦①，主人使奴星结柳作车②，缚草为船。载糗舆粻③，牛系轭下，引帆上樯。三揖穷鬼而告之曰：“闻子行有日矣，鄙人不敢问所涂④。窃具船与车，备载糗粻。日吉时良，利行四方。子饭一盂⑤，子啜一觞，携朋挈俦，去故就新。驾尘彍风⑥，与电争先。子无底滞之尤⑦，我有资送⑧之恩。子等有意于行乎？”

［**注释**］①晦：每月的最后一天。相传颛顼氏有一子，爱穿破衣，吃剩饭，号为穷子，死于正月晦日。后来人们每到正月晦日以破衣剩饭祭祀他，称为“送穷”。见南朝梁宗怀《荆楚岁时记》。　②奴星：名叫星的仆人。　③糗(qiǔ)：干粮。粻(zhāng)：米。　④涂：同“途”。　⑤饭：用作动词，吃饭。⑥彍(kuò)：拉满弓。彍风：张满风帆。　⑦底：停止。尤：怨尤。这句话说：你再也没有长期滞留于我家的怨恨。　⑧资送：资助馈送。

屏息潜听，如闻音声，若啸若啼，砉欻嘎嘤①。毛发尽竖，竦肩缩颈。疑有而无，久乃可明。若有言者曰：“吾与子居，四十年余。子在孩提，吾不子愚②。子学子耕，求官与名，惟子是从，不变于初。门神户灵③，我叱我呵④，包羞诡随⑤，志不在他。子迁南荒⑥，热烁湿蒸，我非其乡，百鬼欺陵。太学四年⑦，朝齑暮盐⑧，惟我保汝，人皆汝嫌。自初及终，未始背汝，心无异谋，口绝行语。于何听闻，云我当去？是必夫子信谗，有间于予也⑨。我鬼非人，安用车船？鼻嗅臭香，糗粻可捐⑩。单独一身，谁为朋俦？子苟备知，可数已不⑪？子能尽言，可谓圣智，情状既露，敢不回避。”

［**注释**］①砉(xū)欻(xù)：亦作“欻砉”，窸窸窣窣的声音。嚘(yōu)嘤(yīng)：鸟鸣虫叫的声音，形容声音的细微。　②吾不子愚：我没有欺骗过你。　③门神户灵：门和户的神灵。　④叱、呵：怒斥、吆喝。《敦煌变文集·维摩诘经讲经文》：“已曾被居士叱呵，空立一无祇对。”我叱我呵：叱我呵我。　⑤包羞诡随：忍辱含羞，偷偷摸摸地追随着你。　⑥子迁南荒：指韩愈被贬为阳山令。　⑦太学四年：元和元年夏，韩愈被召为国子博士。元和四年六月十日，改都官员外郎。　⑧齑(jī)：菜的碎屑。朝齑暮盐：生活清苦，吃得不好。　⑨间：离间。　⑩捐：弃捐，抛弃。　⑪已：与。不：通“否”。

主人应之曰：“子以吾为真不知也邪！子之朋俦，非六非四。在十去五，满七除二①。各有主张，私立名字。捩手覆羹②，转喉触讳③。凡所以使吾面目可憎、语言无味者，皆子之志也。其一名曰智穷：矫矫亢亢④，恶圆喜方⑤，羞为奸欺，不忍伤害；其次名曰学穷：傲数与名⑥，摘抉杳微⑦，高挹群言，执神之机⑧；又其次曰文穷：不专一能，怪怪奇奇，不可时施⑨，秪以自嬉⑩；又其次曰命穷：影与行殊，面丑心妍，利居众后，责在人先；又其次曰交穷：

磨肌戛骨⑪，吐出心肝，企足以待，置我仇冤⑫。凡此五鬼，为吾五患。饥我寒我，兴讹造讪。能使我迷，人莫能间。朝悔其行，暮已复然。蝇营狗苟，驱去复还。”

[注释]①以上三句，均暗射“五”。　②捩(liè)：扭转。覆：打翻。　③触讳：触犯人家忌讳。以上两句，说动辄得咎的处境。　④矫矫：刚强。亢亢：高尚正直。　⑤恶圆喜方：厌恶圆滑，却喜欢方正。　⑥数：术数，方术。《广雅释言》：“数，术也。”此处泛指学问中的应用之术。名：指称概念。《管子·术》：“名者，圣人之所以纪万物也。”此处指拘泥于名物训诂的文字之学。这句意思说：傲视那些投机用世的学问和拘泥于文字的学问。　⑦摘抉杳微：揭示高深玄妙的道理。　⑧执神之机：掌握了鬼神的玄奥机要。　⑨时施：施之于时，用之于世。　⑩秪(zhǐ)：仅仅。　⑪磨：摩，抚摩。戛：敲打。磨肌戛骨：毫无保留，赤心相待。　⑫置我仇冤，把我置于仇人的地位。

言未毕，五鬼相与张眼吐舌，跳踉偃仆①。抵掌顿脚②，失笑相顾。徐谓主人曰：“子知我名，凡我所为。驱我令去③，小黠大痴④。人生一世，其久几何？吾立子名，百世不磨。小人君子，其心不同。惟乖于时，乃与天通。携持琬琰⑤，易一羊皮。饫于肥甘⑥，慕彼糠糜⑦。天下知子，谁过于予？虽遭斥逐，不忍子疏。谓予不信，请质诗书。”

[注释]①跳踉：跳跃。　②抵：同“抵”。抵(zhǐ)掌：侧手击掌。　③“驱我令去”一句，应在“凡我所为”一句之上。此处错杂为文。　④小黠大痴：看起来小有聪明，实际上是个大傻瓜。　⑤琬琰(yǎn)：美玉。　⑥肥甘：肥美的食品。《孟子·梁惠王上》：“为肥甘不足于口与？”　⑦糜：稀饭。以上四句：琬琰、肥甘，指百世不磨的名声。羊皮、糠糜，指荣华富贵。

主人于是垂头丧气，上手称谢①，烧车与船，延之上座②。

[注释]①上手：举起手。　②延：延请、迎接。《礼记·曲礼上》："主人延客祭，祭食，祭所先进。"郑玄注："延，道也。"

御史台上论天旱人饥状①

[注释]①此篇作于贞元十九年(803)十二月，时为监察御史。

民生为重还是税收为重，公平第一还是效率第一，这是两千年来儒法之争的症结所在。韩愈以此遭受贬谪，亦以此成就盛名。求仁者得仁，求利者得利。以彼易此，何去何从，孰得孰失，人人心中自有答案，并由此决定了自己的人生道路。

右臣伏以今年已来，京畿诸县夏逢亢旱①，秋又早霜。田种所收，十不存一。陛下恩逾慈母，仁过春阳②。租赋之间，例皆蠲免③，所征至少，所放至多。上恩虽弘，下困犹甚，至闻有弃子逐妻以求口食④，拆屋伐树以纳税钱⑤。寒馁道涂⑥，毙踣沟壑⑦。有者皆已输纳，无者徒被追征。臣愚以为此皆群臣之所未言，陛下之所未知者也。臣窃见陛下怜念黎元⑧，同于赤子⑨。或犯法当戮，犹且宽而宥之⑩，况此无辜之人，岂有知而不救？又京师者四方之腹心，国家之根本，其百姓实宜倍加忧恤⑪。今瑞雪频降，来年必丰。急之则得少而人伤，缓之则事存而利远。伏乞特敕京兆府应今年税钱及草粟等在百姓腹内征未得者⑫，并且停征。容至来年蚕麦，庶得少有存立。臣至陋至愚，无所知识。受恩思效，有见辄言，无任恳款惭惧之至。谨录奏闻，谨奏。

[注释]①亢(kàng)旱：大旱。 ②春阳：春日阳光，引申为恩泽。 ③蠲(juān)免：免除。 ④口食：食物。 ⑤拆(chè)：破毁。 ⑥馁(něi)：饥饿。寒馁：犹饥寒。 ⑦踣：踣。踣(bó)：毙。毙踣：倒毙。 ⑧黎元：平民百姓。 ⑨赤子：婴儿。 ⑩宥(yòu)：赦免。 ⑪忧恤：顾恤。 ⑫腹内：名下。

钱重物轻状①

[注释]①此篇作于长庆元年(821)九月，时为兵部侍郎。

自建中立两税法，以铜钱作为缴纳赋税的唯一法定货币，而市场实际流通货币绢帛以及其他实物都需要兑换为铜钱之后才能完税。从人类文明发展史的角度看问题，从劳役地租、实物地租发展到货币地租，应该是经济体制的一大进步。但由于铸造铜钱的权力掌握在官方手上，强制性地要求百姓必须以实物兑换铜钱以缴纳税收，实质上就是统购统销。按政府的规定，铜钱与绢帛之间存在两种不同的兑换率：官方规定的兑换率与市场实际兑换率。前者是固定的，后者则随市场景气而上下浮动。建中之初，绢一匹折钱三千二三百文。贞元十年，绢一匹折钱一千五六百文(陆贽《请两税以布帛为额不计钱数》)。元和十五年，绢一匹价不过八百文(李翱《疏改税法》)。换言之，铜钱相对于绢帛的市场价值，贞元年间已经上涨了一倍，元和年间则相当于建中初年的四倍，而官方兑换率始终保持不变。这样，绢帛乃至一切以绢帛为支付手段的货物就有了两种不同的价格，官方价格叫实估，市场价格叫虚估。用现代生活的经验通俗地理解，前者算是全价，后者就相当于折扣价。政府收缴赋税，只承认官方价格；百姓却必须用市场价格，高价向政府购买铜钱。具体来说，缴纳十千铜钱的赋税，建中初年只需要付出绢二匹半，贞元年间需要付出五匹，元和年间则需要付出十二匹（李翱《疏改税法》）。反过来，政府对百姓的实际支付如宫市采购，却仍然按官方兑换率折算，十千铜钱折算绢三匹（陆贽《请两税以布帛为额不计钱数》）。说得更明白一点：百姓向政府纳税，一匹绢折算铜钱八百文；政府向百姓采购，一匹绢折算铜钱三千二三百文。白居易《卖炭翁》“半匹红纱一丈绫，系向牛头充炭直”、《新唐书·食货志二》宫市使取物于市“以盐估敝衣绢帛尺寸分裂酬其直”，说的就是这种情况。大斗进、小斗出公然成为国家的制度，这样的经济秩序，实在是暗无天日。唯其如此，杨于陵、韩愈等人的批评，就更为难能可贵了。

右臣伏准御史台牒①、准中书门下帖奉进止②：钱重物轻，为弊颇甚。详求适变，可以便人③。所贵缗货通行④，里闾宽息⑤，宜令百寮随所见作利害状者。

［**注释**］①牒：公文。　②帖：堂帖，宰相批示。进止：圣旨。　③人：唐人以避太宗李世民讳改字。便人：指便民。下文“人不能铸钱”“则人益丰”“禁人无得以铜为器皿”“使人各输其土物以为租赋”等均同。　④缗：钱贯，穿钱绳。此处泛指货币。　⑤里闾：乡里。宽息：环境宽松而得以休养生息。

臣愚以为钱重物轻，救之之法有四：

一曰：在物土贡①。夫五谷布帛，农人之所能出也，工人之所能为也。人不能铸钱，而使之卖布帛谷米以输钱于官，是以物愈贱而钱愈贵也。今使出布之乡，租赋悉以布；出绵丝百货之乡，租赋悉以绵丝百货。去京百里悉出草，三百里以粟；五百里之内及河渭可漕入②，愿以草粟租赋，悉以听之。则人益丰，钱益轻，谷米布帛益重③。

[注释]①物土贡：用各地土产缴纳赋税。　②漕(cáo)：水运。　③人类历史上的税收制度，经历了劳役地租、实物地租、货币地租三个阶段。唐初的均田制，以田亩税、丁口税为主体，其纳税方式则以物土贡为主体，兼用劳役。中唐的两税法以财产税为主体，其纳税方式则以货币缴纳为主体。应该说，这是一个巨大的历史进步。但在政府垄断了货币发行权同时垄断了物价审定权的前提下，利用价格双轨制任意盘剥百姓就成为必然。即便在一定程度上恢复"物土贡"，也未必能保障市场交易的公平，宫市的存在就是最明显的例证。

二曰：在塞其隙，无使之泄。禁人无得以铜为器皿，禁铸铜为浮屠①、佛像、钟、磬者。蓄铜过若干斤者，铸钱以为他物者，皆罪死不赦。禁钱不得出五岭，五岭买卖一以银②。盗以钱出岭及违令以买卖者皆死，五岭旧钱听人载出③，如此则钱必轻矣④。

[注释]①浮屠：佛塔。　②唐时岭外用银买卖。　③听：任许、任从。④现代信用货币的信用基础，是发行者必须拥有相应的贵重金属作为等值兑换的保障。所以，批量贵重金属如黄金不得自由通关，也是现代国家的通行惯例。禁钱不得出五岭，就是同样性质的法令。

三曰：更其文贵之，使一当五，而新旧兼用之。凡铸钱千，其费亦千。今铸一而得五，是费钱千而得钱五千①，可立多也。

[注释]①同样重量的铜币，将币面标识的面值提高五倍，币值增长了五倍，所消耗的铜材却没有相应提高，这就是"更其文"的含义。这是金本位货币向信用货币转换的关键一步，现代社会的纸币就由此发展而来。就人类历

史发展而言，应该是一个巨大的进步。但货币面值的提高必须以相应的实物储备为基础，才不至于影响市场交换中的实际购买力。如果货币面值虚高，就会造成通货膨胀。政府在国民生产总值没有增长的情况下加大货币投入，其实质就是用虚高的货币稀释百姓的实际收入，元末至正变钞就是最典型的案例。

四曰：扶其病，使法必立。凡法始立必有病，今使人各输其土物以为租赋，则州县无见钱；州县无见钱而谷米布帛未重，则用不足。而官吏之禄俸月减其旧三之一，各置铸钱，使新钱一当五者以给之①，轻重平乃止②。四法用，钱必轻，谷米布帛必重，百姓必均矣。

谨录奏闻，伏听敕旨，谨奏。

［**注释**］①百姓各输其土物以为租赋，政府就无从搜刮，地方政府的财政收入也就没了着落。韩愈提供的解决办法是州县各置铸钱，增加货币投入。须知中唐时期钱重物轻的关键，在于中央政府垄断了货币发行权之后，有意减少了货币投放量，人为地制造钱重物轻的局面，以强化对百姓的搜刮。杨于陵谓“开元中天下铸钱七十余炉，岁盈百万；今才十数炉，岁八十五万而已”，原因就在于“昔广铸以资用，今减炉以废功”（《新唐书·食货志》）。“减炉”二字，就透露出其中奥妙。　②轻重：即增减。轻重平：指“新钱一当五者以给之”，补齐“官吏之禄俸月减其旧三之一”，使增减之间达到平衡。

论佛骨表①

［**注释**］①此篇作于元和十四年(819)正月，时任刑部侍郎。

凤翔法门寺有释迦指骨一节。是年正月丁亥，宪宗令中使押宫人持香花迎佛骨，留禁中三日，乃送诸寺。王公士庶奔走舍施，唯恐在后，百姓有废业破产烧顶灼臂而求供养者。韩愈上疏极陈其弊。癸巳，贬潮州刺史。

身为帝王，权钱色欲，予取予求，无不随心如意。如果这样的生活还不能满足其贪欲，还要希图长生不老，穷奢极侈万万年，那就登上人类贪婪的顶峰了。韩愈对历代昏君批判最为激烈，针对秦皇、汉武，原因即在于此。从秦皇、汉武到李唐诸君大多信奉仙道，因为道家主张肉体升仙，主要手段就是服食。至于佛家，其永生的途径是涅槃，帝王们是没有兴趣的。唐宪宗则不然，一方面服食丹药，一方面供奉佛骨。不知道他到底是想要升仙，还是想要涅槃。其贪婪愚蠢，实在是登峰造极。韩愈的劝谏，是用统计数据告诉他：上古帝王因仍自然，均年过百岁；东汉以后帝王事佛渐谨，运祚不长；唯一的例外梁武帝在位四十八年，活了八十六岁，最终却饿死台城，身死国灭。如果宪宗皇帝还有一丝一毫的清醒，改弦更辙，悬崖勒马，也许就不会发生一年以后因服食丹药暴躁易怒而招致太监谋杀的悲剧，过早结束了自己十五年的帝王生涯、四十三岁的年轻生命。如果死而有知，不知泉下的宪宗，是否会有一点点后悔。

臣某言：伏以佛者，夷狄之一法耳。自后汉时流入中国[①]，上古未尝有也。昔者黄帝在位百年，年一百一十岁。少昊在位八十年，年一百岁。颛顼在位七十九年，年九十八岁。帝喾在位七十年，年一百五岁。帝尧在位九十八年，年一百一十八岁。帝舜及禹年皆百岁。此时天下太平，百姓安乐寿考。然而此时中国未有佛也。其后殷汤亦年百岁。汤孙太戊在位七十五年，武丁在位五十九年，书史不言其年寿所极，盖亦俱年不减百岁。周文王九十七岁，武王年九十三岁，穆王在位百年。此时佛法亦未至中国，非因事佛而致然也。

[**注释**]①后汉明帝夜梦金人长丈余，头有光明，飞行殿庭。以问群臣，傅毅曰：西方有神名曰佛，其形丈六尺而黄金色。帝于是遣郎中蔡愔及秦景使天竺求之，得佛经四十二章及释迦玄像，并与沙门摄摩腾、竺法兰东还。愔之来也，白马负经，因立白马寺于洛城雍门西以处之。其经缄于兰台石室，又画像于清源台及显节陵上。自是佛始传中国。

汉明帝时始有佛法，明帝在位才十八年耳。其后乱亡相继，运祚不长①。宋、齐、梁、陈、元魏已下，事佛渐谨，年代尤促②。惟梁武帝在位四十八年，前后三度舍身施佛。宗庙之祭不用牲牢，尽日一食，止于菜果。其后竟为侯景所逼，饿死台城，国亦寻灭③。事佛求福，反更得祸。由此观之，佛不足信，事亦可知矣。

[**注释**]①祚(zuò)：福。运祚：国运福祚。 ②傅奕《请废佛法表》："帝王无佛则大治年长，有佛则虐政祚短。"宋永初元年至于汝阴王升明二年，共五十九年。南齐建元元年至于巴陵王中兴元年，共二十三年。梁天监元年至于江陵王太平元年，共五十五年。陈永定元年至于孝宣大建十二年，共二十四年。后魏元氏十四帝，连同东、西两魏，共一百七十一年。 ③梁武帝姓萧，名衍，字叔达。禅齐位，大通元年创国泰寺于宫后，帝幸寺舍身。六月，都下疫甚，帝于重云殿为万姓设救苦斋，以身为祷，亲御法衣，清净大舍。九月癸卯，群臣以亿万奉赎皇帝。十二年，又幸寺讲《三惠经》，舍身为奴。四月，皇太子已下群臣出钱亿万奉赎。是夜，同泰寺为天火所烧略尽。太清元年，东魏司徒濮阳侯景率河南十三州归降。壬午，以景为大将军，封河南王大行台承制，如邓禹故事。乙巳，帝升光严殿讲《三惠经》，又舍身。群臣以亿万奉赎，众僧嘿然。丁亥，服兖冕还宫。二年八月侯景败归，自寿阳举兵反。三年三月乙卯，景攻陷宫城，纵兵大掠。帝为侯景幽囚，饥饿而崩。

高祖始受隋禅，则议除之。当时群臣材识不远，不能深知先王之道，古今之宜，推阐明圣，以救斯弊，其事遂止，臣常恨焉①。伏惟睿圣文武皇帝陛下神圣英武，数千百年已来未有伦比。即位之初，不许度人为僧尼道士，又不许创立寺观②。臣常以为高祖之志必行于陛下之手，今纵未能即行，岂可咨之转令盛也③？今闻陛下令群僧迎佛骨于凤翔，御楼以观，舁入大内④。又令诸寺递迎供养。臣虽至愚，必知陛下不惑于佛，作此崇奉以祈福祥也。直以年丰人乐，徇人之心，为京都士庶设诡异之观，戏玩之具耳。安有圣明若此，而肯信此等事哉！然百姓愚冥，易惑难晓。苟见陛下如此，将谓真心事佛。皆云：天子大圣，犹一心敬信；百姓何人，于佛更惜身命？焚顶烧指⑤，百十为群，解衣散钱，自朝至暮，转相仿效，惟恐后时，老少奔波，弃其业次。若不即加禁遏⑥，更历诸寺，必有断臂脔身以为供养者⑦。伤风败俗，传笑四方，非细事也。

［**注释**］①武德九年四月，高祖诏有司沙汰天下僧尼道士女冠。事竟不行。　②宪宗初即位不许度人为道士僧尼云云，唐史失载。　③咨：赞赏、赞叹。　④舁（yú）：抬。　⑤焚顶：灼烧头顶。烧指：灼烧指头。　⑥禁遏：禁止、阻遏。　⑦僧神光自断左臂事，见《五灯会元·东土祖师》。脔（luán）：碎割。脔身：脔割身体。参见《佛说菩萨本行经》卷下“佛言我为尸毘王时”事。

夫佛本夷狄之人，与中国言语不通，衣服殊制。口不言先王之法言①，身不服先王之法服②，不知君臣之义，父子之情③。假如其身至今尚在，奉其国命，来朝京师，陛下容而接之，不过宣政一见④，礼宾一设⑤，赐衣一袭⑥，卫而出境，不令惑众也。况其身死已久，枯朽之骨，凶秽之余⑦，岂宜令入宫禁？

［注释］①法言：合乎礼法的言论。 ②法服：符合礼法规定的不同等级的服饰。 ③佛教徒出家求道，自然断绝了君臣之义，夫妻、父子之情。 ④宣政：殿名。 ⑤礼宾：鸿胪寺，即外交部。设：宴设，谓宫中置宴。 ⑥一袭：一套。 ⑦凶秽：凶邪污秽。

孔子曰："敬鬼神而远之。"古之诸侯行吊于其国①，尚令巫祝先以桃茢祓除不祥②，然后进吊。今无故取朽秽之物，亲临观之，巫祝不先，桃茢不用，群臣不言其非，御史不举其失，臣实耻之。乞以此骨付有司，投诸水火，永绝根本，断天下之疑，绝后代之惑，使天下之人知大圣人之所作为出于寻常万万也，岂不盛哉！岂不快哉！佛如有灵，能作祸祟③，凡有殃咎④，宜加臣身，上天鉴临，臣不怨悔。无任感激恳悃之至⑤，谨奉表以闻。臣某诚惶诚恐。

［注释］①行吊：进行吊唁。 ②古代称事鬼神者为巫，祭主赞词者为祝。巫祝：指主持占卜祭祀的人。桃茢(liè)：桃杖与扫帚。古代用以辟邪除秽。祓(fú)除：除灾去邪的祭礼。 ③祸祟：鬼神所降的灾祸。 ④殃咎：上天降下的灾祸。 ⑤恳悃：恳切忠诚。

黄家贼事宜状①

［注释］①此篇作于元和十五年(820)秋冬之间，自袁州赴京途中，时任国子祭酒。

治国之道，恩威并用。平定淮西，韩愈主张用兵；经略岭南，韩愈则主张容贷羁縻。或纵或擒，各得其宜，因时因势，毋固毋执。值得注意的是，在当时的背景下，用兵平乱被赞为维护大一统，容贷羁縻则被骂为姑息。没人意识到文武之道有张有弛，更没人意识到，同样是解决中央与地方的矛盾，英国人从百年战争中学会了妥协与谈判，从而引导欧洲走上了现代政治的道路，而中国人直到今天，仍然只有“平定藩镇”“平定叛乱”的意识。从这个角度出发，韩愈的这篇文章，或许会给我们更多的思考。

右伏以臣去年贬岭外刺史①，其州虽与黄家贼不相邻接②，然见往来过客并谙知岭外事人，所说至精至熟。其贼并是夷獠③，亦无城郭可居。依山傍险，自称洞主④。衣服言语，都不似人。寻常亦各营生，急则屯聚相保。比缘邕管经略使多不得人，德既不能绥怀⑤，威又不能临制⑥。侵欺虏缚，以致怨恨。蛮夷之性，易动难安，遂至攻劫州县，侵暴平人。或复私雠，或贪小利，或聚或散，终亦不能为事。近者征讨，本起于裴行立⑦、阳旻⑧。此两人者，本无远虑深谋，意在邀功求赏。亦缘见贼未屯聚之时，将谓单弱，立可摧破，争献计谋，惟恐后时。朝廷信之，遂允其请。自用兵已来，已经二年。前后所奏，杀获计不下一二万人。倘皆非虚，贼已寻尽。至今贼犹依旧，足明欺罔朝廷⑨。邕、容两管因此凋弊，杀伤疾疫，十室九空。百姓怨嗟，如出一口。阳旻、行立相继身亡，实由自邀功赏，造作兵端，人神共嫉，以致殃咎⑩。阳旻、行立事既已往，今所用严公素者⑪，亦非抚御之才，不能别立规模⑫，依前还请攻讨。如此不已，臣恐岭南一道，未有宁息之时。

[**注释**]①元和十四年，韩愈贬潮州刺史。　②黄家贼：西原蛮酋长。唐

于安南都护府辖下置羁縻州西原州，治所罗和县，在今广西大新县西北黑水河西岸。　③夷獠：泛指西南地区少数民族。　④洞主：南方少数民族部落首领。　⑤绥怀：安抚关怀。　⑥临制：监临控制。　⑦裴行立：绛州稷山人，李锜甥。元和二年李锜谋叛，与兵马使张子良、李奉仙、田少卿等密谋向顺，执锜于幕，授沁州刺史。元和四年为费州刺史。迁卫尉少卿，除河东令。元和八年八月癸未，由蕲州刺史迁安南都护本管经略招讨使。元和十二年，徙桂管观察使。黄家洞贼叛，行立讨平之。元和十五年二月甲午，为安南都护充本管经略使。锐于立功，为时所訾，召还。七月乙卯道卒，年四十七。　⑧阳旻：字公素，平州人。元和五年为邢州刺史，迁易州刺史。王师讨吴元济，元和十一年七月戊寅，自随州刺史为唐州刺史，充淮西行营都知兵马使，以功加御史中丞。十二年容州西原蛮反，授本州岛经略招讨使，击定之。进御史大夫，合邕、容两管为一道。十五年七月乙卯卒。　⑨罔：诬罔、欺骗。欺罔：欺骗诬罔。　⑩殃咎：上天降下的灾祸。　⑪元和十五年七月阳旻卒，严公素为本管留后。长庆元年十二月丙寅，自容州经略使留后为容州刺史容管经略使。长庆二年十一月辛未受代。宝历元年十一月癸未，自殿中少监出为容管经略使。大和二年四月壬午受代。　⑫规模：规划、筹谋。

一、昨者并邕、容两管为一道①，深合事宜。然邕州与贼逼近②，容州则甚悬隔③。其经略使若置在邕州，与贼隔江对岸，兵镇所处，物力必全。一则不敢轻有侵犯，一则易为逐便控制。今置在容州，则邕州兵马必少。贼见势弱，易生奸心。伏请移经略使于邕州，其容州但置刺史，实为至便。

[**注释**]①元和十五年二月，废邕管，命容管经略使阳旻兼领。　②邕州：治所宣化县，今广西南宁。　③容州：治所普宁县，今广西容县。

一、比者所发诸道南讨兵马，例皆不谙山川，不服水土，远乡羁旅，疾疫杀伤。臣自南来，见说江西所发共四百人，曾未一年，其所存者数不满百；岳鄂所发都三百人，其所存者四分才一。续添续死，每发倍难。若令于邕、容侧近召募，添置千人，便割诸道见供行营人数粮赐均融充给[①]，所费既不增加，而兵士又皆便习[②]。长有守备，不同客军。守则有威，攻则有利。

[**注释**]①粮赐：军粮军饷。充给：供给。 ②便习：熟悉。

一、自南讨已来，贼徒亦甚伤损。察其情理，厌苦必深。大抵岭南人稀地广，贼之所处又更荒僻。假如尽杀其人，尽得其地，在于国计，不为有益。容贷羁縻[①]，比之禽兽，来则捍御，去则不追，亦未亏损朝廷事势。以臣之愚，若因改元大庆，赦其罪戾，遣一郎官御史亲往宣谕，必望风降伏，欢呼听命。仍为择选有材用威信、谙岭南事者为经略使，处置得宜，自然永无侵叛之事。

[**注释**]①容贷：与宽贷同。羁縻：笼络。

应所在典贴良人男女状

[**注释**]①此篇当作于元和十五年(820)秋冬之间，自袁州赴京途中，时任国子祭酒。

唐律明令禁止用良人为奴婢，而直到中唐，一个小小的袁州尚有七百余奴隶。考虑到中唐时期城市化进程已经启动，劳动力自由流动风气已开，个性解放、人格独立、精神自由的启蒙思潮已经萌动，在这种情况下，韩愈此状揭示的社会弊端，其严重性就可想而知了。“应所在检责,一皆放免,如有隐漏,必重科惩”。韩愈的建言不限于袁州,而是包括全国。将此状理解为奴隶解放宣言,也许并不过分。当然,朝廷最终是否接受了韩愈的建议,不得而知。但至少,袁州百姓已经蒙受了韩愈的德政了。

应所在典贴良人男女等。

右准律:不许典贴良人男女作奴婢驱使①。臣往任袁州刺史日,检责州界内②,得七百三十一人,并是良人男女。准律例,计佣折直③,一时放免④。原其本末,或因水旱不熟,或因公私债负,遂相典贴,渐以成风。名目虽殊,奴婢不别。鞭笞役使,至死乃休。既乖律文,实亏政理。袁州至小,尚有七百余人。天下诸州,其数固当不少。今因大庆⑤,乞令有司重举旧章,一皆放免,仍勒长吏严加检责,如有隐漏⑥,必重科惩⑦。则四海苍生,孰不感荷圣德。以前件状如前,谨具奏闻,伏听敕旨。谨奏。

[**注释**]①典贴:抵押、典当。良人:平民。男女:百姓。奴婢:奴仆、婢女。　②检责:检查督责。　③计佣折直:计算佣金,抵偿债务。　④一时:实时、立刻。放免:释放、赦免。　⑤大庆:谓明年长庆改元。　⑥隐漏:隐瞒遗漏。　⑦科惩:科罚、惩罚。

论淮西事宜状①

[**注释**]①此篇作于元和十年(815)六月后,时任考功郎中、史馆修撰、知制诰。

此篇背景,参见《平淮西碑》。此状所提诸端:断与不断、不求速战、召募土兵、四道屯聚、不须过有杀戮、持久并力苦战、赏罚分明、震慑淄青恒冀等，均深中事理，切实可行。后人以为“凿凿中名实，可当施行，其经略措置，与宋之韩、范、富、欧亦略相当”（明茅坤《唐宋八大家文钞》）、“字字可行，语语有实用”（李光地《榕村语录续集》），可以窥见韩愈的政治才干。

右臣伏以淮西三州之地，自少阳疾病，去年春夏已来，图为今日之事。有职位者劳其计虑抚循①，奉所役者修其器械防守。金帛粮畜，匮于赏给。执兵之卒四向侵掠，农夫织妇携持幼弱，饷于其后。虽时侵掠小有所得，力尽筋疲不偿其费。又闻畜马甚多，自半年已来，皆上槽枥。譬如有人虽有十夫之力，自朝及夕常自大呼跳跃，初虽可畏，其势不久，必自委顿②。乘其力衰，三尺童子可使制其死命。况以三小州残弊困剧之余，而当天下之全力，其破败可立而待也。然所未可知者，在陛下断与不断耳。

[**注释**]①抚循：安抚存恤。 ②委顿：萎靡、疲困。

夫兵不多，则不足以取胜；必胜之师，不在速战。兵多而战不速，则所费必广。两界之间，疆场之上，日相攻劫，必有杀伤。近贼州县，征役百端，农夫织妇，不得安业。或时小遇水旱，百姓愁苦。当此之时，则人人异议，以惑陛下之听。陛下持之不坚，半途而罢，伤威损费，为弊必深。所以要先决于心，详度本末，事至不惑，然可图功。为统师者尽力行之于前，而参谋议者尽心奉之于后。内外相应，其功乃成。

昔者殷高宗，大圣之主也。以天子之威，伐叛背之国，三年乃克，不以为迟。志在立功，不计所费。《传》曰："断而后行，鬼神避之。"迟疑不断，未有能成其事者也。臣谬承恩宠，获掌纶诰①，地亲职重，不同庶寮②。辄竭愚诚，以效裨补。谨条次平贼事宜一一如后：

[注释]①纶诰：诏令文告。元和九年十一月，韩愈知制诰。　②庶寮：百官。

一、诸道发兵或二三千人，势力单弱，羁旅异乡，与贼不相谙委①。望风慑惧，难便前进。所在将帅，以其客兵，杂处指使，先不抚存优恤②。待之既薄，使之又苦。或被分割队伍，隶属诸头③。士卒本将一朝相失，心孤意怯，难以有功。又其本军各须资遣④，道路辽远，劳费倍多。士卒有征行之艰，闾里怀离别之思。今闻陈、许、安、唐、汝、寿等州与贼界连接处，村落百姓悉有兵器。小小俘劫，皆能自防。习于战斗，识贼深浅。既是土人，护惜乡里。比来未有处分，犹愿自备衣粮，共相保聚，以备寇贼。若令召募，立可成军。若要添兵，自可取足。贼平之后，易使归农。伏请诸道先所追到行营者，悉令却归本道。据牒所追人额，器械弓矢，一物已上，悉送行营充给。所召募人兵数既足，加之教练，三数月后，诸道客军一切可罢，比之征发远人，利害悬隔。

[注释]①谙委：熟知、熟悉。　②抚存：安抚、抚慰。优恤：优待照顾。③牙门都将为都头。诸头：谓诸都头。　④资遣：出资遣送。

一、绕逆贼州县堡栅等各置兵马，都数虽多，每处则兵至少。又相去阔远，难相应接。所以数被攻劫，致有损伤。今若分为四道，每道各置三万人。择要害地屯聚一处，使有隐然之望①。审量事势，乘时逐利。可入则诸道一时俱发，使其狼狈惊惶，首尾不相救济。若未可入，则深壁高垒，以逸待劳，自然不要诸处多置防备。临贼小县，可收百姓于便地，作行县以主领之，使免失散。

[**注释**]①隐然之望：谓遥遥相望，即互为犄角、相互呼应。

一、蔡州士卒为元济迫胁，势不得已，遂与王师交战。原其本根，皆是国家百姓，进退皆死，诚可闵伤。宜明敕诸军，使深知此意。当战斗之际，固当以尽敌为心。若形势已穷，不能为恶者，不须过有杀戮。喻以圣德，放之使归，销其凶悖之心，贷以生全之幸，自然相率弃逆归顺。

一、《论语》曰："欲速则不达。"见小利则大事不成。比来征讨无功，皆由欲其速捷。有司计算所费，苟务因循。小不如意，即求休罢。河北淮西等见承前事势，知国家必不与之持久并力苦战，幸其一胜，即希冀恩赦。朝廷无至忠忧国之人，不惜伤损威重，因其有请，便议罢兵，往日之事患皆然也。臣愚以为淮西三小州之地，元济又甚庸愚，而陛下以圣明英武之姿，用四海九州之力，除此小寇，难易可知。太山压卵，未足为喻。

一、兵之胜负，实在赏罚。赏厚可令廉士动心，罚重可令凶人丧魄。然可集事，不可爱惜所费，惮于行刑。

一、淄青、恒冀两道，与蔡州气类略同。今闻讨伐元济，人情必有救助之意。然皆暗弱，自保无暇。虚张声势则必有之，至于分兵出界，公然为恶，亦必不敢。宜特下诏云：蔡州自吴少诚以来相承为节度使，亦微有功效。少阳之殁，朕亦本拟与元济，恐其年少未能理事，所以未便处置。待其稍能缉绥[1]，然拟许其承继。今忽自为狂悖侵掠，不受朝命，事不得已，所以有此讨伐。至如淄青、恒州、范阳等道，祖父各有功业，相承节制，年岁已久，朕必不利其土地，轻有改易，各宜自安。如妄自疑惧，敢相扇动，朕即赦元济不问，回军讨之。自然破胆，不敢妄有异说。

以前件谨录奏闻，伏乞天恩特赐裁择。谨奏。

［**注释**］①缉绥：整治绥靖。

论变盐法事宜状[1]

［**注释**］①此篇作于长庆二年(822)四月末，时任兵部侍郎。

张平叔的盐法，主张州府差人自粜官盐，而且收实估匹段。这两条主张，前者完全不具有可操作性，因为政府不可能在每一个小村庄设置官方盐署出售食盐。百姓或者跋涉数十百里去买一小包食盐，因为他没有财力批量采购；或者就干脆淡食，也就是东坡所说的“尔来三月食无盐”。后者则更是竭泽而渔、雪上加霜。因为贞元、元和盐价“多为虚估，率千钱不满百三十而已”(《新唐书·食货志四》)。如果按实估收取匹段，那么实际盐价，就远不止“获利一倍”而已。百三十比一千，已经是七点七倍了。幸好，朝廷还没有糊涂到利令智昏的地步，长庆二年五月诏曰：“其盐铁先于淄青、兖郓等道管内置小铺粜盐，巡院纳榷，起今年五月一日已后，一切并停。”(《旧唐书·食货志上》)张平叔的改革，算是告一段落，大唐王朝，也由此度过了一场政治危机。

张平叔所奏盐法条件①。

右奉敕将变盐法，事贵精详②，宜令臣等各陈利害可否闻奏者。

平叔所上变法条件，臣终始详度③，恐不可施行。各随本条分析利害如后：

[注释]①张平叔：吴县人。贞元十年十二月，详明政术可以理人科及第。十五年，为河南府参军。元和末以副盐铁官为商州刺史，长庆初入为京兆少尹知府事。长庆二年正月甲寅，以鸿胪卿兼御史大夫判度支。三月壬寅，以户部侍郎充职。上疏请官自卖盐，可以富国强兵，陈利害十八条。诏下其疏，令公卿详议。中书舍人韦处厚、兵部侍郎韩愈条诘之以为不可，事遂不行。十二月丁未，贬通州刺史。后失官钱四十万缗，为柳公绰所纠，以具狱闻。　②精详：精细周详。　③详度（duó）：审议、算计。

一件：平叔请令州府差人自粜官盐①，收实估匹段②。省司准旧例支用，自然获利一倍已上者。臣今通计，所在百姓贫多富少，除城郭外有见钱籴盐者③，十无二三，多用杂物及米谷博易④。盐商利归于己，无物不取。或从赊贷升斗⑤，约以时熟填还⑥。用此取济⑦，两得利便。今令州县人吏坐铺自粜，利不关己，罪则加身。不得见钱及头段物⑧，恐失官利，必不敢粜。变法之后，百姓贫者无从得盐而食矣。求利未得，敛怨已多，自然坐失盐利常数。所云获利一倍，臣所未见。

[注释]①粜（tiào）：卖出。　②实估：十足铜币所具有的价值。匹段：指绢帛。唐代以铜币为法定货币，绢帛为实际流通货币。绢帛与铜币之间的比价，称为虚估。收实估匹段：按十足铜币所具有的价值折算，收取绢帛。　③见钱：现钱、现金。籴（dí）：买进。　④博易：交易、贸易。　⑤赊贷：赊欠。

⑥时熟：秋熟、秋收。　⑦取济：获得帮助。　⑧头段：绢帛。

一件：平叔又请乡村去州县远处，令所由将盐就村粜易①。不得令百姓阙盐者。臣以为乡村远处或三家五家，山谷居住，不可令人吏将盐家至户到。多则粜货不尽，少则得钱无多。计其往来，自充粮食不足。比来商人或自负担斗石②，往与百姓博易。所冀平价之上，利得三钱二钱。不比所由为官所使，到村之后，必索百姓供应。所利至少，为弊则多。此又不可行者也。

[注释]①所由：即"所由官"，指办事胥吏。　②负担：背负肩担。斗石：量词，十斗曰石。

一件：平叔云，所务至重，须令庙堂宰相充使。臣以为若法可行，不假令宰相充使；令不可行，虽宰相为使无益也。又宰相所以临察百司，考其殿最①。若自为使，纵有败阙②，遣谁举之？此又不可者也。

[注释]①殿最：考核政绩的等级。　②败阙：过失。

一件：平叔又云，行之后，停减盐司所由粮课①，年可收钱十万贯。臣以为变法之后，弊随事生，尚恐不登常数，安得更望赢利？

[注释]①粮课：下层胥吏俸禄。盖平叔主张改官产商卖为官产官卖，此前具体负责商家管理的"盐司所由"即可以减省，并由此省下"粮课"每年计十万贯。

一件：平叔欲令府县粜盐，每月更加京兆尹料钱百千①，司录及两县令每月各加五十千，其余观察及诸州刺史、县令、录事参军多至每月五十千，少至五千三千者。臣今计此用钱已多，其余官典及巡察、手力、所由等粮课仍不在此数②。通计所给，每岁不下十万贯。未见其利，所费已广。平叔又云，停盐司诸色所由粮课，约每岁合减得十万贯钱。今臣计其新法亦用十万不啻。减得十万，却用十万。所亡所得，一无赢余也③。

［**注释**］①料钱：官员俸禄之外的伙食补贴。　②巡察、手力、所由：均属下层胥吏。　③赢余：收支相抵后剩余的财物。

平叔又请以粜盐多少为刺史、县令殿最，多者迁转不拘常例；如阙课利①，依条科责者②。刺史、县令，职在分忧。今惟以盐利多少为之升黜，不复考其治行，非唐虞三载考绩黜陟幽明之义也③。

［**注释**］①课利：赋税收入。　②科责：科罚、责罚。　③《尚书·舜典》："三载考绩，三考黜陟幽明。"孔传："三年有成，故以考功。九岁则能否幽明有别，黜退其幽者，升进其明者。"

一件：平叔请定盐价每斤三十文，又每二百里每斤价加收二文以充脚价①。量地远近险易，加至六文。脚价不足，官与出。名为每斤三十文，其实已三十六也。今盐价京师每斤四十，诸州则不登此。变法之后，只校数文，于百姓未有厚利也。脚价用五文者，官与出二文；用十文者，官与出四文。是盐一斤，官粜得钱，名为三十，其实斤多得二十八，少得二十六文。折长补短，每斤收钱不过二十六七。百姓折长补短，每斤用钱三十四。则是公私之间，每斤常失七八文也。下不及百姓，上不归官家，积数至多，不可遽算。以此言之，不为有益。

[**注释**]①脚价：运费。

平叔又请令所在及农隙时并召车牛般盐，送纳都仓，不得令有阙绝者。倘或州县和雇车牛①，百姓必无情愿。事须差配，然付脚钱。百姓将车载盐，所由先皆无检。齐集之后，始得载盐。及至院监请受，又须待其轮次。不用门户，皆被停留。轮纳之时，人事又别。凡是和雇，无不皆然。百姓宁为私家载物取钱五文，不为官家载物取十文钱也。不和雇则无可载盐，和雇则害及百姓。此又不可也。

[**注释**]①和雇：官府出钱雇佣。

一件：平叔称停减盐务所由，收其粮课，一岁计得十万贯文。今又称既有巡院，请量闲剧留官吏于仓场①，勾当要害②。守捉少置人数③，优恤粮料，严加把捉④。如有漏失私粜等，并准条处分者。平叔所管盐务所由人数有几？量留之外，收其粮课，一岁尚得十万贯，此又不近理也。比来要害守捉人数至多，尚有漏失私粜之弊。今又减置人数，谓能私盐断绝，此又于理不可也。

[**注释**]①仓场：官方收纳粮食或其他物资的仓库场地。　②勾(gòu)

当:办理、掌管。　③守捉:唐代军队戍守之地,大者称军,小者称守捉。④把捉:把守、管理。

一件:平叔云:变法之后,岁计必有所余①,日用还恐不足。请一年已来,且未责以课利,后必数倍校多者。此又不可。方今国用常言不足,若一岁顿阙课利,为害已深。虽云明年校多,岂可悬保?此又非公私蓄积尚少之时可行者也。

[**注释**]①岁计:一个财政年度内的收支结算。

一件:平叔又云,浮寄奸猾者转富①,土著守业者日贫。若官自粜盐,不问贵贱贫富、士农工商、道士僧尼并兼游惰,因其所食,尽输官钱;并诸道军诸使家口亲族递相影占②,不曾输税。若官自粜盐,此辈无一人遗漏者。臣以此数色人等,官未自粜盐之时,籴盐而食,不待官自粜然后食盐也。若官不自粜盐,此色人等不籴盐而食,官自粜盐即籴而食之,则信如平叔所言矣。若官自粜与不自粜皆常籴盐而食,则今官自粜亦无利也。所谓知其一而不知其二,见其近而不见其远也。国家榷盐,粜与商人;商人纳榷,粜与百姓。则是天下百姓无贫富贵贱皆已输钱于官矣,不必与国家交手付钱然后为输钱于官也。

[**注释**]①浮寄:流动户口。　②影占:谓虚冒军籍以逃避税收者。

一件:平叔云,初定两税时,绢一匹直钱三千,今绢一匹直钱八百。百姓贫虚,或先取粟麦价,及至收获悉以还债。又充官税，颗粒不残。若官中粜盐，一家五口所食盐价不过十钱，随日而输，不劳驱遣，则必无举债逃亡之患者。臣以为百姓困弊，不皆为盐价贵也。今官自粜盐，与依旧令商人粜，其价贵贱，所校无多[①]。通计一家五口所食之盐，平叔所计，一日以十钱为率，一月当用钱三百六十。是则三日食盐一斤，一月率当十斤。新法实价与旧每斤不校三四钱以下，通计五口之家，以平叔所约之法计之，贱于旧价，日校一钱，月校三十，不满五口之家所校更少。然则改用新法，百姓亦未免穷困流散也。初定税时，一匹绢三千，今只八百。假如特变盐法，绢价亦未肯贵。五口之家因变盐法，日得一钱之利，岂能便免作债[②]？收获之时不被征索[③]？输官税后有赢余也？以臣所见，百姓困弊日久，不以事扰之，自然渐校[④]，不在变盐法也。今绢一匹八百，百姓尚多寒无衣者，若使匹直三千，则无衣者必更众多。况绢之贵贱，皆不缘盐法。以此言之，盐法未要变也。

[**注释**]①校(jiào)：差、相差。　②作债：借债。　③征索：征求索取。　④校(xiào)：喜悦、欢快。

一件：平叔云，每州粜盐不少，长吏或有不亲公事。所由浮词云：当界无人籴盐。臣即请差清强巡官检责所在实户[①]，据口团保[②]，给一年盐，使其四季输纳盐价。口多粜少及盐价迟违，请停观察使见任，改散慢官；其刺史已下，贬与上佐；其余官贬远处者。平叔本请官自粜盐，以宽百姓，令其苏息，免更流亡。今令责实户口，团保给盐,令其随季输纳盐价,所谓扰而困之,非前意也。百姓贫家食盐至少,或有淡食,动经旬月。若据口给盐,依时征价。办与不办,并须纳钱。迟违及违条件,观察使已下各加罪谴。官吏畏罪,必用威刑,臣恐因此所在不安,百姓转致流散,此又不可之大者也。

[**注释**]①清强:清廉强干。 ②据口团保:编组户口,使之相互监督、相互担保。

一件:平叔请限商人盐纳官后,不得辄于诸军诸使觅职掌把钱捉店、看守庄硙,以求影庇。请令所在官吏严加防察,如有违犯,应有资财并令纳官,仍牒送府县充所由者。臣以为盐商纳榷,为官粜盐。子父相承,坐受厚利。比百姓实则校优。今既夺其业,又禁不得求觅职事及为人把钱捉店、看守庄硙,不知何罪,一朝穷蹙之也①?若必行此,则富商大贾必生怨恨。或收市重宝,逃入反侧之地②,以资寇盗,此又不可不虑也。

[**注释**]①穷蹙:窘迫、困厄。 ②反侧:不安分、不驯服。

一件:平叔云,行此策后,两市军人、富商大贾,或行财贿,邀截喧诉,请令所由切加收捉。如获头首①,所在决杀。连状聚众人等各决脊杖二十。检责军司军户盐,如有隐漏,并准府县例科决,并赏所由告人者。此一件若果行之,不惟大失人心,兼亦惊动远近。不知粜盐所获几何,而害人蠹政②,其弊实甚。

以前件状奉今月九日勅,令臣等各陈利害者。谨录奏闻，伏听勅旨。

[注释]①头首：首领。　②蠹(dù)政：败坏国政。

上考功崔虞部书①

[注释]①此篇作于贞元九年(793)，再试宏辞之前。

二十六岁的韩愈，一方面"争名，竞得失，行人之所甚鄙，求人之所甚利"，踯躅于名利场中；另一方面，又希望高尚其志，"偃仰一室，啸歌古人"。一生志趣，已初见于此篇。

愈不肖①，行能诚无可取②，行己颇僻③，与时俗异态，抱愚守迷④，固不识仕进之门。乃与群士争名竞得失，行人之所甚鄙，求人之所甚利，其为不可，虽童昏实知之⑤。如执事者不以是为念，援之幽穷之中⑥，推之高显之上⑦。是知其文之或可，而不知其人之莫可也；知其人之或可，而不知其时之莫可也。既已自咎，又叹执事者所守异于人人⑧，废耳任目，华实不兼，故有所进，故有所退。且执事始考文之明日，浮嚣之徒已相与称曰⑨："某得矣，某得矣。"问其所从来，必言其有自，一日之间，九变其说。凡进士之应此选者三十有二人，其所不言者数人而已，而愈在焉。及执事既上名之后⑩，三人之中，其二人者固所传闻矣，华实兼者也，果竟得之，而又升焉。其一人者则莫之闻矣⑪，实与华违，行与时乖，果竟退之⑫。如是，则可见时之所与者、时之所不与者之相远矣。

[注释]①不肖：不似其父。引申为不贤、不如人。　②行能：品行与才

能。③行己：谓立身行事。④抱愚守迷：固执愚昧。此谦辞，执着也。⑤童昏：愚昧无知。⑥幽穷：幽居穷巷的隐逸之士。⑦高显：高明显达。⑧人人：众人。⑨浮嚣：浮躁喧嚣。⑩上名：上报其名于有司。⑪所谓"二人"，即陆复礼、李观。所谓"一人"，即韩愈本人。⑫韩愈为贞元八年宏辞试第三名。韩愈被黜于中书，第四名依次递补者即为裴度。上名之后被黜，故此书多牢骚之言。但晚年编集时，裴度已为一代名臣，且与韩愈交往密切。保留此篇，极不得体。此篇被删出正集，当缘于此。

然愚之所守，竟非偶然，故不可变。凡在京师八九年矣①，足不迹公卿之门，名不誉于大夫士之口。始者谬为今相国所第②，此时惟念，以为得失固有天命，不在趋时③，而偃仰一室④，啸歌古人⑤。今则复疑矣。又未知天竟如何，命竟如何，由人乎哉？不由人乎哉？欲事干谒⑥，则患不能小书⑦，困于投刺⑧；欲学为佞，则患言讷词直⑨，则事不成，徒使其躬傀焉如不终日⑩。是以劳思长怀，中夜起坐，度时揣己，废然而返⑪，虽欲从之，末由也已。

［**注释**］①退之以贞元二年来京师，至此八年。②贞元八年，陆贽兵部以侍郎知举，公登第。是年四月，贽同平章事，十年十二月罢。③趋时：与时俱进。④偃仰：俯仰，谓安居、游乐。⑤啸歌：长啸歌吟。⑥干(gān)谒：有求于人而登门求告。⑦小书：价值不大的著作，此处指书札。⑧刺(cì)：名帖。投刺：投递名帖。⑨言讷：说话迟钝不流畅。⑩傀(chàn)焉：轻贱、不庄重貌。⑪废然：怒气消除貌。

又常念古之人日已进，今之人日已退。夫古之人四十而仕①，其行道为学②，既已大成，而又之死不倦，故其事业功德，老而益明，死而益光。故《诗》曰："虽无老成人，尚有典刑③。"言老成之可尚也。又曰："乐只君子，德音不已④。"谓死而不已也。夫今之人务利而遗道，其学其问，以之取名致官而已。得一名，获一位，则弃其业，而役役于持权者之门⑤，故其事业功德，日以忘，月以削，老而益昏，死而遂亡。愈今二十有六矣⑥，距古人始仕之年尚十四年，岂为晚哉？行之以不息，要之以至死⑦。不有得于今，必有得于古；不有得于身，必有得于后。用此自遣，且以为知已者之报，执事以为如何哉？其信然否也？今所病者在于穷约⑧。无僦屋赁仆之资⑨，无缊袍粝食之给⑩。驱马出门，不知所之。斯道未丧，天命不欺，岂遂殆哉！岂遂困哉！窃惟执事之于愈也，无师友之交，无久故之事，无颜色言语之情，卒然振而发之者⑪，必有以见知耳。故尽暴其所志，不敢默默。又惧执事多在省，非公事不敢以至是，则拜见之不可期，获侍之无时也。是以进其说如此，庶执事察之也。

[**注释**]①《礼记·曲礼》："四十强而仕。"　②行道：躬行正道。为学：治学。　③典刑：成法、常法。　④已：止。不止：言长见称颂。　⑤役役：劳苦不息貌。　⑥韩愈生于大历三年戊申，至贞元九年癸酉，二十六岁。　⑦要(yāo)：要约。　⑧穷约：俭约穷窘。　⑨僦(jiù)屋：租赁房屋。赁仆：雇用仆人。　⑩缊(yùn)：旧絮、乱絮。粝(lì)：糙米。　⑪卒(cù)：突然，后多作"猝"。

答刘秀才论史书①

[**注释**]①此篇作于元和八年(813)，時为比部郎中史馆修撰。

韩愈早年即有修史之志，贞元十年作《答崔立之书》云：“将耕于宽闲之野，钓于寂寞之滨，求国家之遗事，考贤人哲士之终始，作唐之一经。”此处则以为“为史者不有人祸则有天刑”，大为柳宗元所纠。或以为刘轲大言夸诧，以史自任。公之所答，亦盖抑之。郑重其事，可备一说。

六月九日，韩愈白秀才刘君足下①：

［注释］①刘轲，字希仁，沛县人，天宝末徙贯南鄙，居于韶右。少为僧，释名海纳，止于豫章高安县南果园。元和初，求黄老之术，隐于庐山。元和十四年登进士第。大和元年为集贤修撰，历监察御史。二年，以殿中侍御史为张仲方福建观察使府幕僚，摄泉州刺史。九年为朝议郎行尚书膳部员外郎、史馆修撰。开成初迁秘书丞、史馆修撰。二年，为朝议郎检校屯田郎中使持节洺州诸军事守洺州刺史兼侍御史上柱国赐绯鱼袋，四年仍在洺州。终于任。

辱问见爱，教勉以所宜务，敢不拜赐①。愚以为凡史氏褒贬大法②，《春秋》已备之矣。后之作者在据事迹实录③，实录则善恶自见矣。然此尚非浅陋偷惰者所能就④，况褒贬邪？孔子圣人，作《春秋》，辱于鲁、卫、陈、宋、齐、楚，卒不遇而死⑤。齐太史氏兄弟几尽⑥。左丘明纪春秋时事以失明⑦，司马迁作《史记》刑诛⑧，班固瘐死⑨，陈寿起又废，卒亦无所至⑩，王隐谤退死家⑪，习凿齿无一足⑫，崔浩⑬、范晔亦族诛⑭，魏收夭绝⑮，宋孝王诛死⑯。足下所称吴兢，亦不闻身贵而后有闻也⑰。夫为史者不有人祸，则有天刑，岂可不畏惧而轻为之哉？

［注释］①拜赐：拜谢、拜受恩赐。　②《春秋序》：“春秋虽以一字为褒

贬,然皆须数句以成言。”　③《汉书·司马迁传赞》:“其文直,其事核,不虚美,不隐善,故谓之实录。”应劭注:“实录,言其录事实。”　④偷惰:苟且怠惰。⑤《史记·孔子世家》:“孔子贫且贱。及长,尝为季氏史,料量平;尝为司职吏,而畜蕃息;由是为司空。已而去鲁,斥乎齐,逐乎宋、卫,困于陈、蔡之间,于是反鲁。孔子之去鲁,凡十四岁而反乎鲁。子曰:‘弗乎!弗乎!君子病殁世而名不称焉!吾道不行矣,吾何以自见于后世哉?’乃因史记作《春秋》,上至隐公,下讫哀公十四年,十二公。据鲁,亲周,故殷,运之三代,约其文辞而指博。故吴楚之君自称王,而《春秋》贬之曰‘子’;践土之会实召周天子,而《春秋》讳之曰‘天王狩于河阳’。推此类以绳当世贬损之义,后有王者举而开之,《春秋》之义行,则天下乱臣贼子惧焉。孔子在位,听讼文辞,有可与人共者,弗独有也。至于为《春秋》,笔则笔,削则削,子夏之徒不能赞一辞。弟子受《春秋》,孔子曰:‘后世知丘者以《春秋》,而罪丘者亦以《春秋》。’”　⑥《左传》襄二十五年:齐崔杼之难,太史书曰:崔杼弑其君。崔杼杀之。其弟嗣书,而死者二人。其弟又书,乃舍之。南史闻太史氏尽死,执简以往。闻既书矣,乃还。　⑦司马迁《与任安书》:“左丘失明,厥有《国语》。”　⑧《汉书·司马迁传》:天汉二年,李陵降匈奴。迁盛言陵忠,武帝以迁诬罔,欲沮贰师,下迁蚕室。　⑨瘐(yǔ):囚徒病为瘐。瘐死:囚徒以掠笞及饥寒及疾病而死。班固作《汉书》,以尝从窦宪出征捕系,遂死狱中。　⑩《晋书·陈寿传》:陈寿字承祚,巴西安汉人。仕蜀为观阁内史,屡被谴黜。蜀平,除著作郎,领本部中正。撰魏、吴、蜀《三国志》凡六十五篇,时人称其善叙事,有良史之才。以母忧去职。初,母遗言葬洛阳,寿遵其志。又坐不归葬,竟被贬议。　⑪《晋书·王隐传》:王隐字处叔,陈郡陈人。父铨,有著述之志,每私录晋事及功臣行状,未就卒。隐授父遗业,西都旧事多所谙记。太兴初,典章稍备,乃召隐及郭璞俱为著作郎并撰晋史。时著作郎虞预私撰晋书,而生长东南,不知中朝事,数访于隐,并借隐所著书窃写之,所闻渐广。是后更疾隐,形于颜色。预既豪族,交结权贵,共为朋党以斥。竟以谤黜归于家,年七十余卒。　⑫《晋书·习凿齿传》:习凿齿,字彦威,襄阳人。博物洽闻,以文笔著称。荆州刺史桓温辟为从事,累迁荥阳太守。时温觊觎非望,凿齿在郡着《汉晋春秋》以裁正之,凡五十四卷。后以脚疾,遂废于里。　⑬《北史》:崔浩,字伯深,事魏揔百揆。着《国书》三十卷，刻石载路，以彰直笔。北人忿毒，潜之于帝，景穆大怒，遂夷其族。　⑭《宋书》：范晔字蔚宗，删众家《后汉书》为一家之作。至于屈伸荣辱之际，未尝不致意。为高祖相国掾，稍迁太子詹事。坐谋反诛。　⑮《北史》：魏收，字伯起，巨鹿下曲阳人也。魏天保元年除中书令兼著作郎。二年，诏撰《魏史》。五年，奏上之，合一百三十卷。位至特进。武平三年薨。收史笔多憾于人，齐亡之后，收冢被发，弃骨于外。　⑯宋孝王作《关东风俗传》六十三卷。周大象初，预尉迟迥事诛死。　⑰吴兢：唐汴州浚仪人。魏元忠、朱敬则荐其才，诏直史馆。为拾遗、补阙，累迁起居郎、谏议大夫。复修史，撰梁、齐、周史各十卷、陈史五卷、隋史二十卷。坐书事不当贬荆州司马，累迁洪州刺史，又坐累下除舒州。天宝初入为恒王傅卒。

唐有天下二百年矣，圣君贤相相踵，其余文武之士立功名跨越前后者不可胜数，岂一人卒能纪而传之邪？仆年志已就衰退，不可自敦率①。宰相知其无他才能，不足用。哀其老穷，龃龉无所合②，不欲令四海内有戚戚者。猥言之上，苟加一职荣之耳，非必督责迫蹙令就功役也③。贱不敢逆盛指④，行且谋引去⑤。且传闻不同，善恶随人所见。甚者附党，憎爱不同，巧造语言，凿空构立善恶事迹⑥。于今何所承受取信？而可草草作传记令传万世乎？若无鬼神，岂可不自惭愧；若有鬼神，将不福人。仆虽騃，亦粗知自爱，实不敢率尔为也。

［**注释**］①敦率：犹勤勉奉职。　②龃（jǔ）龉（yǔ）：上下齿不相对应，引申为不投合。　③督责：督察责罚、督促责备。迫蹙（cù）：逼迫，催促。功役：兴建土木工程的劳役。此处指程功、功夫。　④盛：敬辞也。盛指：盛情、盛意。　⑤引去：引退、离去。　⑥凿空：无中生有。

夫圣唐巨迹及贤士大夫事皆磊磊①，掀天抉地，必不沉没②。今馆中非无人，必将有作者勤而纂之。后生可畏，安知不在足下？亦宜勉之。愈再拜。

[注释]①磊磊：形容襟怀坦白，志节分明。　②掀天抉地：犹言惊天动地。

通　　解①

[注释]①此篇作年不详，洪兴祖、方崧卿、方成珪以为少作。

传统的社会道德教化，许由立让之教，龙逢立忠之教，伯夷立义之教。倡导特立独行，为一篇主旨。此篇以“达节”“独行”对言，其说本之于傅玄《上武帝敦风节疏》。《晋书·傅玄传》：“魏武好法术而天下贵刑名，魏文慕通达而天下贱守节。其后纲维不摄，而虚无放诞之论盈于朝野，使天下无复清议，而亡秦之病复发于今。”

今之人以一善为行而耻为之①，慕达节而称夫通才者多矣②，然而脂韦汩没以至于老死者相继③，亦未见他人之称，其岂非害教贼名之术欤④？且五常之教与天地皆生⑤，然而天下之人不得其师，终不能自知而行之矣。故尧之前千万年，天下之人促促然不知其让之为美也⑥。于是许由哀天下之愚且以争为能⑦，乃脱屣其九州⑧，高揖而辞尧。由是后之人竦然而言曰⑨：“虽天下犹有薄而不售者⑩，况其小者乎？”故让之教行于天下，许由为之师也。

[注释]①一善：单一的美德，与通达众长的“通才”相对应而云然。一善为行：明白了一点点道理就马上付诸行动。　②达节：通脱、放达，不拘常礼。《左传》成公十五年：“圣达节，次守节，下失节。”杜注：“圣人应天命，不拘常。”孔颖达疏：“节，犹分也。人生天地之间，性命各有其分。圣人达于天命，识已

知分。若以历数在己，则当奉承灵命，不复拘君臣之交、上下之礼，舜禹受终、汤武革命，是言达节。”　③脂韦：油脂和软皮，引申为圆滑。汩没：淹没、湮灭。　④贼名：欺世盗名。　⑤五常：即五典，谓父义、母慈、兄友、弟恭、子孝，五者人之常行。皆：同“偕”。　⑥促促：形容汲汲惶惶、奔波辛劳。　⑦许由：字武仲，尧、舜皆师之。隐乎沛泽之中，尧、舜致天下而让，由乃去。巢父闻由为尧所让，以为污，乃临池水而洗其耳。池主怒曰：“何以污我水？”由乃退，而遁耕于中岳颍水之阳，箕山之下。　⑧脱屣：脱掉鞋子，比喻无所顾恋。　⑨竦（sǒng）然：恭敬貌。　⑩薄：轻视、鄙薄。不售：卖不掉。

自桀之前千万年，天下之人循循然不知忠易其死也①。故龙逢哀天下之不仁，睹君父百姓入水火而不救，于是进尽其言，退就割烹②。故后之臣竦然而言曰：“虽万死犹有忠而不惧者，况其小者乎？”故忠之教行于天下，由龙逢为之师也。

[**注释**]①循循：有条不紊，引申为循规蹈矩。　②夏桀无道，为酒池、糟丘。关龙逢极谏，桀囚而杀之。

自周之前千万年，浑浑然不知义之可以换其生也①。故伯夷哀天下之偷②，且以强则服③，食其葛薇，逃山而死④。于是后之人竦然而言曰：“虽饿死犹有义而不惧者，况其小者乎？”故义之教行于天下，由伯夷为之师也。

[**注释**]①浑浑：混沌无边之貌，引申为无知之貌。　②偷：苟且。③强：暴。　④武王平商，天下宗周。伯夷叔齐耻之，义不食周粟，隐于首阳山，采薇而食之，遂饿死于首阳山。

是三人俱以一身立教①，而为师于千万年间，其身亡而其教存，扶持天地②，功亦厚矣！向令三师耻独行③，慕通达④，则尧之日必曰：得位而济道⑤，安用让为？夏之日必曰：长进而否退⑥，安用死为？周之日必曰：和光而同尘⑦，安用饿为？若然者，天下之人促促然而争，循循然而佞，浑浑然而偷，其何惧而不为哉？是则三师生于今，必谓偏而不通者矣，其可不谓之大贤人哉？

[**注释**]①立教：树立教化。　②扶持：扶助、支持。　③独行：行为独特，不随波逐流。　④通达：通脱放达，不拘常礼，即上文"慕达节而称夫通才"。　⑤得位而济道：有机会得居高位，则可以补裨大道。　⑥长(zhǎng)：良善。否(pǐ)：邪恶。长进而否退：朝政清明则积极进取，时势险恶则退隐山林。　⑦和光而同尘：收敛锋芒，混同世俗。

呜呼！今之人其慕通达之为弊也！且古圣人言通者，盖百行众艺备于身而行之者也；今恒人之言通者，盖百行众艺阙于身而求合者也。是则古之言通者，通于道义①；今之言通者，通于私曲②，其亦异矣！将欲齐之者，其不犹矜粪丸而拟质随珠者乎③？且令今父兄教其子弟者，曰："尔当通于行如仲尼④。"虽愚者亦知其不能也。曰："尔尚力一行⑤，如古之一贤。"虽中人亦希其能矣。岂不由圣可慕而不可齐，贤可及而可齐邪⑥？今之人行未能及乎贤，而欲齐乎圣者，亦见其病矣。夫古人之进修或几乎圣人⑦。今之人行不出乎中人，而耻乎力一行为独行。且曰："我通同如圣人。"彼其欺心耶⑧？吾不知矣；彼其欺人而贼名耶？吾不知矣。余惧其说之将深，为《通解》。

[**注释**]①道义：公道与正义。　②私曲：偏私阿曲、不公正。　③粪丸：

粪便丸子，又泛指污秽的东西。质：以财物、人质作为抵押担保。随珠：隋侯之珠。晋干宝《搜神记》卷二十："隋侯出行，见大蛇被伤中断，疑其灵异，使人以药封之，蛇乃能走，因号其处断蛇丘。岁余，蛇衔明珠以报之。珠盈径寸纯白，而夜有光明，如月之照，可以烛室，故谓之隋侯珠。" ④通于行：行为通达，即上文"慕达节而称夫通才"。 ⑤尚力：勉力、全力。一行：即上文"一善为行"。 ⑥齐：相同、一样。可齐：即见贤思齐。 ⑦进修：进德修业。几乎：接近于。 ⑧欺心：欺骗自己的良心。

潮州请置乡校牒①

[**注释**]①此篇作于元和十四年(819)，时为潮州刺史。

为政以德为先，欲用德礼以教育为先，兴办教育则以择师为先。韩愈的择师标准明确无误：通经，有文章，能知先王之道，论说且排异端而宗孔氏。凡此，都充分体现了韩愈的教育思想。至于捐献个人俸禄设立教育基金，尤其富于远见卓识。

孔子曰："道之以政，齐之以刑，民免而无耻。"①不如以德为先，而辅以政刑也。夫欲用德礼，未有不由学校师弟子者。此州学废日久，进士明经，百十年间，不闻有业成贡于王廷、试于有司者。人吏目不识乡饮酒之礼，耳未尝闻《鹿鸣》之歌②，忠孝之行不劝，亦县之耻也。夫十室之邑必有忠信，今此州户万有余，岂无庶几者耶③？刺史县令不躬为之师，里闾后生无所从学耳。

[**注释**]①《论语・学而》："子曰：道之以政，齐之以刑，民免而无耻。道之以德，齐之以礼，有耻且格。" ②唐制：乡举试讫，长吏以乡饮酒礼会属僚，设宾主，陈俎豆，备管弦。牲用少牢，歌鹿鸣之诗，因与耆艾叙少长焉。 ③庶几：几乎、近乎。引申指贤才。

赵德秀才沉雅专静①，颇通经，有文章②，能知先王之道，论说且排异端而宗孔氏③，可以为师矣。请摄海阳县尉为衙推④，专勾当州学以督生徒⑤，兴恺悌之风⑥。刺史出己俸百千以为学本⑦，收其赢余以给学生厨馔⑧。

[**注释**]①赵德：潮州人，乡贡进士。通经学，长文章，尤其精通《诗经》《尚书》。治学尊崇儒家孔孟正统，而排斥佛老异端。韩愈任职潮州期间，以赵德摄领海阳县尉，署州衙推，督导州学生员。韩愈改官袁州刺史，邀请赵德同行。赵德以自足于内，谢绝了韩愈的邀请。文公去后，编集所得韩文，凡七十五首，题曰《昌黎文录》，有《昌黎文录序》传世。沉雅：深沉雅正。专静：专一沉静。 ②韩愈《别赵子》："我迁于揭阳，君先揭阳居。揭阳去京华，其里万有余。不谓小郭中，有子可与娱。心平而行高，两通《诗》与《书》。婆娑海水南，簸弄明月珠。" ③赵德《昌黎文录序》："昌黎公圣人之徒欤？其文高出，与古之遗文不相上下。所履之道，则尧、舜、禹、汤、文、武、周、孔、孟轲、杨雄所授受服行之实也，固已不杂其传。由佛及聃、庄、杨之言不得干其思、入其文也。是以光于今、大于后，金石燋铄，斯文粲然，德、行、道、学、文庶几乎古。蓬茨中手持目览，饥食渴饮，沛然满饱，顾非适诸圣贤之域而谬至于斯。将以盗其影响，僻处无备得，以所遇次之为卷，私曰《文录》，宝以师氏为请教依归之所云。" ④摄：代理。海阳县：潮州附郭县，今广东潮安县。县尉：从九品下。亲理庶务，分判众曹，割断追征，收率课调。衙推：指州衙推，为潮州刺史下属官吏。 ⑤勾(gòu)当：办理、掌管。 ⑥恺悌：和乐平易。 ⑦学：州学。本：本钱。学本：州学本钱。韩愈捐献个人俸禄一百贯为州学本钱，以此作为本金放贷取息，用作州学学生伙食费用，类似现代教育基金、奖学金。 ⑧赢余：收支结余、利息。给(jǐ)：供给、供养。厨馔：食物。

答侯生问论语书①

[**注释**]①此篇作年，诸谱失考。谨按：侯喜卒于长庆三年，见韩愈《祭主簿侯喜文》。此篇当作于此前。

身心修养问题是宋明道学的核心问题，身心修养的方法与途径，更是众说纷纭，莫衷一是。在民族文化由中世纪向近现代转型、人类面临第三次自我解放的历史关头，对自我的反思与认识显得尤为迫切重要。或者说，人的现代化才是社会现代化、科技现代化必不可少的前提条件，这就是上述问题纠结千年的根本原因。而这一思考的发起者不是宋人，而是唐人。《孟子·尽心上》"惟圣人然后可以践形"、《礼记·中庸》"自诚明谓之性，自明诚谓之教"是这场讨论的理论基础。韩愈以"反身而诚"为"践形之备"，为宋明道学转向内在开辟了先路。同一时期，欧阳詹《自明诚论》："自性达物曰诚，自学达诚曰明。"柳宗元《天爵论》："夫天之贵斯人也，则付刚健纯粹于其躬。……刚健之气，钟于人也为志，……纯粹之气，注于人也为明，……故善言天爵者，不必在道德忠信，明与志而已矣。"韩愈、李翱主张自诚而明，欧阳詹、柳宗元主张自明而诚，其说相反相成，相互补充。《中庸》所谓"诚"，"天之道也"，朱熹释为"天理之本然"（《中庸章句》）；周敦颐所谓"诚"，为"五常之本""百行之源"（《通书·诚几德第三章》），即人类本性。由天之道到人之性，"诚"之性质已有重大变化。其间转换枢纽，即在韩愈、李翱。此篇以"反身而诚"作为"践形之道"，合孟、荀为一。二程"尽人道"、杨时"尽则"、王夫之"尽性"、船山"即身而道在"（《尚书引义》卷四）即出于此，尤堪注意。

愈白侯生足下：所示《论语问》，甚善。圣人践形之说[①]，孟子详于其书[②]，当终始究之，若"万物皆备于我，反身而诚"是也[③]。苟有伪焉，则万物不备矣。践形之道无他，诚是也[④]。足下谓贤者不能践形，非也。贤者非不能践形，能而不备耳。形言其备也，所谓具体而微是也。

“充实之谓美，充实而有光辉之谓大⑤。”充实则具体，未大则微；故或去圣一间，或得其一体，皆践形而未备者。唯反身而诚，则能践形之备者耳⑥。愈昔注解其书，而不敢过求其意。取圣人之旨而合之，则足以信后生辈耳。此说甚为稳当，切更思之。愈白。

[**注释**]①践形：实现上天赋予人类的优秀品质，即自我实现。　②《孟子·尽心上》：“孟子曰：形色，天性也。惟圣人然后可以践形。”赵岐注：“形，谓君子体貌尊严也。《尚书·洪范》：‘一曰貌色。’谓妇人妖丽之容。《诗》云：‘颜如蕣华。’此皆天假施于人也。践，履居之也。《易》曰：‘黄中通理。’圣人内外文明，然后能以正道履居此美形。”朱熹《集注》：“人之有形有色，无不各有自然之理，所谓天性也。践，如践言之践。盖众人有是形而不能尽其理，故无以践其形。惟圣人有是形而又能尽其理，然后可以践其形而无歉也。程子曰：‘此言圣人尽得人道而能充其形也。盖人得天地之正气而生，与万物不同。既为人，须尽得人理，然后称其名。众人有之而不知，贤人践之而未尽，能充其形，惟圣人也。’杨氏曰：‘天生蒸民，有物有则。物者，形色也。则者，性也。各尽其则，则可以践形矣。”　③《孟子·尽心上》：“孟子曰：万物皆备于我矣，反身而诚，乐莫大焉。”赵岐注：“物，事也。我，身也。普谓人为成人，已往皆备知，天下万物当有所行矣。诚者，实也。反自思其身所施行，能皆实而无虚，则乐莫大焉。”朱熹《集注》：“此言理之本然也。大则君臣父子，小则事物细微，其当然之理，无一不具于性分之内也。诚，实也。言反诸身，而所备之理，皆如恶恶臭、好好色之实然。则其行之不待勉强而无不利矣，其为乐孰大于是。”　④王元启注：“《孟子》曰：‘惟圣人然后可以践形。’濂溪周子释之以为‘圣，诚而已矣’。韩子此说，实开周子之先。自来读《孟子》者，无人能发此义。伊川谓韩子晚年文字非可易视，盖指此等。又云：‘形言其备也，反身而诚，则能践形之备者耳。’与《中庸》‘惟天下至诚为能尽其性’之旨同。此等语并不盗袭前文，又非凿空杜撰，盖实有所见，非浅儒所能俄测也。”　⑤《孟子·尽心下》：“充实之谓美，充实而有光辉之谓大。”赵岐注：“充实善信，使

之不虚，是为美人，美德之人也。充实善信而宣扬之使有光辉，是为大人。”朱熹《集注》：“力行其善至于充满而积实，则美在其中而无待于外矣。和顺积中而英华发外，美在其中而畅于四支，发于事业，则德业至盛，而不可加矣。”
⑥反身：回过头来反思自我、反省自身。

参考书目

刘真伦、岳珍:《韩愈文集汇校笺注》,中华书局 2010 年版。

陈寅恪:《金明馆丛稿初编》,上海古籍出版社 1981 年版。

冯友兰:《三松堂全集》,河南人民出版社 2001 年版。

冯友兰:《中国哲学史》,商务印书馆 1934 年版。

钱穆:《中国思想史》,台北学生书局 1995 年版。

张岱年:《中国哲学大纲》,中国社会科学出版社 1982 年版。

侯外庐:《中国思想通史》,人民出版社 1959 年版。

任继愈:《中国哲学发展史》,人民出版社 1994 年版。

郭绍虞:《中国文学批评史》,上海古籍出版社 1979 年版。

吴闿生:《古文范》,民国 8 年上海朝记书庄、宁波文明学社刊本。

吴闿生、李刚已:《桐城吴氏古文法》,台湾中华书局 1970 年版。

林纾:《春觉斋论文》,都门印书局 1912 年版。

林纾:《韩柳文研究法》,商务印书馆 1915 年版。

严复:《严复集》,中华书局 1986 年版。

周昌忠:《西方现代语言哲学》,上海人民出版社 1992 年版。

《马克思恩格斯全集》,人民出版社 1972 年版。

《列宁全集》,人民出版社 1986 年版。

[英]葛瑞汉:《论道者:中国古代哲学论辩》,中国社会科学出版社

2003 年版。

[德]马克斯·韦伯:《经济与社会》,商务印书馆 1997 年版。

[美]马斯洛:《动机与人格》,华夏出版社 1987 年版。

[英]史蒂文·卢克斯:《个人主义》,江苏人民出版社 2001 年版。

[美]塞缪尔·亨廷顿:《文明的冲突与世界秩序的重建》,新华出版社 2002 年版。

[美]摩尔根:《古代社会》,商务印书馆 1977 年版。

[德]威廉·冯·洪堡特著,姚小平译:《论人类语言结构的差异及对人类精神发展的影响》,商务印书馆 1997 年版。

[德]海德格尔:《诗·思·语言》,文化艺术出版社 1991 年版。

[苏]柯杜霍夫:《普通语言学》,外语教学与研究出版社 1987 年版。

[美]阿历克斯·英格尔斯:《人的现代化:心理·思想·态度·行为》,四川人民出版社 1985 年版。

近期国学读物要目

国学新读本

诗经　梁锡锋　注说
论语　臧知非　注说
尚书　姜建设　注说
国语　曹建国　张玖青　注说
孔子家语　杨朝明　注说
山海经　郑慧生　注说
墨子　苏凤捷　程梅花　注说
孟子　何晓明　周春健　注说
庄子　曹础基　注说
荀子　杨朝明　注说
韩非子　赵　沛　注说
孙子兵法　赵国华　注说
楚辞　李中华　邹福清　注说
潜夫论　王　健　注说
文心雕龙　戚良德　注说

礼记　杨天宇　注说
老子　曹　峰　注说
吕氏春秋　张富祥　注说
商君书　徐　莹　注说
战国策　张彦修　注说
淮南子　杨有礼　注说
春秋繁露　曾振宇　注说
世说新语　赵成林　注说
史通　李振宏　注说

周易　龚留柱　注说
新语　李振宏　注说
新书　徐　莹　注说
新论　臧知非　注说
说苑　赵国华　范正娥　注说
搜神记　王利锁　注说
颜氏家训　郭宝军　注说

文中子　王路曼　池　桢　注说
潜书　池　桢　王路曼　注说
六祖坛经　姚彬彬　注说
韩愈集　刘真伦　岳　珍　注说
柳宗元集　岳　珍　注说
贞观政要　苏士梅　注说
通书　张文瀚　注说
正蒙　李　峰　注说
王弼集　党圣元　注说
欧阳修集　杨　亮　注说
王安石集　张富祥　李玉诚　注说
容斋随笔　张富祥　注说
论语集注　梁振杰　注说
大学中庸集注　梁振杰　注说
孟子集注　赵庆伟　注说
近思录　路新生　注说
传习录　岳淑珍　注说
焚书　李竞艳　注说
明夷待访录　赵轶峰　注说
闲情偶寄　惠　萍　注说
龚自珍集　曹志敏　注说
校邠庐抗议　刘克辉　戴宁淑　注说
劝学篇　马小泉　注说

百年河大国学旧著新刊

河洛方言诠诂　王广庆　著
三统历表　邵瑞彭　著
中国戏剧概论　卢　前　著
晚明思想史散论　嵇文甫　著
论语新探　赵纪彬　著
天问研究　孙作云　著
汉魏六朝文学史　李嘉言　著
金艺文志　金登科记考　万　曼　著
唐集叙录　万　曼　著
中国文学史新编　张长弓　著
汉碑集释　高　文　著
袁中郎研究　任访秋　著
东夷杂考　李白凤　著
宋会要辑稿考校　王云海　著
长江集新校　李嘉言　著

高适岑参选集　高　文　王刘纯　选著
花间集注　华锺彦　著
庆湖遗老诗集校注　王梦隐　著
曾瑞散曲集校注　李春祥　著
辛弃疾选集　佟培基　选著
汉魏六朝韵谱　于安澜　著
毡推闲话　武慕姚　著
中国救荒史　邓云特　著
红学二百年　李春祥　著
文心雕龙选讲　温绎之　著

于安澜书画学四种

画论丛刊
画史丛书
画品丛书
书学名著选

元典文化丛书

中华第一经——《周易》与中国文化　宋会群　苗雪兰　著
教化百科——《诗经》与中国文化　孙克强　张小平　著
经国治民之典——《周礼》与中国文化　郝铁川　著
哲人的智慧——《老子》与中国文化　高秀昌　龚　力　著
圣人箴言录——《论语》与中国文化　李振宏　著
武学圣典——《孙子兵法》与中国文化　龚留柱　著
亚圣思辨录——《孟子》与中国文化　何晓明　著
逍遥之祖——《庄子》与中国文化　白本松　王利锁　著
外王之学——《荀子》与中国文化　张曙光　著
中国帝王术——《韩非子》与中国文化　王宏斌　著
史家绝唱——《史记》与中国文化　邓鸿光　著
诸经总龟——《春秋》与中国文化　涂文学　周德钧　著
管理宝典——《管子》与中国文化　袁　闯　著
纵横家书——《战国策》与中国文化　张彦修　著
人仙之间——《抱朴子》与中国文化　徐仪明　冷天吉　著
医学圣典——《黄帝内经》与中国文化　王庆宪　梁晓珍　著
礼乐渊薮——《礼记》与中国文化　黄宛峰　著
词章之祖——《楚辞》与中国文化　李中华　著
星学宝典——《历书天官书》与中国文化　郑慧生　著
天人衡中——《春秋繁露》与中国文化　曾振宇　范学辉　著
王政全书——《吕氏春秋》与中国文化　张富祥　著
神话之源——《山海经》与中国文化　高有鹏　孟　芳　著

新道鸿烈——《淮南子》与中国文化 杨有礼 著
史家龟鉴——《史通》与中国文化 曾凡英 著
政事纲纪——《尚书》与中国文化 姜建设 著
春秋弦歌——《左传》与中国文化 龚留柱 著
平民理想——《墨子》与中国文化 苏凤捷 程梅花 著
人伦本原——《孝经》与中国文化 臧知非 著
法典之王——《唐律疏议》与中国文化 徐永康 吉霁光 郑取 著
文论巨典——《文心雕龙》与中国文化 戚良德 著

宋代研究丛书

北宋诗学 张海鸥 著
宋代东京研究 周宝珠 著
宋代地域经济 程民生 著
宋代监察制度 贾玉英 著
宋代官员选任和管理制度 苗书梅 著
宋代地域文化 程民生 著
宋代文学通论 王水照 主编
宋代司法制度 王云海 主编
宋代教育 苗春德 主编
清明上河图与清明上河学 周宝珠 著
宋代文化史 姚瀛艇 主编
黄庭坚与宋代文化 杨庆存 著
宋代交通管理制度研究 曹家齐 著
岳飞和南宋前期政治与军事研究 王曾瑜 著
成圣之道——北宋二程修养工夫论之研究 温伟耀 著
宋代绘画研究 邓乔彬 著

汉语史专书语法研究丛书

《三朝北盟会编》语法研究 刁晏斌 著
《荀子》虚词研究 黄珊 著
《晏子春秋》词类研究 姚振武 著
《聊斋俚曲》语法研究 冯春田 著
《孟子》词类研究 崔立斌 著
《朱子语类辑略》语法研究 吴福祥 著
敦煌变文 12 种语法研究 吴福祥 著
《吕氏春秋》句法研究 殷国光 著
《尚书》语法论稿 钱宗武 著
《左传》语法研究 何乐士 著
《元典章·刑部》语法研究 李崇兴 祖生利 著
汉语语法史断代专书比较研究 何乐士 著

图书在版编目(CIP)数据

韩愈集/刘真伦,岳珍注说.—郑州:河南大学出版社,2018.8
(国学新读本)
ISBN 978-7-5649-3453-8

Ⅰ.①韩… Ⅱ.①刘… ②岳… Ⅲ.唐诗—诗集 ②古典散文—散文集—中国—唐代 Ⅳ.①I214.232

中国版本图书馆CIP数据核字(2018)第210437号

责任编辑 胡玲霞
责任校对 时 海
封面设计 马 龙

出 版 河南大学出版社
地址:郑州市郑东新区商务外环中华大厦2401号 邮编:450046
电话:0371-86059701(营销部) 网址:www.hupress.com
排 版 郑州市今日文教印制有限公司
印 刷 开封智圣印务有限公司
版 次 2018年9月第1版 **印 次** 2018年9月第1次印刷
开 本 650mm×960mm 1/16 **印 张** 21.25
字 数 267千字 **印 数** 1—1000册
定 价 55.00元

(本书如有印装质量问题请与河南大学出版社营销部联系调换)